SOPHIE EDENBERG

WAHRHEIT ODER PFLICHT

DU HAST DIE WAHL

Thriller

Umschlaggestaltung: © Cover Up Buchcoverdesign, Hamburg
Lektorat: Mike Schröder, Berlin
Korrektorat: Birgit van Troyen, Bottrop

ISBN: 978-3-7693-5134-7

Verlag: BoD • Books on Demand GmbH, In de Tarpen 42,
22848 Norderstedt, bod@bod.de
Druck: Libri Plureos GmbH, Friedensallee 273,
22763 Hamburg

Für meinen Vater

Kapitel 1

Leonie. Heute

Beinahe ehrfürchtig betrachtete ich das Haus, das vor mir aufragte. Es war zweistöckig, in einem satten Gelb gestrichen, eine Treppe führte zu einer dunkelgrünen Eingangstür hinauf. Die großzügigen Flügelfenster fingen die Mittagssonne ein und warfen glitzernde Reflexe auf die akkurat geschnittenen Buchsbäume, die die Tür wie stumme Wächter flankierten.

Das Anwesen der Familie Hellstein lag am Rande des Cottageviertels, einem exklusiven Stadtteil Wiens. Gewöhnliche Häuser gab es hier nicht, nur Villen und avantgardistische Bauten, umgeben von üppigen Vorgärten und jahrhundertealten Eichen, die ihre Kronen in den Himmel reckten. Der Kontrast zu dem Arbeiterviertel, in dem ich wohnte, hätte kaum größer sein können. Selbst die Luft roch anders, nach Wohlstand und Erfolg. Jeder Stein, jede sorgsam gestutzte Hecke verriet, dass dies ein Ort der Elite war – und dass ich nicht hierhergehörte.

Ich wischte mir die feuchten Hände an meiner Hose ab. Ich hatte lange überlegt, was ich anziehen sollte und mich am Ende für eine hochgeschlossene Bluse zu einer schwarzen Stoffhose entschieden – unpraktisch warm für Ende August, weshalb ich jetzt schrecklich schwitzte.

Ich atmete noch einmal tief durch, dann stieg ich die Treppe hinauf und drückte auf den Klingelknopf. Ein Summen ertönte, gefolgt von einem metallischen Klicken, als das Schloss entriegelt wurde.

Die Frau, die mir die Tür öffnete, war Ende dreißig, schlank und hatte große, stark geschminkte Augen. Sie trug ein weißes Leinenkleid und dazu passende flache Schuhe, deren Schnallen im Sonnenlicht glänzten. Auch wenn ich die Marke nicht kannte, war mir klar, dass sie verflucht teuer gewesen sein mussten.

»Guten Tag«, sagte sie höflich. »Frau Köck, nehme ich an?«

»Ja, genau. Wir haben vorgestern telefoniert. Ich bin wegen des Vorstellungsgesprächs hier.« Nach einer kurzen Pause fügte ich hinzu: »Die Stelle ist doch noch frei, oder? Sie haben sie noch nicht vergeben?«

»Nein, das heißt, ja. Die Stelle ist noch frei.« Lächelnd reichte sie mir ihre perfekt manikürte Hand. »Stefanie Hellstein. Schön, Sie kennenzulernen. Bitte, kommen Sie rein.«

Ich folgte ihr durch den Vorraum und einen mit weißen Einbauschränken gesäumten Flur, von dem eine Tür in ein geräumiges Wohnzimmer abzweigte.

Frau Hellstein setzte sich auf das Sofa und deutete auf den Platz ihr gegenüber. »Setzen Sie sich doch. Möchten Sie vielleicht eine Tasse Kaffee?«

»Danke, nicht nötig.«

Frau Hellstein nickte knapp und griff nach einer Aktenmappe auf dem Beistelltisch. Dann lehnte sie sich zurück, schlug die langen Beine übereinander und sah mich erwartungsvoll an. »Erzählen Sie mir doch ein wenig über sich, Frau Köck.«

Meine Hände verkrampften sich in meinem Schoß. Obwohl ich die Antworten auf jede erdenkliche Frage einstudiert hatte, war ich nun doch nervös. »Ich bin neunzehn; in Wien geboren und aufgewachsen. Während meiner Schulzeit und danach habe ich regelmäßig als Babysitterin gearbeitet – meistens abends, aber auch tagsüber, wenn es sich ergeben hat.«

Ich hielt kurz inne. Die unschönen Details meiner Vergangenheit – dass ich gerade erst einem drohenden Strafverfahren entgangen war – verschwieg ich lieber. Stattdessen lächelte ich und fügte mit gebührendem Enthusiasmus hinzu:»Die Arbeit mit Kindern hat mir immer Spaß gemacht. Daher freue ich mich, heute hier zu sein, und hoffe, die Gelegenheit zu bekommen, Sie und Ihre Familie zu unterstützen.«

Frau Hellstein warf einen Blick auf meine Bewerbungsunterlagen, blätterte mechanisch durch die Seiten und legte die Mappe dann mit einem zufriedenen Nicken beiseite.»Sehr schön«, sagte sie schließlich.»Wie Sie sicher wissen, ist mein Mann Ludo Abgeordneter im Wiener Landtag und beruflich stark eingespannt. Auch ich werde in Zukunft wieder mehr arbeiten, daher suchen wir jemanden, der sich zuverlässig um unsere Tochter Mia kümmert.«

Ihr Blick glitt prüfend über mich hinweg und ich nickte.

»Unser Sohn Sixtus ist elf und besucht ein Internat. Er kommt nur in den Ferien nach Hause«, fuhr sie fort.»Momentan ist er auf einem Pfadfinderlager und wird danach direkt ins Internat zurückkehren. Mia ist vier. Sie geht vormittags in den Kindergarten und müsste täglich um 14 Uhr abgeholt und bis zu meiner Rückkehr betreut werden. Manchmal auch abends, wenn ich zu einer Veranstaltung muss.«

Wieder nickte ich. Die Selbstverständlichkeit, mit der sie davon ausging, dass ich über ihren Job als Influencerin Bescheid wusste, entlockte mir ein kleines Schmunzeln.»Das klingt gut. Wie gesagt, ich liebe Kinder und freue mich darauf, Mia kennenzulernen. Welchen Kindergarten besucht sie denn?«

»Den Waldorfkindergarten in Pötzleinsdorf. Eine private Einrichtung, wird Ihnen wahrscheinlich nichts sagen. Aber Mia fühlt sich dort sehr wohl.«

Ich setzte mein bestes wissendes Lächeln auf.»Oh, natürlich kenne ich den. Einige Kinder aus dem Bekanntenkreis meiner Eltern waren auch dort«, log ich.»Ich finde den ganzheitlichen

Ansatz der Waldorfpädagogik sehr inspirierend. Er fördert sowohl die Kreativität als auch die sozialen Kompetenzen, ohne die Kinder dabei zu überfordern.«

»Tja, da sind wir uns wohl einig.« Ein Hauch von Überraschung blitzte in Frau Hellsteins Gesicht auf, doch sie fing sich schnell wieder. »Zusätzlich müssten Sie sich vormittags um den Haushalt kümmern und gelegentlich Einkäufe für uns erledigen. Haben Sie einen Führerschein?«

»Ja, allerdings besitze ich kein eigenes Auto.«

Sie winkte ab. »Das ist kein Problem. Sie können einen unserer Wagen benutzen.«

Während Frau Hellstein weiter über die Aufgaben sprach, die der Job mit sich brachte, ließ ich den Blick unauffällig durch das Wohnzimmer schweifen. Alles hier wirkte wie aus einem Hochglanzmagazin – die elegante Sitzgarnitur, die funkelnden Kristalle des Kronleuchters an der hohen Decke, der kunstvoll verzierte Kamin. Der Sims war reich dekoriert: Filigrane Porzellanfiguren standen zwischen sorgsam arrangierten Fotos. Auf einem von ihnen erkannte ich Stefanie in einem glamourösen Kleid, wie sie bei einer Vernissage charmant in die Kamera lächelte. Ein anderes zeigte die Hellsteins im Urlaub am Strand. Ihre Gesichter strahlten mit dem türkisblauen Wasser um die Wette. Am liebsten wäre ich aufgestanden, um die Bilder aus der Nähe zu betrachten, doch ich zwang mich, meine Neugier zu zügeln. Wenn Stefanie mich erst einmal eingestellt hatte, würde ich noch genug Zeit haben, mich in Ruhe umzuschauen.

Ein Räuspern holte mich zurück in die Gegenwart.

»Kommen wir zum Thema Gehalt. Ich nehme an, Sie haben unser Angebot in der Anzeige gesehen?«

»Ja, das habe ich. Es ist sehr großzügig«, erwiderte ich und bemühte mich, überzeugend zu klingen. Tatsächlich war das Gehaltsangebot angesichts des offensichtlichen Wohlstands der Familie fast schon ein Hohn. Aber ich wollte diesen Job unbedingt. Es ging mir um weit mehr als nur um Geld.

Frau Hellstein nickte zufrieden. »Gut, dann wäre das ja geklärt.«

In diesem Moment hörte ich eine zarte Kinderstimme. »Mama? Wer ist das?«

Wir drehten uns um. Ein kleines Mädchen war im Türrahmen aufgetaucht, ein Kuscheltier fest an die Brust gedrückt. »Mia, mein Schatz! Du bist ja schon wach!« Frau Hellstein stand auf und ging auf ihre Tochter zu. Die großen Augen des Mädchens musterten mich neugierig, während ihre Mutter sie an der Hand zu mir führte.

»Das ist Leonie. Leonie – Frau Köck –, das ist Mia«, stellte sie uns vor.

»Leonie reicht völlig«, sagte ich rasch und ging vor dem Mädchen in die Hocke. In ihrem rosafarbenen Pyjama und den vom Mittagsschlaf zerzausten Locken sah sie hinreißend niedlich aus.

»Hallo, Mia. Freut mich, dich kennenzulernen. Und wer ist das?«, fragte ich und deutete auf das Kuscheltier. »Ist das dein Freund?«

Mia schaute mich mit großen Augen an, bevor sie mir das Stofftier mit einer Mischung aus Eifer und Neugier präsentierte. »Das ist Flocki.«

Ich lächelte und betrachtete den kleinen, bereits etwas abgewetzten Bären. »Er ist wirklich süß.«

»Den hab ich zum Geburtstag bekommen. Ich bin nämlich schon vier!«, verkündete Mia mit kindlichem Stolz und hielt die entsprechende Anzahl an Fingern hoch.

»Wow, dann bist du ja schon ein richtig großes Mädchen!«

Mia öffnete gerade den Mund, um etwas zu erwidern, doch Frau Hellstein unterbrach sie mit sanfter Bestimmtheit. »Geh jetzt bitte wieder in dein Zimmer, Liebling«, sagte sie, während ihre Hand zärtlich über Mias Locken strich. »Ich komme gleich nach, und dann suchen wir zusammen ein Spiel aus, ja?«

Die Kleine zögerte kurz, als wollte sie widersprechen, nickte dann aber. »Ist gut. Tschüss, Leonie!«

Mit diesen Worten wandte Mia sich um und hüpfte davon. »Ein wirklich bezauberndes Mädchen«, bemerkte ich, als sie aus dem Raum verschwunden war. »Und so hübsch! Ganz wie ihre Mutter.«

Frau Hellstein lächelte sichtlich geschmeichelt. Ein Hauch von Selbstgefälligkeit schlich sich in ihre Haltung, bevor sie leicht den Kopf schüttelte, als müsse sie sich daran erinnern, warum wir überhaupt hier waren. »Gut … Ich denke, das wäre alles von meiner Seite. Haben Sie noch Fragen?«

Ich setzte ein schüchternes Lächeln auf und zögerte einen Moment, ehe ich antwortete. »Nur eine: Wann kann ich anfangen?«

Frau Hellstein lachte kurz auf. »Wir prüfen derzeit noch andere Bewerbungen, aber ich werde mich in den nächsten Tagen bei Ihnen melden.«

Kapitel 2

Leonie. Heute

Als ich nach einer kurzen Straßenbahnfahrt die Treppe zum U-Bahnhof am Volkstheater hinaufstieg, schlug mir der Geruch von abgestandener Luft und Urin entgegen. Meine Bahn stand bereits in der Station, also legte ich einen Zahn zu und sprang gerade noch rechtzeitig hinein, bevor sich die Türen mit einem Pfeifton schlossen. Erschöpft ließ ich mich in einen der roten Plastiksitze fallen. Die U-Bahn war um diese Zeit angenehm leer; nur wenige Fahrgäste, die auf ihre Smartphones oder teilnahmslos in die Gegend starrten, teilten das Abteil mit mir. Das gleichmäßige Rattern des Zuges hatte eine nahezu hypnotische Wirkung, und allmählich fiel die Anspannung von mir ab.

Das Vorstellungsgespräch bei Stefanie Hellstein hatte kaum eine halbe Stunde gedauert, aber ich spürte, dass es gut gelaufen war. Richtig gut sogar. Ich hatte die perfekte Balance zwischen Selbstbewusstsein und Bescheidenheit gefunden, und mein »Fachwissen« über die Waldorfpädagogik hatte sicher auch nicht geschadet.

Ich fragte mich, wie lange es wohl dauern würde, bis sich Frau Hellstein bei mir melden würde. Ich war mir sicher, dass ich den Job in der Tasche hatte – die Hellsteins hatten schlicht keine andere Wahl. Stefanie hatte zwar angedeutet, dass es noch weitere Bewerber gab, aber das war eine glatte Lüge. Ich selbst hatte dafür gesorgt, dass es keine anderen gab. Stefanie Hellsteins E-Mail-Account zu knacken, war erschreckend einfach gewesen. Es hatte mich nur wenige Minuten gekostet, um ihr Passwort – »Stefanie1988« – zu erraten, was fast schon einer Einladung gleichgekommen war. Also hatte ich auf jede Bewerbung mit einer kurzen, aber höflichen Absage geantwortet und sie anschließend aus dem Postfach gelöscht. Mir freien Zutritt zum Haus der Hellsteins zu verschaffen, war für meine Pläne zu wichtig, um irgendetwas dem Zufall zu überlassen.

Als ich die U-Bahn verließ, war es, als hätte ich eine unsichtbare Grenze überschritten. Die gepflegten Gärten und Villen waren einem Labyrinth aus grauen Betonbauten gewichen, die sich entlang der engen Straßen drängten. Die Luft war erfüllt von Verkehrslärm und dem Geruch von Imbissständen und Autoabgasen.

Geschickt schlängelte ich mich durch die Menschenmassen, vorbei an Dönerbuden, Straßencafés und mit Graffiti beschmierten Mauern, bis ich den unansehnlichen Häuserblock erreichte, in dem ich wohnte. Mein Appartement lag im dritten Stock eines trostlosen Nachkriegsbaus und war kaum größer als ein Schuhkarton. Außer einem Bett, einem durchgesessenen Sofa und einer winzigen Arbeitsecke, die zwischen Küchenzeile und Fenster eingezwängt war, gab es nicht viel. Aber die Miete war erschwinglich und etwas Besseres konnte ich mir im Moment nicht leisten.

Als ich das Schloss entriegelte und mich mit aller Kraft gegen die klemmende Tür stemmte, wurde ich stürmisch von einem grau-weißen Fellknäuel begrüßt.

»Hallo, Cleo«, murmelte ich lächelnd und ging in die Hocke, um sie zu streicheln. Das Kätzchen schmiegte sich an mich und schnurrte zufrieden. Ich hatte Cleo vor einem halben Jahr aus dem Tierheim geholt, kurz nachdem ich hier eingezogen war.

Sie litt an einer Wachstumsstörung und ihr linker Hinterlauf war verkümmert – wahrscheinlich der Grund, warum niemand sonst sie haben wollte. Doch in meinen Augen war sie perfekt. Nachdem ich Cleos Futternapf aufgefüllt hatte und in bequemere Kleidung geschlüpft war, ließ ich mich auf die Couch fallen und schaltete den Fernseher ein. Eine Weile zappte ich ziellos durch die Kanäle und blieb kurz bei einer Sitcom über eine Gruppe Hausfrauen hängen, die sich durch absurde Alltagsprobleme kämpften, bevor ich die Flimmerkiste wieder abdrehte.

In Gedanken zurück bei den Hellsteins stand ich auf, ging zum Schreibtisch und zog ein Foto aus der Schublade. Kaffeeflecken zierten die oberen Ecken, die Ränder waren rissig und abgegriffen von den unzähligen Malen, in denen ich es bereits in Händen gehalten hatte. Cleo strich mir um die Beine, aber ich bemerkte es kaum, so versunken war ich in den Anblick des Bildes.

Es war ein altes Jahrbuchfoto. Eine Gruppe lächelnder Jugendlicher posierte vor einer mit Efeu bewachsenen Mauer. Die Namen der Schüler waren in alphabetischer Reihenfolge darunter aufgelistet: Aaron Beron, Ludwig Hellstein, Verena Martins, Marie Gallager, Michael Stricker, Stefanie Worcester, Cornelia Zeppelin.

Wie jung sie doch aussahen, jung und unschuldig!

Aber ich wusste es besser. Noch vor Beginn der Weihnachtsferien war einer von ihnen tot gewesen – ermordet von seinen engsten Freunden.

Kapitel 3

September 2005. Verena

Etwas verunsichert blieb Verena neben der großen Eichentür stehen. In der Aula der Santa Clara wimmelte es von Schülern. Um einen Empfangstisch drängte sich eine Schar Erstklässler mit ihren Eltern; einige hüpften aufgeregt auf und ab, während andere schüchtern die Hand ihrer Mutter umklammerten. Überall sah sie Grüppchen von Teenagern mit breitem Grinsen, sonnengebräunter Haut und Designerklamotten, die sich gegenseitig auf die Schultern klopften oder sich in die Arme fielen. Wieder andere studierten die Aushänge an den Korktafeln in der Ecke oder suchten aufgeregt nach ihren Namen auf den Listen.

»Und du bist dir ganz sicher, dass du das hier wirklich willst?«, fragte Tante Claire, die ihr Zögern bemerkt hatte. »Noch können wir umkehren und den nächsten Zug zurück nach Hause nehmen.«

Verena schüttelte entschlossen den Kopf. »Nein, auf keinen Fall.«

Die Santa Clara galt als eine der renommiertesten Privatschulen Österreichs. Sie war bekannt für ihre hohen Leistungsstandards und den Fokus auf Fremdsprachen, Selbstständigkeit und Disziplin. Wer hier seinen Abschluss machte, dem standen alle Türen offen. Ein Stipendium an dieser Schule zu bekommen, hatte viel Arbeit und auch ein bisschen Glück erfordert. Verena hatte zu hart dafür gekämpft, um jetzt einen Rückzieher zu machen.

»Na dann – auf geht's«, sagte Tante Claire mit einem leisen Seufzer. »Bringen wir's hinter uns.«

Verena ignorierte die Blicke der anderen Schüler und schlängelte sich mit ihrem schweren Koffer durch die Aula. Tante Claire folgte eine Schrittlänge hinter ihr. Gemeinsam traten sie an den Empfangstresen, wo der größte Andrang mittlerweile nachgelassen hatte.

»Guten Tag«, sagte Tante Claire zu der Dame hinter dem Tresen, die das Schullogo auf der Brust trug. »Das ist meine Nichte, Verena Martins. Heute ist ihr erster Tag hier. Können Sie uns sagen, wo wir hinmüssen?«

»Verena Martins?«, wiederholte die Frau und überflog die Namensliste auf ihrem Pult. »Ah, da habe ich dich ja. Quereinsteigerin, dritte Oberstufe, richtig?«

Verena nickte. »Genau.«

Die Frau schenkte ihnen ein einnehmendes Lächeln und schüttelte erst ihrer Tante und dann Verena die Hand. »Herzlich willkommen, Verena! Ich bin Ulrike Mistrott – aber nenn mich ruhig Ulli, das machen alle hier. Ich hoffe, Sie hatten eine angenehme Anreise?«

»Ja, danke«, antwortete Tante Claire. »Der Zug war sogar mal pünktlich.«

»Na, dann haben Sie Glück gehabt.« Ulli gluckste, bevor sie sich wieder Verena zuwandte. »Frühstück gibt es jeden Morgen ab sechs, der Unterricht beginnt um acht.« Sie griff in die Schublade ihres Pults und nahm einen dicken Umschlag sowie einen Stapel Papiere heraus, die sie Verena reichte. »Hier findest du deinen Stundenplan, einen Lageplan des Geländes und eine Broschüre mit Freizeitangeboten. Außerdem ist der Schlüssel für dein Zimmer da drin.«

15

Verena nahm die Unterlagen entgegen. Der Umschlag fühlte sich schwer in ihrer Hand an und durch das Papier konnte sie die Umrisse eines Schlüsselbunds ertasten.

»Die Kantine ist täglich von 12 bis 14 Uhr geöffnet«, erklärte Ulli weiter. »Und die kleine Cafeteria hat auch außerhalb der Essenszeiten offen, falls du mal einen Snack oder Kaffee möchtest. Die Schultore werden abends um neun geschlossen. Für Notfälle gibt es einen Nachtdienst. Und denk bitte daran, morgen im Laufe des Tages in meinem Büro vorbeizukommen, um deinen Schülerausweis abzuholen. Es liegt im ersten Stock, gleich neben dem von Direktor Hesse.«

Verena nickte, ein wenig überwältigt von den vielen Informationen.

»So, jetzt brauche ich nur noch ein paar Unterschriften von dir«, sagte Ulli und schob ihr verschiedene Papiere hin: eine Bestätigung über den Erhalt ihres Schlüssels, die Schulordnung und eine Datenschutzerklärung. Mit zitternden Fingern setzte Verena ihre Unterschrift unter jedes Dokument und widerstand dem Drang, sich zu kneifen. Das alles hier war kein Traum. Es geschah *wirklich*.

»Ach, bevor ich es vergesse«, fügte Ulli hinzu, während sie die Papiere zusammenheftete und in einer Mappe verstaute. »Das Betreten des Waldes ist ausnahmslos verboten.«

Verena sah überrascht auf. »Warum denn?«

»Ach, eine reine Vorsichtsmaßnahme.« Ulli zuckte die Schultern. »Der Wald ist riesig und im Laufe der Jahre haben sich immer wieder Schüler darin verirrt. Außerdem gibt es da eine Schlucht, die man erst sieht, wenn man direkt davorsteht. Das Risiko ist einfach zu groß.«

Verena nickte. »Verstehe.«

»Gut. Die Führung für unsere Neuzugänge findet heute Nachmittag um 17 Uhr statt. Aber vorher möchtest du bestimmt erst mal den Koffer auf dein Zimmer bringen und dich ein wenig frisch machen, oder?«

Verena nickte erneut.

»Die Mädchenzimmer befinden sich im Nebengebäude gegenüber.« Ulli deutete auf die Eichentür am anderen Ende der Aula. »Wenn du Hilfe brauchst, frag einfach den Portier oder einen der anderen Schüler. Und denk daran, meine Tür steht dir immer offen.«

Die kühle Herbstluft strich über Verenas Wangen, als sie kurz darauf wieder ins Freie traten. Auf dem Treppenabsatz blieb sie stehen und sah sich um, versuchte alles in sich aufzusaugen: den kurz gemähten Rasen, die gekiesten Gehwege, den Springbrunnen in der Mitte des Hofes. Die Nebengebäude flankierten das Haupthaus in einem hufeisenförmigen Bogen und die großen efeuumrankten Fenster verliehen der Szenerie eine fast unwirkliche Atmosphäre. Sie fühlte sich wie eine Figur aus einem ihrer Lieblingsromane – wie Elizabeth Bennet auf Pemberley oder Harry Potter bei seiner Ankunft in Hogwarts. Ein Lächeln breitete sich auf ihrem Gesicht aus. Ihr Traum war tatsächlich wahr geworden.

»Soll ich dir mit dem Gepäck helfen?«, fragte Tante Claire. »Ich könnte noch mit hochkommen und …«

»Nicht nötig«, entgegnete Verena rasch. »Danke, dass du mich begleitet hast, aber ab jetzt schaffe ich es allein. Du hast ja noch die Zugfahrt vor dir, und Herr Prinz wäre bestimmt sauer, wenn du ihn mit dem Abendessen warten lässt.«

»Das stimmt wohl. Dieser verwöhnte Snob!« Tante Claire lachte, doch ihre Stimme klang ein wenig belegt.

Verena lächelte wehmütig, als sie an ihren alten Kater dachte. Sie sah ihn vor sich, wie er auf der Fensterbank lag und durch das Fenster die Vögel beobachtete, die im Garten nach Würmern suchten. Nicht, dass er sich jemals die Mühe gemacht hätte, einem von ihnen nachzustellen. Dazu war er viel zu faul. Ob er sie vermissen würde?

»Also gut … Pass auf dich auf, ja? Und lass mich wissen, wenn du etwas brauchst. Wir sehen uns dann in den Weihnachtsferien.«

»Warte!«, rief Verena, als ihre Tante sich schon abgewandt hatte.

Von plötzlicher Sehnsucht überwältigt, machte sie einen Schritt auf sie zu und umarmte sie fest. Tante Claire wirkte überrascht, erwiderte die Umarmung dann aber umso fester.

»Du wirst mir fehlen«, murmelte Verena und atmete ihren vertrauten Duft ein – eine Mischung aus Seife und einem Hauch von Lavendel. »Und danke … für alles!«

»Deine Mutter wäre so stolz auf dich. Und ich bin es auch«, flüsterte Claire mit tränenerstickter Stimme. »Mehr, als du dir vorstellen kannst. Und vergiss nicht, mich jeden Sonntag anzurufen. Versprich es mir!«

»Ich verspreche es.«

Widerstrebend ließ Verena von ihr ab und beobachtete, wie Tante Claire den Kiesweg entlang zum Schultor ging. Ihre Haltung war wie immer leicht gebeugt, und ihr graues Haar wehte im Wind. Erst als sie hinter der nächsten Biegung verschwunden war, gab Verena sich einen Ruck und wandte sich ab. Es war an der Zeit, sich auf die Suche nach ihrem Zimmer zu machen.

Nachdem sie ihren Koffer mühsam über den Schulhof gezogen hatte, blieb sie stehen und suchte in dem Umschlag nach dem Zimmerschlüssel. »24« war darauf eingraviert. Ratlos sah Verena sich um. Vier fast identische Gebäude reihten sich aneinander. Aber in welchem davon war sie untergebracht?

Schließlich entdeckte sie ein Mädchen, das am Rand des Hofes auf einer Parkbank saß und auf ein nagelneues Klapphandy starrte. Sie trug eine beige Lederjacke und hatte blondes Haar, das zu einem schicken Stufenschnitt getrimmt war.

Kurz entschlossen ließ Verena ihren Koffer stehen und ging zu ihr.

»Hi, ich bin Verena«, begann sie verlegen. »Heute ist mein erster Tag hier, und ich suche mein Zimmer – die Nummer 24. Kannst du mir vielleicht sagen, wo das ist?«

Das Mädchen blickte auf und musterte Verena einen Moment lang von Kopf bis Fuß, bevor es sich wieder seinem Handy zuwandte. »Seh ich aus wie die Auskunft? Frag doch den Portier!« Verena starrte sie fassungslos an, aber das Mädchen sagte nichts mehr und beachtete sie auch nicht weiter. Wütend machte sie auf dem Absatz kehrt und marschierte zur Aula zurück. Herr Schmidt, ein mürrisch dreinblickender Mann mit imposantem Schnauzbart, erklärte ihr, dass ihr Zimmer im am weitesten rechts gelegenen Gebäude lag.

Als Verena zehn Minuten später vor ihrer Zimmertür stand und den Schlüssel ins Schloss steckte, atmete sie erleichtert auf. *Endlich!*

Das Zimmer war überraschend groß. Zwei Einzelbetten standen einander gegenüber, frisch bezogen mit hellrosa Bettwäsche. Über dem rechten Bett hing ein riesiges Coldplay-Poster, daneben eine Fotocollage von Jugendlichen, die grinsend Gläser mit einer dunklen Flüssigkeit hochhielten. Die Wand hinter dem anderen Bett war leer.

Außerdem gab es zwei gemütliche Lehnstühle mit einem runden Tisch in der Mitte und einen gut drei Meter langen Schrank, auf dem ein riesiger Louis-Vuitton-Koffer lag. Neben dem großen Fenster, das den Blick auf den grünen Schulhof freigab, befand sich eine weitere Tür, die vermutlich in das angrenzende Badezimmer führte.

Auf der Couch saß ein Mädchen und blätterte in einer Modezeitschrift. Sie war etwas kräftiger gebaut und trug eine weiße Bluse, die sich leicht über der Brust spannte. Ihr dunkles lockiges Haar fiel ihr in sanften Wellen über die Schultern.

Verena räusperte sich. »Hallo.«

»Oh, hi.« Das Mädchen legte die Zeitschrift beiseite und erhob sich. »Du musst die Neue sein. Verena, richtig?«

Sie nickte.

»Freut mich. Ich bin Cornelia.« Sie streckte ihr die Hand hin und Verena schüttelte sie. »Ulli hat mir schon erzählt, dass ich

dieses Jahr eine neue Mitbewohnerin bekomme. Deine Schrankhälfte ist auf der rechten Seite.«

»Alles klar.«

Verena zog ihren Koffer zum Schrank und begann auszupa-
cken. Cornelia setzte sich wieder auf die Couch und beobachtete
sie neugierig.

»Du warst also vorher auf einer öffentlichen Schule?«

»Ja.« Verena schluckte. War das etwa so offensichtlich? »Auf
der Karl-Friedrich.«

Cornelia runzelte die Stirn, überlegte kurz und schüttelte dann
den Kopf. »Die kenne ich nicht. Wie war es dort so?«

Verena schloss die Schranktür und wandte sich zu ihr um.
Cornelia hatte die Haare hinter die Ohren geklemmt und in
ihren Ohrläppchen blitzten winzige Perlenohrringe.

»Es war eigentlich ganz okay. Die Schule war nur ein paar
Gehminuten von unserem Haus entfernt, das war praktisch.
Natürlich war es dort nicht so nobel und die Sportanlagen waren
ein Witz, aber die Lehrer haben sich Mühe gegeben.«

»Muss schön gewesen sein, jeden Morgen im eigenen Zimmer
aufzuwachen«, sagte Cornelia mit einem wehmütigen Seufzer.

»Ich bin schon hier im Internat, seit ich zehn bin. Meine Eltern
sind Kardiologen und ständig auf irgendwelchen Kongressen.
Deshalb haben sie mich gleich nach der Volksschule hierher-
geschickt.«

»Vermisst du sie?«, fragte Verena vorsichtig.

»Am Anfang schon, aber jetzt nicht mehr.« Cornelia zuckte die
Schultern. »Ich weiß, dass sie mich lieben, auch wenn sie selten
Zeit für mich haben. Ihre Arbeit ist wichtig – sie retten Leben.
Wie könnte ich ihnen das vorwerfen?« Sie lächelte. »Außerdem
ist das hier jetzt mein Zuhause. Meine Freunde sind meine Fa-
milie – meine Wahlfamilie. Verstehst du?«

Verena nickte, obwohl sie es nicht wirklich tat. Sie hatte nie
viele Freunde gehabt. Jedenfalls keine richtigen. In ihrer alten
Schule war sie immer eine Außenseiterin gewesen. Vielleicht lag

es daran, dass sie ihre Freizeit lieber mit Büchern und Filmen als mit Menschen verbrachte. Oder weil sie die Klassenbeste gewesen war. Aber das machte ihr nichts aus. Sie hatte Tante Claire. Und natürlich Herrn Prinz. Mehr brauchte sie nicht.

»Und wie kommt es, dass du jetzt auf die Santa Clara gewechselt hast?«, fragte Cornelia und riss Verena aus ihren Gedanken. »Zwei Jahre vor dem Abschluss?«

»Ach, das war im Grunde ein glücklicher Zufall. Ich habe letztes Jahr einen Schreibwettbewerb gewonnen. Den Young Writers Award, falls du den kennst.« Sie hielt inne. Gott, sie klang wie eine Angeberin. »Jedenfalls hat mir meine Deutschlehrerin vorgeschlagen, mich für ein Stipendium hier zu bewerben. Sie meinte, die Santa Clara wäre ideal, da ich später mal im Ausland Literatur studieren möchte. Ich hätte nie gedacht, dass sie mich wirklich nehmen – aber hier bin ich.«

Cornelia nickte anerkennend. »Ein Freund von mir hat auch an dem Wettbewerb teilgenommen. Wenn du da gewonnen hast, musst du wirklich talentiert sein.«

»Na ja«, sagte Verena verlegen und wandte sich wieder ihrem Koffer zu. »Ich hoffe nur, dass ich mit euch mithalten kann. Ich musste eine Menge Ergänzungsprüfungen machen, vor allem in Französisch. Das war eine echte Herausforderung.«

»Ach, mach dir keine Sorgen. Das packst du schon.« Cornelias Blick fiel auf den Bilderrahmen, den Verena gerade auf den Nachttisch gestellt hatte. »Ist das deine Mutter?«

»Was? Oh, nein.« Verena lachte. »Meine Eltern sind schon lange tot. Jetzt gibt es nur noch mich und meine Tante Claire.«

»Das tut mir leid.«

Verena zuckte mit den Schultern. »Muss es nicht. Sie starben bei einem Lawinenunglück, als ich noch klein war. Ich kann mich kaum an sie erinnern.«

Cornelia sah sie mitfühlend an. Plötzlich verspürte Verena eine seltsame Verbundenheit mit ihr – als ob ihre Familiengeschichten sie irgendwie näherbrächten: Sie, das reiche Mädchen, dessen Eltern nie Zeit hatten, und Verena, die gar keine Eltern mehr hatte.

Dann fuhr Cornelia mit ihren Fragen fort: Ob Verena einen Freund habe (nein), wer ihr Lieblingsschauspieler sei (Heath Ledger) und welche Musik sie gerne höre (Mainstream-Pop und ein bisschen Hip-Hop). Cornelias Fragen prasselten so schnell auf sie ein, dass Verena sich wie in einem Verhör fühlte.

»Und, habe ich bestanden?«, fragte sie schließlich mit einem schiefen Lächeln, als Cornelia eine Pause machte, um Luft zu holen.

Cornelia grinste. »Vorerst. Nur noch eine letzte Frage.« Sie lehnte sich vor, und Verena hielt unwillkürlich den Atem an, gespannt, was nun kommen würde. »Jennifer oder Angelina?«

Verena brauchte einen Moment, um zu begreifen, was Cornelia meinte. Dann fiel ihr Blick auf das Cover der Zeitschrift, in der Cornelia zuvor gelesen hatte. Sie grinste breit. »Ganz klar Jennifer. Was für eine Frage!«

Cornelia klatschte in die Hände. »Richtige Antwort!« Sie stand auf, griff nach ihrem Rucksack und zwinkerte Verena zu. »Komm, zieh dich um. Wir gehen vor deiner Führung noch schnell in die Cafeteria. Der Latte macchiato dort ist gar nicht so übel.«

Kapitel 4

Leonie. Heute

Hallo. Ja, bitte?«
Die Frau, die mir die Tür öffnete, sah aus wie eine verzerrte Version des Mädchens auf dem Jahrbuchfoto. Ihr dunkles Haar fiel ihr in den gleichen Wellen über die Schultern, ihre braunen Augen hatten den gleichen wachsamen Ausdruck. Doch ihre Stirn war auffallend glatt, fast schon unnatürlich straff, als wären gezielt alle Spuren von Emotionen ausradiert worden.

»Anna Winter von *SmartSecure*«, stellte ich mich höflich vor. »Ich komme wegen des Sicherheitsupdates für Ihr Heimautomatisierungssystem.«

Cornelia musterte mich prüfend: die dunkle Kurzhaarperücke, die Fensterglasbrille und schließlich das Firmenlogo auf meiner Brust. Eine kaum sichtbare Regung zeigte sich zwischen ihren schmalen Augenbrauen.

»Ach, wirklich? Ich kann mich nicht erinnern, einen Termin vereinbart zu haben.«

»Nicht?« Ich zog ein Klemmbrett aus der Tasche und warf einen prüfenden Blick darauf. »Hier steht es aber: 29. August, 17 Uhr. Armin und Cornelia Steinböck.« Ich hob den Kopf und lächelte entschuldigend. »Sie sind doch Frau Steinböck, oder?«

»Nicht mehr lange«, entgegnete sie knapp und schüttelte verärgert den Kopf. »Aber ja, Sie sind bei mir richtig. Mein Ex muss den Termin vereinbart haben. Offenbar hielt er es nicht für nötig, mir Bescheid zu sagen.« Sie seufzte. »Worum geht es genau? Gibt es ein Problem mit dem System?«

»Nicht direkt. Unsere Produktentwickler haben lediglich ein paar kleine Schwachstellen entdeckt, die wir beheben wollen. Deshalb führen wir bei allen Kunden ein kostenfreies Update durch.«

»Hm. Und wie lange dauert das? Ich habe noch einen Termin und wollte eigentlich gleich los.«

»Maximal zwanzig Minuten. Ich überprüfe nur schnell, ob alles auf dem neuesten Stand ist, dann bin ich auch schon wieder weg. Aber wenn ich gerade ungelegen komme, können wir natürlich einen anderen Tag vereinbaren.« Ich machte eine kurze Pause, bevor ich betont beiläufig hinzufügte: »Allerdings sind wir bis Oktober komplett ausgebucht. Der nächstmögliche Termin wäre dann Anfang November.«

»Nein, schon gut.« Sie zögerte, nickte dann aber widerwillig. »Wenn es wirklich nur zwanzig Minuten dauert – kommen Sie rein.«

Ich streifte meine Schuhe ab und ließ mich von Cornelia Noch-Steinböck durch einen von Kunstwerken gesäumten Flur führen.

»Die Steuerungseinheit ist gleich da hinten«, rief sie mir über die Schulter zu. »Ich zeige sie Ihnen.«

Kurz darauf betraten wir den großzügigen Wohnbereich, der so groß war, dass mein eigenes Appartement locker zweimal hineingepasst hätte. Meine Augen blieben kurz an den technischen Details hängen: der Alarmanlage, deren Lämpchen dezent in der Ecke blinkten, den kaum sichtbaren Überwachungskameras, dem wandfüllenden Flachbildfernseher. Die Bewohner schienen nicht nur einen teuren Geschmack, sondern auch ein ausgeprägtes Faible für moderne Technik zu haben. Aber das wusste ich natürlich längst.

»Da ist sie«, sagte Cornelia und deutete auf ein schmales, schwarz glänzendes Paneel, das in die Wand eingelassen war.

»Vielen Dank.« Mit betont gelassener Miene trat ich näher, packte meinen Laptop aus und verband ihn mit der Steuerungseinheit. Der Touchscreen zeigte die benutzerfreundliche Oberfläche und leuchtete in einem sanften Blau.

»Sie haben wirklich ein schönes Zuhause.« Mein Blick schweifte kurz zu den Fenstern. »Und was für ein Ausblick! Ist das da drüben die Votivkirche?«

Cornelia nickte.

»Wirklich beeindruckend. In meinem Job komme ich ja viel herum, aber eine Wohnung wie Ihre sieht man doch selten. Und dazu noch diese Technik …«

»Tja, Armin hatte schon immer eine Schwäche für solche Spielereien«, erwiderte sie mit einem Anflug von Bitterkeit. »Als wir das Appartement gekauft haben, wollte er unbedingt alles ganz modern haben. Deshalb hat er auch auf dieses Smart-Home-System bestanden.«

»Nun, es freut mich, dass seine Wahl auf *SmartSecure* gefallen ist.« Ich lächelte freundlich, während ich vorgab, die Systemdiagnose auf dem Laptop zu starten. »Sind Sie zufrieden damit?«

»Im Großen und Ganzen ja. Die zentrale Steuerung über die App ist wirklich praktisch.« Sie zögerte kurz, bevor sie hinzufügte: »Anfangs hatte ich schon meine Bedenken. Man hört ja immer wieder von Hackerangriffen und Datenschutzproblemen …«

Ich nickte verständnisvoll. »Das ist ein berechtigter Einwand. Man kann nie vorsichtig genug sein. Es gab tatsächlich einige Fälle, in denen Einbrecher Schwachstellen in Sicherheitssystemen ausgenutzt haben, um sich Zugang zu verschaffen. So was passiert zum Glück selten, aber es zeigt, wie wichtig es ist, die Software immer auf dem neuesten Stand zu halten. Genau deshalb bin ich heute hier.«

Ich wandte mich wieder meinem Laptop zu, gab ein paar Befehle ein und stieß einen gespielten Seufzer aus. »Wie ich vermutet habe: Die Software ist ein wenig veraltet. Sind Ihnen in letzter Zeit irgendwelche Unregelmäßigkeiten aufgefallen?« Cornelia schüttelte den Kopf.»Nein. Aber ich bin auch nicht besonders technikaffin. Woran würde ich denn merken, dass etwas nicht stimmt?«

»Zum Beispiel an einem unerwarteten Verhalten der Geräte, einem ungewöhnlich hohen Energieverbrauch oder Einstellungen, die sich plötzlich von selbst ändern.« Ich lächelte beruhigend.»Aber wenn Ihnen nichts aufgefallen ist, scheint alles in Ordnung zu sein. Ich mache jetzt das Update und dann sind Sie mich auch schon wieder los. Könnten Sie bitte kurz mit Ihrem Passwort bestätigen?«

Diskret wandte ich den Blick ab, während sie den sechsstelligen Code eintippte. Das leise Piepsen der Tastatur erfüllte kurz den Raum, bevor sie das Eingabefeld schloss.

»Vielen Dank. Das dauert jetzt ein paar Minuten«, erklärte ich und konzentrierte mich wieder auf den Bildschirm.

Meine Finger flogen über die Tasten und ich konnte nur mit Mühe ein Schmunzeln unterdrücken. Es war schon fast amüsant, wie leichtfertig Menschen, die angeblich so viel Wert auf ihre Sicherheit legten, mit sensiblen Daten umgingen. Cornelia war da keine Ausnahme.

Dank ihrer Instagram-Fotos hatte ich schnell herausgefunden, wer der Anbieter ihres Smart-Home-Systems war und wo dessen Schwachstellen lagen. Mein vermeintliches Update war in Wirklichkeit ein sorgfältig getarnter Trojaner, der mir bald vollen Zugriff auf ihr System verschaffen würde − ohne dass sie oder sonst jemand es bemerken würde.

»So, das war's auch schon«, sagte ich schließlich und klappte meinen Laptop zu.»Ihre Privatsphäre ist gesichert.«

Cornelia, die ungeduldig von einem Bein aufs andere getreten war, stieß einen hörbaren Seufzer der Erleichterung aus.»Super, danke! Das ging ja schneller als gedacht.«

»Es war mir ein Vergnügen.« Lächelnd reichte ich ihr eine Visitenkarte, die jenen von *SmartSecure* täuschend ähnlichsah.

»Wenn Sie weitere Fragen haben, zögern Sie nicht, mich zu kontaktieren.«

Erst nachdem ich einige Häuserblocks zwischen mich und Cornelias Wohnung gebracht hatte, wagte ich es, die Perücke und die Brille abzunehmen. Meine Kopfhaut juckte und die Uniform klebte unangenehm an meinem Rücken. Trotzdem war ich innerlich in Hochstimmung.

Alles war perfekt nach Plan verlaufen. Cornelia hatte nicht den leisesten Verdacht geschöpft. Und schon bald würde ich ihr eine Lektion erteilen, die sie so schnell nicht vergessen würde.

Kapitel 5

September 2005. Verena

Ich glaube, ich bin im Himmel, dachte Verena, als sie am nächsten Morgen hinter Cornelia in den Speisesaal trat. Ihr Blick glitt über die hohen Decken, die prachtvollen Ölgemälde und die Wandteppiche, die im Licht der Morgensonne schimmerten. Eine Seite des Raumes wurde von einem offenen Kamin dominiert, der so groß war, dass man aufrecht darin hätte stehen können. Vorne am Buffet standen riesige Platten mit Käse, Schinken und einer Auswahl an Marmelade und Honig. Auf glänzenden Wärmeplatten dampften Rührei und Speck, während eine pausbäckige Köchin frische Omeletts und Pfannkuchen zubereitete.

»Wow«, stieß sie hervor. »Ist das hier immer so?«

»Sicher. Nur am Wochenende werden wir auf Diät gesetzt – dann gibt's nur trockenes Brot und Wasser. Der Tag des Herrn, verstehst du?«, sagte Cornelia und warf ihr einen spöttischen Seitenblick zu. »War nur ein Scherz.«

Nachdem sie ihre Teller mit Rührei, Speck und Croissants gefüllt hatten, sahen sie sich nach einem freien Platz um. Der Speisesaal war zum Bersten voll und an den rechteckigen Tischen war kaum noch etwas frei. Verena spürte unzählige Blicke auf sich – abschätzige Blicke, genau wie bei dem Mädchen im Hof gestern.

»Cornelia? Hier drüben, Süße!«

Cornelia wandte sich um und suchte den Saal ab. Ein Mädchen mit karamellblondem Haar winkte ihnen von einem Tisch weiter hinten zu. Neben ihr saß ein schlaksiger Junge, der sich ebenfalls zu ihnen umgedreht hatte.

Cornelia hob die Hand und steuerte zielstrebig auf die beiden zu. Verena blieb nichts anderes übrig, als ihr zu folgen, darauf bedacht, nicht über die Füße zu stolpern, die zwischen den Bänken hervorlugten.

»Mein Gott, Conny, na endlich!«

»Hi, Stefanie! Hi, Michael!« Cornelia stellte ihr Tablett ab und beugte sich zu den beiden hinunter, um sie auf die Wangen zu küssen.

»Wie geht es dir?«, fragte Stefanie. »Ich wollte schon eine Vermisstenanzeige aufgeben. Ulli hat gesagt, dass du gestern angekommen bist. Wieso hast du nichts gesagt? Wir haben am Abend eine kleine Party zur Einstimmung auf das neue Schuljahr gefeiert. Du hast echt was verpasst.«

»Sorry, mein Akku war leer«, antwortete Cornelia und zuckte die Schultern. »Außerdem wollte ich erst mal in Ruhe auspacken.«

Stefanie zog eine Schnute. »Ich habe dir diesen Sommer bestimmt tausend Mal geschrieben. Warum hast du nie zurückgerufen? Ein Lebenszeichen wäre schon schön gewesen.«

Cornelia senkte den Blick. »Ich weiß, tut mir leid. Aber nach allem, was letztes Jahr passiert ist, brauchte ich einfach Zeit, um … alles zu verarbeiten.«

Unbehaglich verlagerte Verena ihr Gewicht von einem Bein auf das andere, während das Tablett in ihrer Hand immer schwerer wurde. Zwischen den beiden schien es förmlich zu knistern, und sie fühlte sich zunehmend fehl am Platz. Stefanie wirkte wütend, und Cornelia schwankte zwischen Trotz und Reue. Keine von ihnen beachtete sie.

»Ach, Schwamm drüber«, sagte Stefanie schließlich und winkte ab. »Jetzt bist du ja hier. Setz dich! Michael und ich haben extra einen Platz für dich freigehalten. Ludo und Aaron sollten auch gleich kommen.«

Das war's dann also. Es war offensichtlich, dass Verena hier nicht erwünscht war. Sie wollte sich gerade umdrehen, um sich woanders einen Platz zu suchen, als Stefanie sie direkt ansah. »Entschuldige, und du bist …?«

»Verena«, antwortete sie hastig. »Verena Martins. Ich bin neu hier.«

Cornelia schlug sich mit der Hand auf den Mund. »Oh, sorry, manchmal bin ich echt ein Trampel.« Sie lächelte entschuldigend. »Verena ist meine neue Mitbewohnerin. Sie hat ein Stipendium bekommen und ist auch in unserem Jahrgang. – Verena, das sind Stefanie Worcester und Michael Stricker.«

»Ihre besten Freunde«, fügte Stefanie hinzu. Ihr Lächeln verblasste, als sie Verena musterte. »Soso, noch eine Stipendiatin also.« Ihr Tonfall war abschätzig, als würde sie eine faule Frucht am Obststand begutachten.

Michael hingegen lächelte freundlich. »Willkommen, Verena! Setz dich doch, bevor dein Rührei ganz kalt wird. Wir rücken einfach ein bisschen zusammen.«

Erleichtert ließ sich Verena neben Michael nieder, der seinen Rucksack auf den Boden stellte, um Platz zu schaffen. Cornelia setzte sich ihr gegenüber neben Stefanie. Während Verena ihr Tablett zurechtrückte, musterte sie die beiden verstohlen.

Michael, mit seinen lockigen Haaren und den langen Wimpern über den blaugrünen Augen, kam ihr irgendwie bekannt vor, aber sie konnte nicht genau einordnen, woher. Stefanie war groß und schlank, mit einer langen blonden Mähne, die in perfekten Wellen über ihren Rücken fiel. Ihre fein gezupften Augenbrauen verliehen ihrem Gesicht etwas Herausforderndes. Der Rock ihrer Uniform war deutlich kürzer als der von Verena und ihre Bluse saß so eng, als wäre sie ihr auf den Leib geschneidert. Ihre ganze Erscheinung wirkte fast schon übernatürlich – faszinierend und einschüchternd zugleich.

»Verena hat letztes Jahr den Young Writers Award gewonnen«, sagte Cornelia und biss in ihr Croissant. »Cool, oder?«
»Starke Leistung«, bestätigte Michael und nickte anerkennend. »Alle Achtung.«

Stefanie sagte nichts.

»Michael hat auch an einem Wettbewerb teilgenommen«, fügte Cornelia mit vollem Mund hinzu und verteilte dabei Krümel auf der Tischplatte. »Er hat monatelang an seiner Kurzgeschichte geschrieben. Irgendwas mit ... einer dystopischen Zukunft? Ich kann mir nie merken, was genau. Wir alle waren ziemlich überrascht, dass er nicht gewonnen hat. Im Geschichtenerzählen kann ihm sonst kaum jemand das Wasser reichen, stimmt's, Michael?« Sie zwinkerte ihm kumpelhaft zu.

Verena riss die Augen auf, denn plötzlich fiel ihr wieder ein, wo sie Michael schon einmal gesehen hatte: bei der Preisverleihung im letzten Jahr. Er hatte den dritten Platz belegt.

»Die Geschichte von der Stadt, in der Emotionen verboten sind und die Menschen vergessen haben, wie man lacht oder weint«, sagte sie langsam. »Jetzt erinnere ich mich wieder. Die war wirklich gut.«

Michael zuckte verlegen mit den Schultern. »Danke, aber deine Story über das Mädchen, das in einer verlassenen Bibliothek lebt und die Welt nur aus Büchern kennt, war besser. Besonders der Twist am Ende, als sie herausfindet, dass die wirkliche Welt ganz anders ist, als sie dachte. Du hast den Sieg verdient.«

»Wie süß!«, warf Stefanie spöttisch ein. »Zwei Bücherwürmer unter sich. Hast du dir eigentlich schon überlegt, welchen Sport du hier machen willst, Verena? Oder bist du eher der Typ, der den ganzen Tag nur in der Bibliothek rumhängt?«

»Welchen Sport?«, wiederholte Verena, etwas überrumpelt von dem abrupten Themenwechsel.

»Natürlich«, sagte Stefanie und zog eine Augenbraue hoch, als ob Verena schwer von Begriff wäre. »Sport ist an der Santa Clara Pflicht. Aaron und Ludo sind im Fußballteam, sie sind richtig gut. Michael ist in der Laufmannschaft. Die meisten Mädchen wählen Badminton oder Volleyball. Oder machen Ballett, so wie ich.«

»Hm, das habe ich mir noch gar nicht überlegt.« Verena wandte sich an Cornelia. »Welche Sportart machst du denn?«

»Früher habe ich Ballett gemacht, aber dann …«

»Hat sie letztes Jahr hingeschmissen«, fiel Stefanie ihr ins Wort. »Kluge Entscheidung, wenn ihr mich fragt. Niemand will diese Schenkel in einem Tutu sehen. Nichts für ungut, Conny.«

Eine peinliche Stille trat ein, während Cornelia knallrot anlief und sich diskret den Rock über die Knie zog. Michael stocherte auf seinem Teller herum und Verena spürte, wie sich ihr Magen vor Wut zusammenzog. Stefanies Kommentar war einfach nur gemein. Dabei war ihre Mitbewohnerin gar nicht übergewichtig – vielleicht etwas kurviger, aber alles an den richtigen Stellen. Atemlos wartete sie darauf, dass Cornelia irgendeinen schlagfertigen Konter vom Stapel ließ, doch die zuckte nur betont gleichgültig mit den Schultern.

»Volleyball passt ohnehin viel besser zu mir.«

»Sag ich doch!«, sagte Stefanie und tätschelte ihrer Freundin gönnerhaft das Bein.

»Ähm … also, ich habe mich jedenfalls noch nicht entschieden«, warf Verena ein, um die Anspannung am Tisch zu entschärfen. »Aber ich jogge ganz gerne. Vielleicht mach ich das hier auch.«

Michael nickte zustimmend. »Das ist eine gute Idee. Ende der Woche haben wir unser erstes Treffen. Wir trainieren für den Staffellauf im Frühjahr und da können wir immer ein paar frische Beine gebrauchen. Komm doch einfach mal vorbei und mach mit.«

»Sehr schön.« Stefanie warf die Haare in den Nacken und lächelte schmallippig. »Apropos Sportskanone: Hast du eigentlich endlich mit Aaron gesprochen, Cornelia?«

»Seit Juni, meinst du?«

»Nein, seit der Steinzeit.« Stefanie verdrehte die Augen. »Ludo und er waren in den letzten Wochen in Cannes im Haus von Ludos Eltern. Ich war sie dort besuchen – was du wüsstest, wenn du einen meiner Anrufe angenommen hättest.« Sie schüttelte den Kopf. »Im Ernst, Conny, ihr beide müsst das klären. Sonst bringt ihr noch die ganze Gruppendynamik durcheinander.«

Cornelia öffnete den Mund, doch bevor sie etwas erwidern konnte, erklang eine tiefe Stimme hinter ihnen.

»Oh, gut, ihr habt mir einen Platz freigehalten.«

Neugierig drehte Verena sich um und sah einen großgewachsenen Jungen mit einer Kaffeetasse in der Hand an ihrem Tisch stehen. Er hatte auffallend grüne Augen und breite Schultern. Sein rötliches Haar war noch leicht feucht, als hätte er eben erst geduscht.

»Hi, Leute. Was geht?«, sagte er und schwang lässig ein Bein über die Bank, um sich neben Stefanie niederzulassen. Im Augenwinkel bemerkte Verena, wie sich Cornelias Körperhaltung versteifte.

»Na, wen haben wir denn da?«, fragte er, als er Verena erblickte.

»Das ist Verena Martins«, verkündete Stefanie, bevor Verena auch nur ein Wort herausbringen konnte. »Du weißt schon – das neueste Sozialprojekt unseres Rektors. Sie hat letztes Jahr den Young Writers Award gewonnen und dafür ein Stipendium bekommen.«

»Verena ist meine neue Mitbewohnerin«, warf Cornelia leise ein, ohne den großgewachsenen Jungen anzusehen.

»Schön, dich kennenzulernen, Verena.« Er grinste breit, streckte ihr die Hand entgegen und entblößte eine Reihe ebenmäßig weißer Zähne. »Ich bin Aaron.«

»Danke, gleichfalls«, murmelte Verena, während ihr die Röte ins Gesicht stieg. Stefanies herablassende Art ging ihr allmählich gehörig auf die Nerven. Meine Güte, wie hielten Michael und Cornelia es bloß mit ihr aus?

»Wer ist denn dein Klassenvorstand, Verena?«, fragte Michael unvermittelt. »Kornfeld oder Trummer?«

Dankbar für die Ablenkung, zog Verena ihren Stundenplan aus der Tasche und warf einen schnellen Blick darauf. »Kornfeld.«

»Ah, perfekt, den hab ich auch.« Michael erhob sich und schulterte seinen Rucksack. »Wir sollten sowieso los. Kornfeld hasst es, wenn man zu spät kommt. Komm, ich zeig dir den Weg.«

»Ähm … danke.« Verena stand ebenfalls auf und folgte ihm, froh, der Tischgemeinschaft zu entkommen.

»Einmal Streber, immer Streber!«, rief Stefanie ihnen hinterher.

Michael drehte sich kurz um und zeigte ihr grinsend den Mittelfinger. »Ja, klar, wer's glaubt! Bis später dann. Wir sehen uns.«

Kapitel 6

Leonie. Heute

Ah, da sind Sie ja«, begrüßte mich Stefanie, als sie mir am darauffolgenden Montag die Tür öffnete. »Pünktlich auf die Minute, das gefällt mir.«

»Guten Morgen, Frau Hellstein«, antwortete ich höflich. »Nochmals vielen Dank, dass Sie sich für mich entschieden haben. Ich freue mich darauf, mehr Zeit mit Ihrer Tochter zu verbringen.«

»Oh, bitte – nenn mich Stefanie, ja? Frau Hellstein klingt viel zu förmlich, ich fühle mich sonst wie eine alte Dame.« Sie lachte leichthin und warf ihr blondes Haar über die Schulter.

»Natürlich. Danke, ähm … Stefanie.«

Mit einer leicht ungeduldigen Geste trat sie zur Seite und ich folgte ihr in die Küche.

Neugierig sah ich mich um. Hohe Decken ließen den Raum großzügig und luftig wirken. Die glänzenden Edelstahlgeräte boten einen modernen Kontrast zu dem massiven Esstisch aus dunklem Holz. Den Mittelpunkt bildete eine imposante Kücheninsel, auf der frische Kräuter und ein Korb mit Obst standen.

»Mia ist schon im Kindergarten«, erklärte Stefanie, während sie in einer der Schubladen kramte. »Bitte denk daran, sie pünktlich um zwei abzuholen. Wir wohnen hier ja ein wenig ab vom Schuss, deshalb nimmst du am besten eines unserer Autos.«

Sie zog einen Schlüsselbund hervor und überreichte ihn mir mit feierlicher Miene. »Der hier ist für den BMW. Die Fahrzeugpapiere findest du hinter der Sonnenblende. Die anderen Schlüssel sind für die Haustür und die Garage.«

»Alles klar.«

»Und sei bitte vorsichtig beim Ausparken. Die Einfahrt ist ziemlich schmal, und Ludos Ferrari steht direkt daneben. Es ist ein Oldtimer, sein absolutes Heiligtum – nicht auszudenken, wenn er auch nur den kleinsten Kratzer abbekommt.«

»Ich passe auf, versprochen.« Nach kurzem Zögern fragte ich: »Wo ist eigentlich Ihr … ähm … dein Mann? Ich habe schon so viel über ihn gehört und bin gespannt darauf, ihn persönlich kennenzulernen.«

»Ludo hat heute einen Termin beim Stadtrat und musste zeitig los. Aber ich bin mir sicher, dass ihr euch in den nächsten Tagen sehen werdet.«

»Natürlich«, sagte ich schnell und bemühte mich, mir meine Enttäuschung nicht anmerken zu lassen.

Stefanie nickte knapp. Offensichtlich war das Thema damit für sie erledigt. »Während Mia im Kindergarten ist, wäre es toll, wenn du zum Supermarkt fahren könntest – die Einkaufsliste hängt am Kühlschrank. Und wenn danach noch Zeit ist, könntest du schon mal die Wäsche bügeln. Ich zeige dir gleich, wo alles ist.«

Bügeln war zwar eigentlich nicht Teil der Abmachung gewesen, aber ich ließ mir nichts anmerken. »Kein Problem. Soll ich am Nachmittag mit Mia auf den Spielplatz gehen?«

»Was? Oh ja, das ist eine gute Idee«, erwiderte Stefanie, ohne den Blick von ihrem Handy zu heben, das auf der Kücheninsel lag. Eine Instagram-Benachrichtigung leuchtete auf, und ihre Finger flogen kurz über den Bildschirm, bevor sie sich wieder mir zuwandte. »Im Pötzleinsdorfer Schlosspark gibt es einen Waldspielplatz, den mag sie besonders gern. Und vergiss nicht, sie gut einzucremen – ihre Haut ist so empfindlich. Die Sonnencreme steht im Badezimmerschrank.«

»Mach ich.«

»Um vier machst du ihr dann einen kleinen Snack. Am besten Obst – aber bitte kein Steinobst, darauf ist sie allergisch.«

Nachdem Stefanie mir eine kurze Führung durchs Haus gegeben und dabei auf jede Kleinigkeit hingewiesen hatte, die ihr wichtig erschien, schaute sie auf ihre Armbanduhr und seufzte. »Eigentlich würde ich gerne noch einen Kaffee mit dir trinken, aber dafür ist jetzt leider keine Zeit mehr. Ich habe gleich ein Produktshooting und muss vorher noch zum Friseur.« Sie zupfte an einer perfekt sitzenden Haarsträhne und warf einen flüchtigen Blick auf ihr Spiegelbild im glänzenden Edelstahl der Kühlschranktür. »Aber du weißt ja, wo die Kaffeemaschine steht. Milch ist im Kühlschrank, falls du welche brauchst.«

»Alles gut, ich komme zurecht«, erwiderte ich und versuchte dabei, nicht allzu genervt zu klingen. »Mia ist bei mir in guten Händen. Und wenn irgendetwas sein sollte, habe ich ja deine Nummer.«

»Ja, stimmt«, murmelte sie zerstreut und schwang sich ihre Handtasche über die Schulter. Kurz darauf fiel die Haustür mit einem dumpfen Knall hinter ihr ins Schloss.

Ich ließ sicherheitshalber ein paar Minuten verstreichen, falls Stefanie noch einmal zurückkam, dann durchquerte ich den Flur und schlich die Treppe ins obere Stockwerk hinauf. Hier lagen die Schlafzimmer, das großzügige Badezimmer der Eltern und sogar eine kleine Bibliothek. Ludos Arbeitszimmer befand sich am Ende des Gangs, die letzte Tür auf der rechten Seite.

Behutsam drückte ich die Klinke hinunter und schlüpfte hinein. Die bodenlangen Vorhänge ließen nur einen schmalen Lichtstreifen ins Zimmer und es dauerte einen Moment, bis sich meine Augen an das Halbdunkel gewöhnt hatten.

Der Raum wurde von einem massiven Schreibtisch dominiert, auf dem ein riesiger Bildschirm prangte. Dahinter standen Regale mit akribisch aufgereihten Aktenordnern; an den Wänden hingen gerahmte Fotos, die Ludwig Hellstein in der Gesellschaft von Persönlichkeiten zeigten, deren Gesichter mir vage bekannt vorkamen – einflussreiche Politiker, Unternehmer, Mediengrößen. Langsam umrundete ich den Schreibtisch und ließ mich in den ledergepolsterten Sessel sinken. Meine Fingerspitzen strichen über das kühle Holz und ich konnte mir lebhaft vorstellen, wie Ludo hier saß, wichtige Telefonate führte und Entscheidungen fällte, die das Leben vieler Menschen beeinflussten. Ich fragte mich, wie es wohl sein mochte, in seiner Haut zu stecken – in eine Familie hineingeboren zu sein, die ihm nicht nur ein beträchtliches Vermögen in die Wiege gelegt, sondern auch ein Netzwerk einflussreicher Kontakte vererbt hatte. Heute galt er als einer der mächtigsten Gemeinderäte Wiens, und den Umfragen nach zu urteilen, hatte seine Partei gute Chancen, bei den Wahlen im Herbst die Mehrheit im Gemeinderat zu erringen – und ihn damit zum Bürgermeister zu machen.

Ludos Leben schien einfach perfekt: eine steile Karriere, eine schöne Frau und zwei bezaubernde Kinder. Die Fotos an der Wand zeigten ihn auf Galas, bei politischen Veranstaltungen und in vertrauten Momenten mit seiner Familie. Bilder eines Mannes, der Erfolg, Macht und Familienglück in sich vereinte. Aber wie viele Opfer waren nötig gewesen, um ihn an diesen Punkt zu bringen? Und wer hatte den Preis dafür bezahlt?

Schließlich riss ich meinen Blick von den Fotos los und wandte mich dem Laptop zu, der über eine Dockingstation mit dem Monitor verbunden war. Ich drückte auf den Einschaltknopf und die übliche Anmeldemaske erschien. Nach kurzem Zögern gab ich einige gängige Passwörter ein: die Namen seiner Kinder, Geburtstage, banale Kombinationen wie »Passwort123« oder »Admin«. Nichts davon funktionierte.

Letztlich musste ich einsehen, dass es zwecklos war. Es war ohnehin naiv gewesen zu glauben, dass Ludo es mir so leicht machen würde. Mit einem leisen Seufzer schaltete ich den Computer wieder aus.

Dann also Plan B.

Ich ging nach unten, um meine Handtasche zu holen. Darin befanden sich die technischen Spielereien, die ich mitgebracht hatte: eine winzige WLAN-fähige Kamera, unauffällig in einem Bilderrahmen verborgen, und ein in einem Kugelschreiber untergebrachtes, getarntes Mikrofon.

Den Kugelschreiber schob ich zwischen die anderen Schreibutensilien in den Stifthalter. Ein Alltagsgegenstand unter seinesgleichen, völlig unauffällig. Perfekt. Dann wandte ich mich den gerahmten Fotos an der Wand zu. Mein Blick blieb an einem Gruppenbild von Ludo inmitten anderer Anzugträger hängen, das so ausgerichtet war, dass es den gesamten Schreibtisch und den Bildschirm erfassen würde. Vorsichtig nahm ich es von der Wand, löste das Foto aus seinem Rahmen und tauschte diesen gegen den Rahmen aus meiner Tasche aus – den mit der integrierten Kamera.

Ich hängte das Bild wieder an seinen Platz und trat anschließend einen Schritt zurück. Mein Blick wanderte prüfend durch den Raum. Alles sah genauso aus wie vorher. Niemand, der nicht gezielt nach Überwachungsgeräten suchte, würde etwas bemerken.

Gerade als ich wieder nach unten gehen wollte, um die Einkäufe zu erledigen, die Stefanie mir aufgetragen hatte, vibrierte mein Handy in meiner Tasche. Ein Blick auf das Display ließ mich innerlich aufstöhnen: Frau Neumann, meine Sozialberaterin. Natürlich. Als hätte sie geahnt, dass ich gerade etwas Verbotenes getan hatte.

Ich fluchte leise, nahm den Anruf aber dennoch an.

»Hallo, Leonie«, begrüßte sie mich fröhlich. »Hier ist Frau Neumann. Ich hoffe, ich störe dich nicht? Wie läuft's denn so bei dir?«

»Oh, hallo, Frau Neuman«, antwortete ich ebenfalls betont munter. »Ich habe gerade einen neuen Job angefangen. Heute ist mein erster Tag – es könnte also kaum besser laufen.«

»Einen neuen Job? Das ist ja wunderbar! Was denn für einen Job?«

»Kinderbetreuung. Bei einer echt netten Familie. Ist natürlich nichts auf Dauer, aber für den Moment passt es ganz gut.«

»Kinderbetreuung?«, wiederholte sie überrascht. »Das hätte ich jetzt nicht erwartet. Wolltest du nicht etwas im IT-Bereich machen?«

»Ja, schon.« Ich räusperte mich verlegen und gab mir alle Mühe, meine Stimme locker klingen zu lassen. »Aber ich dachte, ich gönne mir erst mal eine Pause von den Computern. Die haben mich schließlich immer nur in Schwierigkeiten gebracht, oder?«

»Auch wieder wahr.« Sie lachte kurz, aber es klang ein wenig aufgesetzt. »Und sonst? Irgendwelche Probleme, von denen ich wissen sollte?«

Ich dachte an die Kamera und das Mikrofon, die ich vor wenigen Minuten im Zimmer meines Arbeitgebers versteckt hatte, dachte an die Daten von Cornelias Smart-Home-System, die live auf meinen Laptop zu Hause übertragen wurden, und an all die Dinge, die ich noch vorhatte – und was dabei alles schiefgehen konnte.

»Nein, wirklich nicht«, beteuerte ich und zwang mich zu einem Lächeln, das sie natürlich nicht sehen konnte. »Sie brauchen sich keine Sorgen zu machen.«

»Das freut mich, Leonie. Und – bleib dran, ja? Du hast dich in den letzten Monaten großartig geschlagen. Ich bin stolz auf dich!«

»Danke, Frau Neumann. Bis dann.«

Nachdem wir aufgelegt hatten, atmete ich tief durch. Meine Hände zitterten leicht, als ich das Handy wegsteckte. Der Klang ihrer Worte hallte noch in meinem Kopf nach: *Ich bin stolz auf dich!*

Wenn sie nur wüsste!

Kapitel 7

September 2005. Verena

Na, hast du den ersten Schock schon überwunden?«, fragte Michael, während er neben Verena den breiten Flur entlanglief. Gruppen von Schülern drängten sich an ihnen vorbei – einige eilten noch schnell in den Speisesaal, andere bahnten sich ihren Weg zu den Klassenzimmern. Obwohl Verena sich den Lageplan der Schule angesehen hatte, kam ihr das Gebäude wie ein Labyrinth vor. Die Räume schienen ohne erkennbares Ordnungssystem über das ganze Gebäude verteilt worden zu sein. Sie versuchte, sich den Weg einzuprägen, aber die vielen Abzweigungen und das Gewusel machten es ihr unmöglich, den Überblick zu behalten.

»Was meinst du?«

»Na ja, es muss doch seltsam sein, an eine neue Schule zu kommen, wo sich alle schon ewig kennen.«

Einen Moment lang ließ Verena seine Worte auf sich wirken. »Ja, es ist definitiv eine Umstellung«, antwortete sie schließlich. »Und natürlich vermisse ich mein Zuhause und meine Tante.« Sie hielt inne und schüttelte innerlich den Kopf. *Meine Güte, geht's noch erbärmlicher?* »Aber die Chance, hier meinen Abschluss zu machen, war einfach zu verlockend, um sie auszuschlagen. Ich bin froh, hier zu sein.«

»Du wirst sehen, in ein paar Wochen fühlst du dich hier wie zu Hause.«

»Meinst du?«

»Na klar. Bei mir war es genauso, als ich in der Mittelstufe hierher gewechselt bin. Anfangs war es hart, aber dann habe ich Aaron und Ludo kennengelernt und die haben mich in ihre Clique aufgenommen. Das wird bei dir auch so sein.«

»Hoffentlich«, murmelte Verena und dachte an Stefanies kühle, abweisende Art beim Frühstück. »Cornelia ist wirklich nett, aber Stefanie scheint mich nicht besonders zu mögen. Ist sie immer so …«

»… so eine Bitch?«, half Michael ihr grinsend aus.

Verena lachte. »Ja, genau.«

»Stefanie kommt anfangs ziemlich kratzbürstig rüber, aber das legt sich irgendwann.«

»Weil ich neu hier bin, meinst du?«

Michael seufzte. »Vor allem wegen des Stipendiums. Die Worcesters und einige andere Familien gehen schon seit Generationen auf die Santa Clara. Manche von ihnen glauben, sie hätten dadurch einen besonderen Status erworben – als ob ihnen die Schule quasi von Geburt an gehören würde.« Er verdrehte die Augen. »Es gibt hier im Grunde zwei Arten von Schülern: die, die glauben, sie könnten sich alles erlauben, weil ihre Eltern reich sind, und die, die es aus eigener Kraft hierhergeschafft haben – so wie du. Und wenn du mich fragst, ist das die weitaus größere Leistung.«

Verena sah ihn an und bemerkte, dass er lächelte – ein ehrliches, offenes Lächeln, das seine Augen zum Leuchten brachte. Erst jetzt fiel ihr auf, wie gut er aussah. Er hatte nicht die lässige Arroganz von Aaron, aber er strahlte ein unaufdringliches Selbstvertrauen aus, das es einem leicht machte, sich in seiner Nähe wohlzufühlen.

Um sich von dem Kribbeln in ihrem Bauch abzulenken, fragte sie: »Was hat Cornelia vorhin eigentlich gemeint? Sie sagte, sie müsste etwas verarbeiten. Worum ging es da?«

Michael zögerte kurz, bevor er antwortete:»Du weißt es vermutlich nicht, aber Cornelia und Aaron waren bis vor kurzem ein Paar. Irgendein dummer Streit im Juni hat sie auseinandergebracht. Wahrscheinlich hat sie sich deshalb etwas zurückgezogen.« Verena erinnerte sich an die seltsame Stimmung beim Frühstück und nickte langsam. Doch Michaels vorsichtige Wortwahl ließ vermuten, dass mehr hinter der Geschichte steckte, als er ihr sagen wollte. Aber sie hatte keine Zeit, genauer nachzuhaken. Immer mehr Schüler strömten jetzt durch die Flure, und sie drückte ihre Tasche fest an sich, um nicht von der Menge mitgerissen zu werden.

Vor einer der Türen blieb Michael schließlich stehen.

»Da wären wir«, sagte er.»Nach dir.«

Neugierig trat Verena ein und sah sich um. Das Klassenzimmer war geräumig und hell, mit großen Fenstern und alten Dielen, die unter ihren Schritten knarrten. In drei Reihen standen jeweils vier Zweierbänke, von denen die meisten bereits besetzt waren. An der Rückwand reihten sich hohe Spinde, die mit Fotos und Postern beklebt waren.

Sie steuerte auf eine freie Bank in der ersten Reihe zu, aber Michael hielt sie am Arm zurück.

»Nicht da hin«, flüsterte er.»Kornfeld hat … sagen wir mal, ein sehr lebhaftes Temperament. Du hättest ihn letztes Jahr erleben sollen, als er über Shakespeare geredet hat − er spuckt wie ein Lama, wenn er in Fahrt kommt.« Er deutete auf ein paar freie Plätze in der mittleren Reihe.»Setzen wir uns lieber da drüben hin.«

»Danke für den Tipp«, erwiderte Verena grinsend und schlängelte sich zu dem vorgeschlagenen Platz durch. Michael folgte ihr, schüttelte unterwegs lässig ein paar Hände und verteilte ein paar Schulterklopfer, bevor er sich neben sie setzte.

Die Schulglocke läutete den Beginn der ersten Stunde ein, und fast zeitgleich betrat ein Mann mittleren Alters den Raum.

Er trug einen altmodischen Tweedanzug, sein grau melierter Vollbart betonte eine scharfe Kinnlinie.

»Guten Morgen, Klasse«, rief Professor Kornfeld, legte einen Stapel Bücher auf dem Pult ab und rückte seine Brille zurecht. Das Gemurmel der Schüler verstummte allmählich, und alle Blicke richteten sich nach vorne.

»Schön, euch alle wohlbehalten wiederzusehen. Euch bleiben jetzt nur noch zwei Jahre bis zur Matura – zwei Jahre, die für eure Zukunft entscheidend sein werden.« Kornfeld machte eine bedeutungsschwangere Pause und ließ seinen Blick über die Schülerreihen gleiten. »Die kommenden Monate werden anspruchsvoll sein und euch viel abverlangen. Ich erwarte von euch vollen Einsatz und absolute Disziplin.«

Michael stieß Verena in die Seite und verdrehte die Augen. »Immer so dramatisch, der gute Kornfeld.«

Verena kicherte.

»Doch bevor wir uns der Literatur des 19. Jahrhunderts zuwenden, möchte ich eine neue Schülerin in unserer Mitte willkommen heißen«, fuhr der Professor fort. »Ich erwarte, dass ihr sie mit offenen Armen aufnehmt und ihr bei der Eingewöhnung helft.« Er nickte Verena freundlich zu und lächelte. »Darf ich vorstellen? Das ist Verena Martins.«

Ein Rascheln war zu hören, als sich alle Köpfe in ihre Richtung wandten. Verena senkte verlegen den Blick. »Danke.«

Kornfeld nickte knapp. »Nun zu einem etwas unerfreulichen Thema«, setzte er an, doch ehe er weitersprechen konnte, wurde die Klassentür mit einem lauten Knall aufgerissen. Er drehte sich um, und sein Gesicht verzog sich missbilligend, als er Aaron erkannte.

»Schön, dass du uns auch noch mit deiner Anwesenheit beehrst, Beron«, sagte er sarkastisch. »Ich hoffe, du findest dieses Jahr öfter mal pünktlich den Weg zum Unterricht.«

»Jawohl, Chef. Wird nicht wieder vorkommen«, entgegnete Aaron mit einer kleinen Verbeugung, die nicht im Geringsten schuldbewusst wirkte. Lässig schlenderte er durch die Reihen und ließ sich auf dem freien Platz an Michaels anderer Seite nieder. »Na, Alter, hab ich was Spannendes verpasst?«

Kornfeld räusperte sich gereizt. »Wie ich bereits sagte«, fuhr er fort, diesmal mit deutlichem Nachdruck in der Stimme, »habe ich etwas Ernstes mit euch zu besprechen. Heute Morgen habe ich einen Hinweis erhalten. Ein Schüler eures Jahrgangs soll Marihuana konsumiert und – schlimmer noch – die Drogen nach den Ferien in die Schule geschmuggelt haben.«

Ein ungläubiges Raunen ging durch die Klasse.

»Sind Sie sicher? Gras – hier an der Santa Clara?«, rief ein Mädchen hinter Verena überrascht, während ein anderer Schüler fragte: »Wer behauptet denn so was?«

Professor Kornfeld hob die Hand, und es wurde schlagartig still. »Es interessiert mich nicht, was ihr in euren Ferien macht, aber der Konsum von Drogen auf dem Schulgelände ist strengstens verboten.« Seine Miene war ernst, als er sich mit dem Rücken an das Lehrerpult lehnte. »Da wir uns jedoch am Anfang eines neuen Schuljahres befinden, bin ich gewillt, Nachsicht walten zu lassen. Wenn der oder die Betreffende das Marihuana jetzt freiwillig abgibt, werde ich ausnahmsweise von weiteren Konsequenzen absehen.«

»Aber woher wollen Sie wissen, dass es jemand von uns ist?«, rief ein Junge aus der ersten Reihe.

»Das weiß ich natürlich nicht, aber das spielt keine Rolle. Als euer Klassenvorstand muss ich der Sache trotzdem nachgehen. Professor Trummer wird dasselbe in seiner Klasse tun.«

Wieder entstand ein leises Murmeln, begleitet von hastigen Blickwechseln.

»Ruhe!«, brüllte Kornfeld scharf und sprenkelte die vorderen Bänke mit Spucketröpfchen. »Das ist eure letzte Chance: Wenn einer von euch weiß, um welchen Schüler es sich handelt, wäre jetzt der richtige Zeitpunkt, mit der Sprache herauszurücken. Ansonsten bleibt mir nichts anderes übrig, als eure Taschen und Spinde zu durchsuchen.«

Angespannte Stille breitete sich aus. Keiner rührte sich, keiner sagte ein Wort.

»Nun gut«, sagte Kornfeld schließlich. »Sagt hinterher nicht, ich hätte euch nicht gewarnt. Wir fangen vorne an.«

Seine Schritte hallten durch das Klassenzimmer, als er sich langsam von Tisch zu Tisch vorarbeitete. Wie erstarrt beobachtete Verena, wie ihre Mitschüler nacheinander ihre Rucksäcke öffneten und den Inhalt auf die Tische legten. Zerfledderte Lehrbücher, Notizblöcke, verstreute Stifte und zerbröselte Müsliriegel kamen zum Vorschein – aber keine Drogen. Es war so still, dass man eine Stecknadel hätte fallen hören.

Methodisch arbeitete sich Kornfeld durch die Reihen und kam schließlich bei den Spinden im hinteren Teil des Raumes an.

»Bitte öffnen!«, forderte er ein dunkelhaariges Mädchen auf, das vor Nervosität ganz blass geworden war. Doch auch hier war nichts Verdächtiges zu finden.

Dann war Verena an der Reihe. Obwohl sie genau wusste, dass sie nichts zu verbergen hatte, zitterten ihre Hände, als sie die Zahlenkombination ihres Spinds eingab. Wie erwartet war er leer – bis auf ein gebrauchtes Papiertaschentuch und ein paar Chipskrümel. Kornfeld nickte ihr kurz zu und setzte seine Suche fort. Erleichtert ließ sich Verena auf ihren Platz zurücksinken. Die Situation kam ihr surreal vor, als wäre sie in einer bizarren Szene eines schlechten Krimis gelandet.

Die Minuten schleppten sich dahin, bis plötzlich ein triumphierendes »Na bitte, wer sagt's denn?« die Stille durchbrach.

Eine Welle des Schocks ging durch die Klasse, als der Professor ein kleines Plastiktütchen aus einem der Spinde zog. Ein Mädchen neben Verena schrie leise auf. Als sie sich zu ihr drehte, erkannte sie die hübsche Blonde, die so unfreundlich gewesen war, als sie sie am Tag zuvor nach dem Weg gefragt hatte. Jetzt stand sie neben Kornfeld und starrte entsetzt auf das Tütchen.

»Aber … das gehört mir nicht!«, rief sie aufgebracht. »Das muss ein Missverständnis sein!«

Kornfelds Blick war eisig. »Und wie sind die Drogen dann in deinen Spind gekommen, Marie? Haben sie etwa Beine bekommen und sind selbst hineingeklettert?«

»Ich … Ich weiß es nicht. Jemand muss sie mir untergeschoben haben!« Maries Stimme zitterte. Tränen schossen ihr in die Augen. »Ich schwöre, ich habe in meinem ganzen Leben noch nie Gras geraucht!« Ihre verzweifelten Worte gingen im Getuschel ihrer Mitschüler unter. Ihre Klassenkameraden starrten sie an oder tauschten misstrauische oder auch mitleidige Blicke aus. Es wurde viel geflüstert – aber niemand kam ihr zu Hilfe.

»Das kannst du gleich Rektor Hesse erklären«, entgegnete Kornfeld unnachgiebig. Dann wandte er sich an die Klasse: »Ihr bleibt hier und lest das erste Kapitel aus *Der Sandmann*. Ich bin in ein paar Minuten wieder zurück.«

* * *

Als Verena gegen sechs Uhr die Tür zu ihrem Zimmer aufstieß, war sie völlig erschöpft. Sie ließ ihre Tasche neben das Bett fallen und sank mit einem leisen Stöhnen darauf nieder.

Die Eingewöhnung in der neuen Schule mit den unbekannten Lehrern, Schülern und Gepflogenheiten hatte sie ausgelaugt. Schon jetzt vermisste sie Tante Claire schrecklich und hätte sich am liebsten mit einem guten Buch im Bett verkrochen. Aber das ging natürlich nicht. Ihr blieb nicht viel Zeit – gerade mal eine Stunde –, um zu duschen und sich für das Abendessen frisch zu machen.

Die Nachricht von dem Vorfall in Kornfelds Unterricht hatte sich in der Schule wie ein Lauffeuer verbreitet. Schon beim Mittagessen wussten alle von dem Dope in Maries Spind und ihrer dreiwöchigen Suspendierung. Überall wurde gemunkelt und spekuliert – mal mit Schadenfreude, mal voller Mitgefühl. Verena wusste nicht, was sie von all dem halten sollte. Doch der

Ausdruck schierer Verzweiflung auf Maries Gesicht, als sie dem Professor aus dem Klassenzimmer gefolgt war, ließ sie einfach nicht mehr los.

Der Rest des Tages war zum Glück ohne größere Zwischenfälle verlaufen. In Mathe, Geschichte und Chemie hatte sie gut mithalten können, nur Französisch bereitete ihr immer noch Kopfzerbrechen. Ihre Mitschüler hatten zwei Jahre Vorsprung, und Verena hoffte, den Rückstand bald aufholen zu können.

Michael war den ganzen Tag über an ihrer Seite geblieben und hatte ihr alle möglichen Anekdoten erzählt – Geschichten, die das Leben an der Santa Clara ausmachten. Und er hatte ihr kleine Tipps gegeben, die nur Eingeweihte kannten – von den besten Plätzen in der Bibliothek bis zu den versteckten Abkürzungen auf dem Schulgelände. Verena war ihm unendlich dankbar dafür.

Leider waren die Reaktionen ihrer anderen Mitschüler eher verhalten geblieben – nicht unfreundlich, aber auch nicht wirklich interessiert oder gar herzlich. Es würde wohl noch eine Weile dauern, bis sie sich in das engmaschige soziale Netz der Schule eingefügt hatte.

Verena wollte gerade aufstehen, um ins Bad zu gehen, als sie ein leises Rascheln hörte. Erst jetzt bemerkte sie, dass sie nicht allein im Zimmer war. Cornelia lag mit angezogenen Beinen auf ihrem Bett, so reglos, dass Verena sie zunächst gar nicht wahrgenommen hatte. Da Cornelia und Stefanie in Trummers Klasse waren und einen anderen Stundenplan hatten, hatte sie die beiden seit dem Frühstück nicht mehr gesehen.

»Oh – hi, Cornelia!«, sagte Verena und räusperte sich. »Ich hab dich gar nicht bemerkt.«

Keine Reaktion.

Unsicher, ob sie sie ansprechen oder lieber in Ruhe lassen sollte, trat Verena an das Bett ihrer Mitbewohnerin und setzte sich vorsichtig auf die Kante. Cornelia schlief nicht, sondern starrte nur mit leerem Blick an die Decke.

»Ist alles okay bei dir?«, fragte Verena behutsam. »Was ist denn los?«

Cornelia stöhnte und setzte sich widerwillig auf. Ihre Augen waren rot und verquollen – sie hatte geweint.

»Aaron ist ein Idiot, das ist los.«

»Oh … das tut mir leid«, stammelte Verena verlegen, weil sie nicht wusste, was sie sonst sagen sollte. »Möchtest du darüber reden?«

»Eigentlich nicht.« Cornelia schluchzte leise. »Er verhält sich einfach so seltsam, wenn ich in der Nähe bin. Als wäre es nicht schon schlimm genug, dass wir uns getrennt haben, aber jetzt …«

»Dann habt ihr also endlich miteinander geredet?«, fragte Verena vorsichtig.

»Wenn du ›Hi‹ und ›Wie geht's?‹ als Gespräch bezeichnest, dann ja.« Cornelia schüttelte den Kopf. »Dabei war er derjenige, der Schluss gemacht hat, nicht ich.«

»Ihr wart lange zusammen, oder?«

»Drei Jahre.«

Verena schluckte. »Darf ich fragen, was passiert ist? Es geht mich ja nichts an, aber … warum habt ihr euch eigentlich getrennt?«

Cornelia zögerte, als würde sie abwägen, wie viel sie preisgeben wollte. Dann sah sie Verena an, ihre Augen schimmerten feucht im schwachen Licht der Nachttischlampe. »Ach, es war nur ein dummer Streit«, murmelte sie schließlich. »Wir hatten eine Meinungsverschiedenheit darüber, wie wir mit einer … bestimmten Situation umgehen sollten. Das Ganze ist dann irgendwie eskaliert.«

»Was für eine Situation denn?«

»Das spielt jetzt keine Rolle mehr.« Cornelias Stimme klang verbittert. Sie wischte sich über die Augen. »Er hat einfach Schluss gemacht, verstehst du? Als ob die letzten drei Jahre überhaupt nichts bedeutet hätten. Dabei dachte ich, dass wir … dass wir eines Tages vielleicht …«

Verena wartete, ob sie weitersprechen würde, doch sie tat es nicht.

»Jungs können echt kompliziert sein«, sagte sie nach einer Weile und legte Cornelia tröstend eine Hand auf den Arm. »Gib ihm vielleicht einfach etwas Zeit. Manchmal renkt sich so was von selbst wieder ein.«

»Ja. Vielleicht.«

Eine Weile saßen sie schweigend nebeneinander, während Cornelia versuchte, sich die verlaufene Wimperntusche von den Wangen zu wischen. Verena hätte zu gerne gewusst, was wirklich zwischen ihr und Aaron vorgefallen war, aber es war offensichtlich, dass Cornelia nicht darüber sprechen wollte – zumindest nicht jetzt.

Um das Gespräch in eine andere Richtung zu lenken, fragte sie: »Hast du das von Marie gehört?«

Cornelia verdrehte die Augen und seufzte. »Wer hat das nicht?«

»Ich war dabei, als Kornfeld das Gras in ihrem Spind gefunden hat. Meine Güte, du hättest ihr Gesicht sehen sollen … Sie wirkte völlig schockiert und verzweifelt.« Verena biss sich auf die Unterlippe. »Glaubst du, sie hat das wirklich getan? Das Zeug auf das Schulgelände geschmuggelt?«

Cornelia zuckte die Schultern. »Keine Ahnung. Aber zutrauen würde ich es ihr allemal. Ehrlich gesagt, war ich noch nie ein großer Fan von Marie. Wenn sie jetzt mit einer Suspendierung davonkommt, kann sie von Glück reden.«

»Hm, da hast du vermutlich recht«, sagte Verena nachdenklich. Marie war ihr bei der kurzen Begegnung am Vortag nicht wie jemand vorgekommen, der mit Drogen zu tun hatte. Aber was wusste sie schon? Sie kannte Marie ja kaum. Außerdem war sie selbst nicht gerade eine Expertin in solchen Dingen.

Verena stand auf und streckte Cornelia die Hand hin. »Komm, lass uns nach unten gehen! Das Abendessen fängt bald an. Wir müssen ja nicht bei Aaron und den anderen sitzen, wenn du nicht willst.«

Ein schwaches Lächeln huschte über Cornelias Gesicht, und sie griff nach Verenas Hand, um sich von ihr hochziehen zu lassen. »Danke, Verena!«, flüsterte sie, strich sich die Haare zurück und wischte sich noch einmal über die Augen. »Ich weiß das wirklich zu schätzen.«

Kapitel 8

Leonie. Heute

S tirnrunzelnd beäugte ich den Inhalt des Küchenschranks – ein Mix aus Gewürzen, Müslipackungen und leeren Glasbehältern, aber kein Kamillentee in Sicht. Ich seufzte, schloss die Tür und öffnete den nächsten Schrank.

Mia hatte sich im Kindergarten eine Erkältung eingefangen und lag jetzt fiebernd in ihrem Bett, während ich mich durch die chaotische Ansammlung von Lebensmitteln der Familie Hellstein wühlte. Stefanie saß am Küchentisch, das Kinn in die Hände gestützt, und nippte an ihrem Morgenkaffee. Sie machte keinerlei Anstalten, mir bei der Suche zu helfen – stattdessen musterte sie mich leicht gequält über den Rand ihrer Tasse hinweg.

»Leonie, Schätzchen, könntest du mir vielleicht noch einen Kaffee bringen?«, bat sie und gähnte demonstrativ. »Ich bin heute einfach zu nichts zu gebrauchen.«

Ich nickte und ging zur Kaffeemaschine, drückte ein paar Knöpfe und wartete, bis der Cappuccino in die Tasse floss. »Lange Nacht gehabt?«, fragte ich beiläufig, als ich ihr den Kaffee reichte.

»Was heißt lange Nacht?« Stöhnend hob Stefanie die Tasse an die Lippen. »Die Eröffnungsfeier gestern war der Wahnsinn! Diese neue Designerboutique am Graben – du kannst dir gar nicht vorstellen, was da los war. Die Leute wollten überhaupt nicht mehr gehen. Und ich musste natürlich bis zum bitteren Ende bleiben, wegen der Storys und Posts und alledem.«

Ich zwang mich zu einem mitfühlenden Lächeln. Ich hatte mir Stefanies Account angesehen, und bestimmt hatte es eine Weile gedauert, bis sie so viele Follower zusammenbekommen hatte. Trotzdem – harte Arbeit sah für mich anders aus. Ihr Job bestand wohl hauptsächlich darin, den richtigen Filter für das perfekte Selfie oder Produktfoto auszusuchen.

»Wie war die Boutique denn so? Haben dir die Sachen dort gefallen?«, fragte ich.

Endlich hatte ich die Teebeutel gefunden und goss heißes Wasser auf.

»Ach, unglaublich! So viele Schuhe und Taschen, du würdest verrückt werden – so was gibts sonst nur in Paris oder in Mailand. Ich musste natürlich alles anprobieren, und die ersten Reaktionen auf meine Story sind schon da.« Sie lächelte zufrieden und nahm einen großen Schluck von ihrem Cappuccino. »Ich hab mir gleich ein paar Stücke mitgenommen. Ich kann sie dir nachher zeigen, wenn du willst.«

Ich spürte ihren erwartungsvollen Blick auf mir und öffnete gerade den Mund, um höflich abzulehnen, als ich Schritte im Flur hörte.

Im nächsten Augenblick betrat ein Mann die Küche – braun gebrannt, groß, in einem maßgeschneiderten grauen Anzug, der seinen durchtrainierten Körper betonte. Unwillkürlich begann mein Herz, schneller zu schlagen.

Seit über einer Woche arbeitete ich nun schon für die Hellsteins, und doch hatte ich den Herrn des Hauses bislang noch nicht zu Gesicht bekommen. Morgens war er meist schon aus dem Haus, bevor ich kam, und abends noch nicht zurück, wenn ich wieder ging.

»Oh, hallo, Schatz!«, sagte Stefanie lächelnd und erhob sich aus ihrem Stuhl, um ihrem Mann einen Kuss aufzudrücken. »Da bist du ja. Komm und begrüße Leonie!«

»Wen?«

»Ach, Ludo!« Stefanie schnalzte mit der Zunge und legte amüsiert den Kopf schief. »Das hab ich dir doch erzählt. Ich habe jemanden eingestellt, der auf Mia aufpasst, während ich arbeite, hast du das wirklich vergessen?«

Er nickte langsam, als hätte er eine vage Erinnerung. Dann kam er mit einem entschuldigenden Lächeln auf mich zu und streckte mir die Hand entgegen. »Tut mir leid, Leonie, wie unhöflich von mir. Ludwig Hellstein. Freut mich, dich kennenzulernen.«

Sein Händedruck war fest und warm, und für einen kurzen Moment sah er mich direkt an. Seine Augen waren tiefblau, doch obwohl er immer noch lächelte, glaubte ich, etwas Dunkles darin aufblitzen zu sehen – es war wie ein Schatten, der sich kurz über sein Gesicht legte, bevor er wieder seine gewohnte Fassade aufsetzte.

»Freut mich ebenfalls.«

»Leonie ist ein echter Glücksgriff«, warf Stefanie ein, um die Aufmerksamkeit wieder auf sich zu lenken. »Endlich jemand, der mir hier ein wenig unter die Arme greift.«

»Sehr schön«, sagte Ludo und nickte leicht abwesend. »Ein wenig Hilfe können wir gut gebrauchen.«

Dann wandte er sich ab und ging zur Kaffeemaschine, als wäre damit alles gesagt.

* * *

Die Sonne stand noch hoch am Himmel, als ich später an diesem Tag das Haus der Hellsteins verließ. Der Asphalt flimmerte in der Hitze und die Gebäude schienen die Wärme förmlich zurückzuwerfen. Trotzdem fror ich innerlich. Dem Mann zu begegnen, der das Leben meiner Eltern zerstört hatte, hatte mich mehr mitgenommen, als ich mir eingestehen wollte.

»Ich kriege dich schon noch«, murmelte ich leise, während ich den kurzen Weg zur Straßenbahnstation zurücklegte. »Früher oder später kriege ich euch alle.«

Ein kalter Schauer lief mir über den Rücken, als ich an Ludos durchdringenden Blick und seine unnatürlich geweiteten Pupillen dachte — vermutlich vom Koks, das er sich heimlich reinzog. Hatte er mich erkannt? Ich wusste, dass ich meiner Mutter ähnlichsah — die gleichen hohen Wangenknochen, die gleichen leicht geschwungenen Augenbrauen. Aber das konnte er doch unmöglich bemerkt haben, oder?

Ich erinnerte mich noch genau an den Tag, an dem ich die Wahrheit über meine Herkunft erfuhr.

Ich war dreizehn, mein Bruder Frido fünfzehn. Wir hatten uns im Wohnzimmer darüber gestritten, wer das neue Computerspiel zuerst ausprobieren durfte, das unser Vater mitgebracht hatte. Ein banaler Streit, wie Teenager ihn nun mal führen — bis Frido in einem Anflug von Wut die Bombe platzen ließ.

»Finger weg von dem Controller! Das Spiel gehört mir, hörst du? Scheiße, du bist ja nicht mal meine richtige Schwester!«

Die Worte trafen mich wie ein Schlag. »Was meinst du damit?«

Frido blickte erschrocken zur Seite, als wäre ihm gerade erst bewusst geworden, was er soeben gesagt hatte. »Vergiss es«, murmelte er. »Ich hab das nicht so gemeint.«

Aber es war zu spät. Seine Worte hingen zwischen uns in der Luft, unauslöschlich wie Tinte auf Papier.

Schockiert und am ganzen Leib zitternd rannte ich in die Küche, wo unsere Mutter gerade das Abendessen vorbereitete. Auf meine Frage, was Fridos Behauptung zu bedeuten habe, schaltete sie wortlos den Herd aus und setzte sich mit mir an den Küchentisch.

Ihre Finger umklammerten meine Hände, während sie mir mit feuchten Augen erklärte, dass meine leibliche Mutter, damals selbst fast noch ein Kind, bei meiner Geburt gestorben sei. Ihren Namen oder den meines biologischen Vaters kannte sie angeblich nicht — oder sie wollte ihn mir nicht sagen.

Mein Entsetzen hätte kaum größer sein können. Mein Leben lang hatte ich mit dem Gefühl gekämpft, nicht richtig dazuzugehören – eine vage Ahnung, die mich wie ein unsichtbarer Schatten verfolgte. Schon als Sechsjährige hatte ich im Spiegel vergeblich nach Mamas dichten Locken oder Papas honigfarbenen Augen gesucht. Ich hatte mir eingeredet, ich müsse wohl nach meinen früh verstorbenen Großeltern kommen, doch eines Tages entdeckte ich alte Familienfotos und mir wurde bewusst: Niemand auf diesen Bildern sah mir auch nur entfernt ähnlich. Und nun wusste ich auch, warum.

In den darauffolgenden Wochen wurde mein Bedürfnis, mehr über meine Herkunft zu erfahren, immer stärker. Es war wie ein schwelendes Feuer, das sich langsam ausbreitete und einfach nicht erlöschen wollte.

Also begann ich, heimlich zu recherchieren, zuerst im Internet, dann beim Jugendamt. Als ich dort erfuhr, dass ich vor meinem vierzehnten Geburtstag keine Auskunft erhalten würde, war mir klar, dass ich einen anderen Weg finden musste. Ich konnte nicht warten.

Schon damals war ich ein begeisterter Computerfreak, fasziniert von allem, was die digitale Welt zu bieten hatte. Mit zehn Jahren bekam ich von meinem Vater meinen ersten eigenen PC geschenkt – ein ausrangiertes Relikt aus einer Büroauflösung, das kaum mehr als Elektroschrott war. Doch für mich war es ein Schatz. Ich zerlegte ihn, tauschte die defekten Teile aus und brachte ihn schließlich wieder zum Laufen.

So manche Nacht verbrachte ich vor dem flimmernden Bildschirm, brachte mir Codes und Programmiersprachen bei, experimentierte mit Betriebssystemen und saugte alles auf, was ich über Netzwerksicherheit finden konnte. Besonders faszinierten mich die Diskussionen in den dunklen Bereichen des Internets: Wie entdeckte man Sicherheitslücken? Wie schloss man sie – oder nutzte sie gezielt aus?

Für viele war Hacken ein Tabu, etwas Illegales und Gefährliches. Für mich war es eine Kunstform, eine Herausforderung, die Technik und mich selbst an meine Grenzen zu bringen. Was als einfache Bastelei an einem kaputten PC begonnen hatte, wurde schnell zu meiner größten Leidenschaft.

Und so kam mir schließlich eine Idee. Das System des Jugendamts war alles andere als modern: Die Log-in-Seite verzichtete auf die übliche Zwei-Faktor-Authentifizierung, und die Sicherheitsfragen waren fast schon lächerlich einfach zu umgehen. Mit viel Ausdauer und etwas Glück gelang es mir schließlich, mich in einen der Mitarbeiter-Accounts einzuloggen. Es war nicht die Art von Hack, die man in Filmen sieht – keine hektischen Tastenkombinationen oder dramatischen Countdowns. Es war ein stiller, methodischer Prozess, der mehr mit Geduld und analytischem Denken zu tun hatte als mit Zauberei.

Doch die Wahrheit, die ich fand, war schlimmer als alles, was ich mir je ausgemalt hatte: Meine Mutter war nicht nur ein überforderter Teenager gewesen, wie man mir hatte weismachen wollen – sie war eine verurteilte Mörderin.

Ihr Name war Verena Martins.

Kapitel 9

September 2005. Verena

Verena starrte auf das Lehrbuch vor sich und versuchte, die komplexen Grammatikregeln zu verinnerlichen, die ihre Mitschüler scheinbar mühelos beherrschten. Sie verstand nicht, warum die Franzosen Buchstaben verwendeten, die sie dann nicht aussprachen. Welchen Sinn ergab das? Und dann waren da noch die unregelmäßigen Verben, deren Konjugationen sie sich einfach nicht merken konnte.

»Je sais, tu sais, il sait, nous savons, vous savez, ils savent …«, murmelte sie vor sich hin.

Verena hatte die Freistunde nach dem Mittagessen nutzen wollen, um in Französisch aufzuholen, aber es war ein Kampf gegen Windmühlen. Im weichen grünlichen Licht der Bibliothekslampen verschwammen die Worte vor ihren Augen. Wie sollte sie sich das alles nur merken?

»Je savais, tu savais, il savait, nous … savions? Oder vielleicht … savons?« Sie stöhnte frustriert auf und schüttelte den Kopf. »Ach, zum Teufel mit den Froschschenkelfressern!«

Genervt sprang sie auf und begann, in den Gängen auf und ab zu laufen, um den Kopf freizubekommen. Außer ihr war niemand in der Bibliothek. Eine angenehme Stille lag über dem

Raum. Das einzige Geräusch war das leise Schleifen ihrer Schuhe auf dem Teppichboden.

Nach einer Weile spürte Verena, wie sich ihre Anspannung löste. Wie immer hatte der vertraute Geruch von altem Papier eine beruhigende Wirkung auf sie. Sie streifte durch die dicht bepackten Regale und ließ ihre Finger sanft über die Buchrücken gleiten. Die Bibliothek ihrer alten Schule war nur ein winziger Raum voller veralteter Lehrbücher und ein paar abgegriffener Romane gewesen. Diese hier dagegen war ein wahres Paradies, eine schier unerschöpfliche Quelle des Wissens. Die Regale aus dunklem Holz reichten bis unter die Decke, so hoch, dass man die obersten Fächer nur mit einer Leiter erreichen konnte. Staunend fragte sich Verena, ob jemals jemand die Zeit gefunden hatte, all diese Bücher tatsächlich zu lesen.

In der Literaturabteilung entdeckte sie einen dicken Wälzer mit dem Titel *Die Kunst der Sprache: Metaphern und Symbole in der modernen Literatur.* Vorsichtig, als wäre es ein kostbarer Schatz, zog sie ihn aus dem Regal und blätterte fasziniert darin.

Bei der Arbeit an ihrer Geschichte für den Young Writers Award war sie schon einmal auf dieses Buch gestoßen, aber es war weder in der Schulbibliothek noch in der Stadtbücherei zu finden gewesen.

Eilig machte Verena kehrt und lief durch die hohen Bücherregale, um nach der Bibliothekarin zu suchen. Ganz in Gedanken an ihren Fund stieß sie plötzlich mit jemandem zusammen – einem Jungen, der aus der anderen Richtung um die Ecke geschossen kam. Das Buch entglitt ihr und landete mit einem dumpfen Geräusch zusammen mit seiner Sporttasche auf dem Boden. Erschrocken schnappte sie nach Luft.

»Hoppla!«, sagte der Junge und hob beschwichtigend die Hände. Er war groß und schlaksig und seine Augen leuchteten in einem so strahlenden Blau, dass es fast schon unnatürlich wirkte.

»Himmel, hast du mich erschreckt!«, keuchte sie und presste sich die Hand auf die Brust. »Wieso schleichst du hier so herum?«

»Das bin ich doch gar nicht«, verteidigte er sich lachend und bückte sich, um ihre Sachen aufzuheben. »Ich habe nur deine Bücher am Eingang gesehen und mich gefragt, wem die wohl gehören. Normalerweise ist um diese Zeit hier niemand.« Er richtete sich wieder auf und runzelte die Stirn, als sein Blick auf das Buch fiel. Skeptisch las er den Titel. »Ganz schön schwere Kost. Sag bloß, das brauchst du für den Unterricht?« Verenas Kehle fühlte sich plötzlich trocken an und sie schluckte. Sie wusste nicht, warum, aber der Typ machte sie irgendwie nervös.

»Nein, das Thema interessiert mich einfach.«

Sie streckte die Hand nach dem Wälzer aus, doch er machte keine Anstalten, ihn ihr zurückzugeben.

»*Metaphern und Symbole in der modernen Literatur* – im Ernst, so was interessiert dich?« Er hob amüsiert eine Augenbraue.

»Hast du ein Problem damit?«

»Überhaupt nicht.« Er zuckte mit den Schultern. »Nur … Die meisten Mädels, die ich kenne, interessieren sich eher für Modezeitschriften. Die stehen übrigens dort drüben.« Er deutete auf den Zeitschriftenständer in der Ecke.

»Gut zu wissen«, erwiderte Verena kühl. »Aber ich bin nicht wie die meisten Mädchen. Kann ich jetzt das Buch zurückhaben?« Sie verstand selbst nicht, warum sie so schroff war. Wahrscheinlich wegen seiner selbstgefälligen Art, die ihr überhaupt nicht gefiel.

Verena nahm ihm das Buch aus der Hand und drückte es an ihre Brust. Dabei rutschte der Ärmel ihrer Bluse hoch und gab den Blick auf ihre Armbanduhr frei. Erschrocken stellte sie fest, dass ihr nur noch zehn Minuten bis zum Nachmittagsunterricht blieben.

»Mist, ich komme noch zu spät zu Chemie!«

Ohne ein weiteres Wort stürmte sie zu ihrem Tisch zurück, stopfte ihre Französischbücher in die Tasche und rannte aus der Bibliothek. Sie hatte den Gang schon halb durchquert, als der Junge sie lachend einholte.

»Hey, warte mal!«

»Was denn noch?«

»Nichts, nur … hast du nicht gesagt, du hast jetzt Chemie?«

»Ja, und?«

»Zum Chemiesaal geht's in die andere Richtung.« Er deutete mit einem amüsierten Funkeln in den Augen hinter sich.

»Natürlich, das weiß ich«, erwiderte Verena schnell und spürte, wie ihr die Röte ins Gesicht stieg.

»Sicher doch.« Ein freches Grinsen breitete sich auf seinem Gesicht aus. »Du bist neu hier, oder?«

»Gut kombiniert, Sherlock.«

Sein Grinsen wurde noch breiter. »Komm, ich zeige dir den Weg.«

»Das ist wirklich nicht nötig«, versuchte Verena abzuwehren, aber er hatte sich bereits umgedreht und ging voraus. Widerwillig folgte sie ihm. Sein Tempo war zügig, und sie musste sich anstrengen, um mit seinen langen Schritten mitzuhalten.

»Ich bin übrigens Ludo«, sagte er, als sie die Aula erreichten und sich durch die Menge an Schülern schlängelten, die mit Sporttaschen bepackt nach draußen strömten. »Ludo Hellstein. Und du bist?«

»Verena.«

»Und weiter?«

»Verena reicht völlig.«

»Na schön, Verena-reicht-völlig«, sagte er schmunzelnd. »Du hast mich neugierig gemacht: Wenn du nicht wie die anderen Mädchen bist, wie bist du dann?«

Sein Blick bereitete Verena Unbehagen, doch sie zwang sich, ruhig zu bleiben. Ludo Hellstein – das musste Stefanies Freund sein. Wieso wurde sie dann das Gefühl nicht los, dass er versuchte, mit ihr zu flirten?

»Ich bin niemand Besonderes.«

»Das nehme ich dir nicht ab.«

»Ach, und wieso nicht?«

Ludo zuckte gelassen mit den Schultern. »Du bist auf der Santa Clara. Keiner, der auf dieses Internat geht, ist ein Niemand. Wer sind deine Eltern?« Er musterte sie abschätzend, als suche er nach einer bekannten Verbindung.

»Ich bin wegen eines Stipendiums hier.«

»Na, sieh mal an, dann bist du also ein junger Einstein. Oder vielmehr ein literarisches Genie, wenn ich deinen Lesestoff richtig deute.« Bevor Verena etwas darauf erwidern konnte, fuhr Ludo fort: »Warte mal – jetzt fällt es mir wieder ein: Du bist Cornelias neue Mitbewohnerin, richtig? Ulli hat erzählt, dass dieses Jahr eine Quereinsteigerin dazukommt.«

Inzwischen hatten sie den Chemiesaal erreicht. Vor der Tür wartete bereits eine Gruppe Schüler, unter ihnen auch Michael. Er winkte Verena zu, doch sein Lächeln wurde etwas unsicherer, als er Ludo neben ihr sah.

»Ludo … hi!«, sagte Michael überrascht und ließ sich von ihm abklatschen. »Was machst du denn hier? Solltest du nicht längst beim Training sein?«

»Stimmt schon. Aber ich wollte unserer neuen Mitschülerin noch schnell den Weg zeigen.«

Dann wandte er sich wieder Verena zu. »War nett, dich kennenzulernen, Verena. Und falls du am Freitag noch nichts vorhast – wir feiern ein bisschen. Nichts Wildes, nur ein entspannter Abend mit Musik und ein paar Drinks. Cornelia ist auch dabei und weiß, wo wir uns treffen. Komm doch auch, wenn du Lust hast.«

Ohne ihre Antwort abzuwarten, zwinkerte er ihr verschwörerisch zu und ging mit federnden Schritten davon.

Kapitel 10

Sechs Monate zuvor. Leonie

Mit klopfendem Herzen folgte ich der holprigen Straße, wobei ich immer wieder einen nervösen Blick auf Google Maps warf, um sicherzugehen, dass ich noch auf dem richtigen Weg war.

Claire Martins wohnte in einer heruntergekommenen Schrebergartensiedlung am Stadtrand, deren winzige Gebäude fast wie Spielzeughäuser aussahen. Jedes davon war auf seine Weise einzigartig: Manche waren knallbunt gestrichen, andere verblasst und von der Witterung gezeichnet. In den Vorgärten standen Gartenzwerge, Windspiele drehten sich träge im Wind, und hier und da hingen schlaffe Wäscheleinen zwischen schiefen Holzpfosten.

Ich sah erneut auf mein Handy. Die App zeigte an, dass ich mein Ziel erreicht hatte. Langsam hob ich den Kopf.

Das Haus, vor dem ich jetzt stand, war noch kleiner als die anderen – mit bröckelnder Fassade, schiefen Fensterläden und einem Dach, das dringend eine Reparatur nötig hatte. Der Putz war an einigen Stellen abgeplatzt, wilder Efeu rankte sich bis zum Dach hinauf. Doch inmitten der Verfallsspuren entdeckte ich auch einige liebevolle Details: eine Reihe Blumentöpfe, ordentlich entlang des Zauns aufgereiht, und einen Stuhl mit bunten

Kissen neben der Eingangstür, der aussah, als hätte gerade noch jemand darauf gesessen.

Ich schluckte schwer.

Fünf Jahre. So lange hatte ich gebraucht, um hierherzukommen. Fünf Jahre, in denen die Wahrheit über meine Mutter wie ein dunkler Schatten über mir gehangen hatte.

Damals, als ich herausfand, wer sie war – und was sie getan hatte –, war es, als hätte ich aus Versehen die Büchse der Pandora geöffnet. Die Wahrheit über meine Herkunft hatte mich tief getroffen. Ich hatte mit vielem gerechnet, etwa mit einer tragischen Geschichte über eine unerwiderte Liebe und eine ungewollte Schwangerschaft. Aber nicht damit, nicht mit Mord.

Aus einem alten Internetartikel wusste ich, dass meine Mutter bei ihrer Tante Claire Martins aufgewachsen war. Ein paarmal war ich drauf und dran gewesen, zu ihr zu fahren – doch dann hatte mich jedes Mal der Mut verlassen. Zu groß war die Angst vor dem, was sie mir womöglich erzählen würde. Was, wenn sie mir bestätigen würde, dass Verena wirklich die kaltblütige Mörderin war, als die sie in den Zeitungsberichten beschrieben wurde? Was, wenn sie ein Monster gewesen war?

Ich hatte den Gedanken an sie verdrängt, versucht, so zu tun, als hätte sie nie existiert. Ich hatte einfach mein Leben weitergelebt. Doch das Diversionsverfahren und die vielen Gespräche mit meiner Sozialberaterin hatten alles wieder hochkommen lassen: die Zweifel, die Fragen, die Angst vor dem Ungewissen. Was, wenn ich dazu verdammt war, genauso zu enden wie sie? Schon klar, Hacken war nicht dasselbe wie Mord – aber was, wenn uns die Neigung zur Kriminalität im Blut lag?

Schließlich war mir klar geworden, dass ich nicht ewig vor der Wahrheit davonlaufen konnte. Ich brauchte Antworten. Nicht nur darüber, wer meine Mutter wirklich gewesen war, sondern auch über mich selbst – und wer ich sein wollte.

Ich holte noch einmal tief Luft, dann öffnete ich das Gartentor, durchquerte den winzigen Vorgarten und drückte auf die Klingel.

Von drinnen hörte ich das Schellen, dann schlurfende Schritte. Kurz darauf öffnete sich die Tür und eine ältere Frau erschien im Türrahmen. Ich bemerkte, dass ihre Hände am Türgriff stark zitterten. Ihr Rücken war gebeugt, sodass sie mir gerade einmal bis zur Schulter reichte. Das silbergraue Haar war zu einem lockeren Knoten gebunden, aus dem sich einige Strähnen gelöst hatten. Als sie zu mir hochschaute, blickte ich in ein Gesicht, das von tiefen Falten gezeichnet war.

Nachdem sie mich einen Moment lang angeschaut hatte, weiteten sich ihre Augen vor Überraschung, und sie schnappte hörbar nach Luft. »O mein Gott!«

»Ich … ähm … ich bin Leonie«, stammelte ich, überrumpelt von ihrer heftigen Reaktion. »Leonie Köck. Entschuldigung, dass ich einfach so reinplatze, aber …«

»Nichts zu entschuldigen, Kindchen. Ich weiß genau, warum du hier bist.« Erneut musterte sie mich eingehend, bevor sie ungläubig den Kopf schüttelte und mit einer einladenden Geste zur Seite trat. »Komm erst mal rein.«

Etwas unsicher folgte ich ihr durch einen schmalen Flur in eine winzige Küche. Der Raum war vollgestopft mit Küchenutensilien, Topfpflanzen und Dekoartikeln, die jede freie Fläche einnahmen. Es war so eng, dass man sich kaum bewegen konnte, ohne Gefahr zu laufen, etwas umzuwerfen. An der Wand hing ein Foto von einem fetten schwarzen Kater, der mich aus trüben Augen anstarrte.

»Setz dich, mein Kind.« Claire deutete auf einen Stuhl am Küchentisch. »Ich mache uns eine Tasse Tee, dann können wir in Ruhe reden. Magst du Jasmin?«

»Jasmin ist wunderbar, danke.«

Ich setzte mich und sah ihr zu, wie sie mit langsamen, steifen Bewegungen das Teewasser aufsetzte. Claire musste fast achtzig sein, doch trotz des Zitterns in ihren Händen und ihrer gebeugten Haltung hatte sie etwas Würdevolles an sich.

Als das Wasser heiß war, goss sie den Tee auf, stellte einen Teller mit Keksen auf den Tisch und ließ sich mir gegenüber nieder.

»Du bist also Verenas Tochter«, sagte sie schließlich mit belegter Stimme. Ihre Augen wurden feucht, während sie mich ansah. »Meine Güte, du hast ja keine Ahnung, wie ähnlich du ihr siehst.«

»Ähm … danke«, brachte ich hervor, unsicher, ob es als Kompliment gemeint war.

»Der Tod deiner Mutter hat mir das Herz gebrochen«, sagte sie leise und senkte den Blick auf ihre zitternden Hände. »Ich hätte dich so gerne zu mir geholt, aber ich war damals schon krank. Parkinson, weißt du? Außerdem dachte ich, es wäre besser für dich, wenn du einen echten Neustart bekommst. Irgendwo weit weg von all dem Gerede, das deiner Mutter nach ihrem Tod nachhing.« Sie hob den Blick und sah mich direkt an, ihre Augen voller Schmerz und Reue. »Aber glaub mir, seitdem ist kein Tag vergangen, an dem ich nicht an dich gedacht habe.«

Ich senkte den Kopf. Scham stieg in mir auf. All die Jahre hatte ich geglaubt, dass man mich einfach abgeschoben hatte – dass mich keiner gewollt hatte. Und jetzt stellte sich heraus, dass Claire das alles nur getan hatte, weil sie geglaubt hatte, es wäre zu meinem Besten.

»Ich hatte eine gute Kindheit, wirklich«, murmelte ich. »Ich hatte liebevolle Eltern. Es hat mir an nichts gefehlt.«

Das war nicht einmal gelogen. Zumindest nicht ganz. Aber ich brachte es einfach nicht übers Herz, ihr zu erzählen, wie alles den Bach runtergegangen war. Wie ich mich immer mehr in die digitale Welt zurückgezogen hatte, bis aus harmlosen Experimenten Straftaten geworden waren und meine Adoptiveltern mich mit achtzehn schließlich vor die Tür gesetzt hatten.

Wie sollte ich Claire erklären, dass ich hier saß, weil ich alles vermasselt hatte? Dass ich zu Hause rausgeflogen war, weil ich mich in einen Polizeicomputer gehackt hatte und dumm genug gewesen war, mich dabei erwischen zu lassen?

»Das freut mich, mein Kind. Du weißt gar nicht, wie erleichtert ich bin, das zu hören.« Sie lächelte traurig. »Aber irgendwann hast du es herausgefunden, nicht wahr? Wer du bist und wer deine Mutter war. Sonst wärst du jetzt nicht hier.«

Ich nickte stumm. Das traf es so ziemlich auf den Punkt.

»Nun, ich werde dir alles erzählen, was ich weiß. Ich habe so lange auf diesen Tag gewartet. Ich wusste, dass du irgendwann hier auftauchen würdest.«

Ihre Worte klangen wie ein Versprechen. Und in diesem Moment spürte ich, dass ich endlich bereit war, sie zu hören – die Wahrheit, so hässlich und schmerzhaft sie auch sein mochte.

»Wie war sie?«, fragte ich vorsichtig. »Verena – meine Mutter?«

Claire hielt inne und sah mich prüfend an, als wolle sie abschätzen, wie viel sie mir zumuten konnte. »Was weißt du denn schon?«

»Nicht viel«, gab ich zu. »Nur dass sie mit siebzehn wegen Mordes ins Gefängnis kam, weil sie einen ihrer Schulkameraden umgebracht hat. Und dass sie dort bei meiner Geburt gestorben ist.«

Ihre Miene verfinsterte sich augenblicklich. »Glaub bloß kein Wort von dem, was du liest oder was die Leute sagen«, stieß sie abschätzig hervor. »Das sind alles Lügen.«

»Wirklich?«

Sie nickte und ihre Augen fixierten mich eindringlich, als wollte sie sichergehen, dass ich ihr glaubte.

Und das tat ich. Oder zumindest wollte ich es gerne.

»Meine Verena hätte nie jemanden umgebracht.« Claires Hände krampften sich jetzt so fest um ihre Teetasse, dass ihre Knöchel weiß wurden. »Sie war ein gutes Kind – so gutherzig und klug. Sie war brillant, deswegen hat sie auch das Stipendium für die Santa Clara bekommen. Ich hatte von Anfang an kein gutes Gefühl bei der Sache, doch die Santa Clara galt damals als eine der besten Schulen des Landes, und Verena hatte große Träume. Aber dieses Internat … Es hat ihr Leben ruiniert.«

»Was ist denn auf dem Internat passiert?«

Claire schüttelte langsam den Kopf und ihre Schultern sackten nach unten. »Die anderen Kinder dort – die waren schlimm.

Mobbing, weißt du? Sie hat mir nicht alles erzählt, aber das wenige hat mir gereicht. Sie hat sich dort verändert. Wurde verschlossener, ängstlicher. Schließlich hatte ich sie endlich so weit, dass sie wieder zurück auf die öffentliche Schule wechseln wollte, aber dann ...« Sie rang nach Atem.

Ich gab ihr einen Augenblick Zeit, um sich zu sammeln, bevor ich fragte: »Und der Junge, den sie ... umgebracht hat?«

»Angeblich umgebracht hat.« Claire schnaubte und ihre Lippen verzogen sich zu einem bitteren Lächeln. »Das Ganze war ein abgekartetes Spiel. Die anderen Schüler dort kamen aus reichen, einflussreichen Familien. Verena war das perfekte Bauernopfer. Und der Pflichtverteidiger, den man ihr zugeteilt hat, war machtlos dagegen.«

»Du glaubst also, dass sie unschuldig war?«

»Ja, davon bin ich überzeugt. Aber mach dir am besten selbst ein Bild.«

Bevor ich noch etwas sagen konnte, stand Claire auf und verschwand im Nebenzimmer. Ich hörte das Knarren einer Schublade, und kurz darauf kehrte sie mit einer alten, staubigen Holzkiste in den Händen zurück. Vorsichtig stellte sie sie vor mir auf den Tisch und strich mit zittrigen Fingern über den Deckel.

»Hier drin ist alles, was ich noch von ihr habe: ein paar ihrer Kurzgeschichten, außerdem ihre Briefe und Notizen aus der Zeit im Gefängnis. Ein paar Fotos müssten auch noch dabei sein. Ich hab die Sachen all die Jahre aufbewahrt, für den Fall, dass du eines Tages kommst und nach ihr fragst.«

»Danke«, flüsterte ich. Ein Kloß in meinem Hals schnürte mir die Kehle zu.

Mit zitternden Händen zog ich die Kiste näher heran. Beim Öffnen stieg mir der Geruch von staubigem Papier in die Nase. Ich griff nach einem Foto und studierte es eingehend. Eine junge Frau, kaum älter als ich, blickte mir entgegen. Die gleichen hohen Wangenknochen, die gleichen Augen. Ihr Gesicht war mir fremd und doch so vertraut, dass es mir den Atem raubte. Schnell blinzelte ich die aufsteigenden Tränen weg. Da waren sie also – die fehlenden Puzzleteile aus der Vergangenheit meiner Mutter. »Weißt du, wer mein Vater ist?«, fragte ich leise.

Claire seufzte und wandte den Blick ab. »Verena hat erst nach ihrer Inhaftierung von ihrer Schwangerschaft erfahren und mir nie direkt gesagt, wer es war. Aber ich vermute, dass es dieser Junge war. Michael Stricker – der, den sie angeblich vom Dach gestoßen hat.«

Kapitel 11

September 2005. Verena

Ich kann immer noch nicht fassen, dass Ludo dich eingeladen hat«, sagte Cornelia, während sie geschickt einen Lidstrich zog. Sie saß auf ihren Fersen vor dem Spiegel ihres Schranks, umringt von einem bunten Chaos aus Lippenstiften, Mascara, Puder und Lidschattenpaletten. »Nicht, dass ich mich nicht freue – aber hast du eine Ahnung, wie lange es gedauert hat, bis er mich zu einer dieser Partys eingeladen hat?«

»Ach ja?«

Mit wachsender Verzweiflung starrte Verena auf den Kleiderberg auf ihrem Bett. *Nur ein entspannter Abend mit Musik und ein paar Drinks*, hatte Ludo gesagt – aber was bedeutete das? Jeans und Sneakers oder doch eher ein Partykleid? Sie besaß keines, aber sie ahnte bereits, dass »zwanglos« auf der Santa Clara nicht dasselbe bedeutete wie auf ihrer alten Schule. In der Schuluniform war es leicht, in der Masse der reichen Mitschüler nicht aufzufallen, doch eine Party war etwas völlig anderes.

»Aber du, noch dazu als Stipendiatin, die keiner kennt, wirst nach nicht mal einer Woche eingeladen. Wie hast du das nur hinbekommen?«

Cornelia drehte sich kopfschüttelnd zu ihr um. Dabei fiel ihr Blick auf ihr Outfit – ein schwarzer Rock mit einem langärmeligen Top –, und sie runzelte die Stirn. »Das willst du doch nicht ernsthaft anziehen, oder?«

Frustriert ließ sich Verena aufs Bett fallen und fuhr sich durch die Haare. »Vielleicht sollte ich einfach hierbleiben. Ich muss sowieso noch für Französisch lernen. In zwei Wochen schreiben wir den ersten Test und …«

»Kommt gar nicht infrage«, unterbrach Cornelia sie resolut. »Du kommst mit, keine Widerrede! Auf Stefanie ist bei diesen Partys kein Verlass, und ich brauche dich als Back-up – falls Aaron mit einer anderen flirtet.« Ihre Augen weiteten sich plötzlich. »O Gott – meinst du, er hat schon eine Neue?«

»Ganz sicher nicht«, widersprach Verena entschieden. »Aaron steht noch immer auf dich, das sieht doch jeder. Er weiß wahrscheinlich nur nicht, wie er die Sache zwischen euch wieder in Ordnung bringen soll.«

»Mit mir zu reden, wäre mal ein Anfang.«

»Himmel, Cornelia! Dann mach du doch den ersten Schritt. Entschuldige dich einfach bei ihm – für was auch immer er dir vorwirft. Das wird schon.«

»Meinst du wirklich?«

»Natürlich. Außerdem siehst du heute umwerfend aus. Aaron wäre ein Idiot, wenn er dich einfach so fallen lassen würde.«

Cornelia strahlte und drehte sich vor dem Spiegel, schob die Hüften spielerisch nach rechts und links. Die enge Jeans und das schwarze Top mit Wasserfallausschnitt brachten ihre Kurven perfekt zur Geltung.

Dann, nach einem kurzen, skeptischen Blick auf den chaotischen Kleiderhaufen auf Verenas Bett, trat sie an ihren Schrank und kramte eine Weile darin herum. Schließlich warf sie ihr ein schwarzes paillettenbesetztes Oberteil zu. »Das hier müsste dir passen. Los, probier es an!«

»Im Ernst? Du würdest mir das leihen?«, fragte Verena ungläubig. »Aber was, wenn ich es ruiniere? Das war bestimmt teuer, und ich könnte es dir nicht ersetzen …«

»Ach was!«, sagte Cornelia, als wäre es das Normalste der Welt. »Mach kein Drama draus, ist doch nur ein Top. Außerdem passe ich sowieso längst nicht mehr rein.« Sie lächelte aufmunternd. »Los, jetzt zieh es schon an!«

Zwanzig Minuten später hakte sich Verena bei Cornelia unter, und gemeinsam stöckelten sie hinunter auf den Schulhof. Es war bereits dunkel und nur ein paar vereinzelte Laternen warfen schwache Lichtkegel auf das Hauptgebäude. Cornelia hielt kurz inne, schaute nach links und rechts und marschierte dann zielstrebig in Richtung der Sportplätze. Erst jetzt fiel Verena auf, dass sie gar keine Ahnung hatte, wo die Party eigentlich stattfand.

»Wohin gehen wir überhaupt?«, fragte sie und versuchte, mit ihren High Heels auf dem unebenen Boden klarzukommen.

»Das wirst du gleich sehen. Keine Sorge, es wird dir gefallen.«

Je weiter sie sich vom Hauptgebäude entfernten, desto mulmiger wurde Verena. Inzwischen hatten sie die Sportplätze hinter sich gelassen und folgten einem schmalen Pfad, der ins Dunkle führte. Der Wald, der das Schulgelände umgab, erhob sich wie eine schwarze Wand vor ihnen.

»Bist du sicher, dass wir hier richtig sind?«, fragte Verena und kämpfte mit den Zweigen am Wegesrand, die sich in ihrem Haar verfangen hatten. »Hier ist doch nichts.«

»Nur Geduld!«, sagte Cornelia und grinste. »Es ist nicht mehr weit.«

Kurz darauf beschrieb der Pfad eine sanfte Kurve und das Schulgebäude verschwand endgültig aus ihrem Blickfeld. Alles um sie herum lag nun in tiefer Dunkelheit. Nur die Sterne und der Mond leuchteten schwach auf sie herab. Die Luft roch frisch und würzig nach Tannennadeln und feuchter Erde.

Verena zitterte innerlich vor Anspannung. Ihr war bewusst, dass sie gerade gegen mindestens ein Dutzend Schulregeln verstießen, indem sie so spät noch auf dem Gelände herumschlichen. Wenn sie erwischt wurden, konnten sie sich auf eine Menge Ärger gefasst machen. Ullis eindringliche Warnung, den Wald nicht zu betreten, kam ihr in den Sinn. Sie dachte an die tiefe Schlucht, die irgendwo hier in der Gegend verlief, und ein Schauer lief ihr über den Rücken. Was, wenn sie in der Dunkelheit versehentlich in den Abgrund stürzten?

Sie wollte gerade nach Cornelias Arm greifen und sie fragen, wohin um Himmels willen sie eigentlich gingen, als der Weg erneut eine Biegung machte. Und da hörte sie es – ein dumpfes Wummern, das wie der Herzschlag eines verborgenen Ungetüms klang. Am Ende des Pfads konnte sie jetzt auch die Umrisse einer alten Scheune ausmachen. Halb verborgen zwischen hohem Gras und Bäumen, schienen ihre Konturen regelrecht mit der Umgebung zu verschmelzen. Aus den Fenstern drang Licht, und bunte Farben schimmerten durch die Ritzen. Erleichtert atmete Verena auf. Also doch nicht der Wald. Gott sei Dank!

Der Geruch von modrigem Holz und schalem Bier schlug ihr entgegen, als Cornelia mit einem kräftigen Ruck die Tür aufstieß. Mit pochendem Herzen folgte Verena ihr hinein und sah sich neugierig um.

Die dicken Holzbalken und die verrosteten Heugabeln in der Ecke ließen darauf schließen, dass die Scheune früher wohl als Lager für landwirtschaftliche Geräte gedient hatte. Jetzt standen mehrere Tische aus zusammengezimmerten Holzbrettern im Raum verteilt; an einem davon spielten einige Schüler gerade eine hitzige Runde Bierpong. Auf einem anderen Tisch thronte ein großes Bierfass, aus dem sich immer wieder jemand seinen Plastikbecher auffüllte. Aus einer Box in der Ecke dröhnte ein alter Technosong.

Die Party war bereits in vollem Gange.

»Hi! Da seid ihr ja!«, rief Ludo und bahnte sich mit einem Becher in der Hand den Weg zu ihnen. »Cool, dass du auch gekommen bist, Verena.« Dann wandte er sich an Cornelia. »Wir brauchen dringend deinen iPod. Mein Akku ist leer, und du weißt ja, wie Aaron drauf ist – sein Musikgeschmack ist diesen Sommer nicht besser geworden.«

»Alles klar«, antwortete Cornelia grinsend und machte sich auf den Weg zur Musikanlage. Kurz darauf verstummte das dumpfe Wummern, und stattdessen erklangen die ersten Takte von *Everybody Wants to Rule the World* von Tears for Fears.

»Na, was sagst du?«, fragte Ludo und ließ seinen Blick durch den Raum schweifen. »Nicht schlecht, oder?«

Langsam drehte sich Verena um die eigene Achse. Die Wände der Scheune waren mit einer bunt zusammengewürfelten Mischung aus alten Bandpostern, Straßenschildern und ausgeblichenen Bannern dekoriert. Dazwischen standen abgewetzte Sofas und Sessel, auf denen Schüler entspannt herumlungerten, lachten und sich im Rhythmus der Musik wiegten.

»Es ist fantastisch«, gab Verena zu.

»Ja, oder?« Ludo lächelte stolz. »Aaron und ich haben die Scheune vor zwei Jahren entdeckt. Sie war in einem ziemlich heruntergekommenen Zustand, aber wir haben sie ein bisschen hergerichtet und zu unserem geheimen Treffpunkt gemacht. Der perfekte Ort, um mal Dampf abzulassen.«

Verena nickte nachdenklich. »Weiß sonst noch jemand, dass ihr hier seid? Die Lehrer? Ulli?«

»Bist du verrückt? Natürlich nicht!« Ludo lachte leise. »Nur eine Handvoll sorgfältig ausgewählter Freunde. Wir bringen so gut wie nie neue Leute hierher. Aber bei dir wollte ich eine Ausnahme machen.« Er zwinkerte ihr zu und bedachte sie mit diesem speziellen Blick – charmant, aber auch ein wenig anzüglich.

»Hm. Verstehe.« Instinktiv trat Verena einen kleinen Schritt zurück, um den Abstand zwischen sich und Ludo zu vergrößern. »Wie habt ihr es eigentlich geschafft, all die Sachen hierher zu bringen, ohne dass es jemand gemerkt hat?«

Ludo öffnete den Mund, doch bevor er antworten konnte, ertönte eine ungeduldige Stimme hinter ihnen.

»Ludo? Ludo, du bist dran! Was machst du denn so lange? Ich dachte, du wolltest dir nur schnell was zu trinken holen.« Verena und Ludo drehten sich um und sahen Stefanie, die mit einem Tischtennisball in der Hand hinter ihnen aufgetaucht war. Ihr Blick wanderte von Ludo zu Verena, und ihre Miene verdüsterte sich augenblicklich.

»Oh. Hallo, Verena!«, sagte Stefanie steif und musterte sie von oben bis unten. »Ich wusste gar nicht, dass du auch kommst.«

»Hi, Stefanie. Schönes … äh … Kleid«, brachte Verena hervor.

Ohne sie eines weiteren Blickes zu würdigen, kam Stefanie näher und legte Ludo besitzergreifend eine Hand auf den Unterarm. »Ich muss wirklich mal ein ernstes Wort mit Conny wechseln«, raunte sie ihm zu, gerade so laut, dass Verena es über die Musik hinweg verstehen konnte. »Einfach die Neue mitzubringen – was denkt sie sich eigentlich dabei?«

»Ach, das war nicht Connys Idee«, erwiderte Ludo gelassen und nahm einen Schluck aus seinem Becher. »Ich habe Verena eingeladen.«

»*Du* warst das?« Stefanie schnappte nach Luft. »Verdammt, Ludo! Wir kennen sie doch gar nicht. Was, wenn sie uns verrät? Was, wenn sie zu Rektor Hesse geht? Wir können es uns nicht leisten, dass …«

»Ach, komm schon, Steff, entspann dich!« Ludo lachte und warf Verena ein verschwörerisches Lächeln zu. »Verena ist in Ordnung. Sie wird uns nicht verpfeifen – stimmt's?«

»Natürlich nicht«, versicherte Verena eilig. »Das verspreche ich.«

»Wenn du das sagst.« Stefanie warf ihr einen kurzen, skeptischen Blick zu, bevor sie sich wieder Ludo zuwandte. »Aber jetzt komm. Alex hat gerade einen spektakulären Wurf hingelegt und vier Becher auf einmal getroffen. Alle warten auf dich.«

Ludo verdrehte die Augen und schenkte Verena ein entschuldigendes Lächeln, ließ sich dann jedoch bereitwillig von Stefanie mitziehen.

Nachdenklich schaute Verena den beiden hinterher und beobachtete, wie Ludo sich den Tischtennisball schnappte und triumphierend verkündete:»Auf geht's, Leute! Zeit, euch zu zeigen, wer hier das Sagen hat!«

Sie suchte die Menge mit den Augen nach Cornelia ab. Außer ihr kannte sie hier kaum jemanden und inmitten all dem Trubel fühlte sie sich ein wenig verloren. Die Luft in der Scheune war heiß und stickig, und allmählich fing Verena an, unter dem Pullover, den sie über Connys Top gezogen hatte, zu schwitzen. Sie versuchte, ihn auszuziehen, verhedderte sich aber in den Ärmeln.

»Brauchst du Hilfe?«

Bevor sie antworten konnte, griffen bereits kräftige Hände nach dem Pullover und halfen ihr, ihn über den Kopf zu ziehen.

»Danke.« Sie sah auf und erkannte Michael, der sie mit ihrem Pullover in der Hand anlächelte. Er trug ein schlichtes schwarzes T-Shirt, das seine durchtrainierten Oberarme betonte. Mit dem leicht zerzausten Haar und den verträumten Augen sah er einfach umwerfend aus.

»Ich hab mich schon gefragt, wann du endlich auftauchst«, sagte er und legte den Pullover beiseite.»Schickes Top übrigens.«

»Danke«, murmelte Verena erneut und spürte, wie ihr die Hitze in die Wangen stieg.»Ist aber nur geliehen. Es gehört eigentlich Cornelia.«

»Du solltest es behalten. Es steht dir.«

Michael führte sie langsam zu dem Tisch mit dem großen Bierfass, zog einen frischen Becher aus der Verpackung und füllte ihn.»Lust auf ein Bier?«

Zögernd nahm Verena den Becher entgegen und trank einen kleinen Schluck. Das Bier war warm und schmeckte schrecklich bitter.

»Wie seid ihr überhaupt an das Zeug gekommen?«, fragte sie.»Der nächste Supermarkt ist doch bestimmt kilometerweit entfernt.«

Michael zuckte mit den Schultern. »Ludo hat einen der Lieferanten aus der Schulküche bestochen, es hierher zu bringen. Wenn die Eltern Geld wie Heu haben und zu den größten Spendern der Schule gehören, hat das gewisse Vorteile. Da drückt so manch einer schon mal ein Auge zu.«

»Klar«, murmelte Verena. Die Privilegien, die Ludo und seine Freunde genossen, waren ihr völlig fremd. An ihrer alten Schule wäre so etwas undenkbar gewesen. Dort wurde Alkoholkonsum bei Minderjährigen streng geahndet, und eine geheime Party auf dem Schulgelände hätte, wenn es rausgekommen wäre, mit Sicherheit für alle Beteiligten einen Schulverweis zur Folge gehabt. Aber sie war nicht mehr an ihrer alten Schule – und hier galten offenbar andere Regeln.

Mit den Bechern in den Händen setzten sie sich auf eines der Sofas.

Während Michael sie in ein Gespräch über den Trainingsplan des Laufteams verwickelte, spürte Verena, wie die Anspannung allmählich von ihr abfiel. Die ausgelassene Stimmung in der Scheune war ansteckend und es war schier unmöglich, sich ihr zu entziehen. Lachen und Musik erfüllten den Raum, und überall hatten sich kleine Grüppchen gebildet, die schwatzend und lachend beisammensaßen.

In einer Ecke entdeckte sie Cornelia und Aaron, die eng beieinanderstanden und sich leise unterhielten. Ihre Mienen wirkten ernst, aber Aaron hatte die Hand auf Cornelias Arm gelegt – es sah ganz danach aus, als würden sie sich tatsächlich wieder versöhnen.

Das Grüppchen, das zuvor noch Bierpong gespielt hatte, war inzwischen in alle Richtungen zerstreut. Stefanie stand jetzt auf einem der Tische und bewegte ihre Hüften im Takt der Musik, während die Umstehenden sie anfeuerten und begeistert mitklatschten. Ludo lehnte lässig am Bierfass und zeigte zwei Jungs aus ihrem Jahrgang etwas auf seiner Kamera – einem modernen Gerät mit ausklappbarem Bildschirm, auf dem jetzt offenbar ein Video lief. Ihr lautes Lachen hallte durch die Scheune, und Verena fing immer wieder Bruchstücke ihres Gesprächs auf.

»Habt ihr Renés Gesichtsausdruck gesehen, als er den Stroh 80 runtergekippt hat? Der Hammer, oder?«, prustete einer von ihnen und klopfte sich auf die Schenkel.

»Wirklich? Der hat das echt getrunken?«, brüllte ein anderer. »Unfassbar!«

Ludo grinste selbstzufrieden und zuckte mit den Schultern. »Tja, er hatte die Wahl: Entweder trinken – oder uns verraten, wer außer ihm am letzten Ferienwochenende noch bei Lena übernachtet hat. Spoiler: Eine Frau war es jedenfalls nicht.« Er warf den anderen einen vielsagenden Blick zu und lachte leise. »Aber aus irgendeinem Grund wollte er das lieber nicht ausplaudern.«

Der harte Ausdruck, der dabei kurz über Ludos Gesicht huschte, jagte Verena eine Gänsehaut über den Rücken. Im nächsten Moment glitt sein Blick an seinen Freunden vorbei und blieb an ihr hängen. Er zwinkerte ihr zu. Schnell wandte sich Verena wieder Michael zu, peinlich berührt, dass Ludo sie beim Anstarren ertappt hatte.

Gegen Mitternacht hatte sich die Scheune fast vollständig geleert. Nur der harte Kern war noch übriggeblieben: Stefanie, die immer noch selbstvergessen auf einem der Tische tanzte, Ludo, Aaron, Michael, Cornelia und – zu Verenas eigener Überraschung – auch sie selbst.

Verena fühlte sich von Ludos Freundeskreis gleichermaßen angezogen und abgestoßen. Vielleicht lag es an ihrem schier unerschütterlichen Selbstbewusstsein, das eine Art magnetische Anziehungskraft auf sie ausübte. Oder an ihrer Sorglosigkeit – als gäbe es keine größeren Probleme auf der Welt als die Frage, wann die nächste Party stieg oder in welchem Luxusresort sie ihre Weihnachtsferien verbringen würden. Sie lebten in ihrem eigenen kleinen Universum, das so völlig anders war als alles, was Verena kannte – einem Ort, an dem die Regeln der Außenwelt einfach nicht zu gelten schienen.

Schließlich sprang Stefanie vom Tisch und ließ sich erschöpft neben Ludo auf das abgewetzte Sofa fallen. »Ich bin total erledigt«, stöhnte sie. »Ich weiß ja nicht, wie es euch geht, aber ich brauche jetzt einen Drink.«

Sie beugte sich hinunter und zog ihre Handtasche unter dem improvisierten Couchtisch hervor. Einen Moment später hielt sie eine Flasche mit einer klaren Flüssigkeit in die Höhe.

»Will jemand was? Ludo?«

Ludo, der gerade mit Michael in ein angeregtes Gespräch über den neuen Trainer des Fußballteams vertieft war, setzte sich auf und griff dankbar nach der Flasche. »Klar, ich dachte schon, du fragst nie. Jetzt, wo die anderen weg sind, packst du endlich das gute Zeug aus.«

Er nahm einen tiefen Schluck und stieß einen zufriedenen Seufzer aus, bevor er die Flasche an Aaron und Cornelia weiterreichte, die es sich zusammen auf einem der alten Lehnstühle bequem gemacht hatten. Cornelia saß auf Aarons Schoß, den Arm locker um seinen Nacken gelegt, und wirkte rundum zufrieden.

Nachdem Aaron und Cornelia getrunken hatten, gaben sie die Flasche an Michael weiter, der sie schließlich wieder an Stefanie zurückreichte.

»Und du, Verena?«, fragte Stefanie plötzlich und sprach sie damit zum ersten Mal an diesem Abend direkt an. »Trinkst du auch was mit uns?«

Verena zögerte. Bier war eine Sache, aber Wodka eine ganz andere. Ihr Blick wanderte kurz zu Michael, der ihr kaum merklich zunickte. »Komm schon!«, schienen seine Augen zu sagen.

»Klar, warum nicht.«

Behutsam nahm sie die Flasche entgegen und nippte daran. Der scharfe, brennende Geschmack erwischte sie kalt und sie musste sofort husten. Hastig setzte sie die Flasche ab und spürte, wie ihr die Röte ins Gesicht stieg.

Die anderen brachen in schallendes Gelächter aus.

Stefanie schaute Verena amüsiert an. Einige Strähnen hatten sich beim Tanzen aus ihrem Zopf gelöst; sie sah aus wie eine Filmdiva – glamourös und unnahbar zugleich. »Niedlich, wie du dich bemühst mitzuhalten«, sagte sie und zog eine Augenbraue hoch. »Auf deiner alten Schule hattet ihr das wohl nicht, hm? Wodka und Partys standen da sicher nicht auf dem Lehrplan.« Verena wollte widersprechen, wollte ihr sagen, dass sie sehr wohl schon Wodka getrunken hatte und dass er ihr einfach nur nicht schmeckte. Doch Stefanies spöttischer Ton ärgerte sie und so setzte sie die Flasche trotzig erneut an die Lippen. Der Alkohol brannte wie Feuer in ihrer Kehle und ein warmes Kribbeln breitete sich bis in ihre Fingerspitzen aus. Verdammt, das war echt heftig!

»Langsam, langsam!«, murmelte Michael sanft und legte seine Hand auf ihren Arm. »Nicht gleich übertreiben.«

Eine Weile ließen sie die Flasche im Kreis herumgehen, während aus den Boxen der alte Queen-Song *Another One Bites the Dust* dröhnte. Ludo hatte sich lässig zurückgelehnt und ein Päckchen Zigaretten hervorgeholt. Mit halb geschlossenen Augen zog er an einer Zigarette und blies den Rauch langsam in die Luft, wo er sich in wirbelnden Schwaden über ihren Köpfen verteilte.

Nachdem er die Kippe ausgedrückt hatte, setzte er sich aufrecht hin und räusperte sich vernehmlich. »Okay, Leute, Zeit, die Party ein bisschen spannender zu machen – was meint ihr?«

Im Augenwinkel sah Verena, wie Michael bei seinen Worten leicht zusammenzuckte, doch Ludo schien es nicht bemerkt zu haben. Er beugte sich vor, griff in seine Jackentasche und zog eine einzelne Karte heraus.

Auf den ersten Blick sah sie aus wie eine gewöhnliche Spielkarte, nur dass sie etwas größer und handbeschrieben war. Ludo hielt einen Moment inne, bevor er Verena einen verschmitzten Blick zuwarf und die Karte langsam über den Tisch zu ihr schob.

Plötzlich waren alle Augen auf sie gerichtet – ganz so, als wüsste jeder in der Runde etwas, was Verena nicht wusste. Sie zögerte kurz, dann hob sie die Karte langsam auf. Inzwischen war sie mehr als nur ein bisschen betrunken und musste mehrmals blinzeln, um den verschwommenen Text zu entziffern. In großen Lettern standen vier Worte in der Mitte der Karte:

Du hast die Wahl.

Darunter, offensichtlich hastig hingekritzelt, die beiden Optionen:

Option 1: Geh jetzt gleich zum Pförtnerhaus und wirf einen Stein durch das Fenster von Hausmeister Schmidt.

Option 2: Zieh dich aus und lauf nackt eine Runde um die Scheune.

Verena las die Karte zwei Mal und runzelte die Stirn.»Soll das ein Scherz sein?«

»Kein Scherz«, antwortete Ludo ruhig. Ein leichtes Lächeln lag auf seinen Lippen, ein gefährliches Lächeln, das amüsiert und bedrohlich zugleich wirkte.»Triff eine Wahl und tu, was auf der Karte steht. Betrachte es als eine Art Initiationsritual.«

Verena starrte ihn fassungslos an, dann wieder auf die Karte in ihrer Hand. Sie sollte eine Fensterscheibe vom Pförtnerhaus einschlagen? Waren diese Leute komplett verrückt? Doch die Alternative – sich nackt auszuziehen und draußen um die Scheune zu laufen – war genauso absurd.

»Wer seid ihr – die Mafia?«, keuchte sie schließlich und quetschte ein Lachen heraus, um die Anspannung zu brechen.

Doch niemand lachte mit. Die Gruppe saß nur da und sah sie erwartungsvoll an. Michael rutschte nervös neben ihr auf dem Sofa hin und her, die Lippen zu einer schmalen Linie zusammengepresst. In seinen Augen schimmerte so etwas wie Bedauern. Aber er schwieg. Genau wie Cornelia, die mit verschränkten Armen und angespanntem Gesichtsausdruck auf ihrem Platz verharrte. Was zum Teufel stimmte mit diesen Leuten nicht?

»Ach, komm schon«, sagte Aaron grinsend. »Wir schauen auch nicht. Und deine Schuhe darfst du anlassen.«

Ludo und Aaron kicherten, aber Verena konnte keinen Funken Humor in der Situation erkennen. Plötzlich fühlte sie sich wie auf einer Bühne im grellen Scheinwerferlicht.

»Jetzt mach schon, wir haben nicht ewig Zeit«, drängte Ludo. Er beugte sich vor und deutete mit einem frechen Grinsen auf Verenas Top. »Ich denke, wir alle sind gespannt, wie du dich entscheidest.«

»Ludo, lass den Quatsch«, murmelte Michael leise. »Ist das wirklich …«

Aber Ludo ignorierte ihn und redete einfach weiter. »Wir haben dir unseren geheimen Treffpunkt gezeigt und unseren Alkohol mit dir geteilt. Jetzt bist du dran. Zeig uns, dass du eine von uns bist − dass wir dir trauen können.«

»Oder geh einfach«, fügte Stefanie mit einem schmallippigen Lächeln hinzu. »Aber bitte mach schnell. Deine Unentschlossenheit nervt.«

Verena warf Michael einen hilfesuchenden Blick zu. Seine Miene war finster, Zorn funkelte in seinen Augen − aber er sagte nichts. Er wies Ludo nicht in die Schranken, sprang nicht für sie in die Bresche. Niemand kam ihr zu Hilfe.

Verena unterdrückte ein nervöses Lachen und zwang sich, tief durchzuatmen. Ihre Gedanken rasten.

Sie konnte keinen Stein in Schmidts Pförtnerhaus werfen. Das war Vandalismus. Wenn sie erwischt wurde, war ihre Zeit an der Santa Clara vorbei, noch bevor sie richtig begonnen hatte. Aber sich vor all diesen Leuten auszuziehen und draußen herumzulaufen? Das kam genauso wenig infrage. Nein, das würde sie auf keinen Fall tun.

»Vergesst es«, sagte sie schließlich und warf die Karte auf den Tisch. »Ich mache da nicht mit.«

Einen Moment lang herrschte eisiges Schweigen. Die zuvor ausgelassene Stimmung war wie weggeblasen. Die Musik, die

dumpf aus den Lautsprechern dröhnte, erschien plötzlich viel
zu laut, der Raum stickig und beklemmend.

Ludo lächelte spöttisch. »Schade. Aber wie gesagt – die Wahl
liegt bei dir. War nett, dich kennengelernt zu haben, Verena. Du
weißt ja, wo der Ausgang ist.«

Langsam stand Verena auf. Ihre Beine fühlten sich an wie
in Watte gepackt. Was war da gerade passiert? Sie spürte, dass
Michael sie ansah, und für einen kurzen Moment trafen sich ihre
Blicke. Sie las eine Mischung aus Bedauern und Erleichterung in
seiner Miene, doch er sagte nichts, hielt sie nicht auf.

Sie griff nach ihrem Pullover und ging zur Tür. Gerade als sie
die Hand nach der Klinke ausstrecken wollte, hörte sie Stefanies
höhnische Stimme hinter sich.

»Ich hab's euch doch gleich gesagt! Diese Kids von den öffentlichen Schulen haben es einfach nicht drauf. Ein Bücherwurm
bleibt eben ein Bücherwurm.«

Verena erstarrte. Ihre Hand verharrte in der Luft, ihr Blick
fixierte die Klinke. Der nüchterne Teil ihres Ichs riet ihr, einfach weiterzugehen und die Sache zu vergessen – diese Leute,
diese entwürdigende Situation. Doch etwas in Stefanies Ton,
dieses selbstgefällige, triumphierende Gehabe, brachte sie dazu,
innezuhalten.

Ruckartig drehte Verena sich um und hob trotzig das Kinn,
während sie Stefanie fest in die Augen sah.

»Okay. Ich mach's.«

Ein kollektives Raunen ging durch die Gruppe. Stefanies
Lächeln verblasste. Überraschung und Widerwille flackerten
über ihr Gesicht, bevor sie sich wieder fing. »Na bitte. Wer
sagt's denn?«

Verena schloss kurz die Augen und holte tief Luft. Dann zog
sie sich Cornelias Top langsam über den Kopf und ließ es zu
Boden gleiten. Die Luft in der Scheune schien sich zu verdichten,
als alle sie wie gebannt anstarrten.

»Schicker BH«, kommentierte Ludo grinsend.

Stefanie stieß ihm wütend den Ellbogen in die Seite und murmelte etwas Unverständliches, aber Verena nahm es kaum wahr. Ihr Blick blieb fest auf Ludo gerichtet.

»Danke«, sagte sie zuckersüß. »Und jetzt umdrehen.«

Kapitel 12

Leonie. Heute

Ich saß in meiner winzigen Wohnung, eingezwängt in die Arbeitsnische, die kaum genug Platz für meinen Laptop und die Dose Thunfisch bot, über die ich mich gerade hermachte. Mein Blick klebte am Monitor, während ich mir mechanisch eine weitere Gabel in den Mund schob. Cornelia war in Großaufnahme darauf zu sehen, wie sie durch ihre makellose Küche lief und immer wieder ungeduldig auf die Armbanduhr schaute.

Ein Lächeln huschte über mein Gesicht. Ich konnte mir gut vorstellen, warum sie so angespannt war.

Am Morgen, kurz bevor ich mich zu den Hellsteins aufgemacht hatte, war ihr Noch-Ehemann Armin gekommen, um den gemeinsamen Sohn Felix abzuholen. Ich hatte das Gespräch über die Kamera im Flur mitverfolgt, und soweit ich das beurteilen konnte, war es denkbar schlecht verlaufen. Die beiden hatten mit dem Rücken zur Linse gestanden und leise gesprochen, aber das Wesentliche hatte ich trotzdem mitbekommen: Armin wollte das alleinige Sorgerecht für Felix. Da war es nur verständlich, dass Cornelia jetzt wie auf Nadeln saß.

Ich nahm ein weiteres Stück Thunfisch und schob Cleo sanft zur Seite, die um meine Beine strich und mit einem sehnsüchtigen Miauen auf einen Happen hoffte.

Ich hatte Cornelia monatelang beobachtet, und das, was ich über die Kameras gesehen hatte, hatte meinen Eindruck nur bestätigt: Sie war alles andere als eine hingebungsvolle Mutter. Ihr Leben bestand hauptsächlich aus Yoga, Rotwein, endlosen Netflix-Abenden – und der Jagd nach einem neuen Mann. Die letzten beiden Wochenenden, die Felix bei ihr verbracht hatte, waren fast schon klischeehaft abgelaufen: Sie auf der Couch, neben sich eine Flasche Cabernet, während der siebenjährige Felix sich in sein Zimmer verzog, stundenlang am Computer spielte und Toast mit Ketchup aß. Wenn Cornelia ihn überhaupt wahrnahm, dann höchstens im Vorbeigehen. Eine echte Beziehung zwischen Mutter und Sohn? Fehlanzeige.

Plötzlich änderte sich die Szene auf dem Monitor. Cornelia verließ die Küche und verschwand aus meinem Sichtfeld. Rasch schaltete ich auf die Kamera im Wohnzimmer um und sah, wie sie sich auf die Couch sinken ließ und den Laptop auf ihren Schoß zog.

Meine Finger glitten über die Tastatur, und binnen Sekunden öffnete sich ein weiteres Fenster auf meinem Display und ich konnte sehen, was sie sah. Nur ein kleiner technischer Trick, nichts, was mich wirklich herausgefordert hätte.

Gespannt beugte ich mich vor, während Cornelia sich in die Videokonferenz einwählte. Eine rothaarige Frau, etwa Mitte vierzig, in einem tadellosen Blazer, erschien auf dem Bildschirm – Cornelias Scheidungsanwältin.

»Frau Dr. Pechmann, danke, dass Sie so kurzfristig Zeit für mich haben«, begann Cornelia mit leicht zitternder Stimme. »Der Scheidungstermin ist ja schon nächste Woche, und ... na ja, ich mache mir wirklich Sorgen.«

»Das hatten wir doch besprochen, Frau Steinböck«, erwiderte die Anwältin in einem Ton, der Ruhe und Entschlossenheit ausstrahlte. »Ihr Exmann hat Sie betrogen, und das können wir auch beweisen. Sie haben nichts zu befürchten.«

»Ich weiß, ich weiß.« Cornelia atmete hörbar aus. »Aber als Armin heute Morgen kam, um Felix abzuholen, hat er gesagt, dass er kämpfen wird. Er will keinen Cent zahlen. Meine Güte, er will sogar das alleinige Sorgerecht!«

»Tatsächlich?« Dr. Pechmanns Augenbrauen hoben sich. »Das ist allerdings neu.«

Cornelia nickte hektisch. »Er will mir alles wegnehmen! Die Wohnung, unsere Ersparnisse … und jetzt auch noch meinen Sohn. Einfach alles.«

Die Anwältin hob beschwichtigend die Hände. »Nur die Ruhe, Frau Steinböck! Was Ihr Mann da versucht, ist bestimmt nur eine Einschüchterungstaktik. Dennoch …« Sie hielt kurz inne, beugte sich vor und fixierte Cornelia mit scharfem Blick. »Gibt es da noch irgendetwas, das ich wissen sollte? Etwas, das er möglicherweise gegen Sie verwenden könnte?«

»Nein. Natürlich nicht!«

Das war eine glatte Lüge. Man sah es an jeder ihrer Bewegungen – an ihrem nervösen Blinzeln und an der Art, wie ihre Finger angespannt über das Gehäuse ihres Laptops glitten. Und ich war mir ziemlich sicher, dass Dr. Pechmann es ebenfalls bemerkte, denn ihre Augen verengten sich, und sie verschränkte die Arme vor der Brust.

»Frau Steinböck«, sagte sie eindringlich. »Ich bin auf Ihrer Seite, aber es ist wichtig, dass Sie ehrlich zu mir sind. Wenn es irgendetwas gibt, das er vor Gericht gegen Sie verwenden könnte, dann raus damit.«

»Ich … nein … also nichts Wesentliches.« Sie zögerte. »Ich meine, wir haben alle unsere Fehler, aber nichts, was von Bedeutung wäre.«

Ich lächelte mitleidig, als ich an Felix dachte, der allein in seinem Zimmer zockte, während seine Mutter sich mit dem teuren Rotwein volllaufen ließ.

Cornelia konnte die Rolle der betrogenen Ehefrau noch so überzeugend spielen, aber ich wusste es besser. Sie war am Scheitern ihrer Ehe bei Weitem nicht so unschuldig, wie sie vorgab. Tatsächlich war Armin nicht der Einzige, der fremdgegangen war – sie war in der Hinsicht auch nicht untätig gewesen, und zwar schon lange, bevor seine Affäre begonnen hatte.

Ich hatte sie gesehen – mit Antoine, ihrem charmanten, aber ebenfalls verheirateten Yogalehrer. Und was noch wichtiger war: Ich hatte ein Filmchen von den beiden auf meiner Festplatte.

»Gut«, sagte Dr. Pechmann schließlich und nickte knapp. »In diesem Fall denke ich, können Sie unbesorgt sein. Ich werde Armins Anwalt kontaktieren und versuchen herauszufinden, was er vorhat. Keine Sorge, wir kriegen das schon hin.«

Nachdem Cornelia sich von ihrer Anwältin verabschiedet hatte, schaltete auch ich den Computer aus. Ich streckte mich, stand auf und griff nach der halb vollen Thunfischdose. Cleo war sofort auf den Beinen. Ihre grünen Augen funkelten erwartungsvoll, als ich zur Küche ging und den Rest in ihren Napf kippte.

Es war erstaunlich einfach gewesen, in das Leben von Ludo und seinen alten Schulfreunden einzudringen. Ein paar Monate aufmerksame Beobachtung, ein paar gezielte technische Tricks – mehr hatte es nicht gebraucht. Nun lagen ihre Schwächen, Geheimnisse und Fehler in ihrer ganzen Hässlichkeit vor mir. Und schon bald würden sie auf die harte Tour lernen, dass ihre vermeintliche Unantastbarkeit nichts weiter als eine Illusion war.

Ich ging zurück zu meinem Schreibtisch, öffnete eine Schublade und zog den dünnen Stapel Karten heraus, den ich vorbereitet hatte. Sie waren aus dickem, cremefarbenem Karton, etwa so groß wie zwei nebeneinanderliegende Zigarettenpackungen. In großen, klaren Buchstaben prangten vier Worte auf jeder Karte:

Du hast die Wahl.

Meine Finger glitten sanft über die glatte Oberfläche des Papiers und ein Kribbeln der Vorfreude machte sich in mir breit.

»Option 1« hatte ich schon aufgeschrieben. Es war die Antwort auf die Frage, die wie ein Damoklesschwert über ihnen allen schwebte:

Verrate mir, wer Michael Stricker wirklich getötet hat und schicke den Namen an die angegebene Adresse.

Darunter war in kleiner, schlichter Schrift eine E-Mail-Adresse angegeben, die ich eigens für diesen Zweck erstellt hatte: über einen Anbieter, der Anonymität garantierte, abgesichert durch ein VPN, das meine IP-Adresse verschleierte. Selbst wenn jemand versuchen würde, den Account zurückzuverfolgen, würde er sich in einem Labyrinth aus Servern und verschlüsselten Daten wiederfinden.

Ich griff nach einem schwarzen Stift und ließ die Spitze einen Moment unter der Überschrift »Option 2« schweben, während ich überlegte, wie ich Cornelia am effektivsten in die Enge treiben könnte.

Dann begann ich zu schreiben.

Kapitel 13

September 2005. Verena

Als Verena am nächsten Morgen erwachte, fühlte sie sich wie gerädert. Ihr Hals brannte und ein widerlicher Geschmack klebte auf ihrer Zunge. Stöhnend drehte sie sich auf die Seite und öffnete die Augen.

Vor ihrem Bett lag ein Haufen zerknitterter Kleider, die Absätze ihrer High Heels waren mit Dreck verkrustet und der Inhalt ihrer Handtasche lag auf dem Fußboden verstreut.

Bilder der letzten Nacht flackerten wie grelle Blitze durch ihren Kopf – das dumpfe Wummern der Musik, die stickige Luft in der Scheune, der scharfe Geschmack des Wodkas, der noch immer in ihrer Kehle brannte. Wie Cornelia und sie unbemerkt zurück in ihre Zimmer gelangt waren, wusste sie nicht mehr. Doch offenbar hatten sie es geschafft, denn sie lag in ihrem eigenen Bett. Allerdings hatte sie den Pyjama verkehrt herum an, wie die falsch sitzende Naht am Ärmel verriet.

»Guten Morgen!« Cornelias Stimme klang viel zu fröhlich für Verenas pochendes Hirn. »Na, wieder unter den Lebenden?«

Sie brummte etwas Unverständliches und rollte sich auf den Rücken. In ihrem Kopf hämmerte es und die Sonnenstrahlen, die durch die Vorhänge drangen, verstärkten den Schmerz in ihren Schläfen noch.

»Wie spät ist es?«, murmelte sie benommen.

»Fast elf.«

»Was? Wirklich?« Abrupt richtete sie sich auf, wobei ihr Gesichtsfeld gefährlich schwankte. Normalerweise schlief sie nie so lange, egal, wann sie ins Bett gegangen war. Offenbar hatte der Alkohol ihre innere Uhr durcheinandergebracht.

»Jep, du hast das Frühstück verschlafen, Dornröschen.« Cornelia saß im Schneidersitz auf ihrem Bett. Auch sie sah etwas mitgenommen aus, war jedoch offenbar bester Laune. Sie hatte sich gestern Nacht nicht mehr die Mühe gemacht, sich abzuschminken – die Reste der Wimperntusche hatten sich unter ihren Augen abgesetzt und verliehen ihr zusammen mit der zerzausten Lockenmähne eine vage Ähnlichkeit mit Amy Winehouse.

Verena rieb sich über das Gesicht und versuchte, die bruchstückhaften Erinnerungen der letzten Nacht zu ordnen. Beim Gedanken an all den Alkohol, den sie getrunken hatte, rebellierte ihr Magen. Was hatte sie sich nur dabei gedacht, so viel Wodka zu trinken?

»Ich glaube, ich sterbe«, krächzte sie und presste die Handflächen gegen die Schläfen. »Mein Kopf bringt mich um!«

»So schlimm?«

»Du hast ja keine Ahnung. Als würde eine Horde Nilpferde durch meinen Schädel trampeln.«

Cornelia kicherte. »Oje, das haben wir gleich. Ich glaube, ich habe hier irgendwo noch ein paar Schmerztabletten gebunkert.« Sie drehte sich um und wühlte in ihrer Nachttischschublade. Kurz darauf zog sie eine Packung Aspirin hervor und warf sie ihr zu. »Hier, bedien dich.«

Verena streckte die Hand aus, doch die Packung glitt ihr durch die Finger und landete neben dem Bett auf dem Boden. Stöhnend bückte sie sich danach, drückte zwei Tabletten aus dem Blister und schluckte sie trocken hinunter.

»Danke.«

»Du hattest übrigens recht mit Aaron«, fuhr Cornelia munter fort. »Wir haben uns endlich ausgesprochen.«

»Das ist … wirklich toll, Conny.« Verena zwang sich ein Lächeln auf die Lippen. »Dann seid ihr also wieder zusammen?« Cornelia nickte strahlend. »Dank dir! Es war genau so, wie du gesagt hast. Die Trennung hat ihm wirklich leidgetan. Und stell dir vor, Verena – Aaron hat mir sogar gestanden, dass er mich liebt! Das hat er zuvor noch nie gesagt!«

Ihre Augen leuchteten vor Glück, während sie begann, jedes Detail ihrer Versöhnung zu schildern. Doch Verena konnte ihr kaum folgen. Das flaue Gefühl in ihrem Magen war unerträglich und wurde immer schlimmer.

»Alles okay bei dir?«, fragte Cornelia plötzlich. »Du bist ja auf einmal so blass. Du musst doch nicht etwa kotzen, oder?«

»Es geht scho…«, begann Verena, brach jedoch mitten im Satz ab. Ihr Atem stockte, und sie presste sich eine Hand vor den Mund, um das Würgen zu unterdrücken.

Hastig stolperte sie ins Bad, ließ sich auf die Knie fallen und übergab sich in die Toilettenschüssel.

Cornelia folgte ihr, kniete sich hinter sie und hielt ihr die Haare aus dem Gesicht. Als Verena fertig war, wischte sie sich zitternd mit dem Handrücken über den Mund.

»Geht's wieder? Komm, trink ein bisschen Wasser, das hilft.« Cornelia drehte sich um, füllte einen Zahnputzbecher und reichte ihn ihr.

»Danke.« Verena trank gierig ein paar Schlucke, bevor sie sich schwer atmend gegen die Toilettenschüssel sinken ließ. »Entschuldige, das ist mir wirklich peinlich.«

Cornelia winkte ab. »Muss es nicht. Mir ging's genauso, als ich das erste Mal auf einer Party in der Scheune war. Die anderen hatten Tequila mitgebracht, und irgendwann war ich so besoffen, dass ich Aaron auf seine nagelneuen Sneakers gekotzt hab. Das war peinlich.« Sie verzog kurz das Gesicht, als wäre ihr die Erinnerung immer noch unangenehm. »Aber du hast dich verdammt gut geschlagen – richtig gut.«

»Findest du?«, fragte Verena zweifelnd.

Weitere Bruchstücke der letzten Nacht blitzten in Verenas Kopf auf – Ludos eindringlicher Blick, die Karte, das Spiel. Die kühle, klamme Luft, die auf ihrer Haut prickelte, als sie mit klopfendem Herzen nach draußen gegangen war. Scham kroch ihr heiß den Rücken hinauf, als ihr klar wurde, was sie getan hatte. Splitterfasernackt draußen herumzulaufen, mitten in der Nacht – was zum Teufel hatte sie sich dabei gedacht? Und das nur, weil irgend so ein selbstgefälliger Schnösel wie Ludo und seine unverschämte Freundin sie herausgefordert hatten?

»Absolut«, antwortete Cornelia überzeugt. »Als Ludo und Aaron mir damals meine Aufgabe gestellt haben, hätte ich mir vor Angst fast in die Hose gepinkelt. Aber du – du bist einfach cool geblieben und hast mitgespielt. Das war echt großes Kino.«

»Du wusstest von der Karte? Meinst du nicht, du hättest mich vorher warnen können?«

»Das hätte ich ja gerne. Aber so sind nun mal die Regeln – Ludo ist ziemlich wählerisch, was unseren Freundeskreis angeht. Jeder kriegt nur eine einzige Chance. Aber du hast bestanden; du bist jetzt ganz offiziell eine von uns – herzlichen Glückwunsch!«

»Danke«, antwortete Verena wenig überzeugt. »Was war eigentlich *deine* Aufgabe damals?«

»Oh, das willst du gar nicht wissen. Aber glaub mir, sie war nicht besser als deine.«

Cornelia stand auf, ging ans Waschbecken und begann, sich mit routinierten Bewegungen abzuschminken. »Und jetzt komm endlich in die Gänge. Es gibt gleich Mittagessen, und ich könnte einen Elefanten verdrücken.« Sie warf Verena einen spöttischen Blick über die Schulter zu. »Außerdem würde dir ein wenig frische Luft guttun – du bist immer noch ziemlich grün im Gesicht.«

Nachdem sie geduscht und frische Kleidung angezogen hatten, traten Verena und Cornelia hinaus auf den Schulhof. Die Sonne stand hoch am Himmel und es war überraschend warm. Ein leichter Wind spielte mit den bunten Blättern der Bäume und die Luft roch süß – nach trockenem Laub und frisch gemähtem Gras.

Die Worte ihrer Freundin waren wie ein leichter, unbeschwerter Strom, der an Verena vorbeifloss, ohne wirklich in ihr Bewusstsein vorzudringen. Hier in der warmen Herbstsonne und an der frischen Luft spürte sie, wie das Aspirin endlich zu wirken begann und der bohrende Kopfschmerz nachließ. Sogar die Erinnerung an die Ereignisse der letzten Nacht verlor ein wenig von ihrem Schrecken.

Verena versuchte, die Situation aus einer anderen Perspektive zu betrachten. Im Grunde war ja nichts wirklich Schlimmes passiert, redete sie sich ein. Es war nur ein Spiel gewesen, oder? Sicher, Ludo und die anderen hatten sie unter Druck gesetzt, aber sie hatte doch die Wahl gehabt, oder nicht? Niemand hatte sie gezwungen mitzumachen. Sie hätte jederzeit gehen können, wenn sie es wirklich gewollt hätte.

Als sie die Aula betraten, hielt Cornelia Verena am Arm fest. »Warte mal kurz. Ich will nur schnell nachsehen, ob das Volleyballtraining heute Nachmittag stattfindet. Frau Fink, die Trainerin, war diese Woche krank, daher fällt es vielleicht aus. Bin gleich wieder da.«

Sie eilte zum Schwarzen Brett im hinteren Bereich der Eingangshalle, wo aktuelle Stundenplanänderungen und Informationen zu den Schulveranstaltungen ausgehängt waren.

Verena folgte ihr langsam und ließ ihren Blick gedankenverloren über die Korkwand schweifen. Neben einem Infoblatt über den neuen Fußballtrainer, über den Ludo und Michael am Abend zuvor gesprochen hatten, entdeckte sie eine Anzeige, die ihre Aufmerksamkeit erregte. Auf mehreren abtrennbaren Zetteln standen der Name und die Nummer eines Schülers, der Nachhilfe in verschiedenen Fächern anbot. Verena riss einen davon ab – vielleicht konnte sie ihn für Französisch gebrauchen.

Dann fiel ihr ein Zettel ins Auge, der halb verdeckt zwischen den anderen hervorlugte. Es war eine auf blassgrauem Papier gedruckte Todesanzeige. In der Mitte prangte das Foto eines

Jungen mit kurzem dunkelblondem Haar, der lächelnd in die Kamera schaute. Darunter stand:

In liebevoller Erinnerung an Jonas Felber, unseren Freund und Mitschüler, der uns viel zu früh verlassen hat. Geboren am 3. August 1989, gestorben am 12. Juni 2005. Wir werden dich nie vergessen. Ruhe in Frieden.

»Wer war das?«, fragte Verena und deutete auf die Todesanzeige.

»Hm, wen meinst du?« Cornelia drehte sich um, doch ihr Lächeln verschwand augenblicklich, als sie das Foto sah. Einige Sekunden lang starrte sie schweigend auf das Bild, dann schluckte sie hörbar. »Jonas war ein ehemaliger Schüler«, sagte sie schließlich. »Er ist letztes Jahr gestorben … hier auf dem Schulgelände.«

»Das ist ja schrecklich!« Verena sah sie entsetzt an. »Wie ist das denn passiert?«

Cornelia zögerte einen Moment, bevor sie mit belegter Stimme antwortete: »Ulli hat dir doch von der Schlucht im Wald erzählt, oder?«

»Ja. Die, die man angeblich erst sieht, wenn man davorsteht.«

»Genau. Die Bäume reichen bis direkt an den Rand, und der Abhang ist ziemlich steil und nicht gesichert. Jedenfalls war Jonas eines Morgens plötzlich wie vom Erdboden verschluckt. Sie haben tagelang nach ihm gesucht und … na ja, irgendwann haben sie ihn dann gefunden.«

»O Gott, wie furchtbar!«, murmelte Verena und streichelte ihr mitfühlend über den Arm. »Das tut mir so leid. Hast du diesen Jonas gut gekannt?«

Cornelia schüttelte den Kopf. »Nicht wirklich. Er war im Jahrgang unter uns und wir waren nicht befreundet oder so. Trotzdem war es für uns alle ein ziemlicher Schock. Dass so etwas ausgerechnet hier passiert ist, praktisch direkt vor unserer Nase …«

Cornelia wirkte sichtlich geknickt, und einen Moment lang herrschte bedrücktes Schweigen, während Verena ihre Freundin nachdenklich ansah. Ihre Schultern hingen herab, und ein Muskel an ihrer Wange zuckte. Irgendetwas an ihrer Reaktion ließ Verena daran zweifeln, dass sie Jonas wirklich nur flüchtig gekannt hatte. Doch Cornelia wirkte auf einmal so traurig und in sich gekehrt, dass sie beschloss, nicht weiter nachzubohren.

»Na ja, wie dem auch sei«, murmelte Cornelia schließlich und wandte sich abrupt ab. »Hier steht nichts davon, dass das Training ausfällt. Schade, ich hatte mich schon auf einen freien Nachmittag gefreut.«

Der verführerische Duft von Quiche und Lasagne strömte Cornelia und Verena entgegen, als sie wenig später die Tür zum Speisesaal aufstießen. Der Raum war voller Leben; Gelächter und Stimmen hallten von den Wänden wider. Schüler in Freizeitkleidung standen dicht gedrängt am Buffet, luden ihre Teller voll und unterhielten sich lautstark. In der Mitte des Saals entdeckte Verena Stefanie, Ludo, Aaron und Michael, die bereits an einem der Tische saßen.

Michael bemerkte sie als Erster. Mit einem breiten Lächeln winkte er die beiden heran. »Hi, da seid ihr ja!«

Als Verena den Tisch erreichte, stand Ludo auf und drückte ihr einen Kuss auf die Wange, als wäre es das Selbstverständlichste der Welt. »Na, alles klar, kleine Flitzerin?«, fragte er mit einem breiten Grinsen.

Verena spürte, wie sie errötete, beschloss aber, dass es besser war, ihn einfach zu ignorieren. Stattdessen richtete sie ihre Aufmerksamkeit auf Aaron, der ihr kurz zunickte, bevor er sich zu Cornelia beugte und sie unbeholfen auf den Mund küsste. Cornelias Miene hellte sich augenblicklich auf. Strahlend erwiderte sie den Kuss und schlang die Arme um Aarons Hals.

Stefanie, die zwischen Aaron und Cornelia eingekeilt saß, murmelte ein knappes »Hallo«, bevor sie sich wieder ihrem Salat zuwandte. Wie immer fiel ihr Haar in perfekten Wellen über den

Rücken, frisch gewaschen und glänzend wie in einer Shampoo-Werbung. Nicht ein Pickel trübte ihre makellose Haut. Falls sie ebenfalls einen Kater hatte, sah man es ihr nicht an.

Michael warf Verena einen amüsierten Blick zu, doch zu ihrer Erleichterung verkniff er sich einen Kommentar über ihre geröteten Augen und ihren immer noch leicht fahlen Teint. Stattdessen deutete er mit dem Kopf in Richtung Buffet.»Ich hole mir noch eine Portion Lasagne. Kommst du mit? Du musst doch am Verhungern sein.«

Erst jetzt merkte Verena, wie hungrig sie war. Vor lauter Aufregung wegen der Party hatte sie beim Abendessen kaum mehr als ein paar Happen herunterbekommen. Sie warf Cornelia einen fragenden Blick zu, doch die saß eng an Aaron geschmiegt und schien völlig in ihre eigene kleine Welt versunken zu sein.

Verena zuckte die Achseln.»Klar, warum nicht?«

Gemeinsam gingen sie zum Buffet, reihten sich in die Schlange ein und luden ihre Teller voll – Lasagne für Michael, Quiche und Salat für Verena. Während sie warteten, beugte Michael sich zu ihr und fragte leise:»Sicher, dass du okay bist? Sag Bescheid, wenn du ein Schmerzmittel brauchst. Ich hab Aspirin in meiner Jacke.«

Verena schenkte ihm ein müdes Lächeln.»Danke, das ist lieb von dir. Conny hat mir schon was gegeben.« Sie verdrehte die Augen.»Es hilft ein bisschen, aber mein Kopf fühlt sich immer noch an, als hätte ich einen Presslufthammer verschluckt.«

Michael grinste schief.»Glaub mir, ich weiß, was du meinst.« Dann senkte er die Stimme und fügte hinzu:»Aber Respekt, wie du dich gestern geschlagen hast. Ludos Aufgaben können ziemlich fies sein. Dich einfach komplett auszuziehen und Stefanie damit aus der Reserve zu locken – alle Achtung, das war echt mutig.«

»Abgesehen davon, dass ich mir dabei fast den Hintern abgefroren habe. Von der Peinlichkeit ganz zu schweigen.«

Verena zog eine Grimasse und Michael lachte.

Ein Wirrwarr aus Stimmen lag in der Luft, als Verena und Michael kurz darauf mit ihren voll beladenen Tabletts an den Tisch zurückkehrten. Offenbar war einer ihrer Mitschüler, Klaus, beim Versuch, zurück in den Wohntrakt zu schleichen, beinahe vom Hausmeister erwischt worden.

»Es war scheißknapp«, sagte Ludo gerade, als Michael und Verena sich ihm gegenüber auf die Bank quetschten. »Der Schmidt kam auf seinem nächtlichen Rundgang genau in dem Moment um die Ecke, als Klaus im Hof herumgetorkelt ist. Der arme Kerl musste sich wie ein Ninja hinter die Mülltonnen werfen.«

»Ein Wunder, dass er das überhaupt noch hingekriegt hat«, entgegnete Aaron mit vollem Mund. »Der Typ war echt sternhagelvoll.«

»Ein Glück«, sagte Cornelia und sprach damit Verenas eigenen Gedanken laut aus. »Nicht auszudenken, wenn Schmidt ihn erwischt hätte.« Sie senkte die Stimme zu einem Flüstern. »Glaubt ihr, er hätte uns verraten?«

»Auf keinen Fall, so einer ist Klaus nicht«, sagte Ludo entschieden. »Eher würde er von der Schule fliegen, als uns zu verpetzen.«

»Genau«, bestätigte Aaron mit einem selbstzufriedenen Grinsen. »Klaus würde es nie wagen, uns vor den Bus zu schubsen. Er weiß genau, was ihm sonst blüht. Das wissen sie alle.«

Die anderen lachten, und Verena stimmte zögerlich mit ein, auch wenn es ihr schwerfiel. Sie nahm sich vor, in Zukunft vorsichtiger zu sein. Die Eltern ihrer neuen Freunde mochten reich und einflussreich sein, aber sie selbst hatte niemanden, der ihr helfen konnte, wenn es wirklich hart auf hart käme.

Anschließend wandte sich das Gespräch dem Nachmittagsprogramm zu. Ludo und Aaron hatten Fußballtraining, Cornelia musste zum Volleyball und Stefanie zum Ballett – blieben also nur Michael und Verena übrig.

»Sieht aus, als hätten wir den Nachmittag für uns«, stellte Michael fest und nahm einen großen Schluck von seinem Eistee.

»Für ein weiteres Training bin ich heute zu erledigt, aber was hältst du davon, wenn wir uns zusammen einen Film ansehen? Mein Mitbewohner hat über den Sommer ein paar gute Streifen auf seinen Laptop geladen.«

Verena spürte, wie ihr Herz vor Freude einen kleinen Sprung machte. Die Vorstellung, mit Michael gemütlich einen Film anzuschauen, klang furchtbar verlockend. Doch dann fiel ihr der bevorstehende Französischtest wieder ein, und sie ließ missmutig die Schultern sinken.

»Lust hätte ich schon, aber ich sollte wirklich lieber lernen. Ein andermal, okay?«

»Für Französisch? Aber der Test ist doch erst in zwei Wochen!«

»Ja, aber ich habe noch einiges aufzuholen, wenn ich meine erste Prüfung hier nicht gleich in den Sand setzen will.« Verena seufzte. »Französisch ist nicht gerade mein Lieblingsfach. Ich hab echt keine Ahnung, wie ich das bis dahin schaffen soll.«

»Klar. Verstehe.« Michael legte den Kopf leicht schief und musterte Verena nachdenklich. »Ich könnte dir helfen, wenn du möchtest.«

Verena sah ihn überrascht an.

»Ich war in fast allen Ferien auf Sprachreise«, erklärte er mit einem kleinen Lächeln. »Mein Französisch ist ziemlich gut, und ich helfe dir gerne. Natürlich nur, wenn du das willst.«

Verena strahlte. »Echt jetzt? Das wäre echt super!«

Während die beiden laut überlegten, ob sie lieber in der Bibliothek oder draußen auf dem Hof lernen sollten, bemerkte Verena die Blicke der Mädchen an den umliegenden Tischen. Einige sahen verstohlen zu ihr herüber, andere ganz ungeniert. Doch es war anders als bisher – in ihren Blicken lag kein Misstrauen, sondern vielmehr Bewunderung und Respekt.

Instinktiv warf Verena die Haare in den Nacken und setzte sich etwas aufrechter hin. Es war, als hätte sie heute mit dem Betreten des Speisesaals ein unsichtbares Band durchtrennt und das Mädchen zurückgelassen, das sie an ihrer alten Schule gewesen war. Sie war nicht länger das Mädchen, das tagein, tagaus in der Bibliothek saß und sich Geschichten ausdachte. Sie war jetzt jemand anderes, jemand, der *gesehen* wurde.

Wenn ihre Mitschüler früher zu Übernachtungspartys eingeladen worden waren oder sich nach der Schule zum Eisessen getroffen hatten, war Verena nie von jemandem gefragt worden, ob sie auch mitkommen wollte. Es war, als wäre sie unsichtbar gewesen. Sie hatte sich eingeredet, dass sie mit Tante Claire und Herrn Prinz mehr als zufrieden war und sonst niemanden brauchte. Doch jetzt wurde Verena schlagartig klar, dass sie sich all die Jahre selbst belogen hatte. Sie wollte das hier, sie wollte *dazugehören*. Sie wollte es unbedingt.

Kapitel 14

Leonie. Heute

Ich war gerade damit beschäftigt, das Geschirr in die Spülmaschine zu räumen, als plötzlich lautes Stimmengewirr von draußen hereindrang. Ich hielt inne und lauschte. Zwei Männerstimmen – scharf und angespannt, als würden sie sich streiten. Ich runzelte die Stirn. War das etwa Ludo? Was machte er um diese Uhrzeit hier?

»Ist das Papa?«, fragte Mia mit einem nervösen Blick zur Tür. Sie saß am Küchentisch, ihre Beine baumelten über den Rand des Stuhls, während sie lustlos mit ihrem Nachmittagssnack herumspielte: Apfelschnitze, Butterkekse und ein Glas verdünnter Apfelsaft.

»Ich weiß es nicht, Süße.«

Ich stellte eben die letzten Tassen in die Maschine, als ein paar Räume weiter die Haustür aufgerissen wurde. Schwere Schritte hallten durch den Flur, begleitet von Stimmen, die jetzt laut und deutlich zu verstehen waren.

»Einen Tag, Rainer!« Ludo klang heiser vor Wut. »Ich habe ihn dir nur für einen einzigen Tag geliehen – und dann das!«

»Ich habe doch gesagt, dass es mir leidtut! Die verdammte Kurve war einfach enger, als ich dachte. Ich werde die Felge ersetzen, also mach kein Drama draus.«

»Scheiße, Rainer! Das ist ein Oldtimer! Weißt du überhaupt, wie schwer es ist, dafür Ersatzteile zu bekommen?«

Die Stimmen verlagerten sich ins Wohnzimmer. Mia sah mit großen Augen zu mir hoch und zog ihre Beine enger an den Stuhl. »Das ist Onkel Rainer«, erklärte sie ernst. »Ich glaube, Papa ist sauer auf ihn.«

»Sieht so aus«, bestätigte ich und streichelte ihr beruhigend über den Kopf. »Bleib hier und iss deinen Apfel, ja? Ich bin gleich wieder da.«

Auf leisen Sohlen schlich ich den Flur entlang und spähte vorsichtig durch die halb geöffnete Wohnzimmertür.

Die beiden Männer standen einander gegenüber wie Boxer vor dem ersten Schlag. Ludo lehnte am Kaminsims, die Fäuste so fest geballt, dass ich es beinahe knacken hören konnte. Rainer hingegen wirkte auf den ersten Blick gelassen – die Hände lässig in den Taschen seiner Jeans –, doch die Anspannung in seinen Schultern und die finstere Miene verrieten ihn.

Auch ohne Mias Erklärung wäre es offensichtlich gewesen, dass sie Brüder waren. Die gleichen dunklen, leicht gewellten Haare, die gleiche kräftige Statur – nur dass Rainer deutlich jünger war, maximal Ende zwanzig.

»Du hast keine Ahnung, was dieser Wagen mir bedeutet«, knurrte Ludo. »Der Ferrari ist kein verdammtes Spielzeug, mit dem man durch die Gegend heizt!«

»Ich hab's ja kapiert, okay?« Rainer hob abwehrend die Hände. »Aber du übertreibst maßlos, Ludo. Es ist nur eine Felge. Kein Grund, so ein Theater zu machen.«

Plötzlich hörte ich einen dumpfen Schlag, gefolgt von einem Klirren. Ludo hatte eine Porzellanfigur vom Kaminsims gestoßen. Sie zerschellte auf dem Boden, die Scherben breiteten sich wie ein glitzerndes Meer auf dem Teppich aus.

Für einen Moment verstummten beide. Ludo schien kurz von seiner eigenen Reaktion überrascht zu sein, doch dann kehrte die Wut in sein Gesicht zurück. Mit einem zornigen Kopfschütteln drehte er sich abrupt um und marschierte wortlos aus dem Zimmer.

Ich drückte mich gegen den Türrahmen und hielt den Atem an, als er auf mich zukam. Doch er würdigte mich keines Blickes, ging einfach an mir vorbei und verschwand im Flur. Als er kurz darauf die Tür zu seinem Arbeitszimmer zuschlug, war der Knall im ganzen Haus zu hören.

Rainer blieb einen Augenblick lang reglos stehen und starrte auf die Scherben, bevor er sich mit den Fingern durchs Haar strich und sich hinkniete, um die Überreste der Porzellanfigur aufzusammeln.

»Warten Sie, lassen Sie mich das machen«, sagte ich schnell und trat näher.

Er warf mir einen überraschten Blick zu. »Sie müssen Frau Köck sein«, stellte er nach kurzem Nachdenken fest. »Das neue Kindermädchen, richtig?«

Ich nickte. »Ich bin Leonie.«

»Freut mich. Rainer Hellstein − Ludos Bruder. Aber Rainer reicht völlig. Tut mir leid, dass du das mitansehen musstest«, fügte er kleinlaut hinzu. »Die ganze Sache ist mir echt peinlich. Aber wer hätte gedacht, dass Ludo so ausrastet? Es ist doch nur eine Felge.«

»Sicher«, antwortete ich neutral, während ich die größeren Scherben vorsichtig in meine Hand legte.

Rainer lächelte schwach, und als er mich ansah, bemerkte ich einen warmen Ausdruck in seinen Augen. Sie hatten die gleiche Farbe wie die seines Bruders, aber da hörten die Gemeinsamkeiten auch schon auf. Wo Ludos Blick oft kühl und undurchdringlich wirkte, lag in Rainers Augen etwas Weiches, beinahe Kindliches.

»Klang fast so, als wäre es nicht das erste Mal, dass so was passiert«, murmelte ich schmunzelnd.

Er lachte kurz auf − ein offenes, ehrliches Lachen, das ihn sofort sympathisch machte. »Oh, glaub mir, das ist es nicht. Ich habe anscheinend ein besonderes Talent, meinen großen Bruder auf die Palme zu bringen.«

Ich legte die Scherben vorsichtig auf die Ablage und holte den Handstaubsauger aus dem Abstellraum, um die restlichen Bruchstücke zu entfernen. »Ist Ludo eigentlich öfter so aufbrausend?«, fragte ich neugierig. »Im Fernsehen wirkt er immer so souverän und kontrolliert.«

Rainer verzog den Mund zu einem schiefen Grinsen. »Mein Bruder hat zwei Gesichter: eins für die Öffentlichkeit und eins für Momente wie diesen.« Das Lächeln erlosch, und für einen Sekundenbruchteil wirkte er ehrlich zerknirscht. »Aber er hat ja recht. Der alte Ferrari ist sein Baby. Ich hätte wirklich vorsichtiger sein müssen.«

Nachdem ich die letzten Scherben aufgesaugt hatte, klopfte er sich den Staub von der Hose, blickte auf seine Armbanduhr und seufzte. »Danke für deine Hilfe, echt nett von dir. Aber ich muss jetzt los. In einer halben Stunde hab in einen Termin an der Uni, und ich bin ohnehin schon spät dran.«

»Ach, du bist Student?«

»So ungefähr.« Er zog eine Grimasse. »Ich schreibe an meiner Doktorarbeit. Oder besser gesagt: Ich arbeite seit Jahren daran und hoffe, sie irgendwann einmal tatsächlich abgeben zu können.«

»Klingt … ambitioniert.« Ich grinste, und seine Miene wurde eine Spur entspannter. Ich nickte in Richtung Küche. »Ich sollte ohnehin mal nach Mia sehen. Wahrscheinlich hat sie ihren Saft schon über den ganzen Tisch verteilt.«

»Klar, sicher. Ich hoffe, sie hat nicht zu viel von dem Theater hier mitbekommen.« Rainer sah mich einen Moment an, als wollte er noch etwas hinzufügen, ließ es dann aber doch bleiben. »Na ja, danke jedenfalls noch mal. Wir sehen uns, Leonie!«

Kapitel 15

Oktober 2005. Verena

Kritisch betrachtete Verena ihr Spiegelbild. Sie trug eine enge schwarze Jogginghose und eine dazu passende Sportjacke, die sie sich von Cornelia geliehen hatte. Die Haare hatte sie zu einem Pferdeschwanz zusammengebunden, aber ein paar widerspenstige Strähnen hatten sich bereits wieder gelöst und fielen ihr unordentlich in die Stirn. Seufzend griff sie nach einer Haarklammer und steckte die störenden Partien an den Schläfen fest.

Cornelia hatte ihr letzte Woche vorgeschlagen, sich einen Pony schneiden zu lassen, weil sie fand, dass ihr Gesicht dadurch weicher wirken würde. Und sie hatte recht – die neue Frisur stand ihr ganz gut, und Michael schien sie auch zu gefallen. Aber manchmal nervten sie die losen Strähnen, die ihr ständig in die Augen fielen.

Nachdem sie sich mit Cornelias Kajal noch einen Lidstrich gezogen hatte – was für das Lauftraining natürlich völlig überflüssig war, wie sie nur zu gut wusste –, ging sie ins Schlafzimmer, um sich die Schuhe anzuziehen. Sie überlegte gerade, ob es draußen so kalt war, dass sie einen Schal brauchte, als ihr Handy klingelte.

Verenas Blick huschte zur Uhr an der Wand zwischen den Betten. Halb drei. Natürlich – Tante Claire! Sie rief jeden Sonntag um diese Zeit an, aber sie war so auf ihren Lauftreff mit Michael fixiert gewesen, dass sie es diesmal komplett vergessen hatte.

Schnell lief sie zum Nachttisch, wo ihr Handy am Ladekabel hing, und nahm den Anruf entgegen.

»Tante Claire!«, rief sie überschwänglich.

»Hallo, meine Liebe. Wie geht es dir?« Ihre Stimme klang wie immer warm und vertraut, und Verena konnte nicht anders, als breit zu lächeln.

»Mir geht's gut. Richtig gut sogar.«

Und das stimmte. Seit vier Wochen war sie nun schon auf der Santa Clara, und mittlerweile kam es ihr vor, als wäre sie schon eine halbe Ewigkeit hier. Sie kannte den schnellsten Weg zu jedem Klassenzimmer, wusste, dass man mittwochs ein paar Minuten früher im Speisesaal sein musste, weil es da Schnitzel gab, und hatte gelernt, dem griesgrämigen Hausmeister Schmidt tunlichst aus dem Weg zu gehen. Das größte Wunder aber war, dass sie hier tatsächlich Freunde gefunden hatte.

Es hatte nicht lange gedauert, die sozialen Strukturen der Schule zu durchschauen, und mit Cornelia als Mitbewohnerin hatte Verena einen echten Glückstreffer gelandet. Die Santa Clara war ein Internat für die Elite, und Ludo und seine Clique gehörten zweifellos zur Spitze dieser Elite. Wo immer sie auftauchten, folgten ihnen ehrfürchtige Blicke, und selbst die Schüler aus der Abschlussklasse begegneten ihnen mit Respekt.

Und – so unglaublich es sich für Verena noch immer anfühlte – sie war jetzt eine von ihnen. Ihr war klar, dass sie das vor allem Cornelia und Michael zu verdanken hatte. Die beiden hatten alles getan, um ihr die Eingewöhnung zu erleichtern. Selbst der oft großspurige Aaron hatte sich als überraschend angenehme Gesellschaft entpuppt. Und Ludo? Nun, er war eben Ludo: attraktiv, arrogant und manchmal etwas zu anzüglich für ihren Geschmack. Verena bemühte sich, ihm möglichst aus dem Weg zu gehen.

Nur Stefanie bereitete ihr immer noch Kopfzerbrechen. Ihr Verhalten ließ keinen Zweifel daran, dass sie Verena nicht mochte.

Meistens zog sie es vor, sie zu ignorieren, doch Verena hoffte, dass Michael am Ende recht behalten würde. Sie gehörte jetzt zu ihrer Clique, ob es Stefanie gefiel oder nicht; früher oder später würde sie sich an sie gewöhnen müssen.

»Das ist ja wunderbar, Verena«, sagte Tante Claire. »Erzähl mal, was hast du diese Woche so erlebt? Ich will alles wissen.«

»Puh, hier ist ständig was los.« Verena berichtete von den Freifächern, die sie gemeinsam mit Michael besuchte – Kreatives Schreiben und Literaturgeschichte – und vom Lauftraining, das jeden Dienstag und Donnerstag stattfand. »Anfangs hatte ich ständig Muskelkater, aber langsam gewöhne ich mich daran. Michael hat mich sogar überredet, beim Staffellauf mitzumachen. Deshalb legen wir sonntags eine Extraschicht ein.«

»Michael – ist das jetzt dein fester Freund?«

»Was? Nein!«

Tante Claire lachte. »Entschuldige, ich dachte nur, weil du so viel von ihm erzählst …«

»Wir sind nur Freunde. Alles rein platonisch.« Doch während Verena diese Worte aussprach, wusste sie, dass das nicht die ganze Wahrheit war. Immer wenn sie in seiner Nähe war, lag dieses spürbare Knistern in der Luft. Seit Wochen sehnte sie sich insgeheim danach, dass er endlich den ersten Schritt machte und sie küsste.

»Gestern Abend haben wir uns mit Cornelia und den anderen zu einem Spieleabend getroffen«, fuhr sie schnell fort, um das Thema zu wechseln. »Das war … echt lustig.« Dass das Treffen in der Scheune stattgefunden hatte und sie dabei bis Mitternacht Bier getrunken hatten, verschwieg sie lieber.

»Schön, dass du dich so gut eingelebt und Anschluss gefunden hast. Aber was ist mit den Noten? Kommt der Unterricht bei all den Aktivitäten nicht zu kurz? Du weißt ja, dass …«

»… ich einen Durchschnitt von 1,2 brauche, um mein Stipendium nicht zu verlieren«, ergänzte Verena rasch und verdrehte die Augen. »Ich weiß. Keine Sorge, ich habe alles im

Griff. Michael hilft mir in Französisch, und bei meinem letzten Test habe ich sogar eine Zwei geschrieben. Kannst du dir das vorstellen? Natürlich ist es noch nicht perfekt, aber wenn man bedenkt, wie viel ich aufholen musste ...«

»Das ist ja großartig! Ich bin so stolz auf dich. Ich wusste, dass du es schaffen würdest.«

»Danke.« Verena lächelte, gerührt über das Lob. »Und bei dir? Was macht Herr Prinz?«

»Ach, der ist wie immer − faul und schläft den ganzen Tag auf der Fensterbank.« Tante Claire lachte leise. »Ich glaube, er vermisst deine Streicheleinheiten und ist ein bisschen beleidigt, dass er jetzt nur noch mich als Gesellschaft hat.«

Verena stellte sich den alten Kater vor, wie er träge in der Sonne lag und die Wärme genoss, und spürte einen Kloß im Hals. Bei all dem Trubel und dem straffen Programm hier hatte sie kaum Zeit gehabt, darüber nachzudenken, aber jetzt vermisste sie ihr Zuhause so sehr, dass es fast wehtat. »Sag ihm, dass ich ihn auch vermisse. Und dich natürlich auch. Es ist ja nicht mehr lange hin bis zu den Weihnachtsferien.«

»Das stimmt.« Tante Claire seufzte, und Verena hörte, wie sie mit den Fingern über den Rand ihrer Teetasse fuhr. Etwas an ihrem Tonfall ließ Verena aufhorchen.

»Was ist los? Ist wirklich alles in Ordnung?«, fragte sie vorsichtig.

»Ach, es ist bestimmt nichts Ernstes«, meinte Tante Claire nach kurzem Zögern. »Ich habe in letzter Zeit nur so seltsame Muskel- und Gelenkschmerzen. Alles ist irgendwie steif und unbeweglich, vor allem morgens. Anfangs dachte ich, es sei nur vorübergehend, aber es wird einfach nicht besser.«

»Hm«, sagte Verena und knabberte nachdenklich an ihrem Daumennagel. »Das klingt nicht gut. Warst du deswegen schon beim Arzt?«

»Noch nicht. Du weißt ja, wie ich Arztbesuche hasse. Man geht kerngesund rein und kommt mit einer Liste von Krankheiten heraus, von denen man vorher nicht einmal wusste, dass es sie gibt.« Tante Claire lachte, aber Verena konnte nicht mitlachen. »Bitte, Tante Claire, geh zum Arzt und lass das abklären«, sagte Verena eindringlich. »Versprich es mir.«

»Ist ja gut, ich verspreche es«, antwortete Tante Claire nach einem Moment des Schweigens. »Es ist nur ein bisschen schwierig mit der Arbeit im Laden, weißt du.«

Tante Claire arbeitete in einer kleinen Greißlerei, einem der wenigen Läden, die den großen Supermarktketten immer noch die Stirn boten. Die Bezahlung war miserabel und reichte kaum für die Miete, aber sie liebte ihre Arbeit und würde sie um nichts in der Welt aufgeben.

»Mach es trotzdem«, sagte Verena nachdrücklich. »Sonst rufe ich persönlich bei den Grubers an und bitte sie, dich freizustellen. Und lass mich hinterher wissen, was der Arzt gesagt hat, ja?«

»Natürlich, mein Schatz. Mach dir keine Sorgen.« Tante Claires Stimme klang beruhigend, und Verena konnte ihr warmes Lächeln förmlich durch das Telefon spüren. »Und jetzt ab mit dir zum Training. Nächste Woche um die gleiche Zeit?«

»Klar. Bis dann. Ich hab dich lieb.«

Verena legte auf und starrte für einen Moment nachdenklich auf das Handy in ihrer Hand. Das Gespräch hatte sie aufgemuntert, aber die Beschwerden, von denen sie erzählt hatte, bereiteten ihr Sorgen. Tante Claire hatte noch nie über Schmerzen geklagt. Selbst als sie vor ein paar Jahren einen Hexenschuss gehabt hatte, hatte sie tapfer behauptet, es ginge ihr prächtig, obwohl sie kaum aufrecht stehen konnte.

Mit dem festen Vorsatz, Tante Claire in den nächsten Tagen anzurufen, um sie an den Arzttermin zu erinnern, schnappte Verena sich ihren Schal vom Haken und verließ das Zimmer.

Eine kalte Windböe empfing sie, als sie den Hof betrat. Fröstelnd zog sie ihre Jacke enger um den Körper. Inzwischen war es Anfang Oktober und der Sommer hatte endgültig dem Herbst

Platz gemacht. Der Himmel war von einer dichten Wolkendecke verhangen, die Blätter an den Bäumen leuchteten in kräftigen Rot- und Orangetönen, und auf dem Kiesweg waren bereits kleine Laubhaufen zusammengekehrt worden.

Verena sah sich suchend um. Eigentlich hatte sie sich mit Michael vor dem Hauptgebäude treffen wollen, aber das Telefonat mit Tante Claire hatte länger gedauert als geplant. Vielleicht war er schon vorausgegangen.

Mit schnellen Schritten machte Verena sich auf den Weg zum Fußballplatz, wo ihr Lauftraining stattfinden sollte. Als sie um die Ecke bog, blieb sie stehen. Etwas weiter entfernt, verborgen zwischen den hohen, knorrigen Bäumen, die den Spielfeldrand säumten, entdeckte sie Michael. Aber er war nicht allein. Ludo stand dicht bei ihm, und ihre Körperhaltung verriet, dass sie in ein ernstes Gespräch vertieft waren.

Verena hob die Hand, um ihnen zuzuwinken, doch keiner der beiden nahm Notiz von ihr. Sie hatte bereits den Mund geöffnet, um ihnen etwas zuzurufen, als sie Michaels Gesichtsausdruck bemerkte. Er hatte die Arme vor der Brust verschränkt und wirkte sichtlich verärgert, während Ludo beschwichtigend auf ihn einredete. Es sah beinahe so aus, als würden sie streiten. Aber worüber?

Während sie langsam näher kam, trug der Wind Fetzen ihres Gesprächs zu ihr herüber.

»Was sollte das, Mann? Was zum Teufel hast du dir dabei gedacht?« Michaels Stimme war schneidend.

»Hey, beruhig dich mal. War doch nur ein harmloser Spaß, nichts weiter.«

Verena blieb erneut stehen, ihre Neugier war geweckt. Vorsichtig schlich sie näher, darauf bedacht, mit ihren Sportschuhen nicht auf einen Ast zu treten, was sie verraten hätte. Hinter einem Kastanienbaum, der nur wenige Meter von den beiden entfernt stand, ging sie in Deckung.

»Spar dir den Mist«, fauchte Michael. »Xaver ist mein Bruder! Halt ihn gefälligst da raus!«

»Himmel, Michael, sei doch nicht so empfindlich! Es war doch nur …«

»Empfindlich? Ihr habt ihm eine verdammte Flasche Gleitgel in den Spind gelegt!«

Verena spürte, wie ihr ein Schauer über den Rücken lief, aber diesmal hatte es nichts mit dem kalten Wind zu tun.

»Hey! Das war Aaron, nicht ich«, verteidigte sich Ludo und hob die Hände in einer gespielten Unschuldsgeste.

Michael schnaubte verächtlich. »Ach, bitte! Wir wissen doch beide, auf wessen Geheiß er das gemacht hat. Noch mal zum Mitschreiben: Lass Xaver in Ruhe! Nur weil er nicht wie du jedem Rock hinterherläuft, ist er noch lange nicht schwul. Und selbst wenn er es wäre, würde dich das einen Scheißdreck angehen. Die Sache mit Marie war schlimm genug, aber jetzt seid ihr echt zu weit gegangen.« Er holte tief Luft und redete sich immer weiter in Rage. »Und noch was: Wenn du nichts mehr von Stefanie willst, dann mach endlich Schluss mit ihr. Oder glaubst du, wir merken nicht, wie du Verena anmachst, sobald du denkst, Stefanie würde es nicht mitbekommen? Sie merkt es nämlich sehr wohl.«

Ludo grinste selbstgefällig. »Ah, ich verstehe: Dann geht es also um Verena?«

»Es geht nicht um Verena! Es geht darum, dass ihr verdammt noch mal endlich mit euren dämlichen Spielchen aufhören sollt!«

»Ach, jetzt auf einmal hast du ein Problem damit?«

Michael sah aus, als wollte er zu einer scharfen Erwiderung ansetzen, doch Ludo kam ihm zuvor. »Schon gut, ich hab's kapiert«, sagte er. Kopfschüttelnd ließ er die Hände sinken und wandte sich ab. »Die Botschaft ist angekommen. Krieg dich mal wieder ein, Prinzessin!«

Verena drückte sich instinktiv enger gegen den Stamm des Baumes und hielt den Atem an. Doch Ludo schien sie noch immer nicht bemerkt zu haben. Er war schon ein paar Schritte gegangen, als er sich plötzlich noch einmal umdrehte und Michael einen spöttischen Blick zuwarf.

»Ach ja, nur ein kleiner Tipp: Wenn du wirklich was von Verena willst, dann beeil dich lieber. Sonst schnappt sie dir noch jemand vor der Nase weg.«

Kapitel 16

Leonie. Heute

Mit einem schnellen Blick über die Schulter stieß ich die Tür des Lokals auf und zog die Krempe meiner Baseballkappe noch ein Stück tiefer ins Gesicht. Mein Outfit war bewusst schlicht gewählt: ein weites Kapuzensweatshirt und dunkle Jeans, kombiniert mit abgewetzten Turnschuhen. Kein Schmuck, kein auffälliges Make-up. In dem gedämpften Licht sah ich aus wie ein x-beliebiger Gast – vielleicht eine müde Pendlerin oder eine Studentin, die hier kurz verschnaufen wollte. Genau das, was ich bezweckte: unsichtbar zu sein.

Die Luft roch schwer und verbraucht, geschwängert von dem Rauch zahlloser Zigaretten, die längst verboten waren. Der Rauch hielt sich aber trotzdem hartnäckig in den Wänden. Über der Theke flackerte eine Neonröhre und tauchte die vergilbten Tapeten gelegentlich in ein grelles bläuliches Licht.

Ich ließ meinen Blick durch den Raum schweifen. Die Einrichtung war so abgenutzt wie die Luft: fleckige Polster auf schmalen Bänken, wackelige Tische und Stühle und eine Theke, hinter der ein Barmann mit einem stumpfen Lappen lethargisch Gläser abwischte.

Dann sah ich ihn. Aaron saß in einer Ecke, den Kopf gesenkt, ein Bierglas vor sich. Ein leises Lächeln huschte über mein Gesicht.

Er war also schon da. Sehr gut.

Ich suchte mir einen freien Tisch in seiner Nähe und ließ mich auf den klebrigen Stuhl sinken. Rasch bestellte ich beim vorbeihuschenden Kellner eine Cola und zog mein Handy aus der Tasche. Scheinbar gelangweilt scrollte ich durch meinen Instagram-Feed, während ich Aaron verstohlen aus dem Augenwinkel beobachtete. Wie meistens schien er tief in Gedanken versunken, die Schultern leicht gekrümmt, den Blick ins Leere gerichtet. Seine Wohnung lag nur ein paar Straßen entfernt, doch seit der Scheidung von seiner zweiten Frau verbrachte Aaron die Abende meist hier in dieser schummrigen Bar, die für ihn wohl eine Art Ersatzzuhause geworden war.

Er sah älter aus, als er mit Ende dreißig eigentlich sollte. Die eingefallenen Mundwinkel und das aufgedunsene Gesicht zeugten von zu viel Alkohol und zu wenig Schlaf. Das alles stand in einem harten Kontrast zu dem teuren Anzug, den er trug, und der Rolex, die gelegentlich unter den Manschetten seines Hemds hervorlugte – Relikte eines Lebens, das längst nicht mehr zu ihm passen wollte. Unter anderen Umständen hätte er mir vielleicht leidgetan.

Früher hatte Aaron alles gehabt, wovon die meisten Menschen nur träumen konnten. Nach seinem Abschluss an der Santa Clara hatte er im Ausland Betriebswirtschaft studiert und war mit Mitte zwanzig in das Bauunternehmen seiner Eltern eingestiegen. Er schien das große Los gezogen zu haben – eine glänzende Karriere, ein Leben auf dem goldenen Tablett serviert, und die passende Frau an seiner Seite.

Doch dann war die Immobilienkrise gekommen, und plötzlich stand das Familienunternehmen am Rande der Insolvenz. Ein halbwegs kluger Geschäftsmann hätte womöglich die Zeichen der Zeit erkannt und rechtzeitig reagiert, aber Aaron hatte sich längst in Schulden und Verpflichtungen verstrickt. Sein einst glänzender Ruf bekam Risse, und die finanziellen Schwierigkeiten hatten zum Scheitern seiner ersten Ehe geführt.

Er hatte sich neu orientieren müssen und schließlich eine Stelle als Geschäftsführer eines kleinen Familienbetriebs gefunden – weit unter seinem früheren Niveau, aber immerhin ein Neuanfang. Doch auch hier war der ersehnte Erfolg ausgeblieben. Die Geschäfte liefen schlechter als erwartet, und Aarons aufwendiger Lebensstil – kostspielige Urlaube, eine prunkvolle Wohnung und horrende Unterhaltszahlungen – rissen tiefe Löcher in seine Finanzen.

Am Ende war er auf die dumme Idee gekommen, Firmengelder zu veruntreuen. Ich hatte mir die Bilanzen angesehen, und obwohl ich kein Finanzexperte war, war selbst mir klar gewesen, dass hier etwas nicht stimmte. Seine zweite Frau – anfangs geblendet von Aarons Status und seinem vermeintlichen Erfolg – hatte ihn vor etwa einem halben Jahr verlassen, als der Glamour der Realität gewichen war.

Der Kellner trat an meinen Tisch und stellte die Cola ab. Eine einzelne Zitronenscheibe schwamm darin, flankiert von ein paar lieblos hineingeworfenen Eiswürfeln. Ich murmelte ein knappes »Danke!«, warf einen Blick auf die Uhr und seufzte.

Sekunden verstrichen, dann Minuten. Die Anspannung kroch wie ein schleichendes Ungeheuer in meine Muskeln, spannte meine Schultern und zog an meinem Nacken. Mein Blick wanderte wieder zu Aaron, der immer noch in Gedanken versunken war, dann zurück zu meiner Cola.

Unruhig begann ich, die Zitronenscheibe in meinem Glas mit dem Strohhalm zu drehen, während ich erneut verstohlen auf meine Uhr schaute. Verdammt, wo blieb der Kerl nur?

Gerade als mir der Gedanke kam, dass der Student, den ich für die Überbringung des Briefes bezahlt hatte, sich vielleicht einfach mit dem Geld aus dem Staub gemacht hatte, öffnete sich die Tür und eine schlaksige Gestalt trat ein.

Ich atmete kaum merklich auf. *Endlich!*

Der junge Mann zögerte, sah sich kurz um und schlenderte dann auf Aaron zu. Vor seinem Tisch blieb er stehen.

»Aaron Beron?«, fragte er ein wenig unsicher.

Aaron hob den Kopf. Ein misstrauischer Ausdruck huschte über sein Gesicht.»Kommt drauf an. Wer will das wissen?« Kommentarlos zog der Student den Umschlag hervor und reichte ihn Aaron, bevor er die Hände wieder in die Taschen seiner Jeans schob.»Den hier soll ich Ihnen geben.« Aaron nahm den Brief entgegen, drehte ihn zwischen den Fingern und musterte ihn, als wäre er eine Bombe.»Da steht kein Absender drauf. Von wem ist der?« Der Student zuckte gleichgültig mit den Schultern.»Weiß ich nicht. Werden Sie wohl gleich herausfinden, schätze ich.« Ohne ein weiteres Wort wandte er sich ab und verließ die Bar.

Aaron blickte ihm stirnrunzelnd nach, dann zog er seinen Schlüsselbund aus der Tasche und ritzte den Umschlag vorsichtig auf. Die Karte fiel heraus, wieder etwa so groß wie zwei nebeneinanderliegende Zigarettenschachteln.

Für einen Moment schien die Zeit stillzustehen, während Aaron fassungslos auf die Nachricht starrte. Seine Finger krampften sich um das Papier, und ich konnte förmlich sehen, wie die Gedanken in seinem Kopf rasten wie Zahnräder in einem überlasteten Getriebe.

Ich hielt den Atem an und bemühte mich, nicht allzu auffällig hinzustarren. Mein Herz schlug schneller und ich versuchte, jedes Detail seines Gesichtsausdrucks zu lesen, jede Regung, die verraten könnte, was in ihm vorging.

Dann geschah es. Seine Körperhaltung veränderte sich schlagartig. Aaron wurde blass und seine Augen weiteten sich vor Unglauben, gefolgt von nackter Panik.

Plötzlich sprang er auf und stürmte zur Tür.»Hey! Warten Sie! Wo sind Sie?«

Aber der Student war längst verschwunden.

Ich schloss für einen Moment die Augen, während ein Gefühl tiefer Genugtuung in mir aufstieg. Der erste Schritt war getan. Jetzt hieß es abwarten. Aaron hatte vierundzwanzig Stunden Zeit, seine Wahl zu treffen – wenn er den Mut dazu aufbrachte.

Grinsend zog ich einen zerknitterten Fünfeuroschein aus der Tasche und legte ihn neben das unberührte Cola-Glas. Dann erhob ich mich langsam, zog die Krempe meiner Baseballkappe wieder ins Gesicht und verließ das Lokal, ohne noch einmal zurückzublicken.

Kapitel 17

Oktober 2005. Verena

Während sie über den Sportplatz joggten, warf Verena Michael immer wieder verstohlene Blicke zu. Die Muskeln unter seinem Pullover spannten sich bei jedem Schritt an, und seine Schuhe trampelten so heftig auf den Kunstrasen, als wollte er all seine Wut in den Boden stampfen.

Seit sie losgelaufen waren, hatte er kaum ein Wort mit ihr gewechselt. Normalerweise plauderten sie während des Trainings über alles Mögliche – über Bücher, Filme oder einfach über den Unterricht –, aber heute zog Michael in einem solchen Tempo davon, dass Verena die meiste Zeit nur seinen Hinterkopf sah. Sie konnte ihn verstehen. Wenn Aaron und Ludo ihren Bruder so behandelt hätten, hätte sie ihnen vermutlich eine reingehauen.

Sie strich sich eine Strähne aus der Stirn, die sich aus der Schiebespange gelöst hatte. Seit ihrer Ankunft auf der Santa Clara hatte sie Xaver nur ein paar Mal im Speisesaal oder auf dem Flur gesehen. Er war ein netter, etwas schüchterner Junge, der jeden freundlich grüßte, aber nur etwas sagte, wenn man ihn direkt ansprach. Sie mochte ihn und konnte einfach nicht verstehen, was Ludo gegen ihn hatte. Und selbst wenn Xaver wirklich schwul wäre – wen kümmerte es? Sie lebten schließlich im 21. Jahrhundert!

Verena biss die Zähne zusammen und versuchte, mit Michaels Tempo Schritt zu halten. Sie zwang sich, sich auf ihre Umgebung zu konzentrieren, auf das gleichmäßige Pochen ihres Herzens und den Rhythmus ihres Atems. Doch es fiel ihr schwer. Sie wusste nicht, was sie mehr schockierte: dass Aaron und Ludo Michaels Bruder ohne ersichtlichen Grund gedemütigt hatten oder dass Ludo sich für sie zu interessieren schien – und Stefanie das mitbekommen hatte.

Michael beschleunigte sein Tempo, als könnte er die Wut einfach aus sich herauslaufen. Den Blick fest auf den Boden gerichtet, lief er jetzt so schnell, dass Verena kaum mithalten konnte. Ihre Lungen brannten wie Feuer, und ihr Puls hämmerte in ihren Ohren, doch sie zwang sich, weiterzumachen. Eine Runde um das Fußballfeld. Und dann noch eine. Morgen würde sie sich bestimmt mit einem fiesen Muskelkater herumschlagen müssen.

Endlich blieb Michael stehen und wartete, bis sie ihn eingeholt hatte. Sein Gesicht war hochrot, und sein Atem ging schnell und rasselnd. Aber immerhin war der harte, verkniffene Zug um seinen Mund etwas weicher geworden.

»52 Minuten für zehn Kilometer«, keuchte er und drückte den Knopf an seiner Sportuhr. »Nicht schlecht. Aber auch nicht richtig gut.«

»Hm«, brachte Verena mühsam hervor. Zu mehr war sie nicht in der Lage. Sie rang nach Luft, spürte, wie ihr schwindlig wurde, und stützte die Hände auf die Knie. Schweiß rann ihr den Hals hinunter und tränkte ihren Schal. »Das war echt heftig«, keuchte sie. »Noch ein paar Minuten länger und ich wäre zusammengeklappt.«

Michael lächelte schwach. »Wärst du nicht. Aber wir müssen mindestens einen Fünfminutenschnitt schaffen, wenn wir bei dem Wettbewerb was reißen wollen.«

Er setzte sich wieder in Bewegung und ging im Schritttempo weiter, um seine Muskeln nicht sofort abkühlen zu lassen. Mühsam richtete Verena sich auf und schloss zu ihm auf. Der Fußballplatz lag an diesem trüben Sonntagnachmittag verlassen da. Außer ihnen war niemand hier. Die Wolken hatten sich weiter verdichtet, und es sah aus, als würde es bald Regen geben.

»Was war das eigentlich vorhin zwischen dir und Ludo?«, fragte Verena, als sie wieder einigermaßen zu Atem gekommen war.

»Hm? Was meinst du?«

»Ich habe euch vor dem Training reden sehen.« Sie zuckte beiläufig mit den Schultern. »Es sah aus, als hättet ihr euch gestritten.«

»Ach, das.« Seine Stimme klang teilnahmslos, doch Verena bemerkte, wie sich seine Schultern anspannten. »Nur eine kleine Meinungsverschiedenheit, nichts weiter.«

»So hat es auf mich aber nicht gewirkt.«

Michael presste die Lippen zusammen, und eine Weile gingen sie schweigend nebeneinander her. Verena hatte die Hoffnung schon fast aufgegeben, dass er ihr mehr erzählen würde, als er plötzlich in verbittertem Ton hervorstieß: »Ludo und Aaron sind manchmal einfach hirnlose Wichser. Die haben Xaver eine Flasche Gleitgel in den Spind gelegt, kannst du dir das vorstellen?«

»Das ist … echt mies«, murmelte Verena mitfühlend. »Warum machen die so was? Oder hat das irgendwas mit diesem Spiel zu tun, auf das Ludo so abfährt – dieser Wahrheit-oder-Pflicht-Verschnitt?«

»Nein. Sie haben es getan, weil sie Idioten sind. Und wahrscheinlich, weil ihnen langweilig ist. Es macht ihnen einfach Spaß, den Jüngeren Streiche zu spielen.« Michael schnaubte. »Am Anfang war es ja noch harmlos, so was wie Wasserbomben oder das klassische Klebefolie-über-der-Toilette-Ding. Aber diesmal sind sie echt zu weit gegangen. Xaver und ich stehen uns zwar nicht besonders nahe, aber er ist immerhin mein Bruder!«

»Ja, natürlich.« Sie zögerte kurz, bevor sie vorsichtig fragte: »Hast du mal darüber nachgedacht, mit jemandem darüber zu reden? Mit Direktor Hesse vielleicht? Oder mit Ulli?«

Michael blieb abrupt stehen und starrte Verena entgeistert an. »Du meinst, ich soll sie verpetzen?« Er schüttelte heftig den Kopf. »Das kommt überhaupt nicht infrage. Auf gar keinen Fall.«

»Warum nicht?«

»Du weißt doch, wie so was läuft.« Michael sah zu Boden und Verena bemerkte, dass er seine Hände zu Fäusten geballt hatte. »Glaub mir, das würde total nach hinten losgehen.«

Nachdenklich kickte Verena mit der Schuhspitze einen kleinen Kieselstein zur Seite. Der Stein holperte über den Kunstrasen und blieb am Spielfeldrand liegen. Ihre Gedanken schweiften zurück zu ihrer alten Schule – zu den Demütigungen, die sie und ein paar andere dort bisweilen hatten ertragen müssen. Die Colaflasche, die »versehentlich« über den Rucksack ihrer Mitschülerin gekippt worden war. Ihre Bücher, die kurz vor einer wichtigen Prüfung wie vom Erdboden verschluckt waren. Aber hatten sie jemals einen Lehrer um Hilfe gebeten? Nein. Denn genau wie Michael hatten sie gewusst: Es hätte alles nur noch schlimmer gemacht. Die Erwachsenen konnten einen nicht immer beschützen. Die Schule war ein Haifischbecken, und wer überleben wollte, musste selbst dort schwimmen lernen.

»Ich verstehe«, sagte Verena schließlich leise.

Doch eine Frage ließ sie trotzdem nicht los. Michaels Worte von vorhin wirbelten in ihrem Kopf herum wie eine wild gewordene Flipperkugel. Er hatte Marie erwähnt. Was Ludo und die anderen ihr angetan hätten. Verena ahnte, worauf er angespielt hatte, hoffte aber inständig, dass sie sich irrte. Der Gedanke war so abscheulich, dass sie ihn kaum zu Ende denken wollte.

»Das Tütchen Gras, das Professor Kornfeld am ersten Schultag in Maries Spind gefunden hat«, begann sie vorsichtig. »Das gehörte gar nicht ihr. Ludo und Aaron haben es ihr untergeschoben, stimmt's?«

Michaels Augen weiteten sich. »Was? Wer hat dir das denn erzählt?«

»Niemand«, sagte Verena schnell. »Ich habe es mir selbst zusammengereimt. Ich hab vorhin gehört, wie du von Marie gesprochen hast. Und dann diese Geschichte mit Xaver ...« Sie ließ den Satz absichtlich in der Luft hängen, in der Hoffnung, dass Michael den Rest ergänzen würde.

Er stieß scharf die Luft aus. Ein gequälter Ausdruck huschte über sein Gesicht, während er nervös von einem Fuß auf den anderen trat. Schließlich ließ er die Schultern hängen und nickte.

»Scheiße!« Verena spürte, wie sich ihr Magen zusammenzog. »Aber – warum?«, flüsterte sie. »Was hat Marie ihnen denn getan? Oder war das etwa auch nur einer ihrer sogenannten ›Scherze‹?«

Michael sagte immer noch nichts. Er schien innerlich mit sich zu ringen. Schließlich warf er einen misstrauischen Blick über die Schulter, als wollte er sich vergewissern, dass niemand in der Nähe war, und murmelte mit belegter Stimme: »Nein, darum ging es nicht.«

»Worum ging es dann?«

»Das ist ... kompliziert.«

Ungeduldig wartete Verena darauf, dass er weitersprach. Auf einmal wirkte Michael verschlossen, als hätte er eine unsichtbare Barriere um sich hochgezogen. Behutsam legte Verena die Hand auf seinen Arm und sah ihn fest an. In seinen Augen glaubte sie Reue, Unsicherheit – und vielleicht sogar einen Anflug von Angst – zu erkennen. Das mulmige Gefühl in ihrem Bauch verstärkte sich.

»Hey, was immer es ist, du kannst es mir erzählen«, sagte sie leise. »Es bleibt auch unter uns, versprochen.«

Michael fuhr sich mit beiden Händen durchs Haar und seufzte schwer.

»Marie und Ludo waren früher mal ein Paar.«

»Was? Ludo und Marie?«, fragte Verena überrascht.

Michael nickte. »Ja, aber Ludo hat sie nach ein paar Monaten wegen Stefanie sitzen lassen. Marie war darüber verdammt wütend. Sie wollte einfach nicht wahrhaben, dass es vorbei war. Es gab einen hässlichen Streit zwischen den beiden – von da an herrschte praktisch Krieg.« Er verzog das Gesicht. »Irgendwie muss Marie von unseren geheimen Partys erfahren haben, denn sie war ganz scharf darauf herauszufinden, wo wir uns trafen. Am Ende des letzten Schuljahres hat sie dann zufällig gesehen, wie Stefanie und Aaron sich heimlich davonschlichen, um Bier zu holen. Marie ist sofort zu Rektor Hesse gerannt und hat die beiden verpetzt.«

Verena riss die Augen auf. »Und deswegen haben Ludo und Aaron ihr Drogen untergeschoben? Um ihr – was? – einen Denkzettel zu verpassen?«

Michael nickte unglücklich. In kurzen, abgehackten Sätzen erzählte er, wie Ludo und Aaron sich am ersten Abend des neuen Schuljahres ins Klassenzimmer geschlichen hatten, während Stefanie Schmiere gestanden hatte. Wie sie das Gras, das Ludo besorgt hatte, in Maries Spind versteckt und dann die anonyme Nachricht an Kornfeld geschickt hatten.

»Himmel, Michael! Im Ernst?« Marie hätte deswegen von der Schule fliegen können, verdammt noch mal!«

»Ich weiß. Ist sie aber nicht, oder?«, murmelte Michael, ohne sie anzusehen. »Sie wurde nur suspendiert. Es hätte deutlich schlimmer ausgehen können.«

Verena starrte Michael an. War das wirklich alles, was ihm dazu einfiel? Dass Marie »glimpflich« davongekommen war? Ihre Hände ballten sich zu Fäusten. Sie musste sich zwingen, ruhig zu bleiben, obwohl in ihr alles kochte. »Nur suspendiert?«, echote sie ungläubig.

Michael seufzte. »Ich weiß, wie das klingt. Aber so ist Ludo eben. Er macht keine halben Sachen. Entweder man ist für ihn oder gegen ihn – dazwischen gibt es nichts. Deswegen steht er auch so auf dieses Spiel. Es geht ihm um Loyalität, um Vertrauen und all das. Marie kannte Ludo gut genug, um das zu wissen. Zum Direktor gehen und petzen … das geht echt gar nicht.« »Aber jemandem Drogen unterzuschieben, das ist in Ordnung? Sag mal, verteidigst du ihn jetzt auch noch?« Michael hob abwehrend die Hände, seine Augen flehten um Verständnis. »Ich schwöre, ich hatte keine Ahnung, was die anderen vorhatten. Ludo und Aaron haben es mir erst erzählt, als die Sache schon gelaufen war.«

Betretene Stille breitete sich zwischen ihnen aus, während Verena mühsam versuchte, das Gehörte zu verarbeiten. Bilder tauchten vor ihrem inneren Auge auf: Maries entsetzter Gesichtsausdruck, als Professor Kornfeld das Plastiktütchen aus ihrem Schließfach zog. Michael, der peinlich berührt zu Boden schaute; Aarons schadenfrohes Grinsen, als wäre das alles nur ein schlechter Scherz. Und schließlich Cornelias abfällige Bemerkungen über Marie, als Verena sie später auf die Geschichte angesprochen hatte. Auf einmal erschien ihr das alles in einem völlig anderen Licht. Ludo, Aaron, Stefanie, Cornelia und auch Michael – sie alle hatten entweder mitgemacht oder zumindest davon gewusst. Alle – außer ihr.

»Hör mal, ich kann mir vorstellen, was du jetzt denkst«, murmelte Michael kleinlaut. »Und glaub mir, ich war nicht einverstanden mit dem, was da passiert ist. Aber …« Er verstummte, suchte nach den richtigen Worten. »Es ist einfach alles so verdammt kompliziert.«

Verena schüttelte langsam den Kopf, während die Wut in ihr weiter anschwoll. Wut auf Ludo und seine Kumpane, die in ihrem Rachefeldzug gegen Marie meilenweit übers Ziel hinausgeschossen waren. Aber auch Wut auf Michael, der zwar nicht aktiv beteiligt gewesen war, aber davon gewusst und dennoch geschwiegen hatte. Diese Erkenntnis traf sie tiefer als alles andere.

»Marie hat euch verpetzt, und deine Freunde haben sich dafür an ihr gerächt. Das klingt für mich nicht gerade kompliziert. Und trotzdem deckst du sie.«

Michael schwieg. Doch sein gequälter Gesichtsausdruck sagte alles.

»Ich weiß, wie feige das klingt«, murmelte er. »Aber du kennst sie nicht so gut wie ich. Ich kann sie nicht verraten. Wir wissen viel zu viel voneinander und …«

»Du hast Angst davor, wie sie reagieren werden, wenn du dich gegen sie stellst«, ergänzte Verena tonlos. »Was sie dann erst mit dir machen würden. Oder mit Xaver, deinem kleinen Bruder.«

Michael sah betreten zu Boden. Der Wind frischte auf und brachte feinen Nieselregen mit sich, der in seinen Haaren hängen blieb und seinen Pullover durchnässte. »Hasst du mich jetzt?«

Verena atmete tief durch und versuchte, die widersprüchlichen Gefühle in ihrem Inneren zu ordnen. Die Wut, die Enttäuschung – aber auch die Anziehungskraft, die Michael trotz allem immer noch auf sie ausübte. »Sei nicht albern«, sagte sie schließlich und schüttelte den Kopf. »Natürlich hasse ich dich nicht. Weit davon entfernt.«

»Nicht?« Er hob den Blick, und ein hoffnungsvolles Lächeln zuckte um seine Mundwinkel. »Ich könnte es dir nicht verübeln, weißt du. Und das wäre wirklich verdammt blöd, weil …« Zögernd nahm er ihre Hand und drückte sie leicht. »… weil ich dich mag, Verena. Sehr sogar.«

Verena wurde sich seiner Nähe plötzlich unerträglich bewusst – der Wärme, die von ihm ausging, der feinen Regentropfen, die sich in seinen Wimpern verfingen, seines flehenden Gesichtsausdrucks. Sie spürte, wie ihr Herz schneller schlug, konnte die Spannung in der Luft beinahe greifen.

»Ich mag dich auch.« Ihre Stimme war leise, aber fest. »Und ich stehe zu dem, was ich vorhin gesagt habe. Niemand wird erfahren, was du mir anvertraut hast.« Sie hielt einen Moment inne, bevor sie ihm ernst in die Augen sah. »Aber Schluss mit den Spielchen und den Geheimnissen, Michael. Ich mache bei so was nicht mit, klar?«

Er nickte, und sein Lächeln wurde breiter, weicher. »Versprochen. Du bist echt in Ordnung, Verena. Weißt du das?«

Ihre Blicke trafen sich, und in diesem Moment schien die Welt stillzustehen. Der Regen wurde stärker, kroch durch ihre Kleidung, doch Verena nahm es kaum wahr. Die Distanz zwischen ihnen schmolz dahin und sie spürte, wie ihr Herz hämmerte, als Michael sich näher zu ihr beugte und seine Lippen sanft auf ihre drückte.

Kapitel 18

Fünf Monate zuvor. Leonie

Die warme Frühlingsluft umhüllte mich wie eine sanfte Umarmung, während ich die kurze Strecke vom Bahnhof zur Santa Clara zurücklegte. Der Weg führte durch ein kleines Wäldchen, dessen alte Bäume fast ein vollkommenes Dach über meinem Kopf bildeten. Vögel zwitscherten in den Ästen, die nur vereinzelte Sonnenstrahlen durchließen.

Nach einem kurzen Fußmarsch tauchte das Internat vor mir auf – majestätisch und abgeschirmt wie eine Festung. Eine hohe, mit Efeu bewachsene Steinmauer umgab das gesamte Gelände. Dahinter lugten die Dächer der Schule hervor. Den Haupteingang markierte ein schmiedeeisernes Tor, neben dem ein winziges Pförtnerhäuschen stand. Darin saß ein älterer Mann, der gelangweilt in einer Zeitschrift blätterte.

Als ich näher kam, legte er das Magazin zur Seite und schenkte mir ein freundliches Lächeln. »Guten Tag, junge Dame. Wie kann ich Ihnen helfen?«

»Guten Tag«, erwiderte ich höflich. »Alexandra Förster. Ich bin um elf mit der Direktorin, Frau Mistrott, verabredet.«

Er suchte meinen Namen auf einer Liste, bevor er mit einem wissenden Nicken zum Telefonhörer griff. »Ah, die Frau Journalistin, richtig? Einen Moment, bitte.« Nach einem kurzen

Gespräch legte er auf und sah mich an. »Frau Miller holt Sie am Haupteingang ab. Folgen Sie einfach dem Weg. Sie können das Gebäude nicht verfehlen.«

»Vielen Dank.«

Das Tor öffnete sich mit einem leisen Summen, und ich trat hindurch auf die gekieste Zufahrt. Vor mir erstreckte sich eine breite, von Bäumen gesäumte Allee, die schließlich in einen weitläufigen Schulhof mündete. Das Hauptgebäude war tatsächlich nicht zu übersehen – ein imposanter Bau im neobarocken Stil, dessen helle Sandsteinfassade in der Sonne glänzte. Kunstvoll gerahmte Fenster reflektierten das Licht und warfen weiche Schattenmuster auf die sauberen Wege. Hufeisenförmig schlossen sich die Nebengebäude an. In der Mitte des Hofs plätscherte ein Springbrunnen, umgeben von farbenprächtigen Blumenbeeten.

Als ich näherkam, eilten einige Schüler in einheitlicher Kleidung an mir vorbei, andere saßen in Gruppen auf Bänken. Ihr Lachen und Stimmengewirr erfüllten die Luft, vermischt mit dem Duft von Blumenblüten und frisch geschnittenem Gras.

Vor dem Hauptgebäude blieb ich einen Moment stehen und betrachtete die Szenerie vor mir. Es fühlte sich an, als wäre ich in eine vollkommen andere Welt eingetaucht. Und obwohl ich die Gerichtsakten und die fragmentarischen Notizen meiner Mutter gelesen hatte, fiel es mir plötzlich schwer, zu glauben, dass dieser idyllische Ort Schauplatz von etwas so Schrecklichem gewesen sein sollte.

Ich spürte einen Stich in meinem Herzen, als ich an Großtante Claire dachte. Ich stellte mir ihr Gesicht vor, das feine Lächeln auf ihren Lippen und ihre warmen, zitternden Hände, die meine fest umschlossen. Was würde sie wohl sagen, wenn sie mich jetzt hier sehen könnte?

Nach unserer ersten Begegnung vor zwei Monaten hatte ich sie noch einige Male besucht. Wir hatten gemeinsam Fotoalben durchgeblättert, kannenweise Tee getrunken und in Erinnerungen geschwelgt. Mit jedem ihrer Worte war Verena in meinem Kopf ein Stück lebendiger geworden, und obwohl wir nicht viel Zeit miteinander verbracht hatten, hatte mich Claires plötzlicher Tod tief getroffen. Fast schien es, als hätte sie nur auf mich gewartet, um ihre letzte Aufgabe zu erfüllen – die Erinnerungen an meine Mutter an mich weiterzugeben. Seitdem war ich fest entschlossen, die Wahrheit über den Tod meines Vaters herauszufinden. Denn in einem Punkt hatte Claire recht gehabt: An der ganzen Geschichte war definitiv etwas faul.

Darum war ich jetzt hier – getarnt als Journalistin –, um mir selbst ein Bild davon zu machen, wo Verena ihre letzten Monate in Freiheit verbracht hatte. Und vielleicht auch, um ein paar Antworten zu bekommen.

Während ich gedankenverloren einem Schülerpärchen nachschaute, das Hand in Hand über den Kiesweg spazierte, traf mein Blick den einer Frau mittleren Alters, die ein paar Meter entfernt am Fuß der breiten Treppe stand und mir zuwinkte.

»Frau Förster?«

Resolut schob ich meine Gedanken beiseite, rang mir ein Lächeln ab und ging auf sie zu.

»Schön, Sie kennenzulernen. Ich bin Frederike Miller«, sagte sie mit einem Hauch von Ungeduld in der Stimme. »Wenn Sie mir bitte folgen würden? Die Direktorin erwartet Sie bereits.«

Gemeinsam stiegen wir die breite Eingangstreppe hinauf in die Aula. Während wir an geschlossenen Klassenzimmertüren vorbeigingen, drangen gedämpfte Stimmen zu uns heraus. In einem Raum diskutierten Schüler angeregt über die Motive in Shakespeares Hamlet, aus einem anderen erklangen die sanften, melodischen Klänge eines Streichinstruments.

»So, da wären wir«, sagte Frau Miller, als wir am Ende eines langen Korridors angekommen waren. Sie deutete auf eine massive Holztür mit einem messingfarbenen Namensschild. »Ich würde Sie ja gern hineinbegleiten, aber ich muss gleich zur Pausenaufsicht.«

Mit einem knappen Nicken verabschiedete sie sich von mir und eilte den Weg zurück, den wir gekommen waren. Ich lauschte dem leiser werdenden Klackern ihrer Absätze, bis sie hinter der nächsten Ecke verschwunden war und das Geräusch verstummte. Einige Sekunden lang stand ich reglos da, eingeschüchtert von der massiven Holztür und der Vorstellung, was mich dahinter erwartete, bevor ich mir ein Herz fasste und vorsichtig anklopfte.

Das Büro der Direktorin sah genauso aus, wie ich es mir vorgestellt hatte: eine Mischung aus erdrückender Tradition und überheblichem Prestige. Hohe Regale mit ledergebundenen Büchern, holzvertäfelte Wände, an denen Porträts ehemaliger Schulleiter hingen, der Geruch von poliertem Mahagoni und altem Papier. Durch die großzügigen Fenster, die auf den Schulhof hinausgingen, flutete das Tageslicht herein und ließ winzige Staubpartikel in der Luft tanzen.

Hinter einem wuchtigen Schreibtisch saß Frau Mistrott, die Direktorin. Der massive Ledersessel schien sie fast zu verschlucken, so klein und zierlich war sie. Ihr ergrautes Haar war zu einem makellosen Knoten gebunden, der ihre markanten Gesichtszüge betonte. Als sie den Kopf hob, um mich anzuschauen, blickte ich in kühle, wachsame Augen.

»Guten Tag, Frau Förster.« Sie winkte mich heran und erhob sich kurz, um mir die Hand zu reichen. »Bitte, setzen Sie sich doch.«

»Vielen Dank, dass Sie sich Zeit für mich nehmen«, antwortete ich. Mit zittrigen Händen zog ich meinen Notizblock aus der Tasche und ließ mich ihr gegenüber auf den Stuhl sinken.

»Das Vergnügen ist ganz meinerseits. Wir freuen uns natürlich immer, wenn unsere Schule auf öffentliches Interesse stößt. Sie sagten am Telefon, dass Sie für ein Wochenmagazin arbeiten? Den *Alpenblick*, wenn ich mich recht erinnere?«

»Genau.« Ich räusperte mich, um meine Nervosität zu überspielen. »Ich möchte zum hundertfünfzigjährigen Jubiläum der Santa Clara einen Artikel schreiben.«

Ich warf einen schnellen Blick auf die Liste mit Fragen, die ich für den Gesprächseinstieg vorbereitet hatte. Dann hob ich den Kopf und zwang mir ein Lächeln auf die Lippen.

»Die Santa Clara ist eine renommierte Institution, die mit zwei scheinbaren Gegensätzen in Verbindung gebracht wird: Tradition und modernste Pädagogik«, begann ich. »Das klingt erst mal wie ein Widerspruch – aber offensichtlich funktioniert es bei Ihnen hervorragend. Wie schaffen Sie es, diese beiden Welten miteinander zu verbinden?«

Frau Mistrott faltete ihre schmalen Hände auf der Schreibtischplatte und schenkte mir ein professionelles Lächeln. »Tradition spielt bei uns eine große Rolle, aber selbstverständlich sind wir offen für neue Entwicklungen«, erklärte sie. »Wie Ihnen vielleicht bekannt ist, wurde die Santa Clara ursprünglich als reines Jungeninternat gegründet. Doch bereits in den Sechzigerjahren hat die Schulleitung beschlossen, auch Mädchen aufzunehmen. Heute sind wir stolz darauf, unseren Schülerinnen und Schülern ein Umfeld zu bieten, in dem sie nicht nur Wissen erwerben, sondern auch zu verantwortungsbewussten und weltoffenen Persönlichkeiten heranwachsen können.«

»Das klingt vielversprechend«, sagte ich und machte mir pflichtschuldig einige Notizen. »Meine Recherchen haben ergeben, dass die Santa Clara eine private Einrichtung ist. Das Schulgeld ist, gelinde gesagt, beträchtlich. Würden Sie sagen, dass sich Ihr Bildungsangebot vor allem an eine elitäre Zielgruppe richtet?«

»In gewissem Maße mag das zutreffen«, räumte sie ein. »Unser Lehrkörper zählt zu den besten Europas, und das spiegelt sich auch in der Höhe des Schulgelds wider. Allerdings wird ein erheblicher Teil unseres Budgets durch Spenden und Fördermittel gedeckt – und natürlich legen wir Wert darauf, auch Schüler aus weniger privilegierten Verhältnissen zu fördern. Deshalb vergeben wir jedes Jahr Stipendien, die sich an den schulischen Leistungen und der persönlichen Eignung der Bewerber orientieren.«

Frau Mistrott erzählte ausführlich von den fortschrittlichen Lehrmethoden, den Kooperationen mit internationalen Partnerschulen und dem umfangreichen Freizeitangebot der Santa Clara. Ich ließ sie reden, nickte an den richtigen Stellen und machte mir weiterhin Notizen, auch wenn ich das Gefühl hatte, dass sie sich langsam wiederholte.

»Internate wie unseres bieten die einzigartige Möglichkeit, Freundschaften fürs Leben zu knüpfen, gemeinsam zu wachsen und voneinander zu lernen«, schloss sie schließlich mit einem selbstzufriedenen Lächeln. »Sie sind quasi wie ein Mikrokosmos der Gesellschaft.«

Ich nickte bedächtig, während mein Herz schneller schlug. Ohne es zu ahnen, hatte sie mir gerade die perfekte Überleitung zu meinem eigentlichen Anliegen geliefert.

»Das klingt alles sehr beeindruckend. Persönliche Beziehungen sind zweifellos entscheidend für die Entwicklung junger Menschen.« Ich machte eine wohlkalkulierte kurze Pause und fragte dann betont beiläufig: »Gerade in Zeiten von Social Media ist das doch sicher eine besondere Herausforderung, oder? Vor allem, wenn Schülerinnen und Schüler aus so unterschiedlichen Verhältnissen aufeinandertreffen. Wie gehen Sie denn mit dem Thema Mobbing um?«

Frau Mistrott blickte einen Moment zur Seite, während sie über meine Frage nachdachte. »Sie sprechen da einen wichtigen Punkt an«, sagte sie schließlich. »Wir setzen alles daran, unseren Schülern einen verantwortungsvollen Umgang mit sozialen Medien beizubringen und ein Umfeld zu schaffen, das von Wertschätzung und Respekt geprägt ist. Niemand soll sich ausgegrenzt oder benachteiligt fühlen. Unsere Lehrkräfte sind speziell geschult, um Warnzeichen für Mobbing zu erkennen und frühzeitig einzugreifen.«

Ich nickte zustimmend und blätterte kurz in meinem Block, als würde ich nach der richtigen Stelle suchen. »Aber das war nicht immer so, oder?«, fragte ich, ohne den Blick zu heben.

»Ich bin bei meinen Recherchen auf einen Vorfall gestoßen, der mein Interesse geweckt hat – ein Ereignis im Dezember 2005. Ein Schüler Ihres Internats, Michael Stricker, kam damals unter tragischen Umständen auf dem Schulgelände ums Leben.« Ich sah auf und beobachtete ihre Reaktion genau. Der selbstzufriedene Ausdruck, der eben noch auf dem Gesicht der Direktorin gelegen hatte, verblasste.

»Ich erinnere mich«, antwortete sie nach kurzem Zögern. »Damals war ich selbst bereits Lehrerin hier. Michaels Tod hat uns alle schwer getroffen, das können Sie mir glauben. Diese Bilder verfolgen mich bis heute in meinen Träumen.«

»Absolut verständlich«, antwortete ich ruhig und nickte. »Was denken Sie – könnte Mobbing eine Rolle bei seinem Tod gespielt haben?«

»Mobbing?« Frau Mistrotts Haltung versteifte sich merklich. Ihr Unbehagen über die Richtung, die unser Gespräch genommen hatte, war nun deutlich zu spüren. »Nein, ganz sicher nicht. Michael Stricker wurde von einer Mitschülerin vom Schuldach gestoßen. Ein klarer Fall von Mord. Das können Sie selbst in den Zeitungen nachlesen.«

»Verena Martins, richtig? Ich habe mich im Vorfeld ein wenig mit dem Fall beschäftigt.«

»Genau«, bestätigte sie und seufzte. »Nur der Himmel weiß, was dieses Mädchen zu dieser schrecklichen Tat getrieben hat.«

Ich beugte mich leicht vor und senkte meine Stimme. »Wirklich? Ihnen ist nie etwas aufgefallen? Nach meinen Informationen gab es Gerüchte, dass Frau Martins von Michaels Freunden gemobbt wurde. Dass sie Angst vor ihren Mitschülern hatte.«

Frau Mistrott blinzelte sichtlich irritiert. »Ach ja? Davon weiß ich nichts.«

Ich spürte, wie sich mein Kiefer spannte. Nur mit Mühe konnte ich meinen Ärger verbergen. »Sie wollen mir also weismachen, dass Sie nicht wussten, was da vor sich ging? Die Schikanen, dieses Foto? Nichts davon?«

»Nein.« Sie lachte angestrengt, hielt meinem Blick aber stand.
»Fest steht jedenfalls, dass Verena Martins eine schwierige Schülerin war und die Santa Clara keinerlei Verantwortung für ihre Tat trägt.«

»Inwiefern war Verena eine schwierige Schülerin?«

»Ich habe sie erwischt, wie sie eines Nachts in das Büro des Direktors eingebrochen ist, zum Beispiel.« Frau Mistrotts Stimme klang jetzt eiskalt. »Und – mit Verlaub, Frau Förster – so tragisch der Tod dieses Jungen auch gewesen sein mag, das alles liegt viele Jahre zurück. Ich sehe keinen Grund, weshalb diese alte Geschichte heute noch von Belang sein sollte.«

Ich öffnete den Mund, um etwas zu erwidern, doch bevor ich die richtigen Worte fand, klopfte es an der Tür und eine Frau mit kurzen blonden Haaren streckte den Kopf herein. Sie trug eine weiße Bluse und ein Namensschild, das sie als Schulpsychologin auswies.

»Oh«, entfuhr es ihr, als sie mich bemerkte. »Entschuldigen Sie bitte die Störung, Frau Mistrott. Larissa war gerade bei mir. Ihr Zustand hat sich wieder verschlechtert. Ihre Eltern sind auf dem Weg, und ich denke, sie würden es schätzen, wenn sie sich persönlich mit Ihnen unterhalten könnten.« Sie zögerte kurz. »Aber wenn Sie beschäftigt sind, kann ich ihnen auch ausrichten, dass Sie sie später anrufen werden.«

»Nein, das ist schon in Ordnung.« Frau Mistrott stand auf und bedachte mich mit einem kühlen Blick. »Frau Förster wollte ohnehin gerade gehen, nicht wahr?«

»Ja, ich denke, ich habe jetzt alles, was ich brauche«, sagte ich widerwillig. Nur zu gern hätte ich ihr noch weiter auf den Zahn gefühlt, doch ihr Tonfall machte unmissverständlich klar, dass unser Gespräch beendet war. »Vielen Dank für Ihre Zeit.«

Die Direktorin nickte knapp und wandte sich dann wieder ihrer Mitarbeiterin zu. »Wären Sie so freundlich, Frau Förster hinauszubegleiten? Ich kümmere mich in der Zwischenzeit um Larissa. Sie ist in ihrem Zimmer, nehme ich an?«

»Ja, genau.« Die Psychologin ließ ihren Blick kurz zwischen uns hin und her wandern. Die frostige Stimmung im Raum schien ihr nicht entgangen zu sein. »Kommen Sie bitte mit mir mit, Frau Förster!«

Missmutig folgte ich ihr aus dem Büro und den langen Korridor entlang. Schweigend gingen wir vorbei an historischen Fotografien, alten Wandteppichen und Vitrinen voller Trophäen, die das Prestige der Santa Clara zur Schau stellten. Innerlich kochte ich vor Wut. Frau Mistrott hatte mich eiskalt belogen. Sie wusste mehr, als sie zugab, da war ich mir sicher. Natürlich war klar, dass sie schlechte Presse um jeden Preis vermeiden wollte, aber hinter ihrer Fassade hatte ich noch etwas anderes gespürt – eine Unruhe, die sich nicht nur mit ihrer Funktion als Schulleiterin erklären ließ.

Als wir die breite Treppe erreichten, die hinunter zur Aula führte, blieb ich stehen. »Das ist wirklich nicht nötig«, sagte ich. »Von hier aus finde ich den Weg auch alleine.«

»Nein, schon gut. Ich mache das gerne.« Die Psychologin hielt kurz inne und schmunzelte leicht. »Ich konnte nicht umhin, einen Teil Ihres Gesprächs mitzuhören. Sie wollen also tatsächlich einen Artikel über die Schule und die damaligen Ereignisse schreiben?«

Ich nickte. »Frau Mistrott wirkte allerdings nicht sonderlich begeistert.«

»Das kann ich mir gut vorstellen. Nehmen Sie es ihr nicht übel. Sie ist sehr darauf bedacht, den Ruf der Schule zu schützen. Das war schon immer ihre oberste Priorität.«

»Ja, wahrscheinlich.«

Wir setzten unseren Weg fort, wobei ich die Psychologin aus den Augenwinkeln neugierig musterte. Ihr Tonfall hatte verraten, dass auch sie Frau Mistrott nicht besonders mochte. Mein Blick fiel auf das Namensschild an ihrer Bluse – und mein Herz machte einen Satz. *Marie Gallager – aber natürlich!*

Beinahe hätte ich sie nicht wiedererkannt. Auf den alten Schulfotos war sie ja auch noch viel jünger gewesen. Sie hatte ein wenig an Gewicht zugelegt und ihr Haar war jetzt kürzer, doch es bestand kein Zweifel – sie war es.

»Ich bin sehr daran interessiert, herauszufinden, was damals wirklich passiert ist«, sagte ich ruhig, obwohl ich innerlich vor Anspannung bebte. »All diese Gerüchte ... Ich glaube, da ist mehr dran, als es auf den ersten Blick scheint. Wie haben Sie denn die Situation erlebt? Sie waren doch zu jener Zeit selbst Schülerin an der Santa Clara, oder?«

Frau Gallager blieb abrupt stehen und sah mich überrascht an. »Woher wissen Sie das?«

Ich deutete auf ihr Namensschild. »Im Zuge meiner Recherche habe ich mir die alten Jahrbücher angesehen. Ihr Name kam mir bekannt vor.«

»Nun ... es stimmt«, sagte sie und nickte widerwillig. »Verena Martins und Michael Stricker waren Klassenkameraden von mir.«

»Wären Sie bereit, mir von Ihrer Zeit im Internat zu erzählen? Das würde mir bei meiner Recherche wirklich sehr helfen.«

»Ich weiß nicht ... Das ist alles schon so lange her. Ich bezweifle, dass ich irgendetwas beitragen könnte, was Sie nicht schon wissen.«

»Bitte!«, flehte ich. »Ich verspreche auch, Ihren Namen nicht zu nennen. Ich möchte einfach nur ein klareres Bild davon bekommen, wie es damals wirklich war – ein Bericht aus erster Hand sozusagen.«

Marie Gallager sah mich lange an. Ihre Augen suchten mein Gesicht ab, als wollte sie herausfinden, ob sie mir trauen konnte. Schließlich seufzte sie leise, und ihr Blick glitt nervös über den Flur. »Na gut. Aber nicht hier.«

Kapitel 19

Oktober 2005. Verena

Als Verena am nächsten Morgen erwachte, regnete es. Einen Moment lang hielt sie die Augen geschlossen und lauschte den Windböen, die um das Haus pfiffen, bevor sie sich widerwillig aus dem Bett hievte und zum Fenster ging. Sie öffnete es einen Spalt, und sofort drang ein kalter Luftzug ins Zimmer. Feine Regentropfen sprühten ihr ins Gesicht und sie sog die frische, feuchte Luft tief in ihre Lungen.

Verena hatte Regentage schon immer gemocht. Wenn die Welt draußen grau und nebelig war und man ohne schlechtes Gewissen drinnen bleiben konnte – eingemummelt in eine warme Decke und mit einer Tasse Tee. Früher hatten sie und Tante Claire sich an solchen Tagen oft mit einem Stapel Bücher ins Wohnzimmer zurückgezogen, während Herr Prinz schnurrend zwischen ihnen lag. Aber das hier war nicht früher, und es war auch nicht ihr Zuhause. Leider.

Widerstrebend schloss sie das Fenster wieder und drehte sich um. Cornelias Bett war zerwühlt, aber leer. Unter der Woche war sie oft schon früh wach, um in Ruhe einen Kaffee zu trinken, bevor der Trubel losging. Gestern Abend war sie erst spät von ihrer Verabredung mit Aaron zurückgekommen, sodass Verena seit dem Lauftraining nicht mehr mit ihr gesprochen hatte.

Gedankenverloren fuhr sich Verena mit den Fingerspitzen über die Lippen, gefangen in den Eindrücken des gestrigen Nachmittags. Das leichte Kribbeln von Michaels Lippen auf ihren, seine starken Arme, mit denen er sie an sich gezogen hatte – sie hatte so lange auf diesen Moment gewartet. Eigentlich hätte sie vor Freude platzen müssen. Aber mit der Erinnerung an den Kuss kam auch alles andere wieder hoch. Ludo. Xaver. Marie. Mit einem leisen Seufzer nahm sie frische Unterwäsche aus dem Schrank und ging ins Badezimmer, um zu duschen. Das warme Wasser löste die Verspannungen in ihren Muskeln, aber das dumpfe Gefühl in ihrer Magengrube blieb. Jedes Mal, wenn sie die Augen schloss, sah sie Maries Gesicht vor sich – ihre weit aufgerissenen Augen, die Tränen, die ihr über die Wangen liefen.

Verena fühlte sich seltsam schmutzig, als hätte Michaels Geheimnis irgendwie auf sie abgefärbt. Wie sollte sie sich Ludo und den anderen gegenüber verhalten, jetzt, wo sie die Wahrheit kannte? Was ihre Freunde Marie und Xaver angetan hatten, war abscheulich, und Michael, der praktisch tatenlos zugesehen hatte, war kaum besser. Am liebsten hätte sie alle zum Teufel gewünscht.

Doch gleichzeitig verstand sie Michael – zumindest ein bisschen. Selbst wenn er zu Rektor Hesse gegangen wäre, hätte er keine Beweise für seine Behauptungen gehabt. Es wäre seine Aussage gegen ihre gewesen. Und sie wollte sich gar nicht erst ausmalen, was Ludo und Aaron dann mit ihm angestellt hätten – oder mit seinem kleinen Bruder.

Nach einer gefühlten Ewigkeit stieg Verena aus der Dusche und trocknete sich mechanisch ab. Anschließend schlüpfte sie in ihre Schuluniform und machte sich auf den Weg zum Frühstück.

Die anderen waren bereits da. Stefanie hatte sich eng an Ludo geschmiegt, während Aaron und Cornelia angeregt über irgendeine Belanglosigkeit plauderten. Michael löffelte emsig Müsli in sich hinein und wirkte dabei so entspannt und fröhlich, dass Verena sich unwillkürlich fragte, ob sie das alles nur geträumt hatte.

Sie atmete tief durch und straffte die Schultern. Vermutlich war es das Klügste, Michaels Strategie zu folgen – so zu tun, als wäre alles in Ordnung und Ludo und die anderen im Auge zu behalten. Vielleicht konnte sie so wenigstens verhindern, dass sich eine Geschichte wie die mit Marie oder Xaver wiederholte.

Mit diesem Vorsatz holte sie sich eine Kanne Kaffee vom Buffet und steuerte auf ihren Stammtisch zu, von dem bereits fröhliches Gelächter herüberschallte. Michael hob den Kopf und grinste verlegen, als sich ihre Blicke trafen, bevor er sich hastig wieder seinem Müsli widmete.

»Morgen, zusammen.« Verena setzte sich neben Cornelia auf die Bank und schenkte sich Kaffee ein. »Was ist denn so lustig? Worüber lacht ihr?«

»Ach, nur über das Training letztens«, erklärte Ludo grinsend. »Tom hat versucht, den Ball mit der Brust anzunehmen, ist dabei aber ausgerutscht. Er lag der Länge nach im Matsch – zum Schreien komisch!« Er hielt Verena seine Kamera hin. »Sieh selbst.«

Verena nahm das Gerät zögernd entgegen. Die Kamera fühlte sich leichter an, als sie erwartet hatte, fast wie ein Spielzeug, aber die präzise Verarbeitung ließ keinen Zweifel daran, dass sie sehr teuer gewesen sein musste. Sie warf einen kurzen Blick auf das Foto auf dem ausgeklappten Bildschirm. Darauf war Tom zu sehen, wie er mit schmerzverzerrter Miene im Schlamm lag, während sich die anderen Jungs im Hintergrund vor Lachen bogen.

»Hm, wirklich witzig«, murmelte sie und warf Michael einen verstohlenen Blick zu.

Er wirkte ein wenig erschöpft, doch als er sie ansah, lächelte er. Es war ein warmes Lächeln, das Verenas Herz schneller schlagen ließ, und sofort schoss ihr wieder die Erinnerung an ihren Kuss durch den Kopf – seine Zunge, die sich vorsichtig in ihren Mund schob …

»Sag mal, Verena«, sagte Stefanie plötzlich und stieß Cornelia grinsend unter dem Tisch an. »Du und Michael – ihr wart gestern ziemlich lange joggen, wie ich gehört habe. Ist da vielleicht etwas passiert, von dem wir wissen sollten?«

Verena spürte, wie ihr das Blut in die Wangen schoss, während Cornelie und Stefanie drauflos kicherten. Michael verschluckte sich beinahe an seinem Kaffee und warf Stefanie einen warnenden Blick zu.

»Was? Wie kommst du denn darauf?« Verena versuchte, gelassen zu klingen, doch ihre Stimme zitterte leicht, während sie hastig nach ihrer Tasse griff. »Nein, natürlich nicht. Alles wie immer.«

»Ach, wirklich?« Aaron zog die Augenbrauen hoch und grinste breit. »Und warum schaut ihr euch dann die ganze Zeit so verlegen an? Raus mit der Sprache!«

»Wir … äh …«

»Wir haben uns geküsst, okay?«, sprang Michael ihr bei. Seine Stimme klang ruhig, doch ein Hauch von Genervtheit schwang mit. »Aber ehrlich gesagt geht euch das überhaupt nichts an.«

Cornelia klatschte in die Hände. »Na endlich, das wurde aber auch Zeit! Aaron und ich haben schon gewettet, wann ihr zwei endlich zusammenkommt.«

»Wir sind noch nicht …«, begann Michael, doch Stefanie schnitt ihm das Wort ab.

»Also ich finde das großartig«, verkündete sie begeistert. »Michael und Verena passen doch wunderbar zusammen, findest du nicht auch, Ludo?«

Ludo zuckte nur mit den Schultern und schwieg, ohne Verena eines Blickes zu würdigen. Verena spürte, wie ihre Wangen brannten und wünschte sich in diesem Moment nichts sehnlicher, als im Erdboden zu versinken.

Zu ihrer Erleichterung wandte sich die Gruppe bald anderen Themen zu. Die Jungs begannen über die Strategie für das nächste Auswärtsspiel zu fachsimpeln, während Stefanie und Cornelia sich in ihr aktuelles Lieblingsthema vertieften – den bevorstehenden Winterball.

»Was meinst du, Conny: Soll ich das grüne Kleid vom letzten Jahr anziehen oder lieber etwas Neues?«, fragte Stefanie und nippte an ihrem Orangensaft.

»Auf jeden Fall etwas Neues«, erwiderte Cornelia entschieden. »Außerdem hast du doch selbst gesagt, dass Grün nicht deine Farbe ist. Ich finde, Rot würde dir super stehen. Das würde auch deine blonden Haare gut zur Geltung bringen.«

Stefanie zog nachdenklich an einer Haarsträhne und nickte schließlich. »Vielleicht hast du recht. Aber es müsste ein richtig knalliges Rot sein, nicht dieses langweilige Bordeaux.«

»Genau, ein richtiger Hingucker – das wäre perfekt für dich. Ich werde meine Eltern bitten, mir ein paar Sachen zu schicken. Ich hab mir im Sommer ein paar coole Teile gekauft, die ich dir unbedingt zeigen muss.« Dann wandte Cornelia sich an Verena: »Was ist mit dir? Weißt du schon, was du anziehen willst?«

Verena öffnete den Mund, doch bevor sie antworten konnte, ging die Tür zum Speisesaal auf und Xaver kam herein. Er war ein paar Zentimeter kleiner als Michael, aber die Ähnlichkeit zwischen den Brüdern war unverkennbar. Sein Blick flog kurz nervös durch den Raum und blieb dann an ihrem Tisch hängen. Verena bemerkte, dass er sichtlich schluckte.

»Xaver – hi!«, rief Ludo und hob mit einem breiten, scheinbar freundlichen Lächeln die Hand. »Komm doch mal rüber!«

Xaver blieb auf halbem Weg zum Buffet stehen. Ein ängstlicher Ausdruck huschte über sein Gesicht. Instinktiv sah Verena zu Michael hinüber. Ein Muskel an seinem Kiefer zuckte, doch ansonsten blieb seine Miene vollkommen reglos.

»Hallo, Ludo«, sagte Xaver schließlich und nickte knapp, bevor er sich wieder in Bewegung setzte und mit steifen Schritten weiterging.

»Jetzt warte doch mal!« Ludo stand auf und ging ein paar Schritte auf Xaver zu. Der ganze Speisesaal hielt unwillkürlich den Atem an. Die Gespräche verstummten, und alle Augen waren jetzt auf die beiden gerichtet.

»Ich wollte mich nur bei dir entschuldigen«, sagte Ludo laut genug, sodass jeder ihn hören konnte. »Diese Sache mit dem Gleitgel – das war echt nicht okay.«

Xaver starrte Ludo an, als hätte er sich verhört. »Du machst Witze, oder?«

»Nein, ganz ehrlich. Das war echt daneben«, beteuerte Ludo fast schon übertrieben ernst. »Schließlich kann jeder in seiner Freizeit vögeln, wen er will, nicht?« Er lachte gönnerhaft. »Im Ernst, Mann, lass uns das doch einfach abhaken.«

Xavers Kiefer mahlten. Er warf Michael einen kurzen Blick zu, der kaum merklich die Achseln zuckte. Schließlich presste Xaver die Lippen zusammen und nickte widerwillig. »Okay. Ich schätze, man sieht sich.«

»Cool.« Ludo klopfte ihm auf die Schulter, als wären sie die besten Freunde, bevor er sich umdrehte und mit einem selbstgefälligen Grinsen zu seinem Platz zurückkehrte.

Zwanzig Minuten später standen Verena und Michael vor ihrem Klassenzimmer. Ihre Hände zitterten von dem vielen Kaffee, den sie beim Frühstück getrunken hatte, und Michaels Nähe verstärkte das Flattern in ihrem Bauch noch.

Aaron hatte seinen Kopf mit ein paar anderen Jungs aus ihrer Klasse zusammengesteckt und lachte lauthals über einen dummen Witz, den jemand gemacht hatte. An der gegenüberliegenden Wand lehnte Marie, die Arme verschränkt, das Gesicht teilnahmslos wie eine Maske. Bei ihrem Anblick zog sich Verenas Magen unangenehm zusammen.

Seit ihrer Rückkehr an die Santa Clara war Marie sehr still. Im Unterricht hielt sie sich im Hintergrund, und auch sonst schien sie jeden Kontakt zu ihren Mitschülern zu meiden – oder diese zu ihr.

Michael, der Verenas Blick gefolgt war, griff sanft nach ihrer Hand. »Alles okay bei dir?«

»Ja, alles gut. Ich habe nur letzte Nacht nicht viel geschlafen.«

Michael blickte erneut zu Marie hinüber und seufzte. »Ja, ging mir genauso. Hör zu, wenn du noch mal darüber reden willst …«

»Will ich nicht. Schon in Ordnung, wirklich.«

»Na gut«, murmelte Michael und senkte den Blick. Er zögerte kurz, dann hob er den Kopf und sah sie wieder an. »Ich hab mich gefragt, ob du Lust hast, heute Abend etwas mit mir zu unternehmen? Es gibt da nämlich einen Ort, den ich dir gerne zeigen würde.«

Seine Hand lag immer noch auf ihrer, und Verena spürte, wie sich die Härchen auf ihren Unterarmen aufrichteten. Ihr Herzschlag beschleunigte sich.

»Klar, warum nicht«, sagte sie und lächelte schüchtern. »Was für einen Ort denn?«

Michael erwiderte ihr Lächeln und drückte ihre Hand. »Lass dich einfach überraschen.«

»Guten Morgen, alle miteinander!«

Die beiden zuckten gleichzeitig zusammen, als Professor Kornfeld mit energischen Schritten den Flur entlanggeschritten kam. Wie immer trug er einen seiner altmodischen Tweedanzüge – dieser hier hatte einen besonders scheußlichen Braunton mit fein gewobenen Streifen darin. Über seiner Schulter hing eine verbeulte Aktentasche, die ihm bei jedem Schritt gegen die Hüfte schlug.

»Nachdem wir uns anhand von E. T. A. Hoffmann mit der Romantik beschäftigt haben, wenden wir uns nun der Epoche des Biedermeier zu«, begann er fröhlich, sobald alle ihre Plätze eingenommen hatten. »Das Biedermeier ist geprägt von einer poetischen Schilderung des bürgerlichen Alltags, einer Konzentration auf häusliche Themen und einer tiefen Sehnsucht nach Harmonie und Stabilität.«

Verena merkte, wie das Interesse ihrer Mitschüler schwand, doch Kornfeld schien sich nicht daran zu stören. Beschwingt griff er nach einem Stück Kreide und begann, die Namen bedeutender Autoren der Epoche an die Tafel zu schreiben. Einige Namen wie Nestroy oder Grillparzer kamen ihr bekannt vor, andere waren ihr völlig neu.

»Als kleine Abwechslung zum Frontalunterricht«, fuhr Kornfeld fort, »werdet ihr euch diesmal in Zweierteams zusammenfinden und eine Projektarbeit schreiben.«

Ein kollektives Stöhnen ging durch die Reihen, doch Kornfeld ließ sich davon nicht beirren. Mit feierlicher Miene zog er einen dicken Stapel Papiere aus seiner Aktentasche und reichte sie einem Mädchen in der ersten Reihe.

»Auf diesen Handouts habe ich mögliche Themen und Literaturhinweise aufgelistet. Die Teams für die Gruppenarbeit habe ich bereits ausgelost. Ihr findet die Zuordnung auf der letzten Seite.«

Kaum hatte das Mädchen die Blätter weitergereicht, ging ein leises Rascheln und Murmeln durch den Raum, als die Schüler in ihren Handouts blätterten und sich suchend nach ihren Partnern umsahen.

Verena spürte, wie ihre eigene Anspannung wuchs, als sie die letzte Seite aufschlug. Mit klopfendem Herzen überflog sie die Liste. *Bitte nicht Aaron!*, dachte sie. *Bitte, bloß nicht Aaron!*

Das Letzte, was sie im Moment wollte, war, mehr Zeit als nötig mit einem von Ludos Handlangern zu verbringen. Abgesehen davon, dass Aaron in Literatur eine absolute Niete war und die ganze Arbeit an ihr hängen bleiben würde.

Als ihr Blick auf den Namen neben ihrem fiel, stand dort nicht Aaron. Trotzdem stockte ihr der Atem.

Entsetzt starrte sie auf die Tabelle: Marie Gallager.

Nein! Verdammter Mist! Ausgerechnet sie!

Langsam hob Verena den Kopf und sah zu Marie hinüber. Ihre Schultern wirkten angespannt und ihre Lippen waren zu einer dünnen Linie zusammengepresst, als sie Verenas Blick nicht minder entsetzt erwiderte.

Kapitel 20

Leonie. Heute

Der Regen prasselte unaufhörlich gegen die Fensterscheiben; dicke Tropfen, die sich zu kleinen Bächen vereinten und über das Glas liefen. In Ludo Hellsteins Büro hingegen war es vollkommen still. Nur das Summen des Computers und das nervöse Trommeln meiner Finger auf der Tischplatte waren zu hören.

»Komm schon!«, spornte ich den Bildschirm an. »Beeilung!«

Endlich flackerte der Monitor auf und das Passworteingabefeld erschien.

Ich beugte mich vor, legte die Hände auf die Tastatur und schloss für einen Moment die Augen, während ich mir die Szene von gestern ins Gedächtnis rief – Ludos Finger, die fast mechanisch über die Tasten glitten. Dann atmete ich tief durch und tippte die Buchstaben-Zahlenkombination ein.

Bingo!

Das Eingabefeld verschwand, und Ludos Desktop erschien – eine gestochen scharfe Aufnahme von Bergen, perfekt ausgeleuchtet in der Abenddämmerung.

Mein Herz machte vor Erleichterung einen kleinen Satz, als ich in meine Tasche griff und eine handtellergroße externe Festplatte herausholte. In Sekundenschnelle schloss ich sie an den Computer an und startete die Datenübertragung. Ein Fortschrittsbalken erschien, der sich quälend langsam füllte, Millimeter für Millimeter.

Ich konnte es kaum erwarten, herauszufinden, was auf dieser Festplatte gespeichert war. Wahrscheinlich handelte es sich vor allem um belanglose Dokumente – Rechnungen, Präsentationen, alte Arbeitsmaterialien –, aber es bestand zumindest die winzige Chance, dass sich auch Beweise darunter befanden. Vielleicht die Videos, die Marie erwähnt hatte, oder anderes belastendes Material. Wenn jemand aus der Clique etwas davon behalten hatte, dann Ludo. Das sagte mir mein Instinkt.

Ein grimmiges Lächeln schlich sich auf mein Gesicht, als ich an Aaron dachte – und an das, was ihm bevorstand.

Ich hatte ihn vor die Wahl gestellt, entweder den Namen von Michaels wahrem Mörder preiszugeben oder sich zu seiner Veruntreuung zu bekennen und als Geschäftsführer zurückzutreten. Er hatte sich für die dritte Option entschieden – nämlich nichts zu tun. Wahrscheinlich hatte er die Karte für einen makabren Scherz gehalten oder gehofft, dass der Absender nur im Trüben fischte.

Aber das tat ich nicht. Nachdem die Frist abgelaufen war, hatte ich seine Arbeitgeber in einem anonymen Brief über die veruntreuten Firmengelder informiert und die Polizei gleich mit. Das Spiel war vorbei, Aaron hatte verloren. Einer weniger auf meiner Liste.

Der Fortschrittsbalken erreichte endlich das Ende, und ein leises »Pling« signalisierte, dass der Datentransfer abgeschlossen war. Rasch entfernte ich die Festplatte, verstaute sie sicher in meiner Tasche und fuhr den Computer wieder herunter.

Na bitte! Das war ja einfacher als gedacht.

Mein Blick fiel auf die Uhr. Bis ich Mia vom Kindergarten abholen musste, war noch Zeit, und die Einkäufe, die Stefanie mir aufgetragen hatte, waren bereits erledigt. Zeit genug also für eine kleine Hausdurchsuchung.

Ludos Büro hatte ich schon beim letzten Mal gründlich durchforstet – ohne Erfolg. Kein Hinweis, kein Beweis, nichts. Doch wo sonst würde jemand wie Ludo belastendes Material aufbewahren? Ich beschloss, systematisch vorzugehen, Raum für Raum, Schublade für Schublade. Im Wohnzimmer fing ich an. Ich öffnete Schranktüren, durchsuchte Fächer und Regale, tastete selbst die Rückwände ab. Doch alles, was ich fand, waren Kartons mit altem Porzellan und Gläser mit Münzen aus früheren Urlauben. Kein geheimes Fach, kein doppelter Boden – nichts.

Im Rest des Hauses bot sich das gleiche Bild: stapelweise Zeitschriften, vergilbte Fotoalben, die vermutlich Stefanies Eltern gehört hatten, und ein paar alte Handys in einer Flurkommode – Modelle aus den frühen 2010er-Jahren. Nicht alt genug, um noch aus Ludos und Stefanies Schulzeit zu stammen.

Nachdem ich auch das Schlafzimmer durchsucht hatte – den Kleiderschrank, die Nachttische, sogar den Schmuckkasten –, hielt ich schwer atmend und allmählich frustriert inne. Verdammt, das konnte doch nicht alles gewesen sein!

Es blieb nur noch eine Möglichkeit: der Keller.

Ich zögerte. Keller waren mir schon immer ein Graus – diese kalte, modrige Luft und das Gefühl, dass in jeder Ecke etwas lauern könnte. Und das Ungeziefer. Mäuse, Käfer oder – noch schlimmer – Spinnen. Allein der Gedanke daran jagte mir einen Schauer über den Rücken.

Ich atmete tief durch, dann lief ich nach unten und durchquerte die Küche, bis ich vor der unscheinbaren Tür stand, die in den Keller hinabführte.

Die Tür öffnete sich mit einem leisen Knarren, und sofort schlug mir ein feuchter, abgestandener Luftzug entgegen. Ich rümpfte die Nase, suchte im Halbdunkel nach dem Lichtschalter und fand ihn schließlich. Die Glühbirne flackerte kurz auf, bevor sie die Treppe in ein trübes gelbliches Licht tauchte. Die Stufen knarrten unter meinen Füßen, und mit jedem Schritt verstärkte sich der Geruch von Beton, abgestandener Feuchtigkeit und etwas, das ich nicht genauer einordnen konnte – vielleicht altes Holz oder Rost.

Unten angekommen, blieb ich stehen und ließ meinen Blick durch den Raum schweifen. Alte Regale säumten die Wände, vollgestellt mit allem möglichen Kram: eingestaubte Einmachgläser, verrostete Werkzeugkästen, ein zusammengefaltetes Zelt. Offenbar nutzten Ludo und Stefanie den Keller halb als Lager, halb als Abstellkammer. Entlang einer Wand türmten sich Kartons und alte Geräte, die irgendwann ausgemustert worden waren, aber nie den Weg zum Sperrmüll gefunden hatten: ein uralter Fernseher, ein zerkratzter Koffer und eine verblichene Standuhr, deren Zeiger längst stehen geblieben waren. Im schwachen Licht der nackten Glühbirne warfen sie unheimliche Schatten an die Wand.

Seufzend zog ich eine Kiste nach der anderen hervor, öffnete sie und durchwühlte den Inhalt. Alte Bücher, deren Einbände sich beim bloßen Anfassen lösten, Berge von verhedderten Kabeln und ausrangierte Kinderkleidung. Nichts, das auch nur im Entferntesten verdächtig aussah.

Enttäuscht und zunehmend ungeduldig ging ich wieder nach oben und dachte fieberhaft nach. War das wirklich alles? Oder hatte ich etwas übersehen?

Als ich den Flur im ersten Stock durchquerte, um mir doch noch einmal Ludos Arbeitszimmer vorzunehmen, blieb mein Blick an einer kleinen Luke in der Decke hängen. Der Dachboden. Natürlich! Ein Raum, den die meisten Menschen nur selten, wenn überhaupt, betraten. Wenn Ludo etwas verstecken wollte, dann war dies der perfekte Ort.

Entschlossen ging ich zur Luke, griff nach der dünnen Metallkordel und zog daran. Mit einem leisen Knarren senkte sich eine ausklappbare Leiter herab. Ich hielt einen Moment inne und lauschte. Es war still im Haus. Nur das monotone Trommeln des Regens war zu hören.

Ich atmete tief durch und kletterte die Leiter hinauf.

Der Dachboden war niedriger, als ich erwartet hatte. Die schrägen Balken verliefen so tief, dass ich den Kopf einziehen musste. Die Luft war schwer von Staub und in dem schwachen Licht, das durch ein kleines verschmiertes Fenster fiel, tanzten Staubflocken wie geisterhafte Schatten in der Luft. Vorsichtig holte ich mein Handy hervor und schaltete die Taschenlampe ein. Der schmale Lichtstrahl offenbarte einen chaotischen Haufen aus Kartons, zerknitterten Decken und vergessenen Gegenständen. Ich wollte gerade die Hand nach der ersten Kiste ausstrecken, als plötzlich ein Geräusch von unten zu mir heraufdrang – das leise, mechanische Klicken eines Schlüssels, der sich im Schloss drehte.

Mein Herz setzte einen Schlag aus. Panik überkam mich, und ich hielt mich instinktiv an der Leiter fest. Beinahe wäre ich herabgestürzt. Das Blut rauschte so laut in meinen Ohren, dass ich für einen Moment kaum etwas anderes hören konnte.

Wer war das?

»Ludo? Stefanie? Seid ihr da?« Eine tiefe Stimme hallte von unten herauf. Dann hörte ich schwere, langsame Schritte im Flur.

Verdammt, das war Rainer! Ludos Bruder.

Ich zwang mich, ruhig zu bleiben, und trat so schnell und leise wie möglich den Rückzug an. In dem Moment, in dem ich unten ankam, tauchte er auch schon am oberen Treppenabsatz auf. Sein Blick blieb an mir hängen, ein Fuß stand noch auf der Leiter, der andere bereits auf dem Boden. Rainer runzelte die Stirn.

»Leonie?«, fragte er erstaunt. »Was wolltest du denn da oben?«

Mein Körper versteifte sich und ich setzte ein möglichst entspanntes Lächeln auf, während mein Verstand fieberhaft nach einer Ausrede suchte. »Oh – Rainer! Scheiße, hast du mich erschreckt!«, sagte ich und strich mir den Staub von der Kleidung, um Zeit zu gewinnen.

»Ich habe die Luke zum Dachboden gesehen und dachte, ich schaue mal nach, ob da oben noch alte Spielsachen für Mia sind. Vielleicht haben Stefanie und Ludo ja noch etwas von Sixtus aufgehoben.« Ich lachte unsicher. »Aber ehrlich gesagt, hätte ich es besser gelassen. Es ist wirklich sehr staubig da oben – echt eine Katastrophe!«

Rainer nickte langsam. »Klar, verstehe.« Ob er mir glaubte, konnte ich nicht sagen. »Warte, ich helfe dir.«

Mit einer fließenden Bewegung griff er nach der Leiter, klappte sie zusammen und verriegelte die Luke mit einem leisen Klicken. Danach blieben wir einen Augenblick lang verlegen voreinander stehen.

»Ich glaube, Sixtus' alter Kaufmannsladen müsste noch irgendwo im Keller sein«, sagte er nach einem Moment des Schweigens. »Wahrscheinlich ist er total verstaubt, aber wir könnten ihn gemeinsam wieder in Schuss bringen, wenn du willst.«

»Oh, das wäre toll. Mia wird sich bestimmt freuen«, antwortete ich hastig. »Und … du? Was führt dich hierher?«

Rainer sah plötzlich verlegen aus. »Ich war auf der Suche nach Stefanie. Ich wollte mit ihr reden. Dachte, vielleicht könnte sie ein bisschen zwischen Ludo und mir vermitteln … wegen dieser dummen Sache mit dem Ferrari.«

»Oh, Stefanie ist nicht da«, erklärte ich, obwohl ihm das selbst längst klar sein musste. »Ich fürchte, den Weg hast du umsonst gemacht.«

Er sah kurz zu Boden, dann wieder zu mir. »Tja, blöd gelaufen.«

Stille.

Erst jetzt bemerkte ich, dass er völlig durchnässt war. Regentropfen glitzerten in seinen Haaren, das T-Shirt klebte regelrecht an seinen Schultern und unter seinen Schuhen hatte sich bereits eine Pfütze gebildet.

Ohne richtig darüber nachzudenken, hörte ich mich sagen: »Möchtest du noch einen Kaffee, bevor du wieder fährst? Ich habe noch etwas Zeit, bevor ich Mia vom Kindergarten abholen muss. Außerdem …« Ich deutete auf den nassen Fußboden. »Ich glaube, du solltest dich mal abtrocknen.«

Rainer zögerte kurz, dann breitete sich ein Lächeln auf seinem Gesicht aus. »Das wäre toll, danke.«

Zehn Minuten später saß Rainer mir am Küchentisch gegenüber und sah mich über den Rand seiner Tasse hinweg neugierig an. »Wie kommt es eigentlich, dass du als Kindermädchen arbeitest?«, fragte er. »Wäre irgendwas im IT-Bereich nicht naheliegender gewesen?«

Ich erstarrte. Für einen Moment wusste ich nicht, was ich sagen sollte. »Wie ... Wie kommst du darauf?«

Rainer errötete und fuhr sich mit einer Hand durch die immer noch feuchten Haare. »Okay, erwischt. Ich habe Stefanie ein bisschen ausgefragt, und sie hat mir deinen Lebenslauf gezeigt. Da steht drin, dass du Python, JavaScript und diese ganzen Sachen draufhast. Echt beeindruckend.« Fast entschuldigend fügte er hinzu: »Ich wollte schließlich wissen, wer sich da neuerdings um meine Nichte kümmert.«

Ich atmete langsam aus. Er zweifelte nicht an meinen Absichten, vielmehr ging es ihm um die »sonstigen Kenntnisse« in meinem Lebenslauf – einer der wenigen Punkte, in denen ich tatsächlich ehrlich gewesen war. Ich trank einen Schluck Kaffee, um meine Hände zu beschäftigen, und setzte ein entspanntes Lächeln auf.

»Ach so. Ja, das stimmt. Ursprünglich wollte ich das auch, aber dann habe ich gemerkt, dass der Alltag in der IT-Branche einfach nichts für mich ist. Ewig vorm Bildschirm sitzen, kaum echte Interaktion – das war irgendwie nicht das, was ich mir vorgestellt hatte. Und da ich Kinder schon immer gemocht habe, schien mir ein Job als Kindermädchen genau das Richtige zu sein.«

Rainer nickte langsam. »Ergibt Sinn.«

Ich stützte die Ellbogen auf den Tisch, legte den Kopf leicht schief und sah ihn schelmisch an. »Aber wenn wir schon dabei sind – was hast du sonst noch so über mich herausgefunden?«

Er lachte leise und schüttelte den Kopf. »Nicht viel, fürchte ich. Aber das, was ich weiß, reicht völlig: Du kommst super mit

Mia klar. Ludo und Stefanie können sich glücklich schätzen, dich zu haben.«

Er hätte kaum weiter danebenliegen können. Aber er schien keinerlei Verdacht zu schöpfen, und nur das zählte. »Tja, Mia macht es einem auch leicht«, sagte ich mit einem Lächeln. »Es macht wirklich Spaß, Zeit mit ihr zu verbringen. Sie ist so voller Energie, immer auf der Suche nach neuen Abenteuern. Diese Woche erst hat sie mich überredet, mit ihr auf Schatzsuche zu gehen. Wir haben Steine gesammelt und sie als ›verlorene Juwelen‹ verkauft.« Ich musste schmunzeln. »Ihre Fantasie ist unglaublich.«

Rainer grinste. »Das klingt ganz nach ihr. Sixtus war in dem Alter genauso – ein richtiger kleiner Rabauke.«

»Wirklich? Ich habe ihn erst einmal gesehen, und da wirkte er eher zurückhaltend.« Ich zuckte mit den Schultern. »Vielleicht war er auch nur schüchtern, weil er mich noch nicht kannte.«

Rainer winkte ab. »Nein, das hat nichts mit dir zu tun. Seit er aufs Internat geht, ist er so. Etwas in sich gekehrt, aber ein cleverer Kopf.«

Eine kurze Pause entstand, in der nur der Regen und das leise Klirren der Löffel in den Tassen zu hören waren. Ich nutzte den Moment, um meine Gedanken zu ordnen, bevor ich beiläufig fragte: »Warst du eigentlich auch auf diesem Internat? Das scheint ja eine Familientradition zu sein – dein Bruder und Stefanie haben sich ja dort kennengelernt, wie ich gehört habe.«

Rainer schüttelte den Kopf und lehnte sich zurück. »Nein, ich bin hier in der Nähe zur Schule gegangen, kein Internat. Eigentlich wollten meine Eltern mich auch auf die Santa Clara schicken, aber dann haben sie es sich anders überlegt.«

»Ach ja? Warum denn?«

Rainer nahm einen Schluck Kaffee, bevor er antwortete. »Im Sommer davor ist ein Schüler gestorben. Ein Unfall im Wald am Rande des Schulgeländes. Meine Eltern haben sogar überlegt, Ludo von der Schule zu nehmen, aber er hatte nur noch zwei Jahre bis zum Abschluss, also haben sie ihn dort gelassen.«

»Ein Schüler ist gestorben? Wie schrecklich.« *Jonas Felber,* dachte ich und umklammerte meine Tasse fester, um meine Aufregung zu verbergen. »Dein armer Bruder – das muss für ihn doch schlimm gewesen sein. Kannten sich die beiden gut?« Rainer zuckte mit den Schultern. »Keine Ahnung. Der Junge war wohl im selben Fußballteam wie er, aber Ludo hat nie darüber gesprochen. Ich war ja auch erst zehn.« Er hielt inne, bevor er leise hinzufügte: »Aber ich weiß noch, dass er damals oft Albträume hatte. Ich habe ihn manchmal nachts schreien gehört.«

Ich spürte, wie sich mein Puls beschleunigte. »Das klingt wirklich furchtbar. Vielleicht dachte Ludo ja, er hätte es irgendwie verhindern können.«

»Vielleicht.« Rainers Blick wanderte ins Leere und er runzelte nachdenklich die Stirn. »Ich weiß noch, dass wir im Sommer danach in unserem Ferienhaus in Frankreich waren. Ein paar von Ludos Freunden waren auch da, und Stefanie natürlich – sie waren damals schon zusammen. Normalerweise waren sie immer unterwegs gewesen, haben gefeiert und so, aber in diesem Sommer war es anders. Sie zogen sich ziemlich zurück, wirkten bedrückt. Ich glaube, das hat ihnen allen mehr zugesetzt, als sie zugeben wollten.«

Seine Worte hingen schwer in der Luft und ich biss mir auf die Unterlippe, um nicht mit der Flut von Fragen herauszuplatzen, die mir auf der Seele brannten. Ich wollte mehr wissen, aber ich konnte nicht riskieren, dass Rainer den Eindruck bekam, ich würde ihn ausfragen. Also zwang ich mich, das Thema zu wechseln.

»Na ja, wie dem auch sei. Was ich dich noch fragen wollte: Wie läuft es eigentlich mit deiner Doktorarbeit?«

Rainer hob den Blick, und seine Gesichtszüge entspannten sich wieder. »Oh, es läuft. Langsam, aber sicher. Ich denke, die Chancen stehen nicht schlecht, dass ich sie noch in diesem Leben abschließen werde.«

Ich lachte leise. »Na, das klingt doch vielversprechend.«

Kapitel 21

Oktober 2005. Verena

Cornelia lehnte im Türrahmen und musterte Verena kritisch. »Bist du sicher, dass du nicht doch lieber das Kleid anziehen willst?«

»Warum? Ich dachte, du findest die Jeans okay. Oder stimmt etwas nicht mit dem Top?« Unsicher fingerte Verena am Saum ihres Oberteils herum.

»Nein, nein, das Top ist gut«, antwortete Cornelia schnell. »Ich finde nur, dass Stefanies blaues Kleid deine Augenfarbe besser zur Geltung bringt.«

»Das blaue? Vergiss es, das ziehe ich nicht an. Das Teil reicht mir kaum über den Hintern!«

»Na und?« Cornelia kicherte. »Du kannst es dir doch leisten.«

»Keine Chance. Ich würde den ganzen Abend daran herumzupfen und mich unwohl fühlen.«

Langsam bereute Verena es, dass sie Cornelia von ihrem Date mit Michael erzählt hatte. Seit dem Mittagessen diskutierte sie bereits mit Stefanie darüber, was Verena anziehen sollte. Zu Verenas Überraschung hatte Stefanie sogar angeboten, ihr etwas aus ihrem Kleiderfundus zu leihen, was Verena aber dankend abgelehnt hatte.

»Wir wollen doch nur, dass es zwischen euch klappt.« Cornelia trat neben sie und strich ihr liebevoll eine Strähne aus dem

Gesicht.»Michael hatte vorher noch nie eine Freundin und war deshalb irgendwie immer das fünfte Rad am Wagen. Wir könnten endlich zu sechst ausgehen! Wäre das nicht großartig?«

»Fantastisch!«, murmelte Verena ironisch, während sie im Spiegel ein letztes Mal ihr Outfit überprüfte.»Ich kann's kaum erwarten.«

In diesem Moment klopfte es an der Tür. Sofort begann Verenas Herz schneller zu schlagen.

Reiß dich zusammen! Das ist nur Michael!, ermahnte sie sich. *Kein Grund zur Panik!*

Als Verena die Tür öffnete und Michael vor ihr stand, verschlug es ihr dennoch die Sprache. Dabei war er ganz normal gekleidet: Jeans und ein Hemd unter einem gemütlichen Pullover. Dazu trug er einen Rucksack über der Schulter.

»Hi!«, sagte er mit einem Lächeln, bei dem ihr augenblicklich die Knie weich wurden.»Du siehst hübsch aus! Wollen wir los?«

Verena räusperte sich und versuchte, ihrer Stimme einen lässigen Klang zu verleihen.»Ähm … klar.« Sie schlüpfte in ihre Schuhe, schnappte sich ihren Mantel vom Haken und trat in den Flur.

»Amüsiert euch gut!«, rief Conny ihnen mit übertrieben fröhlicher Stimme hinterher.»Und denkt immer dran: Safety first!«

»Willst du mir nicht verraten, wo wir hingehen?«, fragte Verena ein wenig atemlos und versuchte, mit ihm Schritt zu halten.

Michael warf ihr über die Schulter einen spitzbübischen Blick zu.»Du stehst wohl nicht sonderlich auf Überraschungen, was?«

Verena zog eine Schnute, ließ es jedoch dabei bewenden. Wortlos setzten sie ihren Weg fort, während Michael sie scheinbar mühelos durch die verwinkelten Gänge und Treppen des Schulgebäudes führte. Binnen kürzester Zeit hatte Verena die Orientierung verloren. Die endlosen Korridore sahen alle gleich aus, und die Porträts an den Wänden – elegante Herren in altmodischen Gewändern und Damen mit steifen Perlenkragen

– schienen ihr mit ihren Blicken zu folgen. In diesem Teil der Schule war sie definitiv noch nie gewesen.

»Ich bin übrigens echt erleichtert, dass Ludo und Xaver das geklärt haben«, sagte sie schließlich, um das Schweigen zu brechen. »Ich meine, das heute war bei Gott nicht die Entschuldigung des Jahrhunderts, aber immerhin ein Anfang, oder?«

»Also nach einer Entschuldigung klang das für mich nicht gerade, aber ja … ein Anfang. Hoffen wir mal, dass er sich jetzt zusammenreißt.« Michael schnaubte. »In letzter Zeit hat Ludo sich ziemlich oft danebenbenommen. Nicht nur Xaver gegenüber – auch zwischen ihm und Stefanie läuft so einiges schief.«

»Hm.« Verena dachte an Ludos anzügliche Blicke und Stefanies spürbare Erleichterung, als sie von ihrer Knutscherei mit Michael erfahren hatte. »Glaubst du, dass er sich von ihr trennen will?«

Michael wiegte nachdenklich den Kopf. »Keine Ahnung, aber denkbar wär's. In letzter Zeit hatte ich oft den Eindruck, dass Ludo sich mit Stefanie langweilt, und ich bin mir ziemlich sicher, dass er sie auch betrogen hat. Stefanie spürt das natürlich und klammert sich nur noch mehr an ihn. Das kann auf Dauer nicht gutgehen.«

»Ludo hat Stefanie betrogen? Mit wem denn?«

»Angeblich mit irgendeinem Mädchen aus einem der unteren Jahrgänge. Mehr weiß ich nicht, und ehrlich gesagt, will ich es auch gar nicht wissen«, erwiderte Michael und zuckte unbehaglich mit den Schultern. »Stefanie kann eine richtige Furie sein, wenn es um Ludo geht – da halte ich mich lieber raus. Und ich würde dir raten, dasselbe zu tun.«

Verena verspürte einen unerwarteten Anflug von Mitleid für Stefanie. Sie konnte wirklich ein Miststück sein, und obwohl sie ihr angeboten hatte, ihr etwas zum Anziehen zu leihen, war ihr Verhältnis immer noch kühl. Aber das hatte sie trotzdem nicht verdient.

»Hast du seit heute Morgen eigentlich mal mit Xaver gesprochen?«, fragte Verena, während sie eine schmale, geschwungene Treppe hinaufstiegen. »Wie geht es ihm jetzt?«

»Es geht ihm gut … glaube ich zumindest.« Michael seufzte und fuhr sich mit der Hand durchs Haar. »Ehrlich gesagt standen wir uns nie besonders nahe. Aber seit wir hier auf dem Internat sind, ist es noch schlimmer geworden. Schwer zu sagen, was in seinem Kopf so vorgeht, er redet nämlich kaum mit mir.« Verena schaute Michael nachdenklich von der Seite an. Obwohl sie in den letzten Wochen viel Zeit miteinander verbracht hatten, wusste sie erschreckend wenig über seine Familie. Er sprach so gut wie nie über sie. Das Einzige, was sie wusste, war, dass Xaver und er Brüder waren und ihre Eltern offensichtlich genug Geld hatten, um ihnen beiden den Besuch der Santa Clara zu ermöglichen.

»Vermisst du es manchmal, zu Hause zu sein?«, fragte Verena behutsam.

Michael hielt inne, als würde er seine Worte genau abwägen. »Um ehrlich zu sein, war ich ganz froh, von dort wegzukommen. Mein Vater besitzt eine Investmentfirma und lebt praktisch für die Arbeit. Meine Mutter ist ständig mit Wohltätigkeitsveranstaltungen und Galaabenden beschäftigt. Besonders herzlich waren die beiden nie.« Er lachte leise, aber es klang verbittert. »Manchmal denke ich, sie haben Xaver und mich nur bekommen, weil es zum Pflichtprogramm gehörte. Und natürlich, damit einer von uns später die Firma übernimmt.«

Verena beobachtete, wie sich seine Miene verhärtete. Seine Stimme klang jetzt nüchtern, fast resigniert. »Sie haben ziemlich konkrete Vorstellungen davon, wie mein Leben aussehen soll: erst die Santa Clara, dann das Studium an einer Eliteuniversität. Danach soll ich in die Firma einsteigen, heiraten und einen Sohn bekommen, damit die Familienlinie weitergeführt wird.«

»Klingt irgendwie … erdrückend«, erwiderte Verena mitfühlend.

»Das kannst du laut sagen. Xaver scheint das alles nichts auszumachen. Er ist der Vorzeigesohn. Der perfekte, angepasste Erbe, der keine Fragen stellt und einfach tut, was man von ihm verlangt.«

157

»Wirst du es ihnen eines Tages sagen?«, fragte Verena leise. »Dass du nicht in die Fußstapfen deines Vaters treten willst?«

»Vielleicht, wenn ich meinen Abschluss habe und mich an einer Uni bewerben muss. Mal sehen.«

»Was würdest du denn machen, wenn du völlig frei wählen könntest?«

Michaels Schritte verlangsamten sich. Er sah Verena an, und zum ersten Mal, seit sie über das Thema sprachen, huschte ein echtes Lächeln über sein Gesicht. »Am liebsten würde ich etwas Kreatives machen. Einen Roman schreiben vielleicht. Die Vorstellung, mein Leben damit zu verbringen, noch mehr Reichtümer für andere anzuhäufen, ist einfach …«

»Unbefriedigend?«, schlug Verena vor.

Er lachte leise. »Ja, genau.« Doch das Lachen verblasste schnell und seine Miene wurde wieder ernst. »Aber das wird wohl kaum passieren. Mein alter Herr würde das niemals zulassen.«

Daraufhin kehrte Stille ein, nur unterbrochen von ihren leisen Schritten auf dem Steinboden. Inzwischen hatten sie eine weitere Treppe erklommen und bahnten sich ihren Weg durch ein verworrenes Netz aus schmalen, nur spärlich beleuchteten Gängen.

Schließlich drehte sich Michael zu Verena um und lächelte verschmitzt. »So, da wären wir.«

Sie sah sich verwirrt um. Der Gang, in dem sie standen, wirkte völlig unspektakulär: verblichene Holzvertäfelung an den Wänden, ein abgenutzter Läufer auf dem Boden und Spinnweben an der Decke. Michael schmunzelte, während er den Knauf einer unscheinbaren Tür drehte, die sich so nahtlos in die Vertäfelung einfügte, dass Verena sie zuvor gar nicht bemerkt hatte.

»Nach dir!«, sagte er mit einer galanten Geste.

Drinnen war es trocken und warm. Ein schwacher Geruch nach Staub und altem Holz hing in der Luft. Der Raum lag direkt unter dem Dach und schien als Lager für ausrangierte Möbel zu dienen. Alte Schreibtische türmten sich aufeinander, in einer Ecke stand ein Sekretär mit verblassten Teegeschirren, dazwischen verstreut ein paar abgewetzte Sofas und Sessel.

»Willkommen in meinem Geheimversteck!«, verkündete Michael und deutete mit ausladender Geste in den Raum. »Es ist zwar nicht gerade ein Luxushotel, aber hier stört uns bestimmt niemand.« Seine Augen funkelten, und Verena spürte, wie ihr Herz einen Purzelbaum schlug.

Michael holte zwei Dosen Cola, ein paar Sandwiches und eine kleine Tüte Chips aus seinem Rucksack und arrangierte alles sorgfältig auf einem der alten Schreibtische. »Und das ist das Menü des Abends. Ich hoffe, das kleine Picknick entspricht deinen Erwartungen.«

Verena musste lächeln. »Es ist perfekt.« Ihr Blick wanderte zu einer schmalen Treppe am anderen Ende des Raums, die mit einem Seil abgesperrt war. »Führt die Treppe da aufs Dach?«

Michael nickte stolz. »Der Ausblick von dort oben ist fantastisch. Komm, ich zeig's dir.«

Und schon schob er das Absperrseil beiseite und griff nach ihrer Hand. Die Stufen der Treppe waren schmal und uneben, sodass Verena sich an Michaels Arm festhalten musste, um nicht zu stolpern. Das Klappern ihrer Schritte hallte durch den engen Schacht. Als sie die letzte Stufe erreichten, wehte ihnen ein kalter Luftzug entgegen.

Oben angekommen verschlug es Verena den Atem. Vor ihnen erstreckte sich eine terrassenförmige Fläche, die mit einer niedrigen moosbewachsenen Balustrade gesichert war. Zwischen den verwitterten Betonplatten hatten sich kleine Unkrautinseln angesiedelt und in einer Ecke stand eine alte Bank, deren Holz von Wind und Wetter aufgequollen war. Der Geruch von Herbst hing in der Luft, und die kühle Abendbrise prickelte auf ihrer Haut.

»Wow!«, rief Verena. »Das ist wirklich unglaublich.«

Vorsichtig lehnte sie sich an das Geländer und staunte. Michael hatte nicht übertrieben – der Ausblick war tatsächlich atemberaubend. Von hier oben konnte sie das gesamte Schulgelände überblicken: den von Bäumen gesäumten Schulhof mit dem kleinen Springbrunnen in der Mitte, die verwaisten Sportplätze und den Wald, der sich wie ein dunkles Meer am Horizont erstreckte. In der Abenddämmerung wirkte die Szenerie beinahe mystisch.

Michael stellte sich neben sie und legte ihr behutsam einen Arm um die Schultern. »Fantastisch, nicht wahr? Wenn es einen Ort an dieser Schule gibt, den ich liebe, dann ist es dieser. Von hier oben sieht alles so friedlich aus. Als ob all der Stress und die Probleme da unten gar nicht real wären.«

Verena schmiegte sich an Michael und genoss die Wärme, die von ihm ausging. Der Wind spielte mit ihrem Haar, und für einen Moment fühlte sie sich vollkommen frei. »Danke, dass du mich hierhergebracht hast«, sagte sie und sah zu ihm auf. »Es ist wunderschön.«

»Gern geschehen. Ich wollte, dass unser erstes Date etwas ganz Besonderes wird.«

»Das ist es«, erwiderte sie leise. »Das ist es wirklich.«

Arm in Arm lehnten sie sich an das wackelige Geländer und blickten hinauf in den Himmel. Die Dämmerung wich der Nacht, und hoch über ihnen erwachten die ersten Sterne zum Leben. Der Mond hing wie eine zarte Sichel am Himmel, während die Dunkelheit den Horizont verschluckte. Verena spürte, wie ihr Herzschlag ruhiger wurde, ihre Atmung sich verlangsamte. Die innere Unruhe, die sie seit Tagen gequält hatte, löste sich allmählich auf. Die Projektarbeit mit Marie, die Spannungen in der Clique, der ständige Leistungsdruck – all das schien auf einmal an Bedeutung zu verlieren.

»Tut mir übrigens leid, dass du ausgerechnet Marie als Projektpartnerin bekommen hast. Das ist echt Pech«, sagte Michael nach einer Weile, als hätte er ihre Gedanken gelesen. »Wenn du willst, kann ich Kornfeld fragen, ob wir tauschen können.«

Verena schüttelte den Kopf »Schon gut. Keine Sorge, ich komme schon klar.«

Sie hatte zwar immer noch keine Ahnung, wie sie mit Marie umgehen sollte – vor allem jetzt, wo sie wusste, was Ludo und die anderen ihr angetan hatten –, aber sie beschloss, dass dies nicht der richtige Moment war, um darüber nachzudenken. Alles, was zählte, war das Hier und Jetzt: die funkelnden Sterne über ihnen, Michaels wärmender Arm um ihre Schultern und das kleine Picknick, das unten auf sie wartete.

Michael sah sie nachdenklich an, zögerte kurz und sprach dann mit gedämpfter Stimme weiter: »Es ist nur … was da am Anfang des Schuljahrs passiert ist, war wirklich nicht in Ordnung. Das weiß ich. Aber nimm dich trotzdem lieber vor ihr in Acht. Marie kann … ziemlich manipulativ sein.«

Verena zog eine Augenbraue hoch. »Noch manipulativer als Ludo, meinst du?«

Er seufzte schwer. »Anders. Sie ist clever, weißt du? Glaub am besten nicht alles, was sie dir erzählt, okay? Diese Fehde zwischen Ludo und ihr hat nichts mit dir zu tun, und ich möchte nicht, dass du zwischen die Fronten gerätst.«

»Okay.«

Michael entspannte sich merklich und grinste. »Gut. Denn du gehörst jetzt nämlich zu mir, klar?« Seine Stimme klang spielerisch, doch in seinem Blick lag etwas Tieferes – eine Verbindlichkeit, die Verenas Herz schneller schlagen ließ.

Langsam beugte er sich zu ihr hinunter. Sein Atem kitzelte ihre Wange, und sie spürte, wie ihre Knie weich wurden. Dann küsste er sie, sanft und voller Zuneigung, und für einen Moment war alles perfekt.

Kapitel 22

Leonie. Heute

Ich saß vor meinem Laptop und beobachtete Cornelia über die Kameras ihres Smart Homes. Ihre technologisch abgesicherte Wohnung gab ihr offensichtlich das Gefühl, unantastbar zu sein – ein trügerischer Gedanke! Die Kameras gewährten mir freien Blick in ihre Küche und jeden anderen Winkel ihrer durchdesignten Räume. Es war fast so, als wäre ich selbst dort. Cornelia stand am Küchentresen und betrachtete nachdenklich den Umschlag, der heute in ihrem Briefkasten gewesen war und jetzt auf der glatt polierten Oberfläche lag. Schließlich öffnete sie eine Schublade, holte ein Messer heraus und schlitzte ihn vorsichtig auf. Neugierig beugte ich mich näher an den Bildschirm, um genauer hinzusehen.

Ein paar Sekunden lang starrte Cornelia sichtlich verblüfft auf die Karte, doch schon im nächsten Moment veränderte sich ihre Miene. Ratlosigkeit wich erst Ungläubigkeit und dann blankem Entsetzen, bevor sie einen Schrei ausstieß, der leicht verzerrt in meinen Kopfhörern ankam.

Ihr Blick wanderte hektisch in der Küche hin und her – zum Fenster, zur Tür und dann wieder zurück zur Karte, als spürte sie instinktiv, dass sie beobachtet wurde. Aber natürlich war niemand da. Niemand außer mir, kilometerweit entfernt.

Im nächsten Moment zerfetzte sie die Karte in kleine Stücke. Ihre Hände zitterten dabei so sehr, dass einige Schnipsel zu Boden fielen. Fluchend bückte sie sich, sammelte sie ein und warf sie mit den anderen in den Mülleimer.

Ich grinste und kraulte Cleo hinter den Ohren, die es sich auf meinem Schoß bequem gemacht hatte.

Cornelia konnte die Botschaft zwar zerstören, aber das würde nichts daran ändern, dass die Wahrheit sie eingeholt hatte. Wie zuvor Aaron hatte ich auch sie vor die Wahl gestellt: mir zu verraten, wer Michael getötet hatte, oder zu ihrem Verhältnis mit dem Yogalehrer zu stehen und die Konsequenzen für ihr Handeln zu tragen. Vermutlich zum ersten Mal in ihrem Leben.

Mein Blick fiel aus dem Fenster. Der Anblick war so trostlos wie immer: graue Betonklötze, rissiger Asphalt, trübe Pfützen vom letzten Regen und Müll, der aus den überfüllten Containern quoll. Und überall – an jeder Ecke, an jeder Litfaßsäule – grinste mich Ludos Gesicht von den Wahlplakaten an. Es war schier unmöglich, ihm zu entkommen. Sein glatt poliertes Konterfei war nun schon seit Tagen allgegenwärtig, selbst hier, zwischen Dönerbuden und Discountmärkten. »Für ein besseres Wien!« verkündeten die dicken Buchstaben unter seinem Bild.

Ich schüttelte den Kopf. Jedes Mal, wenn ich diese lächerliche Parole las, spürte ich, wie der Ekel in mir ein wenig höher kochte. Meine Nägel bohrten sich in meine Handflächen, bis mich der Schmerz in die Realität zurückholte. Cleo maunzte beleidigt, weil ich aufgehört hatte, sie zu streicheln, und sprang mit einem eleganten Satz von meinem Schoß.

Ludo, Stefanie, Cornelia und Aaron – sie alle waren schuldig. Aber Ludo Hellstein war der Schlimmste von allen. Er und seine alte Clique lebten wie die Maden im Speck. Ihr Reichtum und ihre Kontakte hatten sie vor den Konsequenzen ihrer Taten bewahrt. Sie hatten meinen Eltern alles genommen – ihre Zukunft, ihre Träume, sogar ihr Leben. Doch das schien sie nicht zu kümmern. Stattdessen hatten sie einfach weitergelebt, als wäre nichts geschehen.

Es hatte mich Monate gekostet, hinter ihre Schwächen und Geheimnisse zu kommen, die Lücken in ihren glänzenden Fassaden zu finden. Doch mittlerweile meinte ich, sie alle zu kennen. Da war Aaron, der das Geld anderer Leute veruntreute, um seinen extravaganten Lebensstil zu finanzieren. Cornelia, die in ihrem erbitterten Rosenkrieg Trost im Alkohol suchte und ihren Sohn vernachlässigte. Stefanie, die makellose Ehefrau, blind vor Liebe zu Ludo, mit ihrer obsessiven Selbstinszenierung. Und schließlich Ludo selbst, Spitzenkandidat bei den bevorstehenden Gemeinderatswahlen, der in Hinterzimmern mit seinen Parteikollegen Koks zog und seine Frau nach Strich und Faden betrog. Sie hielten sich für unantastbar. Aber ich wusste es besser.

Kapitel 23

Oktober 2005. Verena

Am nächsten Tag saßen Verena und Marie in der Bibliothek an einem der Tische am Fenster. Nach einigem Hin und Her hatten sie sich für *Die schwarze Spinne* von Jeremias Gotthelf entschieden – ein düsteres Werk über ein Dorf, das von einer mysteriösen Plage heimgesucht wird. Die Novelle war zwar nicht sehr umfangreich, aber inhaltlich komplex. Bis zur Abgabe des Aufsatzes blieben ihnen nur zehn Tage, was angesichts des ohnehin schon vollen Stundenplans knapp bemessen war.

»Hast du dir schon überlegt, wo wir ansetzen wollen?«, fragte Verena. »Der Text ist ja ziemlich vielschichtig.«

Marie verschränkte die Arme vor der Brust, starrte stur aus dem Fenster und schwieg. Ihr ganzer Körper schien vor unterdrückter Wut zu beben, als wäre es Verenas Schuld, dass sie einander als Projektpartner zugeteilt worden waren.

»Ich dachte, wir könnten uns auf die Symbolik der Spinne konzentrieren«, fuhr Verena fort. »Die Spinne steht ja für das Böse und die moralischen Verfehlungen der Dorfbewohner. Oder wir untersuchen die Parallelen zwischen der historischen und der religiösen Bedeutung – Gotthelf verwendet die Spinne ja nicht nur als Schreckensmotiv, sondern auch als Zeichen der Sünde und der göttlichen Bestrafung.«

Marie drehte langsam den Kopf zu ihr und warf Verena einen spöttischen Seitenblick zu. »Sünde und göttliche Bestrafung – wie passend, findest du nicht?«

»Hast du etwa eine bessere Idee?«

Marie zuckte mit den Schultern. »Nein, das passt schon. Was immer du willst.«

»Gut«, erwiderte Verena mit Nachdruck. »Dann schlage ich vor, dass wir analysieren, wie die Dorfgemeinschaft auf die Bedrohung reagiert und wie Gotthelf dabei Gesellschaftskritik übt. Mir sind da ein paar Textstellen aufgefallen, wo …« Sie hielt irritiert inne. Marie schien ihr gar nicht zuzuhören. Ihr Blick schweifte desinteressiert durch den Raum, während sie mit der Spitze eines Bleistifts auf ihren Block trommelte. Das unablässige Klopfen war nervtötend, und es kostete Verena viel Selbstbeherrschung, Marie den Stift nicht einfach aus der Hand zu reißen und auf den Boden zu werfen.

»Hör zu«, stieß Verena gepresst hervor, »mir ist klar, dass du mich nicht ausstehen kannst. Ich bin auch nicht sonderlich begeistert von Kornfelds Teamzusammensetzung. Aber wir müssen diesen Aufsatz gemeinsam schreiben, ob es uns gefällt oder nicht. Wärst du also bitte so freundlich, den Stift wegzulegen und dich zu konzentrieren?«

Ihre Stimme war lauter geworden als beabsichtigt und einige Schüler an den umliegenden Tischen warfen ihnen bereits neugierige Blicke zu. Verena atmete tief durch und fügte etwas leiser hinzu: »Es ist mir wichtig, dass wir eine gute Arbeit abliefern. Wie du weißt, bin ich Stipendiatin. Ich kann es mir nicht leisten, dass meine Noten in den Keller rasseln. Und du vermutlich auch nicht.«

Marie hob ruckartig den Kopf. »Weil ich fast von der Schule geflogen wäre, meinst du?«

»Nein«, antwortete Verena und blickte kurz zur Decke, um nicht entnervt die Augen zu verdrehen. »Weil wir diese Projektarbeit brauchen, um Kornfelds Kurs zu bestehen. Oder möchtest du das Jahr lieber wiederholen?«

Ein paar Sekunden lang starrte Marie sie feindselig an. Es war, als würde sie einen inneren Kampf austragen – ihre Abneigung gegen Verena gegen den Wunsch, die Arbeit so schnell wie möglich hinter sich zu bringen und von hier zu verschwinden.

Schließlich seufzte sie und legte widerwillig den Stift beiseite. »Na schön, du Streberin. Gehen wir's an. Du markierst die Stellen, die die Dorfbewohner betreffen, während ich nach historischen und religiösen Parallelen suche.«

Verena schickte ein stummes Dankgebet zum Himmel. *Na bitte, geht doch!*

Die nächste halbe Stunde arbeiteten sie schweigend nebeneinander. Verena blätterte durch *Die schwarze Spinne* und klebte hin und wieder ein Post-it an passende Textstellen, aber ihre Gedanken schweiften immer wieder ab. Eine innere Unruhe hatte sich in ihr breitgemacht – ob sie von der düsteren Symbolik des Textes herrührte oder von Michaels Warnung, wusste sie nicht. Wahrscheinlich von beidem.

Aber warum hatte Michael sie gewarnt? Wieso sollte sie sich vor Marie in Acht nehmen? Auf Verena wirkte sie weder manipulativ noch bösartig, eher zutiefst verbittert. Ein Teil von ihr wollte ihr helfen, sie irgendwie aus ihrer Isolation herausholen. Der Gedanke, dass Marie sie für genauso verlogen und böse hielt wie den Rest von Ludos Clique, widerstrebte Verena zutiefst.

»Das mit deiner Suspendierung tut mir übrigens leid«, sagte Verena schließlich unvermittelt. »Ich glaube dir, dass das Dope nicht dir gehört hat. Ich wollte nur, dass du das weißt.«

Marie blickte von ihrem Buch auf und zog skeptisch eine Augenbraue hoch. »Ach ja? Woher willst du das wissen? Du kennst mich doch gar nicht.«

»Das stimmt. Aber ich habe deine Reaktion gesehen, als Kornfeld das Zeug gefunden hat – so gut kann niemand schauspielern. Und wer auch immer es dir untergeschoben hat, verdient es, dafür in der Hölle zu schmoren.« Sie atmete tief durch. So, jetzt war es raus.

»Interessantes Statement, wenn man bedenkt, mit wem du so deine Freizeit verbringst«, entgegnete Marie spitz.

»Es ist aber die Wahrheit.« Verena zwang sich, Maries Blick standzuhalten. Es war klar, worauf sie anspielte, aber sie hatte nicht vor, weiter darauf einzugehen. Wie Michael gesagt hatte – der Konflikt zwischen Ludo und Marie hatte nichts mit ihr zu tun, und sie hatte nicht vor, sich einzumischen. Aber das hieß noch lange nicht, dass sie sein Vorgehen guthieß.

Marie musterte Verena nachdenklich. Ein Schatten huschte über ihr Gesicht, und plötzlich wirkte sie nicht mehr wütend oder feindselig, sondern … erschöpft? Seufzend schob sie *Die schwarze Spinne* von sich weg. »Wenn wir schon dabei sind … ich schulde dir auch eine Entschuldigung.«

»Ach ja? Und wofür?«

»Für mein Verhalten am Tag deiner Ankunft.« Marie verzog das Gesicht. »Ich war ziemlich unhöflich zu dir. Normalerweise bin ich neuen Leuten gegenüber nicht so abweisend.«

»Ach, das.« Verena winkte ab. »Ist schon vergessen. Jeder hat mal einen schlechten Tag.«

»Nein, im Ernst. Das ist sonst nicht meine Art. Aber dieses Schuljahr hat einfach beschissen angefangen, und ich habe meine schlechte Laune an dir ausgelassen. Das tut mir leid.«

Schweigen breitete sich zwischen ihnen aus. Nachdenklich ließ Verena ihren Blick über den Tisch gleiten: die aufgeschlagenen Bücher, den Stapel Post-its, ihre Kaffeetasse, in der nur noch ein kalter Rest schwamm.

Kurz entschlossen schlug sie ihr Buch zu und steckte es in ihre Tasche. »Weißt du was? Lass uns eine Pause machen und nach draußen gehen. Es ist so stickig hier drin, ich brauche dringend frische Luft.«

Marie zog überrascht die Augenbrauen hoch. »Im Ernst? Und was ist mit dem Aufsatz? Der war dir doch eben noch so wichtig.«

»Den können wir später schreiben.«

Marie zögerte kurz, dann nickte sie und begann ebenfalls, ihre Sachen zusammenzupacken. »Na gut. Mir soll's recht sein.« Schweigend verließen sie die Bibliothek und durchquerten die Aula. Draußen auf dem Treppenabsatz blieben sie stehen. Die Luft war schwer und feucht, und schon nach wenigen Sekunden spürte Verena, wie sich ihre Haare im Nacken kräuselten. Irgendwo in der Ferne war ein leises Donnergrollen zu hören.

»Was läuft da eigentlich zwischen dir und Michael?«, fragte Marie, während sie sich auf die überdachten Stufen setzten und die Beine ausstreckten.

»Wie meinst du das?«

Marie verdrehte die Augen. »Ich bitte dich. Man sieht euch doch ständig zusammenkleben.«

Verena spürte, wie ihr heiß wurde, als sie an ihr Date mit Michael dachte – an die Knutscherei auf dem Dach, das Picknick, das er so liebevoll vorbereitet hatte. Es war mit Abstand der beste Abend seit Langem gewesen. Wenn nicht sogar der beste Abend überhaupt.

»Wir sind zwar noch nicht offiziell zusammen, aber … ich mag ihn«, sagte sie leise. »Sehr sogar.«

»Schön für dich.« Maries Tonfall klang schnippisch. »Aber sei vorsichtig, ja? Michael ist vielleicht nicht so schlimm wie der Rest von Ludos Clique, aber am Ende ist er trotzdem einer von ihnen. Du wärst nicht die Erste, die wegen denen unter die Räder kommt. Und damit meine ich nicht nur die Geschichte mit dem Dope.« Fast beiläufig fügte sie hinzu: »Wäre schade um dich. Du wirkst eigentlich ganz nett.«

Verena runzelte die Stirn. Ihr fiel wieder ein, was Michael ihr beim Joggen erzählt hatte: dass Ludo und Marie früher mal ein Paar gewesen waren. Ob es Marie wohl immer noch wehtat, dass Ludo sie wegen Stefanie verlassen hatte?

»Ich weiß von dir und Ludo«, sagte Verena behutsam. »Michael hat es mir erzählt. Aber nur, weil du schlechte Erfahrungen mit Jungs gemacht hast, heißt das doch noch lange nicht, dass –«

»Schlechte Erfahrungen mit Jungs?« Marie schüttelte entschieden den Kopf. »Glaub mir, du bist komplett auf dem Holzweg. Ludo kann mich mal. Dem weine ich bestimmt keine Träne nach. Darum geht es überhaupt nicht.«

»Michael ist einer von den Guten«, beharrte Verena. »Das weiß ich.«

»Weil du ihn – was? – seit ungefähr fünf Minuten kennst?« Maries Miene war jetzt mitleidig, fast spöttisch. »Sieh der Wahrheit ins Auge, Verena: Der Typ hat kein Rückgrat. Er ist ein Mitläufer, genau wie der Rest von denen. Oder hast du etwa nicht gehört, was sie Xaver angetan haben? Und der ist immerhin Michaels Bruder.«

Maries herablassender Ton ärgerte Verena, nicht zuletzt, weil vielleicht ein Fünkchen Wahrheit in ihren Worten steckte. »Die Geschichte mit dem Gleitgel meinst du? Michael hat Ludo deshalb zur Rede gestellt. Und Ludo hat sich daraufhin bei Xaver entschuldigt.«

Marie schnaubte verächtlich. »Das nennst du eine Entschuldigung? Meine Güte, du hast echt keine Ahnung, wie es hier läuft, oder?« Dann schüttelte sie erneut den Kopf und hob abwehrend die Hände. »Aber gut, ich sag nichts mehr. Beschwer dich hinterher nur nicht, ich hätte dich nicht gewarnt.«

Verena schloss die Augen und atmete tief durch. Die Stimmung zwischen ihnen war jetzt mehr als frostig, und ihr war klar, dass jeder Versuch, Marie von ihrer Sichtweise zu überzeugen, sinnlos war. Sie hatte sich ihre Meinung längst gebildet und würde sich nicht davon abbringen lassen.

»Marie, ich …«, setzte Verena an, doch in dem Moment vibrierte ihr Handy. Ihr Blick ging zu ihrer Tasche. Normalerweise ließ sie ihr Telefon tagsüber in ihrem Zimmer, aber heute hatte Tante Claire einen wichtigen Arzttermin, und Verena hatte sie gebeten, sich danach bei ihr zu melden. »Entschuldige mich kurz.«

»Nur zu«, antwortete Marie kühl und verschränkte die Arme noch fester vor der Brust. »Geh ruhig ran. Wir sind hier ohnehin fertig.«

Nervös zog Verena ihr Handy heraus und ging sicherheitshalber ein paar Schritte von Marie weg, bevor sie den Anruf entgegennahm.

»Tante Claire, na endlich«, flüsterte sie hastig in den Hörer. »Jetzt sag schon: Wie war's? Was hat Dr. Flemming gesagt?«

Das leise Rascheln von Stoff war zu hören, bevor Tante Claires Stimme ertönte. Sie klang müde, als hätte sie einen langen, anstrengenden Tag hinter sich.

»Er hat verschiedene Tests gemacht, darunter auch einige neurologische Untersuchungen«, kam sie ohne Umschweife zur Sache. »Er meinte, meine Beschwerden könnten auf etwas Ernstes hindeuten.«

Verena spürte, wie sich ihr Magen zusammenzog und klammerte sich instinktiv an das Treppengeländer. »Etwas Ernstes? Was soll das heißen?«

»Parkinson«, sagte Tante Claire leise. Ein weiteres Donnergrollen erklang, diesmal deutlich näher, und Verena hielt sich das andere Ohr zu, um sie besser zu verstehen. »Oder eine andere neurodegenerative Erkrankung. Aber bis zur endgültigen Diagnose wird es wohl noch eine Weile dauern.«

»Parkinson?« Verena schnappte nach Luft. »O mein Gott! Ich dachte, so was bekommt man erst mit siebzig oder so. Du solltest dir unbedingt noch eine zweite Meinung einholen oder …«

»Ganz ruhig, Liebes, okay?« Tante Claires Stimme klang sanft, aber entschlossen. »Dr. Flemming hat mich an einen Spezialisten überwiesen, der weitere Untersuchungen machen wird. In der Zwischenzeit soll ich mich schonen und mir nicht zu viele Sorgen machen. Und das solltest du auch nicht. Vielleicht irren sie sich ja, und es gibt eine harmlosere Erklärung.«

»Das ist mir egal. Ich komme sofort nach Hause.«

»Nein, Schatz, das ist wirklich nicht nötig. Du kannst hier ohnehin nichts ausrichten.«

Verenas Stimme war fest, als sie weitersprach. »Ich werde Direktor Hesse fragen, ob ich am Wochenende nach Hause fahren darf. Und du versprichst mir, dich bis dahin auszuruhen, okay?« Nachdem sie aufgelegt hatte, starrte Verena einige Sekunden wie paralysiert auf ihr Handy. Der Gedanke, dass ihre Tante an einer schweren Krankheit leiden könnte, schnürte ihr die Kehle zu. Sie wusste erschreckend wenig über Parkinson – nur, dass es das zentrale Nervensystem betraf und mit der Zeit zu immer stärkeren Bewegungseinschränkungen führte. Später würde sie in die Bibliothek gehen und das nachschlagen. Sie musste vorbereitet sein für den Fall, dass sich die Diagnose bestätigen sollte.

»Was ist denn mit deiner Tante?«, fragte Marie. Sie war aufgestanden und kam mit besorgter Miene auf Verena zu. »Alles in Ordnung?«

»Nein, gar nichts ist in Ordnung«, brachte Verena mühsam hervor. »Sie ist krank und war heute beim Arzt. Offenbar besteht der Verdacht auf Parkinson. Dabei ist sie erst Anfang sechzig!«

»O Mist!«, flüsterte Marie betroffen.

Verena nickte. »Ja. Ich muss jetzt zu Rektor Hesse. Vielleicht erlaubt er mir, übers Wochenende nach Hause zu fahren. Sie hat ja nur noch mich und …« Ihre Stimme brach. »Na egal. Wir machen dann morgen mit dem Aufsatz weiter.«

Ohne eine Antwort abzuwarten, drehte sie sich um und eilte davon.

Zurück in der Aula nahm Verena die Treppe in den ersten Stock. Ihr Puls pochte laut in ihren Ohren, während sie durch die verwinkelten Flure lief. Zweimal bog sie in die falsche Richtung ab, doch schließlich fand sie den richtigen Gang.

Vor Hesses Büro hielt Verena inne, um Atem zu holen. Aus dem Inneren drangen gedämpfte Stimmen. Eine davon erkannte Verena sofort – es war die von Ulli, die andere musste zu Direktor Hesse gehören. Vorsichtig klopfte sie an die Tür.

Keine Reaktion.

Sie versuchte es noch einmal, ein wenig fester diesmal – aber immer noch nichts. Wahrscheinlich waren die beiden so in ihr Gespräch vertieft, dass sie es überhörten.

Verena überlegte, später wiederzukommen, doch ihre Ungeduld und die Sorge um ihre Tante überwogen. Kurz entschlossen drückte sie die Klinke hinunter und schob die Tür einen Spalt breit auf.

»Dieser Anwalt, Dr. Figl, hat schon wieder angerufen«, sagte Ulli jetzt deutlich hörbar. »Das ist jetzt schon das zweite Mal in dieser Woche.«

»Verdammt. Der hat mir gerade noch gefehlt. Was will er diesmal?« Hesse klang genervt.

»Dasselbe wie beim letzten Mal: Einsicht in die Schülerakten und die Erlaubnis, die Schüler zu befragen – vor allem natürlich Marie Gallager.«

Verena, die gerade durch den Türspalt schlüpfen wollte, um auf sich aufmerksam zu machen, horchte auf. Marie? Ging es etwa um die Sache mit dem Dope in ihrem Spind?

»Das geht auf gar keinen Fall«, stieß Hesse entsetzt hervor.

»Das ist mir klar. Aber wir müssen denen irgendetwas geben. Jonas' Eltern wollen Antworten, und diese Anwälte sind gnadenlos. Wenn die erst einmal Blut geleckt haben, lassen sie nicht mehr locker.«

»Ich weiß, ich weiß. Aber die Angelegenheit ist verdammt heikel. Wenn rauskommt, dass wir dabei geholfen haben, die Sache einfach unter den Teppich zu kehren, sind wir erledigt.« Ein Stuhl knarrte leise, gefolgt von einem hörbaren Seufzen, als Hesse sich offenbar darauf niederließ. »Das darf auf keinen Fall passieren. Gott bewahre! Was das für den Ruf des Internats bedeuten würde!«

»Eben«, sagte Ulli trocken. »Deshalb müssen wir uns der Sache stellen und Schadensbegrenzung betreiben.«

Verena wurde schlagartig übel. Unwillkürlich wich sie zurück und lehnte sich gegen die Wand, um nicht das Gleichgewicht zu verlieren. *Jonas?* War das nicht der Name des Schülers, der letztes Jahr gestorben war?

»Vermutlich hast du recht«, sagte Hesse nach einer kurzen Pause. »Ich werde noch einmal mit unserem Anwalt sprechen. Mal sehen, was er dazu sagt.«

»Beeil dich lieber«, erwiderte Ulli eindringlich. »Dieser Dr. Figl ist eine tickende Zeitbombe. Ich bezweifle, dass er sich noch lange hinhalten lässt.«

Verena stand reglos neben der angelehnten Tür, während sich in ihrem Kopf die Gedanken überschlugen. Was hatte Jonas' Tod denn bitte mit Marie zu tun? Und warum redeten sie davon, etwas unter den Teppich gekehrt zu haben?

Plötzlich hörte sie Schritte, die sich der Tür näherten. Panisch stolperte sie rückwärts, doch sie kam nicht weit, bevor die Tür mit einem Ruck ganz aufgestoßen wurde und Ulli in den Flur trat.

»Verena!« Ulli starrte sie überrascht an. »Was machst du denn hier?«

Kapitel 24

Vier Monate zuvor. Leonie

Guten Tag. Ja, bitte?«
Die Frau, die mir die Tür öffnete, war Ende sechzig, schlank und strahlte eine kühle Eleganz aus. Ihr Haar war perfekt frisiert und umgab ihr kantiges Gesicht wie ein silberner Rahmen.

»Guten Tag, Frau Stricker. Ich bin Alexandra Förster und ...« Meine Stimme stockte, und plötzlich fühlten sich meine Hände eiskalt an. »Ich ... äh ... arbeite als Journalistin für den *Alpenblick* und hätte ein paar Fragen an Sie. Könnte ich vielleicht kurz reinkommen?«

Mit angehaltenem Atem wartete ich auf ihre Reaktion. *Bitte, bitte, bitte, beiß an!*, flehte ich stumm.

»Ach ja?« Frau Stricker musterte mich neugierig, als versuchte sie, mich einzuordnen. Nach kurzem Zögern öffnete sie die Tür ein kleines Stück weiter. »Geht es etwa um das Benefizkonzert für das St.-Anna-Kinderspital nächste Woche? Mein Sohn Xaver hat ...«

»Nein, nein«, unterbrach ich sie schnell. »Deswegen bin ich nicht hier. Ich arbeite an einem Artikel über die Santa Clara – das Internat, das Ihre beiden Söhne besucht haben. Und ... na ja, auch über Michael.«

Kaum hatte ich den Namen ihres verstorbenen Sohnes ausgesprochen, erstarrte ihr Gesicht und das höfliche Lächeln verschwand.

»Wer ist es, Mutter?« Eine Männerstimme erklang aus dem Inneren des Hauses, dann trat ein Mann hinter Frau Stricker in den Flur.

»Niemand, Xaver«, erwiderte sie kühl, ohne den Blick von mir abzuwenden. »Nur eine Journalistin. Aber sie wollte gerade wieder gehen.« Ihr Augen funkelten feindselig, als sie das Kinn leicht anhob. »Tut mir leid, aber ich kann Ihnen nicht weiterhelfen. Sie sollten jetzt wirklich gehen.«

Ein Kloß bildete sich in meiner Kehle, aber ich war nicht bereit, so schnell aufzugeben. »Bitte, Frau Stricker! Mir ist klar, wie schrecklich das alles für Sie gewesen sein muss. Aber ich würde gerne mehr über die Umstände erfahren, die zu Michaels Tod geführt haben. Bei der Recherche zu seinem Fall sind mir ein paar Dinge aufgefallen, die …«

»Wie ich schon sagte – kein Kommentar!«, schnitt sie mir eisig das Wort ab. »Und wagen Sie es ja nicht, hier noch einmal aufzutauchen.«

Ohne ein weiteres Wort drehte sie sich um und knallte die Tür zu. Von drinnen hörte ich wütendes Gemurmel und dann Schritte, die sich entfernten.

Einen Moment lang stand ich wie betäubt vor der verschlossenen Tür.

Verdammt! Das war ja großartig gelaufen.

Seufzend zog ich einen Zettel und einen Kugelschreiber aus der Tasche, kritzelte hastig den Namen »Alexandra Förster« und meine Telefonnummer darauf und schob ihn durch den Briefschlitz.

Dann wandte ich mich um und machte mich mit hängenden Schultern auf den Rückweg.

Ich hatte lange darüber nachgedacht, ob ich es wagen sollte, Kontakt zu Michaels Eltern aufzunehmen. Ich brannte darauf, meine letzten direkten Verwandten kennenzulernen, und es gab so viele Fragen, die ich ihnen gern stellen wollte, so viele Dinge, die keinen Sinn ergaben. Aber ich hatte auch Angst vor ihrer Reaktion. Was würden sie sagen, wenn sie erführen, dass ich Verenas Tochter war – die Tochter der Frau, die für den Mord an ihrem Sohn verurteilt worden war?

Letztlich hatte ich mich entschieden, mich wieder als Journalistin auszugeben und erst einmal abzuwarten, wie sie reagieren würden. Aber vielleicht war das doch die falsche Strategie gewesen, und jetzt war es zu spät.

Am Ende der Straße entdeckte ich eine kleine Bäckerei. Ich überlegte gerade, ob ich mir vor dem Heimweg zum Trost noch einen Kaffee holen sollte, als ich hinter mir schnelle Schritte hörte.

»Frau Förster? Warten Sie!«

Überrascht drehte ich mich um und sah den Mann auf mich zukommen, der vorhin im Flur hinter Frau Stricker gestanden hatte – ihren anderen Sohn, Xaver. Seine Schritte verlangsamten sich, als er näher kam, und für einen Moment wirkte er unsicher, als wüsste er nicht, was er sagen sollte.

»Tut mir leid wegen vorhin«, begann er schließlich, ein wenig außer Atem. »Das war wirklich unhöflich von meiner Mutter. Sie hat den Tod meines Bruders nie verwunden, wissen Sie? Niemand in unserer Familie hat das.«

Ich nickte. »Ja, natürlich. Das ist völlig verständlich.«

Er zögerte, sein Blick huschte kurz zur Seite, bevor er mich wieder ansah. Es schien, als würde er einen inneren Kampf ausfechten, ehe er sagte: »Aber … wenn Sie möchten … Sie sagten, Ihnen wäre an Michaels Fall etwas Ungewöhnliches aufgefallen? Was meinten Sie damit?«

Kurz darauf saßen wir uns in der kleinen Bäckerei gegenüber. Der Laden war gemütlich und ein wenig altmodisch – eine Handvoll bunt zusammengewürfelter Tische und Stühle füllten das winzige Geschäftslokal. An den Wänden hingen alte Schwarz-

Weiß-Fotografien und in einer Kuchentheke in der Ecke wurde eine Auswahl hausgemachter Torten präsentiert.

Während ich mein Notizbuch und einen Stift aus der Tasche zog, beobachtete ich Xaver unauffällig aus den Augenwinkeln. Seit wir die Bäckerei betreten hatten, hatte er außer einer beiläufigen Bemerkung über die Kuchenauswahl kaum etwas gesagt. Seine Haltung wirkte verkrampft, und er schien meinem Blick bewusst auszuweichen, fast so, als würde er bereits bereuen, sich überhaupt auf dieses Gespräch eingelassen zu haben.

Nachdem die Bäckerin uns Kaffee und Kuchen gebracht hatte, räusperte ich mich. »Wie ich Ihrer Mutter bereits erklärt habe, arbeite ich an einer Reportage über die Santa Clara«, begann ich behutsam. »Dabei soll auch über den Mord an Ihrem Bruder berichtet werden. Ich habe den Eindruck, dass der Fall damals nicht richtig untersucht wurde.«

»Ach ja? Inwiefern?«

Ich stocherte in meiner Torte herum. »Der Prozess gegen Verena Martins basierte doch allein auf Indizien, oder? Niemand hat wirklich gesehen, wie sie Ihren Bruder vom Schuldach gestoßen hat.«

»Mag sein«, räumte er ein. »Aber es gab Zeugen, die ausgesagt haben, dass sie im Schulhof neben seiner Leiche gekniet hat – voller Blut. Wenn man dazu noch den Streit und die Trennung kurz vor seinem Tod berücksichtigt ...«

»Ja, davon habe ich gelesen. Trotzdem habe ich so meine Zweifel«, sagte ich ruhig. »Sie kannten Verena doch persönlich: Wie haben Sie sie erlebt? Hat sie jemals aggressiv oder gewalttätig auf Sie gewirkt?«

Xaver zögerte, überlegte und schüttelte dann langsam den Kopf. »Aggressiv? Nein, eigentlich nicht. Das war ja das Schockierende, verstehen Sie? Verena war ... nett. Anders als die Leute, mit denen sie abhing. Ich mochte sie. Es gab zwar dieses Gerücht, dass sie eine von Michaels Freundinnen angegriffen haben soll – ein Streit um einen Jungen, der wohl ziemlich eskaliert ist …« Seine Finger strichen gedankenverloren über das Glas vor ihm, dann schüttelte er wieder den Kopf. »Aber ehrlich gesagt war dieses andere Mädchen eine ziemliche Dramaqueen. Wahrscheinlich hat sie die ganze Sache nur aufgeblasen.«

»Ein Streit wegen eines Jungen? Ging es dabei um Michael?«

»Nein, um Ludo Hellstein. Stefanie – das war seine Freundin – war überzeugt, dass Verena versucht hat, ihn ihr auszuspannen. Aber das glaube ich nicht. Verena war damals noch mit Michael zusammen. Ich kann mir beim besten Willen nicht vorstellen, dass sie etwas für Ludo übrighatte.« Xavers Mund verzog sich unbewusst zu einem Ausdruck des Abscheus. Die Abneigung gegen Ludo und Stefanie war ihm deutlich anzusehen.

Ich trank einen Schluck Kaffee und wagte mich behutsam einen Schritt weiter vor. »Sie mochten sie nicht besonders, oder? Michaels Freunde.«

Xaver presste die Lippen zusammen, sagte jedoch nichts.

»Nach meinen Recherchen war Mobbing damals ein ernstes Problem an der Santa Clara«, fuhr ich fort. »Ludo Hellstein, Cornelia Zeppelin, Stefanie Worcester, Aaron Beron – sie haben ihre Mitschüler gehänselt und schikaniert, nicht wahr? Unter anderem auch Sie.«

Bei der Erwähnung der vier Namen verfinsterte sich Xavers Miene noch mehr. Seine Hand wanderte zu seinem Wasserglas, und er nahm einen großen Schluck, bevor er ein kurzes, bitteres Lachen ausstieß. »Sie haben recht, meine Schulzeit war beschissen. Warum mein Bruder sich überhaupt mit diesen Leuten eingelassen hat, werde ich nie verstehen. Mehr gibt es dazu nicht zu sagen.«

Ich sah ihn mitfühlend an. In seinen Augen las ich alten Schmerz, und auf einmal wirkte er so verletzlich, dass ich am liebsten die Hand ausgestreckt hätte, um ihm tröstend über den Arm zu streichen. Doch das wäre natürlich höchst unpassend gewesen.

»Das muss schrecklich für Sie gewesen sein«, sagte ich stattdessen. »Darf ich fragen … hat Ihr Bruder … davon gewusst? Hat er denn gar nicht versucht, Sie zu beschützen?«

Xaver seufzte.»Sagen wir mal, er hat es versucht. Hat aber nicht viel gebracht.«Er hob er den Kopf und sah mich stirnrunzelnd an.»Trotzdem verstehe ich nicht, was das alles mit Michaels Tod zu tun haben soll. Mein Bruder war kein Mobbingopfer, falls Sie darauf hinauswollen.«

»Er vielleicht nicht«, stimmte ich zu.»Aber Verena schon, oder? Sie hat sich kurz vor Michaels Tod mit seinen Freunden zerstritten, und dann haben sie sie gezielt fertiggemacht. Dieses Foto, das sie damals verteilt haben …«

»Sie wissen davon?«, fragte Xaver überrascht.

Ich nickte.»Wie gesagt, ich habe meine Hausaufgaben gemacht. Weiß man eigentlich, wer es gemacht hat?«

»Nein. Aber wenn ich raten müsste, würde ich auf Ludo Hellstein tippen.« Er schürzte die Lippen.»Diese Mistkerle! Ich weiß noch, dass Verena deswegen völlig am Ende war. Mein Bruder hat zwar dafür gesorgt, dass die Kopien verschwanden, aber bis dahin hatten es natürlich alle schon gesehen. Sie tat mir damals schrecklich leid.«

Ich lehnte mich zurück und ließ seine Worte auf mich wirken, bevor ich vorsichtig fragte:»Was glauben Sie denn, was damals auf dem Dach passiert ist?«

Xaver sah zu Boden. Die Erinnerungen schienen ihn sichtlich zu schmerzen.

»Ich weiß es nicht«, sagte er schließlich leise.»Aber Tatsache ist, dass Verena sich an jenem Abend mit Michael treffen wollte, und dann war er tot. Verena hatte ein Motiv – die Trennung, das Verhalten seiner Freunde, dieses Foto. Suchen Sie sich was aus. Ich nehme an, dass sie sich dort oben gestritten haben. Und dabei hat sie ihn wohl …« Er verstummte und schüttelte den Kopf, als könnte er es nicht ertragen, den Gedanken zu Ende zu führen.

Ich nickte langsam. Das entsprach in etwa dem, was ich auch in den Gerichtsakten gelesen hatte. Gelegenheit und Motiv – für den Richter hatte das ausgereicht. Für mich aber nicht.

Großtante Claires Worte schoben sich in meine Gedanken. *Meine Verena hätte nie jemanden umgebracht.* Dann Verenas krakeliger Brief, den sie im Gefängnis geschrieben hatte. *Ich habe Michael nicht getötet. Sie haben mich reingelegt, Claire. Es war eine Falle, sie haben mir das alles nur angehängt – sie alle zusammen.*

»Ja – vielleicht.« Ich hielt kurz inne, bevor ich weitersprach. »Es wäre aber auch denkbar, dass Verena Martins einfach nur zur falschen Zeit am falschen Ort war.«

»Wollen Sie damit sagen, Sie war es womöglich gar nicht? Dass Verena … unschuldig war?«

»Vielleicht«, wiederholte ich ruhig und hielt seinen Blick fest. »Vielleicht hat ja jemand anderes Michael getötet und Verena dafür büßen lassen.«

»Jemand – anderes?« Xaver starrte mich einen Augenblick lang an, bevor er langsam den Kopf schüttelte. »Das ist doch absurd. Wer außer Verena sollte denn einen Grund gehabt haben, meinem Bruder etwas anzutun? Nein, das glaube ich nicht.«

Doch ich sah es ihm an – er log. Ein flüchtiger Blick, ein kurzes Zögern. Er wusste mehr, als er zugeben wollte, das spürte ich.

Ich beugte mich vor, legte die Hände flach auf den Tisch und senkte beschwörend die Stimme. »Sie wissen es, nicht wahr? Wer wirklich für den Tod Ihres Bruders verantwortlich ist.«

Xaver wich meinem Blick aus und starrte stattdessen auf das Glas Wasser vor sich. In seinen Augen las ich Schmerz, aber da war noch etwas anderes. Angst? Zweifel? Oder vielleicht Verbitterung? Für einen Moment dachte ich, er würde etwas sagen. Sein Mund öffnete sich und schloss sich wieder.

Auf einmal tat er mir schrecklich leid. Der Verlust seines Bruders musste ihn schwer getroffen haben, und jetzt kam ich – in seinen Augen eine völlig Fremde – und wühlte alles wieder auf. Nur zu gern hätte ich ihm alles erzählt. Wer ich wirklich war, warum ich ihn mit diesen Fragen quälte. Doch instinktiv spürte ich, dass er für die Wahrheit noch nicht bereit war. Nicht, solange die ganze Welt glaubte, ich wäre die Tochter einer Mörderin.

Kapitel 25

Dezember 2005. Verena

Obwohl der Ball erst am Abend stattfand, lag schon beim Frühstück eine spürbare Anspannung in der Luft. Die Gespräche waren lauter und lebhafter als sonst, selbst die Lehrer wirkten aufgeregt, als sie die Schüler nach dem Mittagessen aus dem Speisesaal scheuchten. Binnen kürzester Zeit verwandelten sich die Aula und die Flure in ein buntes Chaos, während das Veranstaltungskomitee unter Ullis Leitung Dekorationsmaterial heranschleppte und jeden streng zurechtwies, der es wagte, einen Blick in den abgesperrten Bereich zu werfen.

Verena verstand den ganzen Trubel nicht so recht. An ihrer alten Schule hatte es nur das Sommerfest zum Schuljahresende gegeben – ein Pflichttermin, bei dem sich die meisten Schüler nach zwei Stunden gelangweilt wieder verdrückten. Ein Ball war zwar definitiv glamouröser, aber die Vorstellung, Direktor Hesse oder Professor Kornfeld in Anzug und Krawatte beschwipst auf der Tanzfläche zu sehen, löste in ihr eher peinliches Unbehagen als Vorfreude aus.

»Meine Güte, manchmal vergesse ich wirklich, dass du neu bist«, hatte Cornelia lachend gesagt, als Verena sie beim Frühstück darauf angesprochen hatte. »Der Winterball ist *das* Ereignis des Jahres! Da geht es doch nicht ums Tanzen, sondern darum, gesehen zu werden! Wann haben wir schon mal die Gelegenheit, uns so richtig in Schale zu werfen?«

Als Verena einwarf, dass Cornelia sich doch auch für die Partys in der Scheune schick machte, hatte diese nur genervt die Augen verdreht.»Das ist doch was ganz anderes.«

»Cornelia hat recht«, hatte Stefanie ihr beigepflichtet.»Noch wochenlang wird man darüber reden, wer den heißesten Auftritt hingelegt oder sich total zum Affen gemacht hat. Also sieh zu, dass du uns nicht blamierst!«

Jetzt standen die beiden vor Stefanies Schrankspiegel und summten fröhlich zur Musik aus Cornelias iPod, während Verena verzweifelt versuchte, ihren Pony zu bändigen. Beide hatte bereits ihre Abendgarderobe an: Cornelia trug ein ausladendes nachtblaues Kleid, Stefanie ein hautenges rotes Teil, in dem sie an eine jüngere Liz Hurley in *Teuflisch* erinnerte.

Da Verena weder das passende Outfit noch das nötige Kleingeld hatte, um sich etwas Neues zu kaufen, hatte Stefanie großzügig angeboten, ihr eines ihrer abgelegten Ballkleider zu leihen. Es war pastellfarben und abgesehen von dem langen Seitenschlitz, der beim Gehen einen Großteil ihres Beins entblößte, relativ schlicht.

Überhaupt war Stefanie überraschend freundlich zu ihr, seit Michael und Verena offiziell zusammen waren. Anscheinend hatte sie endlich akzeptiert, dass Verena in Bezug auf Ludo keine Bedrohung darstellte, denn Stefanie verzichtete zur Abwechslung mal auf ihre Sticheleien und steuerte sogar ein paar wertvolle Make-up-Tipps bei.

Trotzdem konnte sich Verena nicht so recht auf den Abend freuen. Das Gespräch zwischen Ulli und Rektor Hesse, das sie belauscht hatte, spukte ihr unaufhörlich im Kopf herum. *Marie … Jonas … unter den Teppich gekehrt … Schadensbegrenzung …* Was hatte das alles nur zu bedeuten?

Hinzu kam ihre Sorge um Tante Claire. Die Ärzte hatten die Parkinson-Diagnose mittlerweile bestätigt, und dass Verena

nicht bei ihr sein konnte, um ihr in dieser schwierigen Zeit bei-
zustehen, machte ihr schwer zu schaffen. Tante Claire hatte
sich bei Verenas Besuch zwar bemüht, stark zu wirken, aber es
waren vor allem die kleinen Dinge, die sie beunruhigten: das
leichte Zittern der Hände, wenn sie die Teetasse hielt, ihre unsicheren und manchmal ruckartigen Bewegungen, die ihr vorher
nie aufgefallen waren.

Seufzend griff Verena nach dem Lockenstab und begann,
einzelne Haarsträhnen um das heiße Ende zu wickeln. Natürlich
wusste sie, dass diese Symptome nicht plötzlich aufgetreten sein
konnten. Warum nur hatte sie nicht früher bemerkt, dass etwas
nicht stimmte?

»Jetzt mach doch nicht so ein Gesicht«, sagte Cornelia unvermittelt und sah Verena mitleidig im Spiegel an. »Ich verstehe
ja, dass du dir Sorgen um deine Tante machst, aber du kannst
gerade echt nichts für sie tun.«

»Ich weiß«, murmelte Verena und griff nach einer weiteren
Haarsträhne. »Aber das macht es nicht besser. Ich fühle mich
einfach so verdammt machtlos.«

Stefanie, die neben ihnen vor dem Spiegel stand und gerade
ihren Lippenstift nachzog, warf Verena einen aufmunternden
Blick zu. »Meine Oma hatte auch Parkinson und ist trotzdem
fünfundachtzig geworden. Mit den richtigen Medikamenten
kann man die Symptome gut in den Griff bekommen. Wenn du
willst, frage ich meine Eltern, bei welchem Arzt sie damals war.«

»Danke«, erwiderte Verena, obwohl sie insgeheim bezweifelte,
dass Tante Claire sich einen teuren Privatarzt leisten konnte.
»Das ist echt lieb von dir.«

»Ich rufe sie gleich morgen an. Und jetzt versuche, den Abend
zu genießen, okay? Cornelia hat recht – du kannst im Moment
absolut nichts für sie tun.«

Mit diesen Worten holte Stefanie eine Flasche aus einem verborgenen Fach ihres Kleiderschranks und hielt sie Verena grinsend
hin. »Das hier wird dir helfen, ein bisschen lockerer zu werden.«

»Was ist das?« Misstrauisch beäugte Verena die orangefarbene Flüssigkeit, die gegen den Flaschenhals schwappte. Sie kannte Stefanies Mixgetränke nur zu gut und hatte keine Lust, schon vor dem Ball völlig betrunken zu sein. »Eine Spezialmischung«, erklärte Stefanie mit einem Augenzwinkern. »Keine Sorge, ist nicht allzu stark.« Zögernd nahm Verena die Flasche entgegen und nippte daran. Zu ihrer Überraschung schmeckte das Getränk tatsächlich gut – leicht bitter und zugleich erfrischend. »Na bitte, geht doch!«, lobte Stefanie, trank selbst einen großzügigen Schluck und reichte die Flasche anschließend an Cornelia weiter. »Du siehst in meinem Kleid nämlich viel zu heiß aus, um Trübsal zu blasen. Stimmt's, Conny?«

Eine halbe Stunde später machten sich die Mädchen, leicht beschwipst von Stefanies Spezialmischung, auf den Weg zum Hauptgebäude. Michael, Ludo und Aaron warteten bereits in der Aula auf sie. Ihr schiefes Lächeln und der verräterische Glanz in ihren Augen ließen vermuten, dass auch sie schon einiges getrunken hatten.

Als Verena ihren Mantel von den Schultern streifte und ihn zu den anderen an die improvisierte Garderobe hängte, stieß Ludo einen anerkennenden Pfiff aus.

»Wow – Verena!«, sagte er und ließ seinen Blick unverhohlen an ihren Beinen hinabgleiten. »Hammerkleid! Echt verflucht sexy.«

»Ähm … danke.« Verena spürte, wie ihr das Blut ins Gesicht schoss – vor Verlegenheit und Zorn zugleich. Hatte Ludo denn keinen Funken Respekt vor Stefanie, die direkt neben ihnen stand?

»Ihr anderen natürlich auch«, fügte Ludo schnell hinzu und warf Stefanie einen kurzen Blick zu. »Die Farbe steht dir, Steff.«

Stefanies Lächeln war frostig, und Verena bemerkte, wie eine kleine Ader an ihrer Schläfe zu pulsieren begann. Ganz offensichtlich hatte sie sich eine andere Reaktion von Ludo erhofft.

»Danke, Schatz«, sagte sie mit honigsüßer Stimme. Dann hob

sie anmutig die Schleppe ihres Kleides und schritt erhobenen Hauptes voran, ohne Ludos ausgestreckten Arm auch nur eines Blickes zu würdigen.

»Unsensibler Hornochse!«, zischte Cornelia und stieß Ludo mit dem Ellbogen unsanft in die Seite. »Die Farbe steht dir? Ernsthaft? Was Besseres ist dir nicht eingefallen?« Mit einem missbilligenden Kopfschütteln hakte sie sich bei Aaron unter und zog ihn mit sich. Ludo verdrehte sichtlich genervt die Augen und folgte den beiden widerwillig.

»Das war … unangenehm«, murmelte Verena, als die drei außer Sichtweite waren. »Was denkt sich Ludo eigentlich dabei?« Sie warf Michael einen fragenden Blick zu, doch der zuckte nur mit den Schultern. »Nicht viel, vermute ich.« Mit einem spitzbübischen Lächeln kam er näher, nahm ihr Gesicht in seine Hände und küsste sie leidenschaftlich. »Aber er hat recht. Du siehst wirklich umwerfend aus!«

Verena spürte seinen Atem an ihrem Ohr und lachte geschmeichelt. Michaels Nähe, der Duft seiner Haut hatten eine elektrisierende Wirkung auf sie, und sie merkte, wie ihre Anspannung nachließ und sich ein warmes, prickelndes Gefühl in ihrem Bauch ausbreitete. Beschwingt hakte sie sich bei ihm unter und ließ sich von ihm fortziehen.

Mit jedem Schritt in Richtung Speisesaal wurde die Geräuschkulisse lauter: das aufgeregte Stimmengewirr, das Klingen von Gläsern und dumpfe Musik, die im Hintergrund wummerte. Als sie den Speisesaal erreichten, blieb Verena unwillkürlich stehen und sah sich mit offenem Mund um.

Die üblichen langen Tafeln waren verschwunden und durch runde Tische mit blütenweißen Tischdecken und eleganten Blumenarrangements ersetzt worden. Lichterketten und bunte Girlanden hingen von der Decke, auf den Tischen flackerten Kerzen in kleinen Windlichtern.

Obwohl der Ball gerade erst begonnen hatte, war der Saal schon gut gefüllt. Überall standen kleine Grüppchen beisammen, lachten und tuschelten, während sich einige Mutige bereits auf der freigeräumten Tanzfläche tummelten. An einigen der Stehtische hatten sich die Lehrer versammelt, nippten an Sektgläsern und warfen gelegentlich sehnsüchtige Blicke zum noch nicht eröffneten Buffet.

»Wow!«, hauchte Verena und ließ ihren Blick über die Szenerie schweifen.

Michael grinste. »Beeindruckend, oder? Für den Winterball legen sie sich jedes Jahr mächtig ins Zeug. Schau mal, Hesse hat sogar einen DJ engagiert.«

Er deutete in eine Ecke, wo ein junger Mann mit Baseballkappe konzentriert an den Reglern seines Mischpults drehte. Die ersten Beats eines neuen Songs dröhnten durch den Saal und brachten die Tanzfläche zum Beben. Der Bass war förmlich spürbar, ein angenehmes Vibrieren, das Verena bis in die Fingerspitzen kroch.

Hinter ihnen strömten immer mehr Schüler in den Saal. Ludo winkte ihnen und führte sie zu einem Tisch, an dem bereits Cornelia, Aaron und Stefanie saßen. Vor ihnen standen dampfende Glühweingläser, die einen süßlich-würzigen Duft nach Zimt und Nelken verströmten. Stefanie hatte die Arme vor der Brust verschränkt und wirkte immer noch angespannt, während ihr Blick herablassend durch den Raum wanderte.

»Schaut euch mal Katja an«, sagte sie mit einem spöttischen Lächeln und deutete auf ein Mädchen in einem zitronengelben Kleid, das gerade den Saal betrat. »Ist das nicht dasselbe Kleid wie letztes Jahr? Und das Jahr davor auch? Pff – echt mutig!«

»Stimmt«, pflichtete Cornelia ihr grinsend bei. »Aber nichts gegen Lena da hinten. Meine Güte, die sieht ja aus wie eine wandelnde Discokugel!«

»Also ich finde sie scharf«, warf Ludo ein und stieß Aaron feixend in die Seite. »Hast du gesehen, wie groß ihre Titten geworden sind? Mit denen würde ich nur zu gerne mal …«

»Ludo!«, schnitt Stefanie ihm scharf das Wort ab.

»Was denn? Ist doch wahr. Bin gespannt, mit wem sie diesmal rummacht. Will jemand wetten?«

»Okay, das reicht«, stieß Stefanie hervor und stand abrupt auf. »Ich muss mal kurz an die frische Luft.«

Ludo sah ihr nach, zuckte aber nur mit den Schultern und machte keinerlei Anstalten, ihr zu folgen. Michael schüttelte den Kopf. »War das wirklich nötig, Mann? Du benimmst dich heute echt wie ein Arsch.«

»Ach, komm! Stefanie hält das aus«, winkte Ludo ab und wandte seine Aufmerksamkeit erneut Lena zu, deren Outfit tatsächlich nur wenig der Fantasie überließ. »Die kriegt sich schon wieder ein.«

Verena spürte, wie ihr die Hitze ins Gesicht stieg. Himmel, was für ein Arschloch! Sie öffnete gerade den Mund, um Ludo die Meinung zu sagen, als ein lautes Quietschen durch die Lautsprecher drang.

Alle Köpfe drehten sich zum DJ-Pult, wo Direktor Hesse ungeduldig auf ein Mikrofon klopfte. Schlagartig kehrte Stille im Saal ein, die nur gelegentlich durch das Klirren von Gläsern oder das Rascheln von Stoff unterbrochen wurde.

Hesse räusperte sich und setzte ein joviales Lächeln auf. »Meine Damen und Herren, liebe Schüler«, begann er mit feierlicher Miene. »Ich freue mich, euch beim alljährlichen Winterball willkommen zu heißen. Mein besonderer Dank gilt Ulli Mistrott und dem Veranstaltungskomitee, die diesen Abend mit so viel Einsatz organisiert haben. Genießt das Essen, die Musik und die Gesellschaft! Das Buffet ist hiermit eröffnet.«

Applaus brandete auf, als Hesse das Mikrofon an den DJ zurückgab und die kleine Bühne verließ.

Aaron verabschiedete sich mit der Bemerkung, den Glühwein »etwas interessanter« machen zu wollen, und verschwand in Richtung Buffet. In der Zwischenzeit hatte es jemand geschafft, den DJ zu überreden, die Musik lauter zu drehen. Schon im nächsten Moment stürmten die ersten Mädchen auf die Tanzfläche und begannen ausgelassen zu tanzen.

Michael schlang seinen Arm um Verenas Taille und zog sie sanft zu sich. »Bereit für einen unvergesslichen Abend?«, raunte er ihr zu.

»Mit dir immer.«

Sein Mund verzog sich zu einem vertrauten, sanften Lächeln.

»Gut. Dann komm!«

Kapitel 26

Leonie. Heute

Leise vor mich hin summend hängte ich die Wäsche an die Leine, die quer durch den Wirtschaftsraum gespannt war. Die Luft war schwer und feucht, durchzogen von dem künstlichen Duft von Stefanies Zitronenwaschmittel, das mir mittlerweile nur allzu vertraut war. Durch das offene Fenster fiel die Nachmittagssonne herein und spiegelte sich auf den frisch geschrubbten Fliesen, während ich mit geübten Bewegungen ein Kleidungsstück nach dem anderen aus dem Korb nahm. Aus Mias Zimmer nebenan drang leises Gemurmel, unterbrochen von halbherzigen Ermahnungen. Sie spielte Schule mit ihrem Stoffbären Flocki, der sich offenbar als besonders widerspenstiger Schüler erwies. Nach dem Kindergarten hatten wir zusammen winzige Hefte gebastelt, die sie jetzt für ihren »Unterricht« benutzte. Unwillkürlich musste ich lächeln, als ich an ihre konzentrierte Miene dachte: die Stirn in Falten gelegt, die Zunge zwischen den Zähnen, während sie mit akribischer Präzision Kleber auf die Papierstreifen tupfte. In solchen Momenten konnte ich beinahe vergessen, warum ich eigentlich hier war – aber eben nur beinahe.

Ich schüttelte den Gedanken ab und wandte mich dem Haufen Schmutzwäsche auf dem Boden zu. Ein paar bunte Kinderklamotten lagen obenauf, und ich stopfte sie in die Trommel. Das vertraute Klicken des Programmrades und das sanfte Summen der Maschine erfüllten den Raum, während ich für einen Moment innehielt und in mich hinein lächelte.

Gestern hatte ich endlich Zeit gefunden, Ludos Festplatte genauer unter die Lupe zu nehmen. Wie befürchtet, hatte sich die Suche als fruchtlos erwiesen: ein Sammelsurium aus Urlaubsfotos, halb fertigen Excel-Tabellen, die für mich keinen Sinn ergaben, und seiner Diplomarbeit über die politischen Herausforderungen Europas im 21. Jahrhundert. Alles unauffällig, strukturiert – und völlig belanglos.

Doch die Aufnahmen aus Ludos Arbeitszimmer – die waren alles andere als belanglos.

Meine Beobachtungen der letzten Monate hatten mich zu dem Schluss kommen lassen, dass Ludos alte Clique inzwischen der Vergangenheit angehörte. Aaron und Cornelia hatten längst keinen Kontakt mehr, genauso wenig wie Cornelia und Stefanie. Es war, als hätte die Zeit ihre Verbindung langsam zerfasert, bis nichts mehr davon übrig war. Ich hatte angenommen, dass dies auch für Ludo und Aaron galt, doch das Gespräch, das ich gestern belauscht hatte, hatte mich eines Besseren belehrt.

Sie waren offenbar immer noch befreundet. Vielleicht nicht mehr so eng wie früher, aber doch eng genug, um regelmäßig miteinander zu telefonieren. Und – was fast genauso wichtig war – offenbar war mein Plan tatsächlich aufgegangen. Aaron war gefeuert worden.

Selbst auf der etwas blechern klingenden Aufnahme war seine Verzweiflung deutlich zu hören.

»Was für eine verfickte Scheiße! Die haben mich rausgeschmissen – einfach so, kannst du dir das vorstellen?«

»Ach, Aaron!« Ludos Tonfall war sanft, fast schon mitleidig. *»Wieso hast du mir nicht gleich gesagt, dass du finanzielle Probleme hast? Wir hätten dir doch helfen können. Aber heimlich Geld abzuzweigen – das*

191

ist nicht gut. Gar nicht gut.« Er machte eine kurze Pause, bevor er hinzufügte: *»Wie sind die überhaupt dahintergekommen? Ich dachte, die Leute, für die du arbeitest, mischen sich nicht ins operative Geschäft ein.«*

»Tun sie auch nicht. Irgendjemand muss ihnen einen Tipp gegeben haben.«

»Ach ja – und wer? Du hast doch niemandem davon erzählt, oder?«

»Natürlich nicht, ich bin ja nicht blöd«, entgegnete Aaron hörbar beleidigt. *»Ich weiß es wirklich nicht. Ich habe die Buchhaltung immer selbst gemacht. Außer mir hatte niemand Zugriff auf die Geschäftsbücher.«*

»Hast du irgendwelche Feinde? Jemand, der dir eins auswischen will? Eine deiner Ex-Frauen vielleicht?«

Aaron lachte trocken. Ein bitteres, leeres Lachen. *»Nadine? Die interessiert sich nur für ihren Unterhalt, und den hab ich immer brav gezahlt. Deswegen stecke ich ja überhaupt erst in diesem Schlamassel. Und Sybille lebt jetzt auf Sizilien mit ihrem neuen Typen. Ich kann mir beim besten Willen nicht vorstellen, wie sie das von dort aus hätte anstellen sollen. Außerdem … na ja, sie ist nicht gerade die hellste Kerze auf der Torte, wenn du verstehst.«*

»Dann jemand anderes? Ein früherer Geschäftspartner? Ein unzufriedener Mitarbeiter? Denk nach!«

»Ich wüsste nicht, wer …« Aarons Stimme brach jäh ab, als wäre ihm plötzlich ein Gedanke gekommen. Ein längeres Schweigen trat ein, bevor er vorsichtig fragte: *»Sag mal, Ludo … du hast nicht zufällig in letzter Zeit merkwürdige Post bekommen? So einen cremefarbenen Umschlag von einem unbekannten Absender?«*

»Merkwürdige Post?« Ludo lachte spöttisch. *»Abgesehen von diesen Idioten von der Opposition, die meinen Wahlkampf sabotieren wollen? Nein. Warum fragst du?«*

»Ach, nur so«, winkte Aaron rasch ab, aber die Unsicherheit war ihm deutlich anzumerken. Ich konnte fast spüren, wie ihm der Schweiß über die Stirn lief, während er innerlich mit sich rang.

Schließlich kam er zu meiner Enttäuschung zu dem Schluss, die Karte lieber nicht offen anzusprechen, denn nach einer Weile fuhr er zögerlich fort: *»Es ist nur … Ich weiß einfach nicht, was ich jetzt machen soll. Wenn die mich wirklich wegen Veruntreuung drankriegen, bin ich geliefert. Wer würde mich dann noch einstellen?«*

» Darüber machen wir uns Gedanken, wenn es so weit ist Hör zu, Aaron:
Du bist mein Freund, und ich lass dich nicht hängen.« Ludos Stimme
klang nun wieder ruhig und kontrolliert. *»Wenn es tatsächlich zu*
einem Prozess kommt, besorg ich dir einen Anwalt, der dich aus der Sache
raushaut. Und was einen neuen Job angeht — die Wahlen sind in ein paar
Wochen, und wenn alles nach Plan läuft, bin ich bald Bürgermeister. Da
findet sich schon was für dich.«
    Eine lange Pause entstand, bevor Aaron leise sagte:
»Danke, Mann!«

Ich konnte mir Aarons Gesicht genau vorstellen — und diese
Mischung aus Erleichterung und Demütigung, die er in diesem
Moment empfunden haben musste. Schade nur, dass er Ludo
nichts von der Karte erzählt hatte. Aber vielleicht kam das ja
noch. Irgendwann mussten sie miteinander reden. Ich musste
nur wachsam bleiben und auf den richtigen Moment warten.
Vielleicht würden sie mir dann endlich den entscheidenden Be-
weis liefern, nach dem ich schon so lange suchte.
    Ein dumpfes Klicken, gefolgt vom Quietschen der Haustür, riss
mich plötzlich aus meinen Gedanken. Das musste Stefanie sein.
    Rasch richtete ich mich auf. Mein Blick wanderte durch den
Raum, prüfte automatisch, ob alles an seinem Platz war — die
Wäsche ordentlich aufgehängt, der Wäschekorb leer, das Bügel-
brett bereit. Es war ein Automatismus, der mir in den letzten
Wochen in Fleisch und Blut übergegangen war. Stefanie hasste
Unordnung. Sie hatte die ungute Eigenschaft, aus den kleinsten
Dingen ein Drama zu machen, und ich hatte nicht vor, ihr heute
einen Grund dafür zu geben.
    »Ich bin in der Waschküche!«, rief ich in Richtung Flur und
schloss den letzten Knopf eines Hemdes, das zwischen den anderen Kleidungsstücken auf der Leine hing.
    Ich hörte, wie Mias Zimmertür aufging und Stefanies Stimme
erklang — gekünstelt sanft, aber hörbar erschöpft: »Hallo, mein
Schatz! Was machst du denn Schönes?«

Kurz darauf wurden die Schritte lauter und Stefanie erschien im Türrahmen. Wie immer war sie perfekt gestylt – eine eng geschnittene, strahlend weiße Bluse, kombiniert mit einer makellos gebügelten Hose –, aber offenbar schlechter Laune. Ihre Lippen waren zusammengepresst, und auf ihrer Stirn zeichnete sich eine feine Falte ab.

»Hi, Leonie.« Sie nickte mir knapp zu und fuhr sich stöhnend durchs Haar. »Das war vielleicht ein Tag, sag ich dir! Erst verschicken diese Idioten von der PR-Agentur die falschen Bilder für meine Kooperation, und dann musste ich auch noch stundenlang für ein neues Shooting improvisieren, weil sie plötzlich beschlossen haben, dass der Hintergrund nicht zur Marke passt.« Sie schnaubte genervt. »Wie soll ich denn bitte schön gute Arbeit abliefern, wenn die Leute ständig ihre Anforderungen ändern? Ehrlich, manchmal frage ich mich, ob die überhaupt wissen, was sie wollen!«

Ich öffnete den Mund, um etwas Beruhigendes zu sagen, doch bevor ich dazu kam, hielt sie abrupt inne. Ihre Augen weiteten sich, als ihr Blick an der Wäscheleine hängen blieb.

»O Gott, bitte sag nicht, dass du mein Valentino-Kleid in die Waschmaschine gesteckt hast!« Mit ausgestrecktem Finger deutete sie auf ein cremefarbenes Stück Stoff, das leicht zerknittert zwischen Ludos weißen Hemden hing.

Ich blinzelte verwirrt. »Das ist von Valentino?«

»Natürlich ist es von Valentino!« Ihre Stimme schwankte zwischen Schock und Entsetzen, während sie langsam näherkam, um den angerichteten Schaden zu begutachten.

»Hast du das Etikett etwa nicht gelesen? Das war ein Geschenk vom Inhaber der Boutique, die letzte Woche eröffnet hat! Es hat wahrscheinlich mehr gekostet, als du in einem Monat verdienst.« Sie ließ ihre Hände sinken und starrte verzweifelt auf das Kleid, das an der Leine hing wie ein schlaffer Vorhang. »Und jetzt ist es ruiniert!«

Mein Herz schlug schneller, während ich versuchte, die richtigen Worte zu finden. »Ich … Es tut mir wirklich leid«, stammelte ich. »Aber das Kleid lag im Wäschekorb, da dachte ich, es wäre …«

»Du dachtest?« Sie lachte bitter auf. »Das ist genau das Problem, Leonie. Du denkst zu viel! Dieses Kleid gehört in die Reinigung und nicht in die verdammte Waschmaschine!« Ihre Stimme wurde lauter, schriller, und ich spürte, wie meine Wangen vor Scham heiß wurden.

»Ich habe doch nur meine Arbeit gemacht«, murmelte ich kleinlaut. »Es war wirklich keine Absicht.«

»Tja, das hast du ja super hingekriegt. Meine Güte, was für ein Scheißtag!« Ohne ein weiteres Wort drehte sie sich um und verschwand in Richtung Küche. »Ich glaube, ich brauche erst mal einen Drink.«

Ich hörte, wie sie ein paar Zimmer weiter den Kühlschrank aufriss, gefolgt vom Klirren von Gläsern und dem leisen Ploppen einer Flasche. Langsam folgte ich ihr, hielt jedoch kurz inne und warf einen flüchtigen Blick in Mias Zimmer. Sie saß immer noch auf dem Boden, umgeben von ihren selbst gebastelten Schulheften, und lächelte selbstvergessen, während sie Flocki etwas erklärte. Von dem kleinen Wäschedrama schien sie zum Glück nichts mitbekommen zu haben.

Ich fand Stefanie am Küchentisch, die Hände fest um ein halb leeres Sektglas geschlungen. Ihre Schultern waren steif, ihre Miene eisig.

»Das mit dem Kleid tut mir wirklich leid«, sagte ich noch einmal und blieb in der Tür stehen. »Ich hätte die Waschanleitung genauer lesen sollen. Ich bringe es gleich morgen zur Reinigung. Vielleicht ist es ja noch zu retten.«

Stefanie reagierte nicht sofort, starrte weiterhin ins Leere, als hätte sie mich nicht gehört. Dann, nach quälend langen Sekunden, hob sie endlich den Blick und winkte ab. »Lass nur. Das erledige ich selbst.«

Die darauffolgende Stille war schwer und unangenehm. Insgeheim fand ich ja, dass sie maßlos übertrieb. Himmel, es war doch nur ein Kleid! Stefanie besaß bestimmt Dutzende von teuren Kleidern.

Schließlich deutete ich auf den Packen Briefe, der neben ihr auf dem Tisch lag. »Ich habe übrigens die Post reingeholt.« Stefanie warf einen flüchtigen Blick auf den Stapel und nickte knapp. »Danke.« Während ich zum Kühlschrank ging, um ihr nachzuschenken, schielte ich unauffällig zu ihr hinüber. Sie hielt die Briefe vor sich und blätterte sie mechanisch durch, wirkte dabei aber sichtlich gelangweilt. Wahrscheinlich kreisten ihre Gedanken immer noch um das Kleid.

Doch dann hielt sie plötzlich inne. Ihre Finger verharrten einen Moment über dem schlichten cremefarbenen Umschlag, den sie aus dem Stapel gezogen hatte.

Mein Herz schlug schneller. Das war er – mein Brief!

Ich zwang mich, keine Miene zu verziehen, während Stefanie das Kuvert auf der Suche nach dem Absender langsam in den Händen drehte, bevor sie es vorsichtig aufriss.

Die cremefarbene Karte glitt heraus und landete auf der Tischplatte. Stefanies Augen hefteten sich auf den Text, und für einen winzigen Moment schien ihre makellose Fassade zu bröckeln. Plötzlich lag etwas Verletzliches in ihrem Blick. Unsicherheit und Angst huschten über ihr Gesicht, dann hatte sie sich auch schon wieder im Griff.

Hastig steckte sie die Karte zurück in den Umschlag und legte ihn mit gespielter Gelassenheit zu den anderen auf den Stapel.

»Alles in Ordnung?«, fragte ich beiläufig, während ich ihr das Sektglas reichte. »War etwas Wichtiges dabei?«

»Nein«, sagte sie hastig, ohne mich anzusehen. »Nur Werbung.« Dann hob sie das Glas an die Lippen und leerte es in einem Zug.

Kapitel 27

Dezember 2005. Verena

Als Verena von der Toilette zurückkam, waren ihre Freunde verschwunden. Die Schlange vor dem Mädchenklo war schier endlos gewesen, sodass sie mindestens zwanzig Minuten hatte warten müssen, bis sie endlich an die Reihe gekommen war.

Die letzten Stunden waren ein einziges Durcheinander aus lautem Lachen, dröhnender Musik und flackerndem Discolicht gewesen. Michael und sie hatten sich durch das üppige Buffet gefuttert, Glühwein um Glühwein getrunken und sich auf der Tanzfläche ausgetobt, bis sie kaum noch aufrecht stehen konnten. Aaron und Cornelia hatten sich irgendwann in eine Ecke verzogen, um hemmungslos zu knutschen, während Stefanie schmollend am Tisch zurückgeblieben war und Ludo aus der Ferne finstere Blicke zuwarf.

Mittlerweile war es fast Mitternacht, und die Tanzfläche hatte sich merklich geleert. Nur noch einige wenige Paare wiegten sich träge zu einem Song aus den Neunzigern. Die Luft im Saal war schwer von einer grausigen Mischung aus Parfüm und Schweiß, der Boden klebrig von verschüttetem Glühwein.

Suchend ließ Verena ihren Blick durch den Saal schweifen, doch von Michael und den anderen war keine Spur zu sehen. Sie durchquerte den Raum, um bei der Bar nach ihnen zu suchen, aber auch dort fand sie niemanden, den sie kannte. Resigniert schnappte sie sich eine Flasche Cola von der Theke und lehnte sich erschöpft gegen den Tresen.

Wo waren sie nur auf einmal hin? Waren sie etwa ohne sie zur Afterparty gegangen? Die fand im erlesenen Kreis in der Scheune statt und war angeblich fast noch spektakulärer als der Ball selbst.

Aber Michael hätte doch bestimmt auf sie gewartet, oder?

Da erblickte sie an einem der hinteren Tische einen vertrauten Haarschopf, halb verdeckt von einer Gruppe jüngerer Schüler.

»Hey, da bist du ja!«, rief Verena und bahnte sich einen Weg zu ihm. »Ich hab dich schon überall gesucht. Wieso bist du …« Sie stoppte abrupt, als er den Kopf drehte und sie ansah. Die Augen, die ihr entgegenblickten, waren schokoladenbraun, nicht blaugrün.

»Hi, Verena«, sagte Xaver. »Suchst du Michael?«

Sie nickte verwirrt. Aus der Entfernung sahen sich die Brüder wirklich zum Verwechseln ähnlich. »Ja. Du hast ihn nicht zufällig irgendwo gesehen?«

Xaver schüttelte den Kopf. »Nein. Tut mir leid. Schon seit einer ganzen Weile nicht mehr.«

»Okay. Trotzdem danke.« Verena wollte sich schon abwenden, um anderswo nach Michael zu suchen, überlegte es sich dann aber anders. Xaver hatte das Kinn auf die Hände gestützt und starrte gedankenverloren in sein leeres Glas auf dem Tisch. Er wirkte so einsam und niedergeschlagen, dass sie es einfach nicht übers Herz brachte, ihn dort allein sitzen zu lassen.

»Darf ich?« Kurz entschlossen deutete sie auf den freien Stuhl neben ihm.

Xaver hob kaum merklich die Schultern. »Klar, warum nicht.«

Verena setzte sich und nahm einen Schluck von ihrer Cola, während sie ihn verstohlen musterte. »Alles in Ordnung?«, fragte sie behutsam. »Du wirkst irgendwie … traurig. Hat dir der Ball nicht gefallen?«

Xaver schwieg.

»Kann ich verstehen«, murmelte sie und spielte gedankenverloren mit der Flasche in ihrer Hand. »Ich bin in letzter Zeit auch nicht gerade in Feierlaune.«

»Wieso nicht?«

Verena dachte an Tante Claire, an ihre zitternden Hände und ihr blasses Gesicht, dann an das Gespräch zwischen Rektor Hesse und Ulli, auf das sie sich immer noch keinen Reim machen konnte. Sie setzte ein halbherziges Lächeln auf. »Familienkram«, antwortete sie vage. »Meiner Tante geht es im Moment nicht so gut, und ich mache mir Sorgen.«

»Tut mir leid, das zu hören. Was hat sie denn?«

»Danke, aber ich will eigentlich nicht darüber reden.« Verena schüttelte den Kopf und versuchte, den Kloß in ihrem Hals loszuwerden. »Aber genug von mir. Was ist denn mit dir? Warum sitzt du hier so ganz allein?«

Xaver starrte eine Weile ins Leere. Seine Finger strichen unaufhörlich über den Rand seines Glases, immer und immer wieder. Schließlich sagte er leise: »Manchmal ist das Leben einfach scheiße.«

»Warum sagst du das?«, fragte Verena. »Oder, warte mal … Hat das wieder mit Ludo zu tun? Sag, was hat er diesmal gemacht?«

Ein abfälliges Lächeln legte sich auf Xavers Lippen. »Ludo ist ein Arsch. Ich verstehe wirklich nicht, warum Michael noch mit ihm befreundet ist – oder sonst jemand. Aber das ist es nicht.«

»Was dann?«

Xaver presste die Lippen zusammen und schwieg. Verena lehnte sich zurück, wandte den Blick ab und begann, mit einer zerknüllten Serviette auf dem Tisch zu spielen. Das war etwas, das sie bei Michael gelernt hatte: Wenn man ihm Zeit ließ, öffnete er sich meistens irgendwann von selbst. Vielleicht würde das ja auch bei seinem Bruder funktionieren.

Und tatsächlich.

»Es ist wegen Jonas«, gestand Xaver schließlich.»Letztes Jahr waren wir noch gemeinsam auf dem Ball. Und jetzt …« Er schluckte hörbar, und Verena bemerkte, wie seine Hände sich zu Fäusten ballten.»Es ist einfach beschissen, dass er nicht mehr da ist. Er fehlt mir.«

»Jonas?«, wiederholte Verena überrascht.»Mein Gott, ich hatte keine Ahnung, dass ihr befreundet wart. Oder wart ihr etwa …« Sie hielt inne, als sie Xavers finsteren Blick auffing.

»Er war mein bester Freund. Nicht das, was du jetzt vielleicht denkst.« Seine Augen blitzten wütend auf.»Ich bin nicht schwul, auch wenn Ludo unbedingt will, dass alle das glauben.«

»Ja, natürlich. Entschuldige.«

Verena senkte verlegen den Blick. Ihre vorschnelle Schlussfolgerung war ihr äußerst peinlich. Schließlich sagte sie leise:»Jemanden zu verlieren, der einem so nahesteht … Das muss furchtbar sein. Er ist … diese Klippe im Wald hinuntergestürzt, nicht wahr?«

»Ja«, sagte er knapp.»So heißt es. Aber das ergibt einfach keinen Sinn.«

Ein ungutes Gefühl breitete sich in Verenas Magengegend aus.»Was meinst du damit? Was ergibt keinen Sinn?«

»Na, weil Jonas Höhenangst hatte. Schreckliche Höhenangst sogar. Er hat den Wald gemieden wie die Pest. Nie im Leben wäre er da freiwillig hingegangen – schon gar nicht allein.« Seine Stimme klang rau und brüchig.»Das ist das Schlimmste, weißt du? Nicht zu wissen, was wirklich mit ihm passiert ist.«

Die Trauer und die Verzweiflung in seinem Blick brachen Verena fast das Herz, und unwillkürlich musste sie wieder an Ullis Worte denken.

Unter den Teppich gekehrt … Schadensbegrenzung …

Der Knoten in ihrem Bauch zog sich noch fester zusammen.

»Hast du irgendeine Ahnung, warum er trotzdem in den Wald gegangen ist?«, fragte Verena behutsam.»Vielleicht wollte er sich ja mit jemandem dort treffen?«

Xaver zuckte die Schultern. »Keine Ahnung. Ich wüsste jedenfalls nicht, mit wem. Das macht mich wahnsinnig, verstehst du?« Er schüttelte den Kopf und fuhr sich mit der Hand durchs Haar. »Wenn ich es nicht besser wüsste, würde ich sagen, dass ...« Doch bevor er den Satz beenden konnte, wurden sie von einer vertrauten Stimme unterbrochen.

»Hier versteckst du dich also!«

Xaver und Verena zuckten gleichzeitig zusammen und drehten sich um. Cornelia stand hinter ihnen, die Hände in die Hüften gestemmt, der Lippenstift verschmiert.

»Komm, machen wir uns endlich auf den Weg zur ...«, begann sie fröhlich, brach jedoch mitten im Satz ab, als sie bemerkte, mit wem Verena am Tisch saß. »Äh ... zur Afterparty. Stefanie ist komplett hinüber. Sie hat sich draußen im Hof die Seele aus dem Leib gekotzt. Michael und ich haben es gerade noch rechtzeitig mit ihr nach draußen geschafft.« Cornelia rümpfte angewidert die Nase. »Kein schöner Anblick, sag ich dir. Michael bringt sie jetzt auf ihr Zimmer. Er hat mich gebeten, dich zu holen und kommt dann direkt zur Party. Ludo und Aaron sind schon mal vorausgegangen.«

»Alles klar. Danke.«

»Kommst du etwa nicht mit?«

»Doch, sicher.« Verena warf Xaver einen schnellen Blick zu. »Geh ruhig schon mal vor. Ich komme gleich nach.«

Cornelia sah sie kurz irritiert an, zuckte dann aber nur die Schultern. »Na gut. Aber beeil dich, sonst verpasst du noch das Beste!« Sie drehte sich um und verschwand schnellen Schrittes aus dem Speisesaal. Xaver und Verena schauten ihr schweigend nach.

»Was wolltest du gerade sagen?«, fragte Verena, kaum dass Cornelia aus ihrem Blickfeld verschwunden war.

»Was? Ach, keine Ahnung. War vermutlich nicht so wichtig.«

Aber es war wichtig – das spürte Verena deutlich. Angespannt wartete sie darauf, dass er noch etwas hinzufügen würde, doch diesmal ging ihre Taktik nicht auf. Xaver schien mit seinen Gedanken plötzlich weit weg zu sein, als hätte Cornelias unerwartetes Auftauchen ihn daran erinnert, wie wenig sie sich eigentlich kannten – und wer ihre Freunde waren.

»Ich schätze, ich muss dann los«, sagte Verena nach einer Weile enttäuscht.

»Ja, ich werde auch bald schlafen gehen.« Xaver nickte in Richtung der Helfer, die im Hintergrund bereits damit begonnen hatten, die Dekoration abzunehmen und die Tische zu säubern. »Hier ist sowieso gleich Schluss.«

Verena trank den letzten Schluck ihrer Cola, die mittlerweile warm und abgestanden schmeckte, und stand auf. »Und – Xaver?« Sie wartete, bis er den Kopf hob und sie ansah. »Wenn du mal jemanden zum Reden brauchst, ganz egal, worüber – ich bin für dich da, okay?«

Er nickte erneut. Ein schwaches Lächeln huschte über sein Gesicht. »Klar.«

Langsam wandte sich Verena um und verließ das Schulgebäude. Auf dem Treppenabsatz blieb sie stehen und ließ ihren Blick über den Hof schweifen. Die kalte Nachtluft ließ sie frösteln, und ihr Atem verwandelte sich in kleine Wölkchen, die sich rasch in der Dunkelheit auflösten. Es war schneidend kalt geworden, und obwohl sie ihren Mantel über das dünne Kleid gezogen hatte, kroch die Kälte durch den Stoff.

Wehmütig blickte sie einer Gruppe von Schülern nach, die gähnend über den Hof zurück in Richtung Schlafräume trotteten. Die Unterhaltung mit Xaver hatte sie nachdenklich gemacht und eigentlich hatte sie überhaupt keine Lust mehr, zur Afterparty zu gehen. Aber Michael fragte sich sicher schon, wo sie so lange blieb, und sie wollte ihn nicht enttäuschen.

Also warf sie einen letzten Blick über den Hof, um sich zu vergewissern, dass sie niemand beobachtete, und machte sich auf den Weg.

Schon nach wenigen Metern wurde sie von der Dunkelheit verschluckt. Obwohl Verena den Weg zur Scheune inzwischen auswendig kannte, war sie ihn noch nie allein im Dunkeln gegangen. Die Nacht war unheimlich still, so still, dass sie ihren eigenen Atem hören konnte. Der Mond hatte sich hinter dichten Wolken versteckt und das Licht des Schulgebäudes hinter ihr reichte kaum aus, um den Pfad vor ihr zu erhellen.

Jeder ihrer Schritte knirschte unnatürlich laut auf dem Kies, und die Schatten der Bäume schienen sich mit ihr zu bewegen, als würde etwas Lebendiges darin lauern. Sie zwang sich, ruhig zu bleiben, und fluchte leise, als einer ihrer hohen Absätze an einer Wurzel am Wegesrand hängen blieb. *Verdammte High Heels!*

Sie war fast da, konnte schon die Lichter sehen, die aus den Fenstern der Scheune schienen, als sie in den Büschen plötzlich ein Rascheln hörte – das Knistern von Laub unter schweren Schritten. Sofort stellten sich die Härchen in ihrem Nacken auf.

»Hallo? Wer ist denn da?«, rief sie mit zitternder Stimme. »Michael, bist du das?«

»Nein. Ich bin's nur.«

Eine Gestalt kam aus den Schatten hervor, und ihr Herz setzte einen Moment aus, bevor sie die Stimme erkannte.

»Ludo!« Erleichtert stieß sie die Luft aus. »Du hast mich zu Tode erschreckt.«

Langsam stolperte er auf sie zu. In der Dunkelheit war sein Gesicht kaum zu erkennen, aber seine Bewegungen wirkten schwerfällig und unkoordiniert. Der beißende Geruch von Alkohol wehte ihr entgegen – er musste stockbetrunken sein.

»Was machst du denn hier draußen?«, fragte sie irritiert. »Warum bist du nicht bei den anderen?«

»Musste nur mal pissen. Außerdem brauchte ich Abstand. Von … allem.«

»Hm, verstehe. Sicher, dass es dir gutgeht? Komm, lass uns reingehen, bevor …«

»Stefanie ist so eine verfluchte Klette«, unterbrach er sie lallend. »Ständig klebt sie an mir. Sie lässt mir keine Luft zum Atmen. Das macht mich noch wahnsinnig!«

»Ihr solltet vielleicht mal darüber reden«, schlug Verena behutsam vor, während ihr Blick sehnsüchtig zu den flackernden Lichtern der Scheune hinter ihm wanderte. »Wenn du ihr sagst, wie du dich fühlst, lässt sie dir vielleicht etwas mehr Freiraum.«

»Reden? Mit Stefanie?« Ludo lachte bitter auf. »Glaub mir, das bringt nichts.«

Er machte einen unsicheren Schritt auf Verena zu und ihr Herz begann schneller zu schlagen. Ludo war ihr jetzt so nah, dass sie den beißenden Geruch von Bier und Zigaretten in seinem Atem riechen konnte. Angewidert wandte sie das Gesicht ab.

»Aber du, du bist nicht so wie sie, Verena, oder?«, fuhr Ludo fort. »Du verstehst mich. Du bist anders, das wusste ich schon, als ich dich das erste Mal gesehen habe. Damals, in der Bibliothek. Erinnerst du dich?«

»Ja«, antwortete sie zögernd und wich unwillkürlich einen Schritt zurück. Sie wollte jetzt nur noch so schnell wie möglich weg von hier. Aber Ludo war in so schlechter Verfassung, dass sie ihn auch nicht guten Gewissens allein lassen konnte. »Ludo, hör mal, es ist verdammt kalt hier draußen. Wir sollten jetzt wirklich zurück zu den anderen.«

Sie versuchte, sich an ihm vorbeizuschieben, doch er packte sie am Arm und hielt sie zurück.

»Warte! Bitte, geh nicht.« Seine Stimme klang verzweifelt. »Du hast recht, lass uns nicht über Stefanie reden. Unsere Beziehung ist so oder so am Ende. Ich hätte mich schon vor Monaten von ihr trennen sollen.«

»Ludo, ich meine es ernst! Bitte lass mich …« Doch bevor Verena den Satz beenden konnte, beugte er sich blitzschnell vor und presste seine Lippen auf ihre. Der bittere Geschmack von Bier und Alkohol erfüllte ihren Mund und sofort stieg Ekel in ihr auf. Keuchend taumelte sie zurück.

»Was zum Teufel soll das?« Ihre Stimme zitterte vor Wut und Empörung. »Ich bin mit Michael zusammen, schon vergessen? Mit deinem Freund!«

Ludo lachte, aber es war ein hohles, bitteres Lachen, das ihr das Blut in den Adern gefrieren ließ. »Ach, komm, hab dich nicht so! Wir wissen doch beide, dass da etwas zwischen uns ist.« Er griff erneut nach ihr, und diesmal packte sie die nackte Angst. Mit aller Kraft riss sie sich los und schrie: »Hör auf! Ich will nichts von dir! Lass mich gefälligst in Ruhe!«

Ludo taumelte, verlor das Gleichgewicht und fiel ins feuchte Gras. Das war ihre Chance. Ohne auch nur einen Blick zurückzuwerfen, drehte sie sich um und rannte los – nicht zur Scheune, sondern zurück zur Schule.

Was, wenn er hinter ihr herkam? Panisch schleuderte sie die hohen Schuhe von sich und rannte barfuß weiter. Der kalte Boden und die scharfen Steine bohrten sich in ihre Fußsohlen, die kalte Nachtluft brannte in ihren Lungen, aber sie spürte es kaum. Ihr Herz raste, ihr Atem ging schwer, und sie hielt erst inne, als sie die Tür ihres Zimmers hinter sich zuschlug und sich mit dem Rücken dagegen lehnte.

Kapitel 28

Leonie. Heute

Ludo saß, den Rücken durchgestreckt, in seinem Büro und trommelte nervös mit den Fingern auf die Schreibtischplatte. Seit er gestern meine Karte bekommen hatte, wirkte er angespannt. Ich hatte ihn genau beobachtet – die verkrampfte Haltung, das hektische Auf- und Abgehen, das Fluchen. Offenbar hatte ich mit meiner Botschaft genau ins Schwarze getroffen.

Jetzt saß er wieder da, den Blick starr auf den Bildschirm gerichtet, als ob die Berglandschaft auf seinem Desktop die Antwort auf all seine Probleme wäre.

»Tick, tack, Ludo!«, flüsterte ich und lehnte mich lächelnd zurück. »Ich bin schon sehr gespannt, wie du dich entscheidest.«

Entscheidungen. Am Ende lief es immer darauf hinaus. Ich glaubte nicht daran, dass Menschen gut oder schlecht waren. Was zählte, waren ihre Entscheidungen. Man hatte immer eine Wahl. Die Entscheidungen, die ein Mensch traf, bestimmten letztlich, wer er war. Und die Motive hinter diesen Entscheidungen erzählten den Rest der Geschichte.

Auch ich hatte falsche Entscheidungen getroffen. Niemand hatte mich damals dazu gedrängt, in den verschlossenen Akten des Jugendamtes nach der Identität meiner Mutter zu suchen.

Und schon gar nicht hatte jemand mich dazu gezwungen, mich in die Polizeidatenbank zu hacken, um den Eintrag eines Freundes zu löschen. Es war meine Entscheidung gewesen. War sie falsch gewesen? Ja, sie war falsch gewesen. War sie dumm gewesen? Definitiv. Aber war ich deshalb ein schlechter Mensch? Ich denke nicht.

Die Sache mit der Polizeidatenbank war mein erster gravierender Fehler gewesen – der erste, der ernsthafte Konsequenzen hatte. Ich dachte, es wäre ein kleiner Eingriff, den niemand bemerken würde. Ich wollte nur helfen. Doch was als Rettungsaktion für meinen Freund gedacht war, hatte sich am Ende als Riesendummheit entpuppt.

Es ging um Marco, ein Freund aus meiner Volksschulzeit, mit dem ich lose in Kontakt geblieben war. Ein netter Kerl, der immer ein breites Grinsen im Gesicht hatte und mit seinen lockeren Sprüchen alle zum Lachen brachte. Doch hinter der Fassade sah es anders aus. Sein Vater war arbeitslos, seine Mutter krank und die Sozialhilfe reichte kaum, um die Familie über Wasser zu halten. Marco arbeitete damals als Kurierfahrer für eine kleine Spedition. Es war kein glamouröser Job, aber er brachte genug ein, um die Miete für die Sozialwohnung zu bezahlen und Essen auf den Tisch zu bringen.

Doch dann kam der Abend, an dem er zu viel getrunken hatte. Wir waren mit ein paar Leuten in einer billigen Bar, in der es in der Happy Hour Tequila-Shots für zwei Euro gab. Die Stimmung war ausgelassen, und wir grölten lautstark zu schlechter Musik – es war einer dieser Abende, an denen man die Welt da draußen für ein paar Stunden vergisst. »Nur einen noch«, hatte Marco nach dem ersten Shot gesagt. Doch aus »nur einem« wurden zwei, dann drei. Am Ende wankte er zu seinem Auto.

Auf meine Frage, ob er sich sicher sei, noch fahren zu können, hatte Marco nur lachend abgewunken. »Es sind doch nur ein paar Blocks. Außerdem muss ich morgen früh raus, da brauch ich das Auto. Mach dir keine Sorgen, Leonie, ich schaff das schon.«

Ich hätte ihn aufhalten müssen. Hätte ihm die Autoschlüssel abnehmen, ein Taxi rufen und mich notfalls mit ihm streiten sollen. Aber ich tat es nicht. Ich hab ihn fahren lassen. Vielleicht, weil ich wirklich glaubte, er sei noch fahrtüchtig. Vielleicht war ich aber auch nur zu feige, die Spielverderberin zu sein. Definitiv eine schlechte Entscheidung.

Und natürlich geschah das Unvermeidliche. Ein paar Straßen weiter hielt ihn die Polizei an. Kein Unfall, kein Drama – aber die Atemprobe war eindeutig, und der Promillewert war hoch genug, um ihm den Führerschein zu entziehen.

Zwei Tage später saß er mir in derselben Bar gegenüber, in der der ganze Mist angefangen hatte. Diesmal hatte er kein Grinsen mehr im Gesicht. »Wenn ich meinen Führerschein verliere, verliere ich meinen Job. Du weißt doch, wie es bei mir zu Hause läuft – was sollen die denn ohne mich machen? Bitte, Leonie … du kennst dich doch aus. Du kannst den Eintrag verschwinden lassen, oder? Bitte, ich flehe dich an – hilf mir!«

Schon damals hatte ich Dinge getan, die ich besser nicht getan hätte: Ich hatte Schulnetzwerke gehackt, um Noten zu »korrigieren«, E-Mail-Accounts von Mitschülern geknackt, wenn jemand ein Gerücht verbreitet hatte, das nicht stimmte. Kleine, harmlose Hacks, die nie aufgeflogen waren und mir den Kick gaben, den ich manchmal brauchte. Aber der Polizeiserver? Das war eine ganz andere Liga.

Ich hatte gezögert, aber letztlich hatte ich Ja gesagt. Marco brauchte den Job, und seine Familie brauchte ihn. Das war alles, was zählte.

Nach ein paar Stunden Recherche wusste ich, wo ich anfangen musste. Die Trunkenheitsfahrt war zwar in der Polizeidatenbank erfasst, aber noch nicht an die Verkehrsbehörde weitergeleitet worden. Solange der Bericht noch »intern« war, konnte ich ihn vielleicht manipulieren.

Die Systeme waren gut gesichert, aber nicht perfekt. Eine veraltete Schnittstelle bot mir schließlich die Schwachstelle, die ich brauchte. Ich loggte mich spät in der Nacht ein, wenn die Aktivität minimal war. Ein kleines Skript, das die Benutzerberechtigungen umging – mehr war nicht nötig.

Ich fand den Bericht von der Verkehrskontrolle und löschte ihn. Ein Klick, ein leises »Bestätigung erfolgreich« – und die Sache war erledigt. Als ich den Laptop zuklappte, fühlte ich mich wie ein verdammtes Genie.

Ein paar Wochen lang glaubte ich wirklich, das Unmögliche geschafft zu haben. Doch dann, eines regnerischen Abends, kam die Ernüchterung. Es klingelte an der Tür und zwei Polizeibeamte in Zivil standen draußen.

»Wir haben Hinweise darauf, dass über die IP-Adresse Ihres Internetanschlusses unberechtigt auf die Polizeidatenbank zugegriffen wurde«, sagte einer der Männer zu meiner Adoptivmutter. »Würden Sie uns bitte mitteilen, wer alles Zugang zu Ihrem Computer hat? Wer diesen Anschluss nutzt?«

Ich war erwischt worden.

Da ich bereits volljährig war, nahmen sie die Sache ernst. Doch weil ich keine Vorstrafen hatte und geständig war, wurde mir eine Diversion angeboten. Sozialstunden, eine strenge Verwarnung und regelmäßige Gespräche mit Frau Neumann, meiner Sozialberaterin, die mir helfen sollte, »wieder auf den richtigen Weg zu kommen«. »Es hätte wesentlich schlimmer ausgehen können«, hatte man mir später gesagt.

Für meine Adoptiveltern war das der Tropfen, der das Fass zum Überlaufen brachte. Die Art, wie sie mich ansahen, hatte sich verändert – als wäre ich jemand, den sie nicht mehr kannten. Kurz nach meinem neunzehnten Geburtstag baten sie mich auszuziehen. Keine harten Worte, kein Geschrei – nur eine ruhige, klare Ansage.

Rückblickend war mir klar, dass sie es nie leicht mit mir gehabt hatten. Schon als Kind war ich oft rebellisch gewesen, eine Außenseiterin, unfähig, mich unterzuordnen oder in Gruppen einzufügen. Meine Welt war der Computer – klar, strukturiert und berechenbar. Das konnten sie wohl nie ganz nachvollziehen.

Und doch hatten sie mich mit Geduld und Liebe großgezogen – und mir etwas mitgegeben, das ich erst später zu schätzen wusste: ein Gespür dafür, was richtig und was falsch war, ob es nun den Gesetzen entsprach oder nicht. Und außerdem die Bereitschaft, die Verantwortung für mein Handeln zu übernehmen. Werte, die Ludo und seine Clique wohl nie gelernt hatten.

Sie hatten eine unschuldige Frau ins Gefängnis gebracht, um ihre eigenen Taten zu vertuschen. Ihr Handeln war ausschließlich von Eigennutz geprägt. Und genau das machte für mich den Unterschied aus. Entscheidungen und Motive. Darauf lief es am Ende immer hinaus.

Ein leises Geräusch riss mich aus meinen Gedanken. Mein Laptop blinkte – auf meinem anonymen Account war eine neue E-Mail eingegangen. Absender: Ludwig Hellstein.

Ich zögerte, ließ die Maus kurz über dem Betreff schweben, während ich spürte, wie meine Handflächen feucht wurden. Meine Finger kribbelten, und ich verspürte eine eigentümliche Mischung aus Adrenalin und Unbehagen. War es der Nervenkitzel? Oder ging es um den Wunsch nach Gerechtigkeit? Oder doch nur darum, den Durst nach Rache zu stillen?

Schließlich klickte ich die Nachricht an. Sie bestand aus nur drei Worten.

Wer bist du?

Kein »Guten Tag«, keine Höflichkeitsfloskeln. Genau der direkte, aggressive Ton, den ich erwartet hatte.

Lächelnd ließ ich meine Finger über die Tastatur gleiten und tippte eine Antwort.

Jemand, der mehr weiß, als dir lieb ist.

210

Ich lehnte mich zurück und wartete. Keine zwei Minuten später poppte die nächste Nachricht auf.

Was willst du von mir?

Mein Lächeln wurde breiter. Na also, ich hatte ihn am Haken.

Du weißt genau, was ich will. Du hast die Wahl. Triff eine Entscheidung und tu, was ich sage, dann lass ich dich in Ruhe. Oder trage die Konsequenzen. Du weißt doch noch, wie das Spiel funktioniert, oder?

Ich schaltete zurück auf den Livestream aus Ludos Büro. Er war aufgestanden und tigerte unruhig durch den Raum – drei Schritte vor, drei zurück. Sein Bild war durch das Objektiv leicht verzerrt, doch die roten Flecken auf seinen Wangen und die angespannte Kieferpartie verrieten, dass er wütend war. Wütend und sichtlich beunruhigt. *Gut so!*

Ich verschränkte die Hände im Schoß und beobachtete, wie er sich nach ein paar Minuten wieder hinsetzte und mit einer ruckartigen Bewegung die Tastatur wieder zu sich heranzog.

Ich habe keine Ahnung, wovon du sprichst.

Ich stöhnte genervt auf. Natürlich. Sein erster Reflex war immer derselbe: lügen, ausweichen, Zeit schinden. Aber diesmal würde ihm das nicht gelingen.

Einen Moment lang zögerte ich, dann klappte ich den Laptop zu und stand auf. Sollte er doch zappeln – sich den Kopf darüber zerbrechen, wer ich war und was ich vorhatte.

»Tick, tack, Ludo«, murmelte ich vor mich hin, ließ mich auf die Couch fallen und schaltete den Fernseher ein. »Tick, tack.«

Kapitel 29

Dezember 2005. Verena

Missmutig starrte Verena auf die dampfende Kaffeetasse vor sich. Es war bereits ihre dritte, doch die Müdigkeit und Erschöpfung hielten sie fest im Griff. Der Speisesaal verschwamm vor ihren Augen, ihr Kopf pochte, und ihre Gedanken zogen wie in Zeitlupe an ihr vorbei.

In der Nacht mussten die Heinzelmännchen am Werk gewesen sein, denn die Tische waren wieder akkurat gedeckt, und der Boden blitzte vor Sauberkeit. Nur hier und da zeugten winzige Spuren von der ausgelassenen Feier der letzten Nacht: zerknüllte Reste einer Girlande, ein dunkler Fleck, wo der Glühwein gestanden hatte, und vereinzelte Pailletten, die im Morgenlicht funkelten.

Anders als sonst saß Verena nicht an ihrem üblichen Tisch in der Mitte des Saals, sondern hatte sich in eine unauffällige Ecke zurückgezogen, wo man sie beim Hereinkommen nicht gleich entdecken würde. Große Sorgen machte sie sich deswegen allerdings nicht − es war gerade einmal zehn, und ihre Freunde lagen mit ziemlicher Sicherheit noch in ihren Betten und schliefen ihren Rausch aus.

Gegen vier Uhr hatte Verena mitbekommen, wie Cornelia ins Zimmer gewankt war − nach Zigarettenrauch stinkend und sichtlich betrunken. Ohne sich auszuziehen, war sie aufs Bett gefallen und augenblicklich eingeschlafen. Die Glückliche! Verena selbst hatte die ganze Nacht kein Auge zugetan. Und wenn sie doch einmal kurz eingenickt war, hatte sie von Ludo geträumt – von seiner Hand, die sich wie ein Schraubstock um ihren Arm schloss, von seinem widerlichen Atem in ihrem Gesicht. Ein Schauder durchlief sie, und sie versuchte, den Ekel mit einem weiteren Schluck Kaffee hinunterzuspülen.

Sie hätte sich für ihre Dummheit ohrfeigen können. Was hatte sie sich nur dabei gedacht, allein zur Scheune zu gehen? Hätte sie Cornelia begleitet, wäre das alles nicht passiert. Sie konnte nur hoffen, dass Ludo so betrunken gewesen war, dass er sich an nichts mehr erinnern konnte – oder wenigstens so viel Anstand besaß, den Vorfall für sich zu behalten und sie in Zukunft in Ruhe zu lassen.

Und dann war da noch Xaver. Sein verzweifelter Gesichtsausdruck, als er von Jonas erzählt hatte, ging ihr einfach nicht mehr aus dem Kopf.

Es war ein Unfall, sagte sie sich. *Ein schrecklicher Unfall.*

Aber was, wenn es keiner war? Was, wenn Xaver recht hatte und Jonas nicht aus freien Stücken in den Wald gegangen war? Wenn ihn jemand dorthin gelockt hatte? Aber wozu? Um ihn hinunterzustoßen? Nein, das war doch absurd ... oder etwa nicht?

Marie ... Jonas ... vertuscht ...

»Hi!«

Verena zuckte erschrocken zusammen, als Michael sein Tablett mit einem lauten Klappern auf den Tisch stellte. Er beugte sich zu ihr, drückte ihr einen flüchtigen Kuss auf die Wange und ließ sich dann mit einem Seufzer auf die Bank ihr gegenüber fallen.

»Guten Morgen«, murmelte sie und zwang sich zu einem Lächeln. »Du bist ja auch schon wach.«

Michael nahm einen großen Schluck Kaffee und schob sich ein Stück Speck in den Mund. »Warum warst du gestern Abend nicht in der Scheune? Ich hab dich vermisst.«

»Tut mir leid, ich war einfach zu fertig«, antwortete Verena ausweichend. »Nach dem Ball wollte ich nur noch ins Bett.«

»Schade, du hast echt was verpasst.«

Während Michael eine riesige Portion Rührei verspeiste, erzählte er Verena von der Party. Offenbar hatten sich zwei von Ludos Freunden wegen eines Mädchens gestritten – so heftig, dass die anderen dazwischengehen mussten, um eine Schlägerei zu verhindern. Die Feier hatte bis in die frühen Morgenstunden gedauert, bis der Alkohol ausgegangen war und keiner mehr aufrecht stehen konnte.

Verena hörte ihm angespannt zu und wartete auf eine Bemerkung, dass jemand sie mit Ludo gesehen hatte. Doch anscheinend hatte Ludo nach dem Vorfall einfach weitergefeiert, als wäre nichts gewesen. Sie wusste nicht, ob sie darüber empört oder erleichtert sein sollte.

Schließlich legte Michael sein Besteck beiseite und sah sie stirnrunzelnd an.

»Okay, spuck's aus: Was ist los? Du bist doch sonst nicht so still. Wenn du sauer bist, weil ich nicht auf dich gewartet habe, tut es mir wirklich leid. Aber Cornelia hat dir ja erzählt, was mit Stefanie los war. Die hat sich förmlich die Seele aus dem Leib gekotzt, und Ludo war plötzlich verschwunden.« Er verdrehte die Augen. »Die Arme hat es gestern ganz schön erwischt.«

»Nein, das ist es nicht«, erwiderte Verena hastig. Der bloße Gedanke, mit ihm über Stefanie und ihr Drama mit Ludo zu sprechen, schnürte ihr die Kehle zu.

»Was dann?«

Sie ließ sich Zeit mit der Antwort. Ihr Blick wanderte ziellos durch den Raum, während sie überlegte, wie viel sie ihm erzählen sollte. Die Schüler an den anderen Tischen hingen müde über ihren Kaffeetassen, erschöpft von der vergangenen Nacht.

»Ich habe mich gestern mit Xaver unterhalten«, sagte sie schließlich.

»Mit meinem Bruder?«, fragte Michael überrascht. »Wann das denn?«

»Als ich von der Toilette zurückkam und nach dir gesucht habe«, erklärte Verena. »Er saß ganz allein in der Ecke, und ich dachte, ich setze mich kurz zu ihm. Er sah so verdammt traurig aus.« Sie hielt kurz inne und schüttelte den Kopf. »Aber ehrlich gesagt, wundert mich das nicht. Wenn man bedenkt, dass er gerade seinen besten Freund verloren hat …«

»Er hat mit dir über Jonas gesprochen?« Michael klang überrascht.

Verena nickte. »Sein Tod nimmt ihn wirklich mit, vor allem, weil die Umstände so seltsam waren. Xaver sagte, Jonas wäre nie freiwillig zur Schlucht im Wald gegangen, weil er schreckliche Höhenangst hatte.«

»Echt?«

»Ja. Findest du das nicht auch merkwürdig?«

Michael griff nach einem Brötchen, strich gedankenverloren Marmelade darauf und biss ab. Nachdem er geschluckt hatte, meinte er: »Ich kannte Jonas nicht besonders gut. Er war eine Stufe unter uns, und wir hatten nicht viel miteinander zu tun. Keine Ahnung, was er im Wald wollte.«

Verena nickte nachdenklich. Cornelia hatte damals in der Aula etwas Ähnliches gesagt.

»Warst du schon mal dort? Bei der Schlucht?«

»Früher schon. Bevor Rektor Hesse uns verboten hat, in den Wald zu gehen, weil es zu gefährlich ist.« Michael seufzte. »Aber das ist ewig her, und Jonas war nie dabei. Wie gesagt, wir hatten nicht gerade denselben Freundeskreis.«

»Hältst du es für möglich, dass ihn jemand absichtlich dorthin gelockt hat?«, fragte Verena vorsichtig. »Marie vielleicht?«

Michael hielt mitten in der Bewegung inne, das Brötchen auf halbem Weg zum Mund. »Marie? Wie kommst du denn darauf?«

Verena zögerte einen Moment. Bislang hatte sie niemandem von dem Gespräch zwischen Hesse und Ulli erzählt; warum, wusste sie selbst nicht. Aber Michael war ihr Freund, und sie vertraute ihm. Vielleicht konnte er ihr helfen, das Ganze zu verstehen.

»Erinnerst du dich, als ich vor ein paar Wochen bei Rektor Hesse war, um zu fragen, ob ich fürs Wochenende nach Hause fahren kann? Das war, nachdem ich von Tante Claires Diagnose erfahren hatte.«

Michael nickte, und Verena fuhr fort:»Da habe ich zufällig gehört, wie er mit Ulli gesprochen hat – über Jonas. Sie haben auch Marie erwähnt und dass die Schule wohl irgendwas vertuscht hat.« Sie sah ihn fragend an.»Sagt dir das irgendwas?«

Michael nickte langsam. Für einen Moment starrte er gedankenverloren in die Ferne, dann beugte er sich näher zu ihr und senkte die Stimme.»Das hast du nicht von mir, aber es gibt das Gerücht, dass man in Jonas' Sachen Antidepressiva gefunden hat.«

Verena starrte ihn an.»Du meinst, er hat sich vielleicht selbst das Leben genommen? Aber … was hat Marie damit zu tun?«

Michael spielte nervös mit seiner Serviette.»Ich weiß es nicht. Wie gesagt, ich habe Jonas nicht gut gekannt. Aber vielleicht war er ja heimlich in Marie verliebt? Und als sie ihn abwies …« Er verstummte und schüttelte den Kopf.»Aber das sind alles nur Vermutungen. Eine bessere Erklärung fällt mir allerdings auch nicht ein.«

Verena schluckte schwer.»Weiß Xaver davon?«

Michael schüttelte energisch den Kopf.»Nein, und das sollte auch so bleiben. Er leidet ohnehin schon genug unter Jonas' Tod. Wenn er erfährt, dass es Selbstmord gewesen sein könnte … das würde ihn womöglich völlig zerstören.«

Nachdem Verena sich mit Michael für den Abend an ihrem geheimen Treffpunkt im Dachgeschoss verabredet hatte, verabschiedete sie sich von ihm und verließ den Speisesaal. Er hatte enttäuscht gewirkt, als sie seinen Vorschlag, einen Spaziergang zu machen, abgelehnt hatte, aber sie brauchte dringend Zeit zum Nachdenken.

Gemächlich machte sie sich auf den Weg zur Scheune, um ihre Schuhe einzusammeln, die sie bei ihrer Flucht vor Ludo in der vergangenen Nacht von sich geschleudert hatte. Jetzt, im hellen Tageslicht, wirkte alles viel weniger bedrohlich. Die Sonne strahlte am klaren Dezemberhimmel, und ihr Atem bildete kleine Wölkchen in der eisigen Luft.

Als sie an einer Gruppe Erstklässler vorbeikam, die auf dem Sportplatz Frisbee spielten, musste sie unwillkürlich an Jonas' Foto auf der Todesanzeige denken. Sein Lächeln auf dem Bild hatte so echt gewirkt, so lebendig. Hatte er sich wirklich das Leben genommen, wie Michael vermutete? Oder war sein Tod am Ende doch nur ein tragischer Unfall gewesen? Aber was hatte es dann mit Ullis seltsamer Bemerkung auf sich?

Sie ließ das Gespräch mit Michael beim Frühstück noch einmal Revue passieren. Auf beunruhigende Weise ergab seine Erklärung Sinn. Wenn Jonas wirklich in den Tod gesprungen war, hätte die Schule sicher alles getan, um es wie einen Unfall aussehen zu lassen – ein Selbstmord hätte dem Ruf des Internats massiv geschadet. Das würde auch erklären, warum Jonas' Familie einen Anwalt eingeschaltet hatte, der mit Marie sprechen wollte. Aber warum wurde sie dann dieses nagende Gefühl nicht los, etwas Entscheidendes übersehen zu haben?

In einem Punkt war sie sich allerdings sicher: Sollte Jonas sich tatsächlich das Leben genommen haben, war es besser, wenn Xaver nicht davon erfuhr. Die Wahrheit würde Jonas nicht zurückbringen – wozu ihm also noch mehr Schmerz zufügen als ohnehin schon?

Schließlich entdeckte sie ihre Schuhe im Gestrüpp am Wegesrand, halb verdeckt von trockenen Ästen und Efeuranken. Als Verena sie aufhob, sah sie, dass ein Absatz abgebrochen war. »Na toll!«, murmelte sie und ließ die ramponierten Schuhe in ihre Tasche gleiten. Keine Chance, die waren nicht mehr zu retten.

Mit einem leisen Seufzer trat sie den Rückweg an. Der Tag war wunderschön – der erste klare Tag seit Wochen –, und obwohl keine einzige Wolke am Himmel zu sehen war, roch die Luft bereits nach Schnee.

Verena überlegte gerade, ob sie vor dem Mittagessen noch genug Zeit für ein Nickerchen haben würde, als ihr Blick an einer vertrauten Gestalt hängen blieb.

Es war Marie. Sie saß etwa zwanzig Meter entfernt auf einer Bank am Rande des Schulhofes und telefonierte. *Wenn man vom Teufel spricht*, dachte Verena und hob zögerlich die Hand, um ihr zuzuwinken. Seit sie die Projektarbeit bei Professor Kornfeld abgegeben hatten, war ihr Kontakt auf ein Minimum geschrumpft – und das war ihr nur recht gewesen.

Zu ihrer Überraschung winkte Marie zurück, beendete das Gespräch und steckte ihr Handy in die Jackentasche. Dann stand sie auf und schlenderte langsam auf Verena zu.

»Hi, wie geht's? Lange nicht gesehen.« Marie musterte sie mit einem mitleidigen Lächeln. »Du siehst aus, als hättest du eine harte Nacht hinter dir. Die Afterparty in der Scheune war wohl ein voller Erfolg, was?«

Verena blieb vor Verblüffung der Mund offen stehen. »Du … weißt von der Scheune?«

Marie verdrehte die Augen. »Natürlich. Ludo und ich haben sie damals zusammen entdeckt. Ein Großteil von dem Gerümpel da drin stammt sogar aus dem alten Lagerhaus meiner Eltern.«

»Wirklich?« Verena runzelte die Stirn. Hatte Ludo nicht behauptet, die Scheune zusammen mit Aaron gefunden und hergerichtet zu haben? Oder hatte sie das falsch in Erinnerung?

»Ich hab dich gestern auf dem Ball gar nicht gesehen«, sagte Verena schließlich, um ihre Verwirrung zu überspielen.

»Wundert dich das wirklich?« Marie hob spöttisch eine Augenbraue, bevor sie etwas sanfter hinzufügte: »Ich hab's nicht so mit diesen Feiern. Zu viele Menschen, zu viel sinnloses Gequatsche. Und dann auch noch Hesse, der so tut, als wären wir alle eine große, glückliche Familie.« Sie schüttelte den Kopf. »Das ist einfach nicht mein Ding.«

Verena lächelte leicht. In diesem Punkt war sie völlig Maries Meinung. »Klar, das verstehe ich.«

Marie hob die Hand, um ihr Gesicht vor der tief stehenden Sonne zu schützen, und ließ ihren Blick über den Schulhof schweifen. »Übrigens, was ich dich eigentlich fragen wollte: Hast du zufällig Xaver gesehen? Wir wollten uns vor einer halben Stunde hier treffen.« Sie nickte in Richtung der Bank, auf der sie vorher gesessen hatte. »Aber er ist nicht aufgetaucht, und ans Handy geht er auch nicht.«

»Nein, tut mir leid.« Wieder war Verena überrascht. Was wollte Marie denn von Xaver? Soweit sie wusste, hatten die beiden kaum Berührungspunkte. Sie waren nicht im selben Jahrgang und hatten auch sonst keine gemeinsamen Hobbys oder Aktivitäten. »Was willst du denn von ihm? Ich wusste gar nicht, dass ihr befreundet seid.«

»Sind wir auch nicht wirklich. Früher haben wir ab und zu was zusammen unternommen, aber seit Jonas tot ist, nicht mehr. Ich hab ihm bloß letztes Jahr ein paar Bücher geliehen, die er mir jetzt zurückgeben wollte.«

Verenas Herz begann schneller zu schlagen. Eine bessere Gelegenheit, Marie nach Jonas zu fragen, würde sie wohl nicht bekommen.

»Ich habe gehört, was mit Jonas passiert ist. Das tut mir wirklich leid«, begann Verena vorsichtig. »Waren du und er ... also, lief da mal was zwischen euch?«

»Zwischen Jonas und mir?« Marie lachte, wurde aber schnell wieder ernst. Auf einmal sah sie sehr traurig aus. »Wir kannten uns schon, seit wir Kinder waren. Unsere Eltern waren zusammen auf der Schule und sind bis heute eng befreundet. Jonas war fast wie ein kleiner Bruder für mich.«

»Dann war er also nicht in dich verliebt?«

Marie schüttelte entschieden den Kopf. »Ganz sicher nicht. Wie kommst du auf so einen Blödsinn?«

»Ach, nur so.«

Marie sah sie misstrauisch an. »Hat Ludo das etwa behauptet? Oder Michael?«

Verena blickte verlegen zu Boden und schwieg.

»Das dachte ich mir.« Marie bedachte Verena mit einem dieser Blicke, die sie schon von ihr kannte – scharf und durchdringend. »Glaub bloß nicht alles, was die Leute sagen. Zwischen Jonas und mir lief definitiv nichts. Und bevor du fragst: Er war auch nicht depressiv, falls sie dir das weismachen wollen. Er sprühte vor Energie und hatte große Pläne – da war nichts, was auch nur im Entferntesten auf Selbstmord hingedeutet hätte.«

Verena hob den Kopf und starrte sie verwirrt an. Woher kam das denn jetzt? Sie hatte die Antidepressiva doch gar nicht erwähnt.

»Es geht mich zwar nichts an, mit wem du so abhängst, aber lass dir einen gut gemeinten Rat geben: Sei vorsichtig! Und stell um Himmels willen bloß nicht zu viele Fragen über Jonas. Das bringt nur Ärger, glaub mir.«

Da war sie wieder – die Warnung. Dieselbe, die sie Verena schon einmal gegeben hatte. *Sei vorsichtig!*

»Was meinst du damit?«

»Ach … nichts. Vergiss es einfach. Ich hab ohnehin schon viel zu viel gesagt.«

»Bitte, Marie!« Verena packte sie am Arm und sah sie eindringlich an. »Du kannst doch nicht so was raushauen und dann einfach dichtmachen. Jetzt sag endlich: Weswegen genau soll ich vorsichtig sein?«

Doch Marie entzog sich ihrem Griff und schüttelte nur den Kopf. »Lass es einfach gut sein, Verena.«

Verena musste sich zusammenreißen, um nicht laut aufzustöhnen. Dieses Mädchen trieb sie in den Wahnsinn – eben noch warnte Marie sie vor irgendwelchen ominösen Gefahren, und im nächsten Moment verschloss sie sich wieder. Es war zum Verrücktwerden.

»Sag mal, ist das Stefanie?«, fragte Marie plötzlich und zeigte auf eine Gestalt, die gerade aus dem Schulgebäude trat. »Was zieht die denn für ein Gesicht?«

Verena drehte sich um und folgte Maries Blick. Tatsächlich, es war Stefanie – aber sie sah ganz und gar nicht aus wie sonst. Statt ihres üblichen makellosen Stylings trug sie eine schlichte Jeans und ein T-Shirt unter ihrem offenen Mantel. Ihre Haare waren zerzaust, die Wangen stark gerötet.

Als Stefanie Verena entdeckte, verdüsterte sich ihre Miene noch mehr, und sie stürmte direkt auf sie zu.

Verena spürte, wie ihr das Herz in die Hose rutschte. Oh nein, das war nicht gut. Überhaupt nicht gut.

»Oh … hi, Stefanie«, sagte Verena zaghaft und rang sich ein Lächeln ab. »Geht's dir besser? Cornelia hat mir erzählt, dass du gestern …«

»Spar dir die Heuchelei!«, fauchte Stefanie, bevor Verena den Satz beenden konnte. »Ich habe dich für eine Freundin gehalten, dir sogar ein Kleid von mir geliehen – und wie dankst du's mir? Schmeißt dich hinter meinem Rücken an meinen Freund ran?«

Verena schluckte schwer. *Scheiße!*

»Bitte, beruhige dich erst mal«, sagte sie mit zitternder Stimme. »So war das überhaupt nicht. Ich habe mich nicht …«

»Du Lügnerin! Wage es nicht, es auch noch abzustreiten. Ludo hat mir alles erzählt.« Sie machte einen drohenden Schritt auf Verena zu und rammte ihr den Zeigefinger so heftig in die Brust, dass Verena zusammenzuckte. Marie, die noch immer neben ihr stand und fassungslos zwischen den beiden hin- und herblickte, wurde von Stefanie komplett ignoriert. »Hast du die fünf Minuten seiner Aufmerksamkeit wenigstens genossen, Verena?«, höhnte Stefanie. »Ich hoffe für dich, dass es sich gelohnt hat. Denn ich schwöre dir, ich mach dich fertig! Und wenn es das Letzte ist, was ich tue!«

Der Druck ihres Zeigefingers verstärkte sich, aber Verena schaffte es, ihren Arm wegzuschieben und einen Schritt zurückzuweichen. Stefanies Stimme war mit jedem Wort lauter geworden, und einige Schüler hatten sich bereits tuschelnd zu ihnen umgedreht.

»Bitte, hör auf!«, rief Verena, als Stefanie plötzlich ausholte, um ihr eine Ohrfeige zu verpassen. Reflexartig riss Verena die Arme hoch, parierte den Schlag und griff nach ihren Handgelenken. »Ich verstehe, dass du wütend bist, aber es war nicht so, wie du denkst! Ich bin glücklich mit Michael – das weißt du doch! Verdammte Scheiße, ich hätte nie ...«

»Ach ja?« Stefanie funkelte sie zornig an, während sie vergeblich versuchte, sich aus Verenas Griff zu befreien. »Du hast doch nur was mit Michael angefangen, weil Ludo schon vergeben war! Du warst von Anfang an scharf auf ihn, stimmt's? Und als sich die Gelegenheit bot, hast du seinen betrunkenen Zustand ausgenutzt und dich an ihn rangeschmissen!«

Um sie herum wurde es plötzlich sehr still. Verena spürte die Blicke der umstehenden Schüler auf sich, während sich ein Kreis von Schaulustigen um sie versammelte.

»Ich soll – was?« Für einen Moment war sie wie erstarrt. Wovon zum Teufel redete Stefanie da? »Das muss ein Missverständnis sein, Stefanie, du verstehst da was völlig falsch! Ja, ich habe Ludo auf dem Weg zur Afterparty getroffen, und ja, er war betrunken. Aber er hat versucht, mich zu küssen, und ich habe ihn zurückgewiesen! Mehr ist nicht passiert, das schwöre ich dir!«

Stefanie schnaubte. »Da hat Ludo mir aber was ganz anderes erzählt. Ich hab von Anfang an gewusst, dass mit dir was nicht stimmt. Michael und Cornelia haben mich überredet, dir eine Chance zu geben – und das hab ich nun davon!«

Verena biss die Zähne zusammen. Ludo – dieser verfluchte Mistkerl! Das war also seine Rache dafür, dass sie ihn abgewiesen hatte. Er musste Stefanie heute Morgen alles brühwarm erzählt haben. Nur dass er die Geschichte dabei ins Gegenteil verkehrt hatte.

»Stefanie, bitte!«, flehte sie und packte Stefanies Handgelenke fester, als diese erneut versuchte, nach ihr zu schlagen. »Ich verstehe, dass du wütend bist, aber so war das wirklich nicht! Lass uns das bitte in Ruhe ...«

»Sag mir nicht, was ich tun soll!«, schrie Stefanie und riss sich mit einem heftigen Ruck los. »Du Schlampe hast versucht, mir meinen Freund auszuspannen!«

Wieder holte sie aus, um Verena zu schlagen, als plötzlich Bewegung in der Menge kam. Zwischen den Schülern tat sich eine Lücke auf, weil sich jemand von hinten durchdrängelte: Ludo und Aaron – ausgerechnet.

»Stefanie!«, rief Ludo scharf. »Was zur Hölle machst du da?«

»Was wohl? Ich zeige dieser kleinen Bitch, was passiert, wenn man sich mit mir anlegt!«

Mit diesen Worten stürzte sie sich erneut auf Verena. Aaron sprang nach vorne, um sie zurückzuhalten, doch Verena war schneller. Blitzschnell griff sie nach Stefanies Arm und drehte ihn mit einer geschickten Bewegung auf den Rücken. Stefanie schrie vor Schmerz auf und sank keuchend auf die Knie.

Verena starrte sie fassungslos an. Ihr Herz hämmerte, und in ihrem Kopf wirbelten die Gedanken wild durcheinander. Was zur Hölle passierte hier gerade?

»Lass sie los!«, fuhr Aaron Verena an, während er sich beeilte, der schluchzenden Stefanie auf die Beine zu helfen. Ludo war nur einen Schritt hinter ihm. Seine Miene schwankte zwischen Ärger und Genugtuung.

»Lass es gut sein, Babe!«, murmelte Ludo. Er legte Stefanie schützend einen Arm um die Schultern, wobei er Verena einen gehässigen Blick zuwarf. »Die Schlampe ist es nicht wert.«

Kapitel 30

Vier Monate zuvor. Leonie

Also schön«, sagte die Psychologin mit einem leisen Seufzer. »Was wollen Sie wissen?«
Ich saß auf der weich gepolsterten Couch und ließ meinen Blick neugierig durch die Praxis schweifen. Die Luft war kühl und frisch, die Klimaanlage surrte im Hintergrund, und die Lampe an der Decke spendete ein beruhigendes Licht. Mir gegenüber saß Marie Gallager auf einem Lehnstuhl, die Hände um eine Tasse Tee geschlungen, und musterte mich abwartend.

»Wie gesagt, ich arbeite an einem Artikel über die Santa Clara«, begann ich schließlich und zwang mich, den Blick von dem abstrakten Bild an der Wand loszureißen, dessen geschwungene Linien und Farbverläufe vage an eine Spirale erinnerten. »Ein Schwerpunkt des Berichts soll dem Thema Mobbing gewidmet sein und dem, was es anrichten kann. Dafür möchte ich den Fall von Michael Stricker und Verena Martins genauer beleuchten.« Ich richtete mich etwas auf und sah sie fest an. »Sie waren damals ebenfalls auf dem Internat und haben alles miterlebt. Wie haben Sie die Ereignisse denn wahrgenommen?«

»Meine Güte, das ist alles schon ewig her.« Marie blickte gedankenverloren in ihre Tasse und schüttelte den Kopf, als müsste sie eine lang verschüttete Erinnerung wachrufen. Dann stellte sie die Tasse ab, lehnte sich zurück und faltete die Hände in ihrem Schoß.

»Verena kam erst in der siebten Klasse zu uns. Aber schon auf den ersten Blick war mir klar, dass sie … na ja, irgendwie nicht hierhergehörte.«

»Wie meinen Sie das?«

»Sie war Stipendiatin.« Ihre Stimme klang nüchtern, fast emotionslos, aber ich glaubte, eine Spur von Bitterkeit herauszuhören. »Die hatten es immer schwer bei uns. Und Verena war … naiv, zu nett. Sie hat sich mit den falschen Leuten eingelassen. Das konnte nicht gutgehen.«

»Ludwig Hellstein und seine Clique?«

Marie rümpfte die Nase und nickte. »Genau die.«

»Klingt, als wären Sie kein großer Fan von ihnen gewesen«, bemerkte ich.

»Das ist noch untertrieben.« Ein bitteres Lächeln huschte über ihr Gesicht. »Ich habe Verena gewarnt, ihr geraten, sich von ihnen fernzuhalten, aber sie wollte nicht auf mich hören.«

»Sie haben sie gewarnt?«

»Mehr als einmal sogar. Diese Leute, mit denen sie sich angefreundet hatte, waren fies, manchmal regelrecht grausam. Ludo war ihr Anführer, aber die anderen waren nicht viel besser. Wer ihnen in die Quere kam, hat es am Ende immer bereut. Ich weiß das, weil ich es selbst erlebt habe und weil …« Sie zögerte. »Nun ja, Ludo und ich waren mal ein Paar.«

»Sie und Ludo Hellstein?«

Sie nickte steif. »Ja. Hinterher hat er zwar behauptet, er hätte mich wegen einer anderen verlassen, aber das war gelogen. In Wahrheit habe ich mit ihm Schluss gemacht. Weil er ein Arschloch war. Das war kurz nachdem dieses fürchterliche Spiel zum ersten Mal aus dem Ruder gelaufen war.«

»Ein Spiel? Was denn für ein Spiel?«

»Wahrheit oder Pflicht.«

»Das Trinkspiel? So was wie Flaschendrehen?«

Marie lachte trocken auf. »Klingt harmlos, nicht wahr? Anfangs war es das auch. Ein paar alberne Mutproben, nichts Besonderes. Aber dann haben sie die Regeln geändert, und plötzlich wurde es bitterer Ernst. Im Grunde war es eine perfide Machtdemonstration. Die Spieler bekamen zwei Optionen, und wer nicht mitmachte, wurde ausgeschlossen – und bestraft.«

»Klingt ... beunruhigend.«

»Beunruhigend?« Marie schnaubte leise und schüttelte den Kopf. »Das trifft es nicht ganz. Die Aufgaben wurden immer gefährlicher, immer extremer. Als sich dann ein Junge bei einem Sprung vom Dach den Arm brach, hatte ich endgültig die Nase voll. Da war ich raus.«

»Er musste vom Dach springen? Vom *Schuldach*?«

»Nicht vom Schuldach, nein. Es war eine alte Scheune, vielleicht drei Meter hoch. Aber es war trotzdem gefährlich.« Sie lehnte sich zurück und ein Schatten huschte über ihr Gesicht. »Ein anderes Mal haben sie ein Mädchen gezwungen, in der verfallenen Kapelle am Rande des Schulgeländes zu übernachten. Es war Winter, eiskalt, und sie hatte schreckliche Angst vor der Dunkelheit. Am nächsten Tag war sie krank – eine schwere Erkältung. Zwei Wochen lang war sie außer Gefecht. Und das«, fügte sie nach einer kurzen Pause hinzu, »war noch eine der harmloseren Geschichten.«

Mir schnürte sich der Magen zusammen. »Und niemand hat das gemeldet?«

Marie stieß erneut ein bitteres Lachen aus. »Das hat sich niemand getraut. Ich habe es einmal getan und bin zu Frau Mistrott gegangen. Aber diese Leute waren gut darin, sich aus Schwierigkeiten herauszuwinden. Sie haben alles abgestritten, und natürlich hatte ich keine Beweise. Am Ende war ich diejenige, die dumm dastand.«

Sie presste die Lippen aufeinander, und eine beklemmende Stille entstand, während ich ihre Worte auf mich wirken ließ. Mein Blick wanderte wieder zu dem abstrakten Gemälde an der Wand, doch jetzt wirkten die Farben nicht mehr beruhigend, sondern chaotisch, wie ein wütender Strudel, der alles in sich hineinzog.

Ich dachte an die Karte, die ich in der Kiste gefunden hatte, die Großtante Claire mir gegeben hatte, und ein eiskalter Schauer kroch mir den Rücken hinab. Damals hatte ich sie nicht einordnen können, aber jetzt war mir klar, was es damit auf sich hatte.

»Und Verena und Michael?«, brachte ich mühsam hervor. »Haben die auch mitgemacht?«

Marie nahm einen Schluck aus ihrer Tasse, stellte sie bedächtig ab und wiegte den Kopf. »Michael definitiv, zumindest am Anfang. Bei Verena bin ich mir nicht sicher. Wir waren zwar keine Freundinnen, aber sie … sie war anders.« Sie hielt kurz inne, als suche sie nach den richtigen Worten. »Sie hatte ein gutes Herz. Ich schätze, genau das war letztlich ihr Problem.«

Ich atmete innerlich auf. *Immerhin etwas.*

»Frau Mistrott meinte mir gegenüber, Verena sei eine schwierige Schülerin gewesen. Teilen Sie diese Meinung?«

Marie verzog das Gesicht. »Das hat sie gesagt? Nun, das wundert mich nicht. Über mich hat sie damals dasselbe behauptet.« Ihre Lippen kräuselten sich zu einem angewiderten Lächeln. »Ehrlich gesagt, halte ich nicht viel von unserer geschätzten Direktorin. Heute ist sie meine Chefin, aber ganz unter uns: Sie hat schon immer alles getan, um den Ruf der Schule zu schützen, koste es, was es wolle.«

Ich zögerte einen Moment, bevor ich nachhakte. »Verzeihen Sie, wenn ich das frage, aber warum arbeiten Sie dann für sie? Nach allem, was Sie an dieser Schule erlebt haben?«

Marie hob das Kinn, ihr Blick wurde fest, fast trotzig. »Um zu verhindern, dass sich so etwas wiederholt. Ob Sie es glauben oder nicht, diese Kinder bedeuten mir was. Und an diesem Internat sind schlimme Dinge passiert, auch schon vor der Sache mit Michael.«

»Schlimme Dinge? Was denn für Dinge?«, fragte ich, obwohl ich mir nicht sicher war, ob ich die Antwort wirklich hören wollte.

Ein Anflug von Schmerz huschte über Maries Gesicht. Ihre Lippen öffneten sich, als wollte sie etwas sagen, doch dann schloss sie den Mund wieder und wandte den Blick ab.

Ich wartete. Ließ ihr Zeit. Doch das bedrückende Schweigen zog sich unerbittlich in die Länge. Als klar wurde, dass sie nicht weiter darauf eingehen würde, lenkte ich das Gespräch widerstrebend auf das eigentliche Thema zurück.

»Diese Jugendlichen, von denen Sie gesprochen haben – Ludo und seine Freunde –, ich nehme an, Verena hat sich mit ihnen angelegt?«

Marie schüttelte den Kopf. »Oh, anfangs nicht. In den ersten Monaten lief es sogar richtig gut für sie. Sie war beliebt, hatte gute Noten, und sie und Michael wirkten sehr verliebt.« Sie hielt kurz inne und strich sich eine Strähne hinters Ohr. »Aber das änderte sich schlagartig nach dem Winterball. Die Santa Clara veranstaltet jedes Jahr vor Weihnachten einen Ball – ein großes Event, damals wie heute. Ich war in dem Jahr nicht dort, aber als ich Verena am nächsten Tag auf dem Schulhof traf, wirkte sie … verändert.«

»Verändert? Inwiefern?«

»Verstört«, präzisierte Marie. »Irgendetwas muss zwischen ihr und Ludo vorgefallen sein, denn als Verena und ich uns an diesem Tag auf dem Schulhof unterhielten, da kam Stefanie, seine damalige Freundin, zu uns, und es kam zu einem heftigen Streit. Das war der Anfang vom Ende. Und in den Wochen danach … na ja, da wurde es wirklich übel für sie.«

Ich dachte an das Foto, das Ludo und seine Freunde verbreitet hatten, und spürte, wie sich mir die Nackenhaare aufstellten. Auch wenn Marie nicht ins Detail ging, konnte ich mir lebhaft vorstellen, was sie damit meinte. *Diese verfluchten Bastarde!*

Ich zwang mich, tief durchzuatmen und mir meinen Zorn nicht anmerken zu lassen.

»Verena wurde also gemobbt«, stellte ich betont sachlich fest. »Wie viele andere vor und vermutlich auch nach ihr.«

Marie nickte nur.

»Und nicht lange danach war Michael tot«, fuhr ich mit rauer Stimme fort. »Verena wurde wegen Mordes verurteilt, obwohl es keine stichhaltigen Beweise gab.«

Wieder ein knappes Nicken.

»Was denken Sie, Frau Gallager?«, fragte ich vorsichtig. »Glauben Sie, dass sie ihn wirklich … vom Dach gestoßen hat?« Marie versteifte sich. Ihre Finger umklammerten die Armlehnen ihres Stuhls, während ihr Blick zu Boden wanderte. »Ich nehme an, Sie kennen die Akten«, erwiderte sie tonlos. »Michael und Verena wollten sich an diesem Abend auf dem Dach treffen. Man hat dort Fingerabdrücke gefunden – ihre und Michaels. Die beiden müssen wohl öfter zusammen dort oben gewesen sein – obwohl das natürlich verboten war. Und dann … dann hat man sie quasi in flagranti neben seiner Leiche erwischt.«

Ich nickte, aber das genügte mir nicht. »Ich weiß, was in den Akten steht. Aber ich will wissen, was *Sie* glauben. Sie ganz persönlich.«

Marie hob den Kopf ein wenig, sah mich aber immer noch nicht an. »Ich weiß es nicht«, murmelte sie schließlich mit brüchiger Stimme. »Verena ist vorher an diesem Abend bei mir gewesen. Xaver – Michaels Bruder – war auch da. Das spätere Treffen auf dem Dach war Michaels Idee gewesen. Sie war sich nicht mal sicher, ob sie überhaupt hingehen sollte.« Ein Zittern durchlief ihren Körper, als sie leise hinzufügte: »Mein Gott, ich Idiotin habe sie praktisch dazu gedrängt.«

»Sie haben sie gedrängt? Aber warum?«, fragte ich stirnrunzelnd. »Wo Sie doch gesagt haben, dass Sie keine Freundinnen waren.«

Marie seufzte. »Das ist eine lange Geschichte. Aber worauf ich eigentlich hinauswill: Verena war aufgewühlt, das ja, aber nicht wütend. Trotz allem, was Michael und seine Freunde getan haben, hat sie ihn immer noch geliebt. Ich könnte mir vorstellen, dass sie sich gestritten haben – aber Mord? Das passte einfach nicht zu ihr.« Sie schüttelte entschieden den Kopf.»Außerdem gab es da diese Überwachungskamera auf dem Schulhof. Die Aufnahmen waren verschwunden – und sind es vermutlich bis heute. Die Polizei ging wohl davon aus, dass Verena sie gestohlen hat, um Beweise zu vernichten. Aber das glaube ich nicht. Sie hatte schlicht keine Gelegenheit dazu, verstehen Sie? Sie wurde ja praktisch sofort verhaftet.«

»Interessant«, murmelte ich. Überwachungsbänder, die fehlten? Diese Information war neu.»Aber wenn Verena sie nicht genommen hat – wer dann? Wer hätte überhaupt Zugriff darauf gehabt?«

Marie zuckte mit den Schultern.»Der Direktor vielleicht. Frau Mistrott. Der Schulwart. Oder sonst wer, der sich irgendwie Zugang verschafft hat. Das Pförtnerhäuschen war ja nicht besonders gut gesichert.«

»Mit anderen Worten: praktisch jeder«, stellte ich trocken fest.

Ich vergrub mein Gesicht in den Händen, während die neuen Informationen in meinem Kopf durcheinanderwirbelten wie lose Blätter im Sturm. Aber die Puzzleteile wollten einfach nicht zusammenpassen. Schließlich hob ich den Kopf und fragte behutsam:»Aber wer sonst könnte ein Interesse daran gehabt haben, Michael zu töten?«

Marie nahm einen Schluck aus ihrer Tasse und setzte sie bedächtig wieder ab. Dann sah sie mich lange und durchdringend an.

»Ich glaube, dass Verena etwas herausgefunden hat«, murmelte sie kaum hörbar.»Etwas, das Ludo und seine Freunde ernsthaft in Schwierigkeiten gebracht hätte. Und ich nehme an, dass Michael ihr davon erzählen wollte.«

Ich schnappte nach Luft, als mir klar wurde, worauf sie hinauswollte.»Sie meinen also, sie haben ihr eine Falle gestellt? Dass Ludo und seine Freunde Michael vom Dach gestoßen und es Verena in die Schuhe geschoben haben?«

Marie nickte düster.»Genau das befürchte ich.«

»Aber warum?«, keuchte ich.»Was könnte Verena denn herausgefunden haben, das es wert wäre, dafür zu töten?«

Marie schwieg.

»Bitte, Frau Gallager!«, flehte ich. »Wenn Sie etwas wissen – dann sagen Sie es mir.«

Marie richtete den Blick auf ihre Hände. Als sie schließlich den Kopf hob und mich anschaute, sah ich Tränen in ihren Augen schimmern. »Na gut«, murmelte sie. »Aber nur wenn Sie versprechen, dass das unter uns bleibt. Wenn Frau Mistrott erfährt, dass ich überhaupt mit Ihnen geredet habe …«

»Natürlich«, sagte ich schnell. »Sie haben mein Wort.«

Marie nickte langsam. Ihre Augen bohrten sich in meine, als sie schließlich gepresst hervorstieß: »Sagt Ihnen der Name Jonas Felber etwas?«

Kapitel 31

Dezember 2005. Verena

Verena trommelte ungeduldig mit den Fingern auf die Tischplatte, während sie auf den blinkenden Cursor starrte. Die Computer in der Bibliothek waren so langsam, dass es jedes Mal eine Ewigkeit dauerte, bis die Seiten vollständig geladen waren.

»Verdammt, das gibt's doch nicht«, murmelte sie, als endlich ein kurzer Eintrag auf dem Display erschien. Ihre Augen huschten über den Text, doch schon nach wenigen Sekunden lehnte sie sich resigniert zurück und strich sich eine Haarsträhne aus dem Gesicht.

Verena war mittlerweile auf Seite dreiundzwanzig der Google-Suchergebnisse angelangt, auf der nur noch irrelevante Treffer und nervige Immobilienanzeigen zu finden waren. Trotz aller Mühen hatte ihre Suche nach Jonas Felber nichts ergeben. Keine neuen Informationen, keine Hinweise, die sie weiterbrachten. Alles, was sie gefunden hatte, war ein kurzer Artikel aus einer Lokalzeitung, der kaum mehr enthielt, als sie ohnehin schon wusste.

Tragischer Unfall an Privatschule

Santa Clara – Auf dem Gelände der renommierten Privatschule ereignete sich am vergangenen Wochenende ein tragischer Unfall, bei dem ein Schüler ums Leben kam.

Der 16-jährige Jonas Felber war am Samstagabend allein in den nahe gelegenen Wald gegangen. Aus ungeklärter Ursache stürzte der Schüler von einer Klippe, die durch das dichte Waldgebiet verläuft. Nach zweitägiger Suche fanden Lehrer und Mitschüler den Jungen am Grund der Schlucht. Der Rettungsdienst konnte nur noch seinen Tod feststellen.

Schuldirektor Hesse zeigte sich tief betroffen:»Wir sind alle erschüttert über diese Tragödie. Jonas war ein beliebter und engagierter junger Mann, der viel zu früh aus unserer Mitte gerissen wurde. Unsere Gedanken sind in dieser schweren Zeit bei seiner Familie und seinen Freunden.«

Mit einem frustrierten Stöhnen schloss Verena das Browserfenster und ließ ihren Blick aus dem Fenster schweifen.

Draußen schneite es. Schon die ganze Woche hatte es ununterbrochen geschneit und der Schulhof war fast menschenleer. Nur vereinzelt eilten Schüler mit gesenkten Köpfen und hochgezogenen Schultern durch das Schneetreiben, offenbar nur darauf bedacht, so schnell wie möglich wieder ins Warme zu kommen. In der Ferne erspähte Verena eine kleine Gruppe unerschrockener Erstklässler, die sich eine hitzige Schneeballschlacht lieferten. Ihre bunten Mützen und Jacken blitzten hier und da zwischen den fallenden Flocken auf, flüchtige Farbtupfer in der monochromen Winterkulisse.

Seufzend wandte sie den Blick ab. Normalerweise liebte sie den Winter, besonders die besinnliche Vorweihnachtszeit. Tante Claire und sie verbrachten dann Stunden in der Küche, backten kiloweise Kekse oder schlenderten dick eingepackt über die Wiener Adventmärkte. Doch dieses Jahr war alles anders, und die Vorfreude auf Weihnachten war einer bedrückenden Einsamkeit gewichen.

Die letzte Woche war wie im Nebel an Verena vorbeigezogen. Sie hatte ihre Routine beibehalten: Sie war wie gewohnt zum Unterricht gegangen, hatte für die Prüfungen gelernt und ihr Lauftraining wieder aufgenommen. Zu den Mahlzeiten jedoch zog sie sich zurück – entweder in ihr Zimmer oder in die Bibliothek, wo sie ungestört sein konnte. Stefanie und Ludo hatten mehr als deutlich gemacht, dass Verena an ihrem Tisch im Speisesaal nicht mehr willkommen war.

Seit ihrem Streit herrschte eisiges Schweigen. Stefanie, Ludo und Aaron ignorierten sie, als hätte sie nie existiert. Ihre Ablehnung war deutlich spürbar. Sie alle schienen fest entschlossen, Verena für ihren »Verrat« büßen zu lassen. Cornelia bemühte sich zwar halbherzig, zwischen den Fronten zu vermitteln, aber Verena war klar, dass Cornelias Loyalität letztlich Stefanie galt – und damit war sie leider nicht allein.

Was sich auf dem Schulhof abgespielt hatte, verbreitete sich wie ein Lauffeuer in der ganzen Schule, und die Gerüchte wurden mit jedem Tag abenteuerlicher. Am Dienstag hatte Verena zwei Mädchen gehört, die mit eigenen Augen gesehen haben wollten, wie sie Stefanie wie ein Profi-Wrestler auf den Boden gezwungen hätte.

Die Leute machten sich nicht einmal mehr die Mühe, leise zu sprechen, wenn sie über sie lästerten. Der neueste Trend war, bei Verenas Anblick panisch zurückzuweichen und theatralisch zu rufen: »Nicht schlagen, bitte!« – woraufhin alle in schallendes Gelächter ausbrachen. Es war zum Verrücktwerden!

Noch nie hatte Verena die Weihnachtsferien so sehr herbeigesehnt wie in diesem Jahr. Sie zählte bereits die Stunden, bis sie endlich in den Zug steigen und der vergifteten Atmosphäre auf der Santa Clara zumindest für eine Weile entfliehen konnte.

Einzig Michael hielt noch zu ihr. Verena hatte ihm erzählt, was wirklich zwischen ihr und Ludo vorgefallen war, und er hatte ihr geglaubt – oder zumindest so getan. Doch in den stillen Momenten, wenn sie nach dem Sex auf dem Sofa in ihrer Dachkammer lagen und die Dachbalken anstarrten, spürte sie, dass sich zwischen ihnen etwas verändert hatte. Eine unsichtbare Distanz hatte sich eingeschlichen, eine, die nicht mehr verschwinden wollte. Michael vertraute ihr nicht mehr. Und das Schlimmste war, dass auch sie begonnen hatte, ihm zu misstrauen, wenn auch aus ganz anderen Gründen.

Denn inzwischen war Verena klar geworden, dass Michael sie angelogen hatte – und zwar mehr als nur ein Mal.

Zum einen war da die Geschichte mit Marie und der Scheune, die einfach keinen Sinn ergab. Verena hatte ihre Unterhaltung auf dem Sportplatz immer wieder durchgespielt und war sich sicher, dass Michael behauptet hatte, Marie hätte versucht herauszufinden, wo Ludo und seine Clique sich zum Feiern trafen. Doch das konnte nicht stimmen. Am Sonntag hatte Marie von sich aus über die Scheune gesprochen und sogar behauptet, sie selbst mit eingerichtet zu haben. Warum also hatte Michael in diesem Punkt gelogen? Was versuchte er vor ihr zu verbergen?

Und dann war da noch seine Theorie über Jonas' angeblichen Selbstmord, die Verena schlaflose Nächte bereitete. Im ersten Moment hatte Michaels Erklärung plausibel geklungen: Jonas sei in Marie verliebt gewesen, und als sie ihn zurückgewiesen habe, habe er keinen anderen Ausweg mehr gesehen. Dumm und tragisch, aber irgendwie nachvollziehbar. Doch nach ihrem Gespräch mit Marie war sie sich nicht mehr so sicher. Marie hatte darauf bestanden, Jonas und sie seien nur alte Freunde gewesen, und Verena war geneigt, ihr zu glauben.

Aber wenn das stimmte, warum hätte sich Jonas sonst das Leben nehmen sollen? Warum wollte der Anwalt der Felbers so dringend mit Marie sprechen? Und was sollte Verena von Maries rätselhaften Warnungen halten?

Anfang der Woche hatte Verena sie nach dem Unterricht abgepasst, um sie direkt darauf anzusprechen. Doch Marie hatte sofort abgeblockt, war förmlich vor ihr geflüchtet und ging ihr seitdem konsequent aus dem Weg.

Frustriert schüttelte Verena den Kopf. Man hätte meinen können, dass der Bruch mit Ludos Clique sie und Marie einander näherbringen würde. Doch das Gegenteil war der Fall. Es schien fast so, als hätte Marie Angst – aber wovor? Vor Ludo? Oder davor, dass man ihr erneut etwas anhängen könnte, wenn sie zu viel verriet? Aber was konnte das sein?

Trotz – oder vielleicht gerade wegen – ihrer abweisenden Reaktion war Verena überzeugt, dass Marie etwas wusste. Etwas, das sie nicht preisgeben wollte und in das auch Michael und die anderen verwickelt waren. Und so war die lähmende Ohnmacht, die Verena nach ihrem Streit mit Stefanie befallen hatte, langsam einem anderen Gefühl gewichen: Neugier. Sie wollte unbedingt herausfinden, was wirklich mit Jonas passiert war.

Maries Warnungen hatten sich tief in Verenas Gedächtnis eingebrannt. Sie hafteten wie ein Fluch an ihr, verfolgten sie durch die endlosen Korridore der Schule und verspotteten sie, wenn sie neben Michael über den vereisten Sportplatz joggte.

Michael ist vielleicht nicht so schlimm wie der Rest von Ludos Clique, aber am Ende ist er trotzdem einer von ihnen. Du wärst nicht die Erste, die wegen denen unter die Räder kommt.

Verena schloss die Augen und rieb sich die Schläfen, während sie versuchte, ihre wirren Gedanken zu ordnen. Worauf wollte Marie nur hinaus?

Lass dir einen gut gemeinten Rat geben: Sei vorsichtig! Und stell um Himmels willen bloß nicht zu viele Fragen über Jonas. Das bringt nur Ärger, glaub mir.

Aber warum? Warum sollte sie keine Fragen über Jonas stellen? Und was hatte das alles mit Ludos Clique zu tun? Michael und Cornelia hatten beide behauptet, Jonas kaum gekannt zu haben – oder war das etwa nur eine weitere Lüge? War es in Wahrheit womöglich genau andersherum: Versuchte Marie, sie absichtlich in die Irre zu führen, sie zu manipulieren, wie Michael befürchtet hatte?

Plötzlich kam ihr eine Idee. Eine Möglichkeit, zumindest eine ihrer Theorien zu überprüfen.

Kurz entschlossen stand Verena auf und ging zur Bibliothekarin, die hinter ihrem Schreibtisch in ein dickes Buch vertieft war.

»Frau Lisbeth«, sagte Verena und räusperte sich, um ihre Aufmerksamkeit zu gewinnen. »Entschuldigen Sie bitte die Störung, aber darf ich Sie kurz etwas fragen?«

Die Bibliothekarin hob den Kopf, ihre Brille rutschte ein wenig auf ihrer Nase nach unten. »Natürlich, mein Kind. Worum geht es?«

»Ich suche die Jahrgangsbücher der Santa Clara. Könnten Sie mir zeigen, wo die stehen?«

»Die Jahrgangsbücher?« Frau Lisbeth schob ihre Brille hoch und sah Verena überrascht an, als hätte seit Jahren niemand mehr nach diesen Büchern gefragt. Dann stand sie auf und deutete in Richtung eines abgelegenen Gangs. »Aber ja, natürlich. Komm mit, sie sind gleich da hinten.«

Frau Lisbeth führte Verena zu einem Regal und zeigte auf etwa drei Dutzend in Leder gebundene Bücher, deren Einbände von einer dicken Staubschicht bedeckt waren. Auf jedem Buch waren in goldenen Lettern Jahreszahlen eingeprägt.

»Hier sind sie. Unsere Sammlung reicht bis in die Siebzigerjahre zurück – auf der Santa Clara werfen wir bekanntlich nichts weg«, fügte sie mit einem Lächeln hinzu. »Suchst du etwas Bestimmtes?«

»Nein, nein«, antwortete Verena ausweichend. »Ich möchte nur schnell etwas nachsehen.«

»Verstehe. Gib mir einfach Bescheid, falls du weitere Hilfe brauchst, ja?«

Frau Lisbeth nickte ihr freundlich zu und ging zu ihrem Schreibtisch zurück.

Mit klopfendem Herzen zog Verena die Bände der letzten drei Jahre aus dem Regal und trug sie zu ihrem Platz am Fenster. Vorsichtig schlug sie den ersten Band auf und begann, Seite für Seite durchzublättern. Dabei konzentrierte sie sich vor allem auf die Berichte über Freizeitaktivitäten, Sportveranstaltungen und besondere schulische Ereignisse.

Auf einem der Fotos entdeckte Verena eine jüngere Version von Stefanie und Cornelia bei einer Ballettaufführung. Cornelia trug damals noch eine Zahnspange, und das kurze Tutu, das sie anhatte, war tatsächlich wenig schmeichelhaft. Ein paar Seiten weiter waren Ludo und Aaron abgebildet, breit grinsend in Fußballtrikots bei einem Auswärtsspiel. Dann Michael, der stolz einen Pokal hochhielt, den er bei einem 10-Kilometer-Lauf gewonnen hatte.

Im Jahrbuch des folgenden Jahres sahen sie alle schon deutlich erwachsener aus. Cornelias Zahnspange war verschwunden, und aus Ludo und Aaron waren muskulöse junge Männern geworden. Ein Foto zeigte Ludo und Stefanie, eng umschlungen beim Winterball – im Band davor hatte er am selben Ort noch Marie im Arm gehalten.

Auch Jonas tauchte häufig in den Jahrbüchern auf, meist zusammen mit Marie und einem fröhlich dreinschauenden Xaver. Verena betrachtete Jonas' Gesicht aufmerksam, suchte nach Anzeichen von Traurigkeit, Einsamkeit oder Melancholie. Doch da war nichts.

Rasch blätterte Verena weiter.

Sie war jetzt beim letzten Jahrbuch angelangt, dem vom Vorjahr, und Verena wollte es gerade enttäuscht wieder zuklappen, als ihr Blick an einer kleinen Fotostrecke hängen blieb. Es ging um ein Fußballspiel – aber irgendetwas daran irritierte sie.

Verena beugte sich näher über die Seite und betrachtete die Bilder genauer. Auf der linken Hälfte waren drei große Jungs zu sehen, die sie nicht kannte – vermutlich Schüler aus dem Abschlussjahrgang. Doch auf der rechten Bildhälfte erkannte sie vertraute Gesichter: Ludo und Aaron, die triumphierend die Fäuste in die Luft reckten, und – zu ihrer Überraschung – Jonas. Er stand zwischen den beiden, und obwohl das Foto etwas unscharf war, wirkte er genauso glücklich und euphorisch wie die anderen Spieler.

Verena runzelte die Stirn. Hatte Michael nicht behauptet, dass Jonas nie zu ihrer Clique gehört hatte? Sie kniff die Augen zusammen und beugte sich noch weiter über die Seite, um die winzige Bildunterschrift zu entziffern:

Sieg gegen die Kalksburger Schulmannschaft im Mai 2005; Anton Miller, Fabian Stocker, Karl Lutz (links); Ludwig Hellstein, Aaron Beron, Jonas Felber (rechts)

Ihr Herz begann schneller zu schlagen, während sie wie gebannt auf das Foto starrte. Jonas hatte zusammen mit Ludo und Aaron Fußball gespielt? Auf dem Foto sah es fast so aus, als wären sie Freunde gewesen. Was hatte das zu bedeuten?

»Verena? Bist du das?«, erklang plötzlich eine vertraute Stimme hinter ihr.

Mit einem erschrockenen Keuchen fuhr sie herum. Hinter ihr stand Xaver. Er hatte die Arme vor der Brust verschränkt, sein Blick glitt irritiert von dem aufgeschlagenen Jahrbuch vor ihr zu dem Stapel weiterer Bücher auf dem Tisch.

»Himmel, hast du mich erschreckt!«, sagte Verena atemlos. Reflexartig schlug sie das Buch zu und stützte ihren Ellbogen darauf ab, als wäre sie bei etwas Verbotenem ertappt worden.

»Sorry, das wollte ich nicht.« Xaver deutete auf den Bücherstapel. »Was machst du denn mit dem Jahrbuch vom letzten Jahr?«

Kapitel 32

Leonie. Heute

Im Keller roch es nach einer Mischung aus Holz, Staub und Feuchtigkeit. Rainer hatte tatsächlich Wort gehalten und war am Morgen vorbeigekommen, um nach Sixtus' altem Kaufmannsladen zu suchen. Jetzt standen wir inmitten des vollgestopften Raumes, schoben Kisten und allerlei Gerümpel hin und her, bis wir das gute Stück endlich gefunden hatten. Das Holz war an einigen Stellen verblasst, und eine dicke Staubschicht hatte sich über die Regale und die winzige Kasse gelegt.

»Wusste ich doch, dass der hier irgendwo sein muss«, sagte Rainer und betrachtete das Spielzeug, als hätte er einen lange verloren geglaubten Freund wiedergefunden. »Der Kaufmannsladen hat Ludo und mir gehört, bevor Sixtus ihn bekommen hat«, erklärte er, während seine Finger zärtlich über die kleine Waage strichen, die auf der Ablage thronte. »Als er in Mias Alter war, hat er Stunden damit verbracht, sich Preise auszudenken und uns seine imaginären Kuchen oder Äpfel zu verkaufen.«

Ich lächelte und räumte die Plastikobststücke, die in einem kleinen Korb lagen, in die Schubladen. »Na, dann hoffen wir mal, dass Mia genauso viel Freude daran hat. Hilfst du mir, ihn nach oben zu tragen?«

Gemeinsam hoben wir den Kaufladen an. Ich ging voran und meine Finger krallten sich mühsam in das sperrige Holzgestell, während ich mich bemühte, nicht das Gleichgewicht zu verlieren. Schon nach wenigen Metern spürte ich, wie meine Arme vor Anstrengung zu zittern anfingen.

»Halt mal an!«, keuchte ich und lehnte den Kasten vorsichtig gegen die Wand, um meine Finger kurz zu entlasten. »Das Ding ist schwerer, als es aussieht.«

»Damals hatten sie eben noch Sinn für Qualität. Der Korpus ist aus Vollholz, nicht aus diesen billigen Pressspanplatten, die sie heutzutage verwenden.« Er grinste verschmitzt. »Aber du machst das großartig. Noch ein paar Meter, dann haben wir's geschafft.«

Ich verdrehte die Augen, umklammerte das Holzgestell wieder fester und schleppte mich weiter, eine Stufe nach der anderen.

Endlich hatten wir den oberen Treppenabsatz erreicht. Mit einem Tritt öffnete ich die Küchentür und stieß dabei gegen den Rahmen, was mich gefährlich ins Straucheln brachte. Stefanie, die am Küchentisch saß und in ihren Laptop vertieft war, hob nicht einmal den Kopf.

»Stefanie«, stöhnte Rainer. »Könntest du bitte mal …«

Stefanie blickte von ihrem Bildschirm auf, sichtlich irritiert über die Unterbrechung. »Was? Oh, natürlich.«

Sie sprang auf und eilte herbei, um den Korpus von der anderen Seite zu stützen. Mit vereinten Kräften stellten wir ihn ab und schoben ihn in die Mitte der Küche, wobei die Holzräder eine schmutzige Spur auf dem Fliesenboden hinterließen.

»Ist das etwa Sixtus' alter Laden?«, fragte Stefanie und beäugte das verstaubte Spielzeug skeptisch. »Meine Güte, den hatte ich ja völlig vergessen.«

»Genau der«, bestätigte Rainer stolz und klopfte auf die Oberseite des Holzgestells. Eine kleine Staubwolke stieg auf und ließ Stefanie unwillkürlich zurückweichen. »Wir dachten, Mia hat vielleicht Freude daran.«

»Eine schöne Idee«, sagte sie gedehnt, während sie missbilligend die Schmutzspuren auf den Fliesen betrachtete. »Ich bin sicher, sie wird ihn lieben.«

Dann glitt ihr Blick zurück zum Küchentisch, der übersät war mit Notizzetteln und gekritzelten To-do-Listen für die Dinnerparty, die sie und Ludo am Vorabend der Wahl geben würden. Sie seufzte.

»Dann arbeite ich wohl besser oben weiter und lasse euch alleine. Ihr macht den Laden ja sicher noch sauber, bevor ihr ihn in Mias Zimmer bringt?«

Mit einer fließenden Bewegung raffte sie ihre Unterlagen zusammen, klappte den Laptop zu und wandte sich zum Gehen. An der Tür blieb sie stehen und drehte sich noch einmal um.

»Ach, und Leonie? Komm doch bitte hoch zu mir, wenn du hier fertig bist. Ich möchte mit dir noch einmal die Tischordnung durchgehen.«

»Natürlich.« Ich zwang mich zu einem Lächeln. *Ich kann's kaum erwarten.*

Schweigend machten wir uns an die Arbeit. Rainer zog die Schubladen aus dem Kaufladen und stellte sie vorsichtig nebeneinander auf den Boden. Währenddessen holte ich ein feuchtes Putztuch und begann, den Korpus abzuwischen. Der feine Staub stieg wie ein unsichtbarer Nebel in die Luft, kitzelte in der Nase und brachte mich zum Niesen.

»Hast du eigentlich noch mal mit Ludo gesprochen?«, fragte ich, während ich ein besonders hartnäckiges Staubnest aus einer der Ecken kratzte. »Wegen der Felge von seinem Ferrari?«

Rainer schüttelte den Kopf und seufzte. »Ich hab's versucht, aber er ist nicht ans Handy gegangen. Vermutlich ist das Thema für ihn längst gegessen. Im Augenblick hat er ohnehin einen Haufen anderer Dinge, um die er sich kümmern muss – bis zur Wahl ist es ja jetzt nicht mehr lang.«

»Sonntag in zwei Wochen, oder?«

Rainer nickte. »Genau.«

Ich spürte, wie die Nervosität in mir wuchs. Denn nicht nur Ludo war in diesen Tagen voll ausgelastet, auch mir lief allmählich die Zeit davon. Stefanies »Bitte«, ihr bei der Dinnerparty zu helfen, fraß mehr Zeit, als mir lieb war. Zwischen endlosen Menübesprechungen, Überlegungen zur Tischdekoration und dem strategischen Abwägen, welche Gäste wo platziert werden sollten, blieb mir kaum Zeit, meine eigenen Pläne voranzutreiben. Abgesehen von Ludos E-Mails hatten weder er noch Stefanie auf die Karten reagiert. Ihre scheinbare Gelassenheit ärgerte mich und brachte mich in Zugzwang. Mir blieb nichts anderes übrig, als den nächsten Baustein meines Plans in die Tat umzusetzen – was sie dann hoffentlich endlich aus der Reserve locken würde.

Und dann war da noch Xaver, der mir Kopfzerbrechen bereitete. Seit unserem Gespräch in der Bäckerei vor einigen Monaten hatten wir nicht mehr miteinander gesprochen – bis er mich gestern aus heiterem Himmel angerufen und um ein Treffen gebeten hatte. Seitdem nagte die Ungewissheit an mir. Was wollte er? Hatte er es sich womöglich anders überlegt und waren ihm neue Informationen eingefallen, die mir weiterhelfen könnten? Oder ging es um etwas ganz anderes?

Immerhin konnte ich nach Aaron einen weiteren Namen von meiner Liste streichen: Cornelia. Ein Telefonat mit Antoine, ihrem ehemaligen Liebhaber, hatte mir bestätigt, was ich bereits vermutet hatte: Die Scheidungsverhandlung war ein Fiasko gewesen. Nachdem ihre Untreue zur Sprache gekommen war und Armin die belastenden Bänder präsentiert hatte, war sie zusammengebrochen. Mittlerweile dürfte nicht einmal mehr ihre Anwältin daran zweifeln, dass sie aus dem Verfahren als Verliererin hervorgehen würde.

»Glaub mir, ich weiß, was du meinst.« Seufzend wrang ich das Tuch aus und richtete mich auf. »Stefanie redet seit Tagen nur noch von dieser Party, und natürlich muss alles perfekt sein. Sie treibt mich damit noch in den Wahnsinn.« Ich verdrehte die Augen und grinste. »Ich nehme mal an, du kommst auch?«

Rainer nickte widerwillig, während er eine Schublade zurück in den Kaufmannsladen schob. »Muss ich wohl. Aber ehrlich gesagt, kann ich diese Veranstaltungen nicht ausstehen. All das oberflächliche Gerede über Politik, all die Leute, die sich wichtigmachen und dazu dann Ludos hochtrabende Reden, als wäre er der Retter der Nation …«

»Dann hast du also keine Ambitionen, eines Tages in seine Fußstapfen zu treten?«, scherzte ich.

»Ich und Politik?« Rainer schüttelte lachend den Kopf. »Ganz sicher nicht. Das Rampenlicht ist Ludos Welt, nicht meine. Das war schon so, als wir Kinder waren.«

»Ach ja?« Neugierig sah ich ihn an. »Wie war er denn so als Kind?«

Rainer lehnte sich an die Spüle und dachte einen Moment lang nach, bevor er antwortete. »Als ich klein war, wollte ich unbedingt so sein wie er«, sagte er schließlich. »Ludo war viel älter als ich – fast zehn Jahre –, und weil er auf dem Internat war, haben wir uns eigentlich nur in den Ferien gesehen. Aber zu Hause war es einfach anders, wenn er da war. Er hatte schon immer diese besondere Gabe … Die Menschen hörten auf ihn. Es war, als hätte er eine natürliche Autorität, selbst bei unseren Eltern.«

»Dann wollte er also schon immer Politiker werden?«

»Oh, nein.« Ein flüchtiges Lächeln huschte über sein Gesicht. »Das kam erst während des Studiums. Als Teenager war er fest davon überzeugt, Reporter zu werden. Durch die Welt reisen, aus Kriegsgebieten berichten, so was in der Art. Zum Glück haben unsere Eltern ihm das wieder ausgeredet. Wer weiß, was sonst aus ihm geworden wäre.«

»Ludo als Kriegsberichterstatter?« Ich musste schmunzeln, als ich mir vorstellte, wie er im perfekt sitzenden Anzug mit einer Kamera um den Hals durch den Matsch stapfte. »Tatsächlich schwer vorstellbar.«

»Ich weiß.« Rainer lachte. »Als ich fünf oder sechs war, hat er zu Weihnachten eine Videokamera geschenkt bekommen –

eine Sony Handycam, wenn ich mich recht erinnere. Die Dinger waren der absolute Renner. Klein, handlich, mit ausklappbarem Bildschirm, und sie konnten Videos direkt auf diese Minikassetten aufzeichnen. Für die damalige Zeit echt Hightech.« Er stützte sich kurz auf der Ladentheke ab und schüttelte den Kopf. »Ludo war total verrückt nach dem Teil. Er hat alles gefilmt – Familienfeiern, die Katze im Nachbarsgarten, sogar kleine Kurzfilme mit seinen Freunden hat er damit gedreht. Einmal habe ich mir die Kamera geschnappt, weil ich wissen wollte, wie sie funktioniert. Da ist er richtig ausgerastet, hat sie mir aus der Hand gerissen und mich angebrüllt, ich soll die Finger von seinen Sachen lassen.« Er grinste schief. »Wenn ich so darüber nachdenke, war er damals genauso wie neulich bei der Sache mit dem Ferrari. Manche Dinge ändern sich wohl nie.«

»Gibt es diese Handycam noch?«, fragte ich beiläufig, während mein Herz schneller schlug. »Ludo als Teenager? Diese Videos würde ich zu gerne mal sehen.«

»Keine Ahnung. Irgendwo wird sie schon sein. Ich kann mir beim besten Willen nicht vorstellen, dass er sie weggeworfen hat.«

»Ja, vermutlich.« Meine Hände kribbelten vor Anspannung. Das musste die Kamera sein, von der Marie mir erzählt hatte! Ich musste unbedingt herausfinden, wo er sie versteckt hatte – und was auf dem Band noch darauf war. Im Haus war sie nicht, das hatte ich bereits gründlich durchsucht. Aber wo dann? Mein Kopf arbeitete auf Hochtouren, während ich fieberhaft überlegte, wie ich Rainer dazu bringen konnte, mir mehr zu erzählen, ohne Verdacht zu erregen.

»Was ist mit dir? Hast du Geschwister?«

»Hm?« Seine Frage riss mich abrupt aus meinen Gedanken. Für einen Moment war ich versucht, sie zu ignorieren und stattdessen das Gespräch unauffällig wieder auf Ludos Jugend zu lenken. Doch das Risiko, zu aufdringlich zu wirken, war zu groß.

Meine Gedanken wanderten zu meiner Adoptivfamilie, zu meinen verstorbenen Eltern und schließlich zu Xaver, meinem

Onkel, und dem bevorstehenden Treffen mit ihm. Nichts davon konnte oder wollte ich Rainer erzählen.

»Oh, ähnlich wie bei dir«, sagte ich schließlich. »Ein älterer Bruder. Frido. Aber seit ich ausgezogen bin, haben wir kaum noch Kontakt.«

Ich griff nach einem Küchentuch und trocknete mir die Hände damit ab, bevor ich den Blick prüfend über den Kaufmannsladen gleiten ließ. »So, ich denke, der ist jetzt sauber. Ich kümmere mich noch schnell um die Fliesen, und dann tragen wir ihn in Mias Zimmer, okay?«

Kapitel 33

Dezember 2005. Verena

Ich habe mir die Jahrbücher geholt, weil …« Verenas Stimme stockte, während sie verzweifelt nach einer glaubwürdigen Ausrede suchte. Doch jede Erklärung, die ihr einfiel, erschien ihr erbärmlicher als die vorherige.»… ich dachte, ich finde darin vielleicht ein paar gute Fotos für eine Collage«, schloss sie schließlich lahm.»Für Michael. Als Weihnachtsgeschenk.«

Xaver zog skeptisch eine Augenbraue hoch.»Eine Collage? Und dafür schaust du dir ausgerechnet die Fotos vom Spiel gegen die Kalksburger an? Michael ist da doch gar nicht drauf.«

Ein unangenehmes Hitzegefühl breitete sich in Verenas Gesicht aus. *Mist.* Xavers Miene schwankte zwischen Verwirrung und Argwohn. Verena atmete tief durch, während sie abwägte, wie viel sie ihm zumuten konnte. Schließlich entschied sie sich dafür, ihm die Wahrheit zu sagen – oder zumindest einen großen Teil davon.

»Also gut, ich erklär's dir. Aber nicht hier.« Ihr Blick wanderte kurz zu Frau Lisbeth, die über den Rand ihrer Brille hinweg neugierig zu ihnen herüberstarrte.»Lass uns woanders hingehen, wo wir ungestört sind.«

Ohne eine Antwort abzuwarten, schnappte sie sich die Jahrbücher und zog ihn in einen der schmalen Gänge zwischen den Regalen.

Xaver verschränkte die Arme vor der Brust und sah sie halb skeptisch, halb erwartungsvoll an. »Also?«

»Was du mir auf dem Winterball über Jonas erzählt hast, hat mir keine Ruhe gelassen«, begann Verena zögernd. »Das mit seiner Höhenangst. Zuerst habe ich es für einen merkwürdigen Zufall gehalten, aber inzwischen glaube ich, dass mehr dahintersteckt. Ich habe ein wenig nachgeforscht, und irgendetwas an der ganzen Geschichte ist definitiv seltsam.«

»Ach ja?«

Sie nickte. »Ich habe mit Michael gesprochen, und er hat mir ein paar interessante Dinge verraten. Er meinte, in Jonas' Sachen wären … Medikamente gefunden worden. Antidepressiva.«

»Antidepressiva?« Xaver riss die Augen auf, bevor er entschieden den Kopf schüttelte. »Nein, unmöglich. Jonas war nicht depressiv. Niemals! Dafür lege ich meine Hand ins Feuer. Ich hätte doch … Verdammt, ich hätte das doch gemerkt! Er war immerhin mein bester Freund!«

»Das hab ich mir auch gedacht.« Verena senkte ihre Stimme zu einem Flüstern. »Michael hat die Theorie aufgestellt, dass Jonas unglücklich in Marie verliebt war. Dass er vielleicht deshalb … gesprungen ist.«

Für einen Moment war alles still. Xavers Kiefermuskeln arbeiteten, während er Verena anstarrte, als hätte sie den Verstand verloren. »Das ist doch alles Bullshit«, krächzte er schließlich. »Jonas war nicht in Marie verliebt. Ja, sie waren eng befreundet, aber mehr auch nicht. Jonas hat sogar mal gescherzt, dass er sie als ›nervige große Schwester‹ sieht.«

»Ja, das hat Marie mir auch erzählt, als ich sie darauf angesprochen habe.«

Xaver schüttelte erneut den Kopf. Die Verärgerung war ihm deutlich anzusehen. »Aber wieso behauptet Michael das dann? Wie kommt er nur auf so einen Mist?«

»Gute Frage. Aber irgendwas stimmt da nicht.« Verena nahm sich einen Augenblick Zeit, um sich zu sammeln, dann erzählte sie Xaver in kurzen, hastigen Sätzen von dem Gespräch zwischen Rektor Hesse und Ulli, das sie unfreiwillig mitangehört hatte. Als sie geendet hatte, war Xaver ganz still geworden. Die Farbe war aus seinem Gesicht gewichen, und er zitterte so heftig, dass er sich an der Wand abstützen musste.

»Ich hab's gewusst«, murmelte er mit heiserer Stimme. »Ich hab gewusst, dass es kein Unfall war.«

»Das ist doch noch gar nicht gesagt«, entgegnete Verena vorsichtig. »Jedenfalls vermute ich, dass dein Bruder Marie deshalb ins Spiel gebracht hat. Im Nachhinein kam es mir fast so vor, als hätte er eine einleuchtende Erklärung dafür gesucht, dass Ulli sie erwähnt hat – obwohl er insgeheim mehr weiß.«

»Willst du damit andeuten, dass Ludo und seine Clique was mit Jonas' Tod zu tun haben könnten? Und mein Bruder auch?« Xaver wirkte wie vom Donner gerührt.

Verena seufzte. »Ich weiß es nicht. Aber fest steht, dass Michael nicht immer ehrlich zu mir war. Nicht nur, was Jonas' angebliche Schwärmerei für Marie angeht. Ich bin eben erst draufgekommen, dass er mich noch in einer anderen Sache angelogen hat.«

»Und die wäre?«

Verena dachte an die Sache mit der Scheune. An Michaels Behauptung, Marie hätte Ludo nachspioniert, obwohl Marie die Scheune längst kannte. An das Gras, das sie ihr aus Rache untergeschoben hatten, weil Marie sie angeblich bei Hesse verpetzt hatte. Aber inzwischen war Verena sich ziemlich sicher, dass das nur eine weitere Lüge gewesen war. Es ging um weit mehr als ein paar Kästen Bier.

»Das tut jetzt nichts zur Sache. Jedenfalls habe ich mir gedacht, dass er vielleicht auch bei anderen Dingen nicht die Wahrheit gesagt hat – und siehe da, ich hatte recht.«

Sie kniete sich hin, zog das Jahrbuch des letzten Jahres zu sich heran und blätterte darin, bis sie die Fotoserie von dem Spiel gegen die Kalksburger Fußballmannschaft gefunden hatte. Sie schob ihm das aufgeschlagene Buch hin und deutete mit dem

Finger auf das Bild, das Jonas zwischen Ludo und Aaron zeigte. »Schau dir das mal an.«

Xaver beugte sich vor und warf einen Blick auf das Foto. Die Ratlosigkeit stand ihm ins Gesicht geschrieben. »Und? Was genau soll mir das sagen?« Verena tippte ungeduldig auf die Spieler in den schmutzigen Trikots. »Michael hat behauptet, dass er und Jonas sich in völlig unterschiedlichen Kreisen bewegt haben. Dass sie sich kaum gekannt haben. Und Cornelia hat zu Beginn des Schuljahres etwas Ähnliches gesagt. Aber dieses Foto beweist doch das Gegenteil, oder?«

Xaver schwieg für einen Moment, dann runzelte er die Stirn und begann langsam zu sprechen. »Jonas wurde erst zu Beginn des zweiten Halbjahres in das Team aufgenommen«, erklärte er. »Ein Schüler aus der Mannschaft hatte die Schule gewechselt, und Jonas war völlig aus dem Häuschen, weil er endlich eine Chance bekommen hat.« Ein bitterer Ausdruck huschte über sein Gesicht. »Ich selbst war weniger begeistert, wie du dir denken kannst. In meinen Augen sind das nur feige Idioten, die andere schlechtmachen, um sich selbst besser zu fühlen. Jonas und ich haben deswegen gestritten, aber er blieb stur. Er meinte, ich wäre nur eifersüchtig, weil er jetzt beliebt wäre und ich nicht.« Xaver schüttelte den Kopf, bevor er Verena wieder ansah. »Wenn Michael behauptet, dass sie sich kaum gekannt haben, ist das glatt gelogen. Ich weiß von mehr als einem Abend, an dem Jonas mit denen nach dem Training noch unterwegs war.«

Verena nickte nachdenklich. »Da ist noch etwas, was mir nicht mehr aus dem Kopf geht«, sagte sie leise. »Marie – sie hat mich vor Ludo und seinen Freunden gewarnt. Immer wieder. Ich soll mich von ihnen fernhalten und bloß keine Fragen über Jonas stellen. Natürlich hab ich sie gefragt, was sie damit meint, aber mehr will sie nicht sagen.«

Xavers Miene verfinsterte sich und Verena bemerkte, wie sich seine Hände unter dem Pullover zu Fäusten ballten. »Ich rede mit Marie«, knurrte er. »Wir haben früher öfter mal was zusammen unternommen und verstanden uns eigentlich ganz gut. Vielleicht verrät sie mir ja mehr.«

»Tu das«, sagte Verena, allerdings ohne große Hoffnung. »Aber bitte – verrate Michael nichts von dem, was wir gerade besprochen haben. Er hat mir eigentlich das Versprechen abgenommen, dir nichts von alldem zu erzählen.«

Xaver nickte knapp. »Klar. Ich melde mich, wenn ich was rausfinde.«

Schweigend stellten sie die Jahrbücher zurück an ihren Platz und wandten sich zum Gehen. Verena konnte Xavers Anspannung fast körperlich spüren, wie elektromagnetische Wellen, die von ihm ausgingen und den ganzen Raum erfüllten. Sein Kiefer war zusammengepresst, seine Schritte wirkten hölzern und steif, als würde ihn eine unsichtbare Last niederdrücken. Ein Teil von ihr wollte ihn in den Arm nehmen, ihm sagen, dass alles wieder gut werden würde, dass das alles bestimmt nur ein dummes Missverständnis war. Doch sie tat es nicht.

Bereits auf dem Weg zu ihrem Zimmer überkamen Verena Zweifel. War es ein Fehler gewesen, Xaver einzuweihen? Vielleicht hatte Michael recht, und sie hätte ihn nicht damit behelligen, sondern ihn einfach in Ruhe trauern lassen sollen. Aber wenn jemand das Recht hatte, die Wahrheit über Jonas' Tod zu erfahren, dann doch sein bester Freund – oder etwa nicht?

Inzwischen war es ziemlich spät und die Flure waren menschenleer. Wahrscheinlich saßen die meisten Schüler schon beim Abendessen.

Als Verena den Treppenabsatz ihres Stockwerks erreichte, blieb sie irritiert stehen. Auf der abgetretenen Fußmatte vor ihrer Zimmertür lag ein cremefarbener Umschlag.

Stirnrunzelnd trat sie näher und hob ihn auf. Ihr Name stand darauf, in steifer, beinahe mechanisch wirkender Handschrift. Kein Absender, kein weiterer Hinweis – nur ihr Name.

Ein unangenehmes Kribbeln breitete sich in ihrer Brust aus. Instinktiv warf sie einen Blick über die Schulter, doch der Flur war leer. Von wem konnte der Brief nur sein? Und warum lag er hier, direkt vor ihrer Tür?

Mit zitternden Fingern riss Verena den Umschlag auf. Das Papier fühlte sich kühl und glatt an. Als ihr Blick auf die Karte fiel, die herausgefallen war, stockte ihr der Atem. Denn auf einmal wusste sie ganz genau, von wem der Brief stammte. Entgeistert starrte sie auf die schwarzen Lettern, die in der Mitte der Karte prangten:

Du hast die Wahl.

Kapitel 34

Leonie. Heute

Ich wartete an einem Tisch im hinteren Bereich des Cafés, das Xaver mir genannt hatte. Es lag versteckt in einer der engen Gassen der Innenstadt und war von außen so unscheinbar, dass ich beinahe daran vorbeigelaufen wäre. Dunkles Holz dominierte das Interieur, die stoffbezogenen Stühle waren durchgesessen, die Lackschichten an den Tischkanten abgeschabt.

Ich spürte, wie meine Handflächen feucht wurden, und wischte sie unauffällig an meiner Hose ab, während mein Blick immer wieder zur Tür wanderte. Xaver hatte mir nicht sagen wollen, was der Grund für unser Treffen war, und mit jeder Minute, die verstrich, wurde das nagende Gefühl in meiner Magengrube stärker. Was war so wichtig, dass er es mir unbedingt persönlich mitteilen wollte? War es etwas Gutes? Oder etwas, das meinen Plan gefährden könnte?

Ich trommelte nervös mit den Fingern auf die Tischplatte, zwang mich aber sofort, damit aufzuhören, als eine ältere Frau am Nebentisch irritiert zu mir herüberblickte. Stattdessen griff ich nach meiner Kaffeetasse, aber mehr, um meine Hände zu beschäftigen, als weil ich Lust auf den lauwarmen Rest des Getränks hatte.

In diesem Moment öffnete sich die Tür, und Xaver betrat das Café. Er trug einen perfekt sitzenden dunkelgrauen Anzug, die Krawatte um seinen Hals war akkurat gebunden – ein starker Kontrast zu dem legeren Poloshirt und den verwaschenen Jeans, die er beim letzten Mal angehabt hatte. Sein Blick schweifte kurz durch den Raum, dann steuerte er direkt auf mich zu.

Wortlos ließ er sich mir gegenüber nieder, musterte kurz die fast leere Kaffeetasse und schaute mich dann direkt an. Sein Gesichtsausdruck war schwer zu deuten, aber die tiefe Falte zwischen seinen Augenbrauen verriet, dass das hier kein freundlicher Plausch werden würde.

»Hallo, Herr Stricker«, sagte ich und rang mir ein Lächeln ab, das selbstbewusster wirken sollte, als ich mich fühlte. »Wie geht es Ihnen? Ich habe gehört, das Benefizkonzert für das St.-Anna-Kinderspital war ein voller Erfolg. Ihre Mutter muss sehr …«

»Sparen wir uns doch den Small Talk, ja?«, schnitt er mir kühl das Wort ab. »Das spart uns beiden Zeit.«

Die Kellnerin tauchte neben unserem Tisch auf und trällerte ein fröhliches »Was darf's sein?«, aber Xaver bedeutete ihr nur mit einer knappen Geste, ihm einen Espresso zu bringen, und scheuchte sie gleich wieder weg.

Er wartete, bis sie außer Hörweite war, bevor er fortfuhr.

»Also, Frau Förster – oder wie auch immer Sie heißen: Wieso verraten Sie mir nicht, wer Sie wirklich sind?«

Mir wurde erst heiß, dann eiskalt.

Oje. Das klingt gar nicht gut.

»Ich weiß nicht, was Sie meinen«, erwiderte ich und umklammerte meine Kaffeetasse, um das Zittern meiner Hände zu verbergen. »Ich habe Ihnen doch gesagt, dass ich an einem Artikel arbeite …«

»Ach, hören Sie auf!«, unterbrach er mich erneut, diesmal schärfer. »Verkaufen Sie mich nicht für dumm. Ich weiß, dass Sie mich angelogen haben. Und wenn ich etwas nicht ausstehen kann, dann sind es Lügner.« Er atmete tief durch, und seine Nasenflügel bebten, als er weitersprach. »Ich habe bei der Zeitung angerufen, für die Sie angeblich schreiben. Dort kennt niemand eine Frau Förster. Und von dem Artikel, den Sie erwähnt haben, hat auch noch nie jemand etwas gehört. Also lassen wir doch die Spielchen, ja? Was wollen Sie von mir und meiner Familie? Und warum haben Sie mir all diese Fragen über den Tod meines Bruders gestellt?«

Es kostete mich Mühe, nicht sichtbar vor ihm zurückzuweichen. Xavers Augen bohrten sich in meine, und ich senkte den Blick auf die Tischplatte.

Verfluchter Mist!

Die Kellnerin kam, stellte Xaver den Espresso hin und verschwand wieder. Eine willkommene kurze Ablenkung, die mir Zeit gab, meine Optionen abzuwägen.

Ich konnte eine halbwegs plausible Ausrede erfinden – dass ich freiberuflich tätig war, dass ich den Artikel auf eigene Faust recherchierte, um beim *Alpenblick* Eindruck zu schinden. Dass der falsche Name nur ein Missverständnis war und mein Chef nichts von meinen Nachforschungen wusste, weil ich ihn mit dem fertigen Bericht überraschen wollte. Ein Haufen weiterer Lügen, die Xaver vermutlich sofort durchschauen würde. Und selbst wenn nicht – früher oder später würde er die Wahrheit sowieso erfahren. Kein guter Start, wenn ich wirklich so etwas wie eine Beziehung zur Familie meines Vaters aufbauen wollte.

Langsam hob ich den Kopf und sah Xaver an. Er hatte die Arme vor der Brust verschränkt, sein Blick war kühl – eine Mischung aus Misstrauen und Wut. Ich konnte es ihm nicht verübeln. An seiner Stelle hätte ich genauso empfunden.

»Sie haben recht«, sagte ich schließlich leise. »Ich habe Sie angelogen. Aber ich hatte meine Gründe.«

Seine Augenbrauen schossen spöttisch nach oben. »Ach ja?«

Ich nickte und atmete tief durch. »Mein richtiger Name ist nicht Förster. Ich heiße Leonie Köck.«

Xaver runzelte verständnislos die Stirn. »Und das soll mir jetzt was sagen?«

Ich ignorierte seine Frage und redete einfach weiter, bevor mich der Mut verließ. »Meine Mutter starb bei meiner Geburt. Ich wurde zur Adoption freigegeben und wusste lange nicht, wer meine biologischen Eltern waren. Vor einiger Zeit habe ich endlich herausgefunden, wer meine Mutter war. Ihr Name war Verena Martins.«

Für einen Moment herrschte völlige Stille. Das Misstrauen in Xavers Blick wich Ungläubigkeit, dann Verwirrung. »Verena?«, wiederholte er, als hätte er sich verhört. »Nein. Das ist unmöglich.«

»Es ist die Wahrheit«, antwortete ich behutsam. »Sie war bereits schwanger, als sie ins Gefängnis kam. Sie hat es erst dort erfahren, wahrscheinlich wusste deshalb keiner davon.«

Xaver starrte mich an, als hätte ich gerade behauptet, die Erde sei eine Scheibe. »Und Sie glauben, Ihr Vater ist …«

»Ich denke, das wissen Sie«, sagte ich leise.

Schweigen.

Xaver sah mich fassungslos an. Schmerz huschte über sein Gesicht und seine Lippen bewegten sich, formten Worte, die nie seinen Mund verließen. Doch ich sah in seinen Augen, dass er längst begriffen hatte, auch wenn er noch nicht die Kraft aufbrachte, seinen Namen laut auszusprechen.

Ich nippte an meinem Kaffee, ließ ihm einen Moment Zeit, das alles zu verdauen. Neben uns rumpelte eine Frau mit einem Kinderwagen vorbei. Ein Rad stieß gegen unseren Tisch, die Tassen klirrten leise, aber keiner von uns reagierte. Es war, als wäre der Raum plötzlich kleiner geworden, die Luft schwerer.

»Michael«, stieß Xaver schließlich mit rauer Stimme hervor.

»Genau.« Ich schluckte und zwang mich, ruhig weiterzusprechen. »Ich weiß, das muss ein ziemlicher Schock für Sie sein, aber es ist die Wahrheit. Michael – Ihr Bruder – ist mein leiblicher Vater. Und das macht Sie zu … na ja, meinem Onkel.«

Kapitel 35

Dezember 2005. Verena

Zornig warf Verena Michael den Umschlag vor die Füße. »Kannst du mir bitte mal erklären, was das hier soll?« Michael blickte überrascht von der alten Holzkiste auf, auf der er gesessen hatte. Er hatte sich sichtlich Mühe gegeben, eine romantische Atmosphäre zu schaffen. Flackernde Kerzen tauchten die Dachkammer in behagliches Licht, auf einem der Tische stand eine Flasche Rotwein, die vermutlich aus der Vorratskammer der Schule stammte; ein Teller mit Trauben rundete das Bild ab. Unter anderen Umständen hätte Verena sich über die Geste gefreut, aber in diesem Moment war sie einfach nur wütend.

»Dir auch einen schönen Monatstag«, murmelte er beleidigt und deutete auf den Umschlag. »Was ist das?«

Als Verena nicht antwortete, bückte er sich stirnrunzelnd, hob den Umschlag auf und zog die Karte heraus. Mit angehaltenem Atem beobachtete Verena, wie er einen kurzen Blick darauf warf – und dann zu ihrer Überraschung lächelte.

»Aber das ist doch gut! Ich wusste, dass sie nicht ewig sauer auf dich sein würden!« Michael klang erleichtert, und für einen Moment war Verena sprachlos. Sie hatte mit vielem gerechnet – mit Entsetzen, Wut oder Abwehr –, aber sicher nicht damit.

»Du findest das *gut*?«

»Natürlich.« Michael richtete sich auf und wedelte triumphierend mit der Karte in der Hand. »Begreifst du denn nicht? Das ist deine Chance, dich wieder mit den anderen auszusöhnen.«

»Meine Chance?«, wiederholte Verena ungläubig.

»Ja. Ludos Versuch, dieses dumme Missverständnis endlich aus der Welt zu schaffen.«

»Ein dummes Missverständnis – so nennst du das also?« Verena spürte, wie Wut in ihr aufstieg. »Die Geschichte, die Ludo über mich erzählt hat, ist völlig an den Haaren herbeigezogen! Er und die anderen haben mich als Lügnerin hingestellt und vor der ganzen Schule gedemütigt. Das ist kein Missverständnis, Michael. Das ist Mobbing. Und jetzt soll ich ihm dafür die Füße küssen, weil er mir noch eine ›Chance‹ gibt?« Sie stieß ein sarkastisches Lachen aus. »Na, was hab ich doch für ein Glück!«

Verena wartete darauf, dass Michael etwas sagte – dass er zurückruderte oder ihr wenigstens mit einem Nicken Recht gab. Doch er saß einfach nur da, und wich ihrem Blick aus.

»Ich sage ja nicht, dass es richtig war, okay? Ich will nur, dass dieser ganze Wahnsinn ein Ende hat – für uns beide.« Michaels Stimme klang flehend, und Verena fragte sich für einen Moment, ob er eigentlich selbst glaubte, was er da sagte. »Versetz dich doch mal in Ludos Lage. Inzwischen hat er sicher selbst gemerkt, wie dumm seine Aktion war. Und jetzt will er einfach gesichtswahrend aus der Sache rauskommen.«

Verena verschränkte die Arme vor der Brust und hob trotzig das Kinn. »Tja, das ist sein Problem, nicht meins.«

»Mag sein«, antwortete Michael. »Aber ob du's glaubst oder nicht – das hier ist ein Friedensangebot.«

Verena dachte an Marie und das Dope, das »zufällig« in ihrem Spind gefunden worden war, und lachte bitter. »Ich halte das eher für eine Falle. Einen miesen Trick, damit ich einen Fehler mache und von der Schule fliege.«

Sie schüttelte den Kopf, riss ihm die Karte aus der Hand und las den Text noch einmal durch. Zwei Optionen, die eigentlich keine waren. Ein »Friedensangebot« sah definitiv anders aus.

Option 1: Gib beim Frühstück eine Erklärung ab, dass du Ludo verführen wolltest, und entschuldige dich dafür öffentlich bei Stefanie.

Option 2: Stiehl einen der Pokale aus Direktor Hesses Büro und bring ihn nächsten Samstag mit in die Scheune.

»Ich soll also Ludos Lügen vor der ganzen Schule bestätigen und mich weiter demütigen lassen – oder in Hesses Büro einbrechen?« Verena hob den Kopf und sah ihn fassungslos an. »Hast du dir mal überlegt, wie ich das bitte anstellen soll? Die könnten mich dafür rauswerfen, Michael. Und du findest ernsthaft, dass ich das machen soll?«

»Ja, ich denke, das solltest du.« Seine Stimme klang unerwartet ruhig. »Nicht das mit Hesse natürlich. Aber das mit der Entschuldigung. Ist doch egal, ob es stimmt oder nicht. Sag einfach, du wärst betrunken gewesen oder so. Hauptsache, es kommt wieder alles in Ordnung. Stell dich deiner Aufgabe, und die Sache ist gegessen.«

Verena schwieg betroffen. *Ist doch egal, ob es stimmt oder nicht.* Die Worte hallten in ihrem Kopf nach, fraßen sich wie ein scharfer Splitter in ihren Verstand. War ihm überhaupt klar, was er da sagte?

Michael deutete ihr Schweigen offenbar als Zustimmung, denn er fuhr drängender fort: »Bitte, Verena! Ich will doch nur, dass alles wieder so wird wie früher. Oder meinst du, für mich ist das leicht? Dass ich nicht wütend bin, weil jetzt alle denken, dass meine Freundin eigentlich auf einen anderen steht? Denn das bin ich. Verdammt wütend sogar. Trotzdem habe ich zu dir gehalten, oder?«

Seine unausgesprochenen Worte – »Also tu das im Gegenzug auch für mich« – hingen zwischen ihnen in der Luft, und Verena spürte, wie die Wut in ihr weiter anschwoll, heiß und unerbittlich.

Er verlangte allen Ernstes von ihr, dass sie kuschte, log oder stahl, sich Ludo und den anderen auslieferte – zum Wohle aller, wie er es offenbar sah. Damit er in Ruhe so weitermachen konnte, als wäre nichts passiert. Aber das konnte er vergessen.

»Hast du mir deswegen diesen Schwachsinn über Jonas erzählt?«, brach es plötzlich aus ihr heraus. »Weil es ja *egal ist*, ob es die Wahrheit ist, Hauptsache, es erfüllt seinen Zweck?«

Michael blinzelte, sichtlich überrumpelt. »Wovon ... redest du gerade?«

»Davon, dass Jonas depressiv gewesen sein soll zum Beispiel. Oder dass er angeblich in Marie verliebt war. Das stimmt nämlich nicht, das hat sie mir selbst gesagt.«

»Du hast mit Marie darüber gesprochen?« Michaels Tonfall wurde plötzlich so scharf, dass Verena unwillkürlich den Kopf einzog. »Warum das denn bitte? Habe ich dir nicht ausdrücklich gesagt, dass man dem Mädchen nicht trauen kann?«

»Weil sie versuchen könnte, mich zu manipulieren – so wie du?« Verenas Stimme wurde immer lauter und hallte von den niedrigen Dachbalken wider. »Du hast mich belogen, Michael! Marie kann euch überhaupt nicht wegen eurer »geheimen« Partys verpetzt haben, sie kannte die Scheune nämlich längst. Weiß der Teufel, was Ludo und Aaron wirklich dazu verleitet hat, ihr Drogen unterzuschieben, und vielleicht will ich es auch gar nicht wissen. Aber eines ist sicher: Jonas war nicht in Marie verliebt, und er hat auch ganz sicher nicht Selbstmord begangen. Du und deine Freunde kannten Jonas besser, als ihr zugeben wolltet, oder? Er war nämlich mit Aaron und Ludo in der Fußballmannschaft! Also sag schon: Was weißt du wirklich über seinen Tod, Michael? Und was hat Marie mit alldem zu tun?«

»Verdammt, Verena! Jetzt mach mal halblang! Ich weiß es doch auch nicht, okay?« Michaels Nasenflügel blähten sich, und er atmete mehrmals tief durch, als kostete es ihn alle Mühe, nicht die Beherrschung zu verlieren. »Ja, Jonas war ein paar Monate mit Ludo und Aaron im selben Team – und? Das heißt noch lange nicht, dass sie Kumpels waren. Warum interessierst du dich überhaupt so sehr für ihn? Du hast ihn doch noch nicht mal gekannt! Und am Ende ist es doch scheißegal, ob er Selbstmord begangen hat oder ob es ein Unfall war. Er ist tot, Verena. Deine Fragerei wird daran auch nichts ändern.«

Verena biss sich auf die Unterlippe und senkte den Blick. Das Problem war nur, dass es eben nicht egal war. Dass es noch eine dritte Möglichkeit gab, und allein der Gedanke daran brachte sie fast um den Verstand.

Michael ging ein paar Schritte auf sie zu und fasste sie sanft an den Armen. Sein Tonfall war jetzt weicher, als bereue er bereits, wie heftig er zuvor reagiert hatte. »Tut mir leid, ich wollte dich nicht so anfahren. Ich verstehe ja, dass Jonas' Tod dich beschäftigt – das ging uns allen so. Aber bitte, lass es jetzt einfach gut sein, ja?« Er lächelte gequält. »Und was die zwei Optionen angeht: Denk bitte noch mal in Ruhe darüber nach. Wenn du Ludos Geschichte nicht bestätigen willst, ist das in Ordnung. Dann helfe ich dir eben bei der Sache mit dem Pokal. Aber wenn du nicht mitspielst, wirst du es bereuen. Das wäre praktisch eine Kriegserklärung.«

Verena sah ihn lange schweigend an, suchte in seinen Zügen nach etwas Vertrautem – nach dem Michael, in den sie sich verliebt hatte. Noch vor einer Woche hätte sie ihm blind geglaubt, ihm alles verziehen, und wahrscheinlich wäre sie ihm zuliebe sogar in Hesses Büro eingebrochen, wenn er sie darum gebeten hätte. Aber jetzt sah sie nur noch einen Jungen, der sich davor drückte, Rückgrat zu zeigen und ehrlich zu ihr zu sein. Und das gab schließlich den Ausschlag.

»Tut mir leid, Michael, aber das kann ich nicht«, sagte sie leise. »Ich bin raus.«

Michael öffnete den Mund, um etwas zu erwidern, doch Verena ließ ihn nicht zu Wort kommen. »Du kannst deinen Freunden ausrichten, dass sie mich mal kreuzweise können.«

Mit diesen Worten drehte sie sich um und stürmte aus der Dachkammer.

Kapitel 36

Leonie. Heute

Als ich an diesem Morgen die Küche betrat, saß Stefanie am Küchentisch. Wie immer war sie in ihrem magentafarbenen Kleid makellos gekleidet, aber in ihren Augen lag dieser leicht genervte Ausdruck, der verriet, dass sie wieder einmal mitten in den Vorbereitungen für die Dinnerparty steckte.

»Leonie, gut, dass du da bist! Gib mir einen Moment.« Sie winkte mir flüchtig zu, ohne den Blick von ihren Unterlagen zu lösen. Hektisch kramte sie in einem Stapel Notizen, während sie parallel mit dem Caterer telefonierte. »Ja, genau, sechzig Personen. Nein, keine Meeresfrüchte. Das hatte ich Ihnen doch schon gesagt! Auf die reagiert mein Mann allergisch. Ja, gut, das könnte funktionieren.«

Sie legte auf und fuhr sich stöhnend durchs Haar. »Diese Leute von *Gourmet Elegance* machen mich fertig. Ist es wirklich so kompliziert, die Basics hinzukriegen?« Sie schüttelte den Kopf. »Na egal. Könntest du Mia bitte anziehen und in den Kindergarten bringen? Sie sollte schon längst dort sein, aber sie hat heute Morgen ewig getrödelt, weil sie unbedingt auf dich warten wollte, um sich ein Kleid auszusuchen.«

»Natürlich.«

Schon im Flur hörte ich Mias Stimme, wie sie eifrig Waren ihres Kaufmannsladens anpries und Flocki drängte, sich endlich zu entscheiden, ob er denn nun »den Apfel oder das Brot kaufen« wolle.

Als ich eintrat, hob sie den Kopf und strahlte mich an. »Leonie! Da bist du ja endlich! Willst du was kaufen?«

Lächelnd trat ich näher, während sie in den Schubladen kramte und mir einen Plastikapfel hinhielt. Seit Rainer und ich ihr den Laden gebracht hatten, spielte sie mit nichts anderem mehr. Offensichtlich war seine Idee ein Volltreffer gewesen.

»Natürlich, Mia! Was kostet der Apfel?«

Mia runzelte kurz die Stirn, bevor sie mit ernster Stimme verkündete: »Zehn Euro!«

»Zehn Euro?« Ich zog überrascht die Augenbrauen hoch. »Das ist aber teuer! Bist du sicher, dass er so viel wert ist?«

Sie nickte eifrig. »Das ist ein Bio-Apfel, die sind besonders gesund.«

Ich kicherte und tat so, als würde ich mein imaginäres Portemonnaie zücken. »Na gut, wenn das so ist, nehme ich ihn.«

Ich beugte mich zu ihr hinunter und griff nach ihrer Hand. »Aber jetzt müssen wir uns fertigmachen. Komm, wir suchen dir ein schönes Kleid aus, okay?«

»Aber ich will noch verkaufen!«, protestierte sie und verschränkte trotzig die Arme.

»Wie wäre es, wenn Flocki in der Zwischenzeit den Laden hütet?« Ich deutete auf das Kuscheltier auf der Ablage. »Er scheint mir eine sehr zuverlässige Vertretung zu sein.«

Mia zog eine Schnute, überlegte kurz, bevor sie widerwillig nickte. »Na gut.«

Gemeinsam stöberten wir durch ihre Sachen, bis sie triumphierend ein blaues Kleid mit Blumenmuster herauszog, das für den Herbst eigentlich viel zu dünn war. »Das hier!«, verkündete sie.

»Eine ausgezeichnete Wahl«, lobte ich und half ihr dabei, den Schlafanzug auszuziehen und das Kleid überzustreifen. »Aber wir nehmen noch eine Strumpfhose dazu, einverstanden?«

Während ich ihr die Strumpfhose über die Beinchen zog und versuchte, ihre wilden Locken zu bändigen, schweiften meine Gedanken ab.

Das Gespräch mit Xaver vergangene Woche ging mir einfach nicht mehr aus dem Kopf. Sein entsetzter Gesichtsausdruck, als ich ihm gesagt hatte, wer ich war, hatte sich tief in mein Gedächtnis eingebrannt. War es ein Fehler gewesen, ihm meine wahre Identität zu offenbaren? Eigentlich hatte ich vorgehabt, erst wieder mit ihm Kontakt aufzunehmen, wenn das alles hier vorbei war. Aber jetzt war die Katze aus dem Sack, und mir blieb nichts anderes übrig, als abzuwarten. Xaver hatte am Ende gesagt, dass er Zeit brauche, um das alles zu verarbeiten, und dass er sich bald wieder melden würde. Doch inzwischen war über eine Woche vergangen, und es herrschte immer noch Funkstille. Jeden Tag wartete ich darauf, dass er endlich anrief, und jedes Mal, wenn es nicht geschah, wuchs meine Unsicherheit. Verdammt, vielleicht hätte ich doch lieber warten sollen.

»Leonie? Warum guckst du so komisch?« Mias Stimme riss mich aus meinen Gedanken.

Ich blinzelte. »Ach, nichts. Ich habe nur gerade überlegt, ob Flocki wirklich mitkommen soll«, sagte ich eilig und deutete auf das Kuscheltier in ihrer Hand. »Ich dachte, er soll auf den Laden aufpassen?«

Mia umklammerte ihr geliebtes Kuscheltier noch fester, doch bevor sie antworten konnte, schrillte die Türklingel durchs Haus. Ich zuckte zusammen. Das mussten die Blumen sein, die ich für Stefanie bestellt hatte.

»Ich geh mal schnell nachsehen, wer das ist. Zieh du einstweilen deine Schuhe an und hol deine Jacke, okay?«

Mit diesen Worten drehte ich mich um, straffte die Schultern und ging zur Haustür.

Es war tatsächlich der Blumenbote. Ein junger Mann, vielleicht Anfang zwanzig, stand auf der Türschwelle. Sein zerzaustes braunes Haar lugte unter einer blauen Schirmmütze hervor, in den Armen hielt er einen farbenfrohen Strauß, der so groß war, dass er fast sein Gesicht verdeckte.

»Eine Lieferung für Frau Hellstein«, erklärte er in gebrochenem Deutsch und hielt mir ein kleines Gerät zum Unterschreiben hin. Rasch kritzelte ich meinen Namen auf das Display und nahm den Strauß entgegen.

»Vielen Dank. Einen schönen Tag noch.«

Der süße, schwere Duft von Lilien, Rosen und Eukalyptus umgab mich, während ich die Tür schloss und das prachtvolle Blumenarrangement in die Küche trug. Stefanie hatte sich in der Zwischenzeit keinen Millimeter vom Fleck bewegt. Die Beine elegant übereinandergeschlagen, brütete sie mit nachdenklicher Miene über einem Blatt Papier – vermutlich der Tischordnung. Erst als der Strauß in ihr Blickfeld kam, schaute sie auf, und ein einstudiert wirkendes Lächeln erschien auf ihrem Gesicht.

»Für dich. Ist gerade angekommen«, sagte ich und hielt das Gesteck leicht schräg, damit sie es besser betrachten konnte.

»Oh, wie schön!«, erwiderte sie, nahm die Blumen entgegen und schnupperte an einer großen cremeweißen Rose. »Von wem ist der denn?«

Ich zog die kleine Karte hervor, die zwischen den Stielen steckte, und reichte sie ihr. »Keine Ahnung, aber hier steht es bestimmt.«

Ich trat respektvoll einen Schritt zurück und wartete angespannt, während sie die wenigen Zeilen überflog. Dann hob sie den Kopf, ihre Augen funkelten vor Freude.

»Von Ludo«, hauchte sie und drückte die Karte theatralisch an ihre Brust. »Er hat mir tatsächlich Blumen geschickt! Das hat er schon so lange nicht mehr gemacht. Ist das nicht wundervoll?«

»Das ist wirklich sehr aufmerksam von ihm«, antwortete ich höflich. »Was hat er denn geschrieben?«

Stefanie zögerte kurz, bevor sie mir die Karte reichte. »Lies selbst.«

Meine Augen flogen über die Worte, die ich bei der Online-bestellung eingegeben hatte. Die Schrift war elegant und offen-sichtlich von Hand geschrieben, was dem Text eine intime und persönliche Note verlieh.

Für meine geliebte Stefanie!

Lass uns heute um 12:30 Uhr im Hotel Kaiserblick auf der Freyung treffen. Ich habe dort ein Zimmer für uns reserviert – ein bisschen Zeit nur für uns, wie schon viel zu lange nicht mehr. Ich freue mich auf dich.

In Liebe, Ludo

Ich ließ die Karte sinken. »Das ist wirklich … romantisch.«

»Nicht wahr?« Stefanie strahlte, und eine zarte Röte stieg ihr in die Wangen. »In ein paar Tagen sind Wahlen, und trotzdem hat er Zeit gefunden, an mich zu denken. Das zeigt doch, wie wichtig ich ihm bin, oder?«

»Absolut«, stimmte ich ihr zu. »Und, wirst du hingehen?«

Stefanie zögerte sichtlich. »Ich weiß nicht. Ich würde wirklich gern, aber vielleicht sollte ich ihn lieber anrufen und das ver-schieben. Die Tischordnung muss dringend überarbeitet werden, weil ständig Leute ab- oder zusagen. Und jetzt ist auch noch die Floristin krank geworden. Außerdem …«

Ich legte eine Hand auf ihre Stuhllehne und lächelte sie auf-munternd an. »Das ist eine wunderschöne Geste, Stefanie. Du sagst doch immer, wie wichtig die Wahlen für Ludos Karriere sind. Wenn er trotzdem Zeit für dich freischaufelt, solltet ihr sie nutzen, finde ich. Aber das geht mich natürlich nichts an.«

Ein unsicheres Lächeln huschte über ihr Gesicht. »Meinst du wirklich?«

»Natürlich.« Ich nickte entschlossen. »Außerdem sind es doch nur ein paar Stunden. Ich kann einstweilen ein paar Dinge für dich erledigen, wenn du willst. Gleich nachdem ich Mia in den Kindergarten gebracht habe, rufe ich ein paar Floristen an. Wir finden schon Ersatz. Und um die Tischordnung kümmern wir uns später gemeinsam.«

Stefanie schüttelte leicht den Kopf, als könne sie ihr Glück kaum fassen. »Weißt du, Leonie, manchmal frage ich mich wirklich, womit ich so einen Mann verdient habe. Ludo und ich sind schon so lange zusammen, und trotzdem schafft er es immer noch, mich zu überraschen. Er ist einfach unglaublich.«

»Das ist er ganz bestimmt.«

Stefanie nickte bedächtig, dann stand sie auf und strich ihr Kleid glatt. »Okay, du hast recht. Danke, Leonie! Ich gehe mich dann mal frisch machen. Stellst du die Blumen noch in eine Vase, bevor du gehst?«

»Sicher.«

Ein zufriedenes Lächeln stahl sich auf mein Gesicht, während ich ihr hinterherschaute.

Für einen kurzen Moment regte sich so etwas wie Mitleid in mir. Stefanie war so blind vor Liebe zu Ludo, dass sie die Wahrheit nicht einmal ahnte.

In Gedanken sah ich sie bereits, wie sie zur Mittagszeit das Hotelzimmer im Kaiserblick betrat, das Ludo reserviert hatte. Nur dass ihr geliebter Ehemann nicht damit rechnete, dass *sie* dort auftauchen würde. Das Kaiserblick war durchaus ein Ort der Romantik. Jedoch nicht für Stefanie.

Kapitel 37

Dezember 2005. Verena

Verena lag in ihrem Bett und starrte an die Zimmerdecke. Blasses Mondlicht schien durch das Fenster, der Wecker auf ihrem Nachttisch zeigte zehn Minuten nach Mitternacht. Ihre Augenlider wurden schwer, aber sie zwang sich, wach zu bleiben.

Sie hatte in dieser Nacht noch etwas vor. Die Umsetzung eines riskanten, fast schon wahnwitzigen Plans, der sie womöglich ihr Stipendium kosten würde – oder noch schlimmere Folgen haben konnte. Trotzdem war sie fest entschlossen, die Sache durchzuziehen.

Cornelia drehte sich in ihrem Bett von einer Seite auf die andere. Ausgerechnet heute hatte sie stundenlang gelesen und erst vor einer halben Stunde das Licht ausgemacht. Seitdem wälzte sie sich unruhig hin und her, als spürte sie, dass Verena etwas im Schilde führte.

Frustriert knüllte Verena ihr Kissen zusammen und versuchte, eine bequemere Position zu finden. Der Streit mit Michael war wie ein scharfer Dorn, der sich tief in ihr Fleisch gebohrt hatte. Im Unterricht hatte er so getan, als ob alles in Ordnung wäre – hatte in den Pausen sogar halbherzig Small Talk mit ihr geführt –, doch in seinen Augen lag etwas anderes: eine Mischung aus Enttäuschung, Trotz und … was? Verletzter Stolz? Verena konnte immer noch nicht glauben, dass er sie tatsächlich überreden wollte, bei Ludos Spiel mitzumachen. Sie hatte erwartet, dass wenigstens er für sie einstehen würde, wenn alle anderen es schon nicht taten. Aber genau wie Cornelia und Aaron hatte er sich am Ende gegen sie entschieden – und für seine Freunde.

Trotzdem, oder vielleicht gerade deswegen, war sie entschlossener denn je, herauszufinden, was wirklich mit Jonas passiert war. Irgendetwas Schreckliches musste ihm zugestoßen sein, da war sie sich inzwischen sicher. Etwas, das sogar die Schulleitung so sehr in Panik versetzt hatte, dass sie beschlossen hatte, die ganze Angelegenheit zu vertuschen. Aber was?

Verena dachte an die Karte, die jetzt in ihrer Nachttischschublade lag, und lächelte grimmig. Denn ungewollt hatte Ludo sie damit auf eine Idee gebracht. Es gab nur eine Möglichkeit, herauszufinden, was alle vor ihr verbargen: Sie musste an die Akte gelangen, die Ulli gegenüber Rektor Hesse erwähnt hatte. Jonas' Akte.

In das Büro des Direktors einzubrechen war riskant – verdammt riskant sogar. Verena hatte lange überlegt, ob sie es wirklich wagen sollte. Doch Michaels Reaktion hatte ihr den letzten Anstoß gegeben.

Vorsichtig schälte sie sich aus den Laken und warf einen prüfenden Blick auf Cornelias Bett. Sie schien endlich eingeschlafen zu sein; ihr Atem ging ruhig und gleichmäßig. Das Auf und Ab ihrer Schultern war das Einzige, was in der Dunkelheit zu sehen war.

Leise zog Verena sich an und schlich hinaus ins dunkle Treppenhaus.

Auf dem Schulhof herrschte eine unheimliche Stille. Die trüben Laternen warfen ein schwaches Licht auf den gefrorenen Boden, und die Schneereste schimmerten wie blasse Flecken in der Dunkelheit. Verena blieb stehen und ließ ihren Blick wachsam nach links und rechts wandern. Sie wollte gerade loslaufen, als sich plötzlich eine Gestalt aus den Schatten löste.

Verdammt, Herr Schmidt!

Sofort presste sie sich gegen die kalte Hausmauer, hielt den Atem an und betete, dass er sie nicht bemerkt hatte. Doch Herr Schmidt schlurfte bloß gemächlich über den Hof, ohne auch nur einmal in ihre Richtung zu blicken, und verschwand hinter der nächsten Ecke. Verena schaute kurz zu den Sternen hinauf und schickte ein stummes Dankgebet gen Himmel, bevor sie flink wie ein Wiesel über den Hof huschte.

Erst als die schwere Eichentür hinter ihr ins Schloss fiel, hielt sie inne, um tief durchzuatmen.

Scheiße, war das knapp gewesen!

Ihr Puls hämmerte in ihren Ohren, als sie die große Treppe hinaufstieg, die zum Büro des Direktors führte. Alles war dunkel, alles war still.

Als sie an der Statue des Schulgründers vorbeikam, die auf halber Höhe des Flurs stand, kroch ihr eine Gänsehaut über den Rücken. Tagsüber wimmelte es hier nur so von Schülern, doch jetzt schienen in jeder Ecke die Schatten zu lauern. Die leeren Augen der Statue schienen sie zu verfolgen, und Verena musste sich zwingen, nicht zurückzublicken.

Als sie endlich das Büro des Direktors erreichte, war sie schweißgebadet. Rasch warf sie einen Blick über die Schulter, dann drückte sie die Türklinke herunter und schlüpfte hinein. Zum Glück wurden die Büros und Klassenzimmer wegen der strengen Brandschutzbestimmungen der Schule nachts nie abgeschlossen.

Ihre Hände zitterten, während sie die kleine Taschenlampe einschaltete, die sie mitgebracht hatte. Der Lichtstrahl tanzte unsicher durch den Raum und enthüllte nach und nach die altmodische Einrichtung: den massiven Schreibtisch, die holzvertäfelten Wände mit den Porträts ehemaliger Schulleiter und schließlich die Aktenschränke in der Ecke mit den glänzenden Pokalen darauf.

Jetzt, wo Verena da war, fühlte sich plötzlich alles furchtbar falsch an. Ihr Magen verkrampfte sich und tausend Gründe, auf der Stelle kehrtzumachen, schossen ihr durch den Kopf. Sie hatte kein Recht, hier zu sein. Wenn man sie erwischte, war sie erledigt. Ihr Stipendium – ihre ganze Zukunft – wäre dahin. War es das wirklich wert? Alles aufs Spiel zu setzen, nur um die Wahrheit über Jonas' Tod herauszufinden? Eines Jungen, den sie – wie Michael zutreffend festgestellt hatte – nicht einmal gekannt hatte?

Verena umklammerte die Taschenlampe fester und verdrängte ihre Zweifel. Sie war zu weit gekommen, um jetzt zu kneifen. Ein letztes Mal holte sie tief Luft, dann durchquerte sie den Raum, trat vor die Schrankwand und zog probeweise an den Türgriffen. Vergeblich – Direktor Hesse hatte sie offenbar abgeschlossen. Aber wo bewahrte er den Schlüssel auf? Trug er ihn bei sich, oder hatte er ihn vielleicht irgendwo hier im Büro versteckt?

Sie ließ den Lichtstrahl suchend durch den Raum wandern, bis ihr Blick schließlich auf den Rollcontainer unter dem Schreibtisch fiel. Zielstrebig ging sie darauf zu und zog die oberste Schublade auf. Das Licht ihrer Taschenlampe erhellte den Inhalt: Papiere, Büroklammern, ein Notizblock und ein Stapel Briefe. Und da, ganz vorne, in einem schmalen Fach – ein kleiner Schlüssel.

Volltreffer!

Zitternd vor Aufregung wandte sie sich wieder den Schränken zu. Gerade als sie den Schlüssel ins Schloss stecken wollte, hörte sie etwas.

Knirsch, knirsch.

Was zum Teufel war das?

Panik überkam sie. Verena war sich sicher, ein Geräusch gehört zu haben. Schritte vielleicht? Ein leises Kratzen? Sie lauschte angestrengt, bereit, jeden Moment loszurennen. Aber da war nichts. Die Stille war so vollkommen, dass sie ihr in den Ohren dröhnte. Vielleicht hatte ihr nur die Anspannung einen Streich gespielt.

Kein Grund, paranoid zu werden, Verena! Mach lieber schnell und sieh zu, dass du hier wegkommst! Entschlossen steckte sie den Schlüssel in das Schloss des ersten Schranks. Er passte. Mit einem leisen Klicken öffnete sich die Tür. Dahinter kamen ein Hemd auf einem Kleiderbügel, genagelte Schuhe und ein alter Aktenkoffer zum Vorschein. Verena schob die Tür hastig wieder zu und versuchte es bei der nächsten. Diesmal hatte sie mehr Glück. Der Schrank war voll mit Aktenordnern, sorgfältig beschriftet und alphabetisch sortiert. Jonas' Nachname begann mit F. Ihre Finger glitten über die Rücken der Ordner, bis sie endlich den richtigen fand. Vorsichtig zog sie ihn heraus und trug ihn hinüber zum Schreibtisch.

Mit der Taschenlampe zwischen den Zähnen klappte sie den Ordner auf und blätterte die Dokumente durch. Die Akte mit Jonas' Namen war dicker als die anderen. Ganz oben lag eine Kopie der Todesanzeige, die sie schon in der Aula gesehen hatte. Dann folgte eine Abschrift des Polizeiberichts. Ihr Blick fiel unweigerlich auf ein schreckliches Foto von Jonas in der Schlucht: die Glieder verdreht, die Augen ins Leere starrend. Ein Schauder lief ihr über den Rücken. Schnell blätterte sie weiter.

Als Todesursache hatte die Polizei »Sturz aus großer Höhe« angegeben, doch bei der Autopsie war offenbar auch eine große Menge Alkohol in Jonas' Blut festgestellt worden. *Interessant.*

Als Nächstes stieß sie auf eine Liste der Gegenstände, die in Jonas' Zimmer gefunden und seinen Eltern übergeben worden waren: Kleidung, Laptop, Bücher – und zu ihrer Überraschung auch verschiedene Medikamente. Eines davon kam ihr bekannt vor. Tante Claire hatte es nach ihrem Hexenschuss verschrieben bekommen – definitiv ein starkes Schmerzmittel. Die anderen Namen sagten ihr nichts. Antidepressiva? Vielleicht hatte Michael in diesem Punkt ja tatsächlich mal die Wahrheit gesagt.

Zwischen Protokollen von Gesprächen mit Mitschülern und Lehrern fand sie schließlich, wonach sie gesucht hatte: eine Notiz über ein Gespräch, das Ulli und Direktor Hesse mit Marie geführt hatten. Ihr Herz schlug schneller, als sie die Zeilen überflog. Mit jedem weiteren Wort kroch ihr die Kälte tiefer in die Knochen.

Was? Aber das ist doch nicht …

»Darf ich fragen, was du hier treibst?«

Die scharfe Stimme hinter ihr ließ Verena zusammenzucken. Panisch wirbelte sie herum und hätte dabei fast die Taschenlampe fallen lassen.

Ulli stand in der Tür und starrte sie an, die Hände wütend in die Seiten gestemmt. Verena starrte entsetzt zurück. Sie war so in die Akte vertieft gewesen, dass sie gar nicht bemerkt hatte, wie Ulli hereingekommen war.

»Ich … äh …« Verena öffnete den Mund, doch es kamen keine Worte heraus. Ihr Herz raste, und in ihrem Kopf herrschte plötzlich gähnende Leere. Beschämt senkte sie den Blick, während ihr die Schamesröte in die Wangen stieg. Es gab nichts, absolut nichts, was sie jetzt sagen konnte, um ihre Anwesenheit in Direktor Hesses Büro zu rechtfertigen.

Ullis Miene wirkte wie versteinert. Ihre Stimme war kalt wie Stahl. »Mitkommen! Sofort!«

Kapitel 38

Leonie. Heute

Ich saß mit angezogenen Knien auf der Sofalandschaft im Wohnzimmer und versuchte, die Liste der in Frage kommenden Floristen fertigzustellen. Die letzten zwei Stunden hatte ich damit verbracht, alle Anbieter im Umkreis von zwanzig Kilometern anzurufen. Es waren nur noch drei Tage bis zur Dinnerparty, aber immerhin waren zwei bereit, den Auftrag anzunehmen – wenn auch mit einem saftigen Aufpreis.

Ich überflog die Namen auf der Liste, notierte die Kostenschätzungen und strich diejenigen durch, die schon ausgebucht waren, während mein Blick immer wieder zur Uhr an der Wand wanderte. Zwanzig nach eins.

Wann würde Stefanie endlich zurück sein? In einer halben Stunde musste ich Mia vom Kindergarten abholen, und ich wollte unbedingt hier sein, wenn sie aus dem Hotel Kaiserblick zurückkam. Die Anspannung fraß mich fast auf. War mein Plan aufgegangen? Hatte sie tatsächlich Ludo mit seiner Assistentin erwischt? Und wenn ja, wie hatte er reagiert? Würde er endlich einmal einen Fehler zugeben – und sei es auch nur ein vergleichsweise harmloser wie Ehebruch?

Ein leises Motorengeräusch ließ mich plötzlich aufhorchen. Kurz darauf ertönte das vertraute Rattern aus der Garageneinfahrt.

Ruckartig hob ich den Kopf. Das dürfte Stefanie sein. Mein erster Impuls war, zum Fenster zu laufen und nachzusehen, aber das wäre zu auffällig gewesen. Stattdessen zwang ich mich, ruhig sitzen zu bleiben, während sich meine Hände nervös in den Stoff meiner Hose krallten.

Wenige Minuten später flog die Wohnungstür mit einem lauten Knall auf, und das Klacken von Stöckelschuhen hallte durch den Flur. Da war sie endlich!

Ich legte den Notizblock beiseite, sprang auf und eilte Stefanie entgegen. Als ich die Wohnzimmertür öffnete und in den Flur trat, wäre ich fast mit ihr zusammengestoßen.

»Hoppla! – Entschuldige!« Ich trat hastig einen Schritt zurück und bemühte mich, überrascht zu klingen. »Was machst du denn so früh schon wieder hier?«

Stefanie antwortete nicht. Doch ein Blick genügte, um zu wissen, dass etwas nicht stimmte. Ihre Augen waren rot und verquollen, ihre Wangen fleckig, und ihre Haare wirkten zerzaust, als wäre sie sich immer wieder mit den Händen hindurchgefahren.

»Stefanie? Alles okay?«

Doch sie schüttelte nur den Kopf. Tränen glitzerten in ihren Augen, während sie wortlos an mir vorbei in die Küche stöckelte. Ich zögerte kurz, dann folgte ich ihr.

Vor der Kücheninsel blieb sie stehen. Ihr Blick schweifte scheinbar ziellos durch den Raum, bis er an dem Blumenarrangement hängen blieb, das ich mit Bedacht in die Mitte des Esstisches gestellt hatte. Plötzlich spannte sich ihr Körper an wie eine Feder.

Mit drei schnellen Schritten durchquerte sie die Küche, packte die Vase mit beiden Händen und schleuderte sie mit voller Wucht zu Boden. Das Porzellan zersprang in unzählige Scherben, Wasser spritzte an die Schränke und über die Kücheninsel, und die Blumen schlitterten in einem bunten Durcheinander über die Fliesen. Ich sog scharf die Luft ein.

»Um Himmels willen, Stefanie! Was ist denn los?«

Doch sie schien mich gar nicht wahrzunehmen. Wortlos streifte sie ihre High Heels von den Füßen und warf sie achtlos in eine Ecke, bevor sie schwer atmend auf einen der Küchenstühle sank und in Tränen ausbrach.

Einen Moment lang blieb ich unschlüssig stehen. Mein Blick wanderte zwischen der heftig schluchzenden Stefanie und dem Chaos auf dem Boden hin und her. Schließlich ging ich langsam auf sie zu, zog einen Stuhl heran und setzte mich neben sie.

»Stefanie, bitte. Du machst mir Angst.« Mein Ton war sanft, obwohl ich innerlich zwischen Mitleid und Schadenfreude schwankte. »Jetzt sag schon, was ist passiert?«

Ihre Schultern bebten, und ihre Stimme war kaum mehr als ein Krächzen, als sie endlich zu sprechen begann. »Ich … Ich war im Kaiserblick … an der Rezeption. Ich habe Ludos Namen genannt und gesagt, dass er ein Zimmer gebucht hat, und die Frau sagte … Sie sagte, Herr Hellstein sei schon da.« Sie schluchzte heftig und rang nach Luft. »Sie hat oben angerufen, und kurz darauf kamen Ludo und Laura runter. Zusammen – verstehst du? Ich konnte … Ich konnte nichts sagen. Ich war schlichtweg zu perplex und bin einfach … weggelaufen.«

Ich schwieg, während ich versuchte, aus ihrem Gestammel schlau zu werden. Offenbar hatte sie Ludo also nicht in flagranti erwischt, sondern die beiden nur dort angetroffen. Das war zwar nicht ganz das, was ich mir vorgestellt hatte, aber immerhin etwas.

»Aber … ich verstehe das nicht.« Ich runzelte gespielt verwirrt die Stirn. »Wer ist Laura?«

»Seine Assistentin!« Stefanies Stimme überschlug sich, bevor sie wieder in heftiges Schluchzen verfiel.

»Seine Assistentin?« Ich tat so, als würde ich langsam eins und eins zusammenzählen. »Aber, Stefanie, tut mir leid, das ergibt für mich keinen Sinn. Was haben die beiden denn dort gemacht? Ich dachte, er wollte sich mit dir treffen?«

Stefanie schwieg, ihre Finger krallten sich in die Tischplatte.

»Warte mal … Du glaubst doch nicht etwa, dass die beiden … eine Affäre haben?« Ich schüttelte den Kopf. »Aber warum hat er dir dann gesagt, dass du dorthin kommen sollst? Das passt doch nicht zusammen.«

Bevor Stefanie antworten konnte, wurde die Haustür ein weiteres Mal aufgerissen. Schwere Schritte polterten durch den Flur, und einen Moment später stürmte Ludo in die Küche. Schweißperlen glänzten auf seiner Stirn. Seine Wangen waren gerötet, und die Krawatte schlackerte um seinen Hals. Er wirkte vollkommen außer sich – weit entfernt von dem aalglatten, souveränen Politiker, den er sonst so meisterhaft verkörperte.

»Stefanie!«, rief er mit rauer Stimme. »Was sollte das eben? Warum bist du einfach weggelaufen?«

Stefanie hob langsam den Kopf. Ihre Augen glühten vor Wut und Verzweiflung. »Ach bitte! Hältst du mich etwa für blöd? Ich habe genug gesehen. Du und Laura … dieses Hotelzimmer …« Ihre Stimme brach, und sie vergrub ihr Gesicht in den Händen.

»Was für ein Hotelzimmer? Wovon zum Teufel sprichst du?« Ludo runzelte die Stirn. »Und was wolltest du überhaupt im Kaiserblick?«

»Tu nicht so, als wüsstest du das nicht! Die Blumen! Deine Karte! Warum hast du mir gesagt, ich soll ins Kaiserblick kommen, wenn du schon mit *ihr* dort warst?«

Ludo öffnete den Mund – und schloss ihn wieder. Dann ging sein Blick zum Fußboden. Dort lagen die zerbrochenen Überreste der Vase, und inmitten der Wasserpfütze lag die Karte. Er bückte sich, hob sie auf und überflog die Nachricht. Augenblicklich verloren seine Wangen jede Farbe, und seine Lippen wurden schmal.

»Aber … die ist nicht von mir«, stammelte er.

Stefanie starrte ihn ungläubig an. »Nicht von dir? Wer soll sie denn sonst geschrieben haben? Da steht doch dein Name drunter!«

Ludo ließ seinen Blick erneut über die Karte wandern, bevor er ihn wieder auf Stefanie richtete. »Ich schwöre, ich war es nicht. Ich habe dir keine Blumen geschickt – obwohl du natürlich welche verdient hättest.« Vorsichtig ging er einen Schritt auf sie zu, die Hände abwehrend erhoben. »Hör mir zu. Ich weiß nicht, wer das geschrieben hat, aber du hast das völlig missverstanden. Ich war nur mit Laura dort, weil wir die Wahlkampagne durchgegangen sind. Es war ein Meeting, weiter nichts.«

»Ein Meeting?« Stefanie schnaubte. »Im Kaiserblick? Und dafür hast du extra ein Zimmer reserviert?«

Ludo schloss für einen Moment die Augen, als müsste er sich sammeln. »Ich habe dir doch schon gesagt, dass ich kein Zimmer genommen habe. Und die Blumen habe ich auch nicht geschickt. Das muss jemand gemacht haben, um mich reinzulegen.«

»Ach ja? Und wer sollte so etwas tun?«

»Ich weiß es nicht.« Er zögerte. »Aber ich habe da einen Verdacht. Vor einiger Zeit habe ich einen Brief bekommen und …« Er stockte, als sein Blick unvermittelt auf mich fiel. Offenbar war ihm meine Anwesenheit erst jetzt bewusst geworden.

»Was machst du eigentlich hier?«, stieß er hervor. »Solltest du dich nicht um Mia kümmern?«

Ich wollte gerade antworten, doch Stefanie war schneller. »Mia ist im Kindergarten, falls du das nicht weißt, weil du hier nur noch zum Schlafen auftauchst!«, fauchte sie. »Leonie hilft mir bei den Vorbereitungen für die Dinnerparty. Die Dinnerparty, die ich für dich organisiere, während du dich hinter meinem Rücken mit einer anderen vergnügst!«

»Aber das tue ich doch überhaupt nicht!«, rief Ludo. Dann wandte er sich erneut mir zu. »Bitte, geh jetzt. Nichts für ungut, Leonie, du leistest sicher hervorragende Arbeit, aber das ist eine Familienangelegenheit.«

»Wage es nicht, meine Angestellte nach Hause zu schicken!«, rief Stefanie. »Was glaubst du eigentlich, wer du bist?«

»Schon gut.« Ich stand auf und trat mit erhobenen Händen einen Schritt zurück. »Es ist ohnehin Zeit, Mia abzuholen. Ich bringe sie her, und dann fahre ich nach Hause. Kein Problem.«

Stefanies Brust hob und senkte sich schnell, doch sie sagte nichts mehr. Ihr Blick war anklagend auf ihren Mann gerichtet, während ich mich unauffällig aus der Küche zurückzog.

Kapitel 39

Dezember 2005. Verena

Mit hängenden Schultern folgte Verena Ulli aus dem Büro des Direktors. Jeder ihrer Schritte hallte wie ein Hammerschlag in ihrem Kopf wider, und sie zitterte am ganzen Leib. Jetzt war alles aus. Ihre Zukunft lag in Trümmern, zerstört durch einen einzigen Fehler. Wie hatte sie nur so dumm sein können, sich erwischen zu lassen? Ulli stieß eine Tür auf und bedeutete ihr mit einem knappen Wink einzutreten. Das Büro dahinter war klein und vollgestopft. An den Wänden hingen Fotos von Schulausflügen und Theateraufführungen, ein weicher Teppich bedeckte den Boden. In den Regalen hinter dem Schreibtisch türmten sich Romane und Lehrbücher.

Ulli schaltete die Schreibtischlampe ein, schob einige Papiere beiseite und ließ sich in den Ledersessel hinter dem Schreibtisch sinken. Unter ihrer Jacke trug sie einen Morgenmantel, und ihre Füße steckten in plüschigen Hausschuhen – ein grotesker Kontrast zu ihrer eiskalten Miene.

»Setz dich!«, befahl sie barsch.

Zögernd ließ Verena sich auf der Kante des Stuhls nieder und verschränkte die Finger in ihrem Schoß. Sie fühlte sich wie eine Angeklagte kurz vor der Urteilsverkündung.

»Herr Schmidt hat bei seinem nächtlichen Rundgang Licht im Büro gesehen und mich angerufen.« Ulli faltete die Hände vor sich auf dem Tisch und sah sie eisig an. »Mitten in der Nacht in die Direktion einzubrechen – was in aller Welt hast du dir nur dabei gedacht?«

»Ich … Es tut mir leid. Das war dumm von mir.«

»Verflucht dumm sogar.« Ulli schüttelte den Kopf. »Gerade von dir hätte ich so etwas nicht erwartet, Verena. Also, ich frage dich noch einmal: Was hattest du im Büro des Direktors zu suchen?«

Verena wich ihrem Blick aus und starrte auf den Teppich. Das monotone Ticken der alten Kuckucksuhr an der Wand kam ihr vor wie der Countdown zu ihrem Untergang. Verzweifelt suchte sie nach einer plausiblen Erklärung – aber würde das überhaupt noch etwas ändern? Egal, was sie sagte, Direktor Hesse würde sie vermutlich sowieso von der Schule werfen.

Ulli schnalzte ungeduldig mit der Zunge. »Ich warte.«

Langsam hob Verena den Kopf. Ungeschminkt wirkte Ullis Gesicht ungewohnt hart. Das hastig zu einem strengen Knoten zurückgebundene Haar verlieh ihr eine fast militärische Strenge.

»Ich habe nach Antworten gesucht«, erklärte Verena mit brüchiger Stimme. »Antworten auf meine Fragen zum Tod von Jonas Felber. Es … Es gibt da ein paar Dinge, die mir einfach keine Ruhe gelassen haben.«

Ulli wirkte einen Moment lang sprachlos. Verschiedene Emotionen huschten über ihr Gesicht, und obwohl sie sichtlich um Fassung rang, konnte sie die stärkste von ihnen nicht verbergen: Unbehagen. Schließlich hob sie demonstrativ die Augenbrauen und verschränkte die Arme vor der Brust.

»Das ist ja mal eine originelle Ausrede. Ich habe ja schon viele gehört, aber diese hier ist selbst mir neu. Aber nur zu: Was genau beschäftigt dich so sehr, dass du dich zu einem nächtlichen Einbruch hinreißen lässt? Ich bin ganz Ohr.«

Verena zögerte einen Moment, bevor sie zu sprechen begann. Der Punkt, an dem sie hätte zurückrudern können, war ohnehin längst überschritten. Ulli hörte ihr schweigend zu, ohne sie auch nur ein einziges Mal zu unterbrechen.

Sie erzählte von Jonas' Höhenangst und dass er laut Xaver niemals freiwillig allein in die Nähe der Schlucht gegangen wäre. Dann erzählte sie von Michaels Selbstmordtheorie und dass seine Freunde behauptet hatten, Jonas kaum gekannt zu haben, obwohl das ganz offensichtlich nicht stimmte. Schließlich berichtete sie von Maries Warnungen und davon, dass sie offenbar alle davon abhalten wollten, weitere Fragen zu Jonas' Tod zu stellen.

»Ich wollte unbedingt herausfinden, was wirklich passiert ist«, schloss Verena. »Also …«

»Also bist du in das Büro des Schulleiters eingebrochen, um seine Schülerakte zu stehlen«, ergänzte Ulli kalt. »Das ist echt unglaublich! Ich fasse es nicht!«

»Ich wollte sie nicht stehlen – nur einen kurzen Blick hineinwerfen«, verteidigte sich Verena hastig. »Aber jetzt verstehe ich endlich, warum Marie ständig diese komischen Andeutungen gemacht hat. Ich habe die Gesprächsnotizen gelesen: Marie hat Ludo und die anderen dabei beobachtet, wie sie an jenem Abend mit Jonas in den Wald gegangen sind. Und das war das letzte Mal, dass ihn jemand lebend gesehen hat.«

Daraufhin herrschte eisiges Schweigen.

Ulli griff nach einem Stift auf ihrem Schreibtisch und begann, ihn gedankenverloren zwischen den Fingern zu drehen. Ihre Bewegungen sollten vermutlich gelassen wirken, doch ihre Augen verrieten sie.

»Ist das alles?«, fragte sie schließlich.

Verena nickte stumm.

»Gut.« Ulli legte den Stift beiseite und hob den Kopf. »Du hättest besser gleich zu mir kommen sollen, anstatt Hobbydetektivin zu spielen. Du liegst mit deiner Theorie nämlich völlig falsch. Deine Mitschüler hatten rein gar nichts mit der Sache zu tun.«

Verena starrte sie an. Hatte Ulli ihr etwa nicht zugehört? Glaubte sie wirklich, Verena würde ihr das jetzt noch abnehmen?

»Aber Marie hat doch gesehen, wie …«

Ulli brachte sie mit einer knappen Handbewegung zum Schweigen.

»Ich weiß, was Marie angeblich gesehen haben will«, stieß sie abfällig hervor. »Nachdem man Jonas gefunden hatte, kam sie direkt zu mir und hat mir alles erzählt. Allerdings ist Marie Gallager …«, sie hielt kurz inne, als suche sie nach den passenden Worten, »keine besonders glaubwürdige Zeugin, um es mal vorsichtig auszudrücken. Sie und Ludo haben eine Vorgeschichte, wie dir sicher bekannt ist. Es wäre nicht das erste Mal gewesen, dass sie versucht hat, ihn und seine Freunde in Schwierigkeiten zu bringen.«

»Willst du damit etwa sagen, dass Marie *gelogen* hat? Dass sie sich das alles nur ausgedacht hat, um Ludo zu belasten?«

Ulli nickte knapp, und ihr Mund verzog sich zu einem künstlich wirkenden Lächeln. »Hör zu, Verena. Mir ist klar, dass du es dieses Jahr nicht leicht hattest – der Wechsel auf die Santa Clara und die Eingewöhnung und dann auch noch die Erkrankung deiner Tante … Das war bestimmt viel auf einmal.«

Verena runzelte die Stirn. »Was hat denn Tante Claire damit zu tun?«

»Nichts, jedenfalls nicht direkt.« Ullis Haifischgrinsen wurde breiter. »Ich will damit nur sagen, dass ich verstehen kann, warum du für Maries Verschwörungstheorien empfänglich warst. Und natürlich ist mir nicht entgangen, dass du in letzter Zeit auch Probleme mit Ludo und Stefanie hattest. Aber in das Büro des Direktors einzubrechen und deine unschuldigen Mitschüler zu bezichtigen, in den Tod dieses Jungen verwickelt zu sein …«

»Unschuldig?«, wiederholte Verena ungläubig. Jäh spürte sie, wie die Wut in ihr aufstieg. »Nichts für ungut, Ulli, aber diese Leute sind alles andere als unschuldig! Frag doch mal Xaver, dem sie vor ein paar Monaten Gleitgel untergeschoben haben, um ihn lächerlich zu machen. Oder Marie – dann erfährst du, wie diese Drogen am Anfang des Schuljahres wirklich in ihrem

Spind gelandet sind. Ich sage ja nicht, dass sie Jonas absichtlich etwas angetan haben, aber was, wenn es ein Versehen war?« *Bei einer außer Kontrolle geratenen Mutprobe zum Beispiel*, fügte sie in Gedanken hinzu.

»Das Marihuana in Maries Spind?« Ullis Miene veränderte sich, und für einen Moment wirkte sie ehrlich überrascht. »Was ist damit?«

Verena spürte, wie ihr die Röte ins Gesicht stieg. Verdammt! Eigentlich hatte sie das gar nicht erwähnen wollen. Doch jetzt war es zu spät, um sich herauszureden.

»Nichts, nur, dass es Marie überhaupt nicht gehört hat! Ludo und Aaron haben es ihr untergeschoben, um sich für ihre Einmischung im Juni zu rächen.« Sie schauderte. »O Gott! Wenn Marie wirklich gesehen hat, wie sie mit Jonas in den Wald gegangen sind …«

»Genug! Es reicht! Ich will nichts mehr davon hören!« Ullis Nasenflügel blähten sich, während sie sichtlich um Fassung rang. »Begreif es doch endlich, du bist mit deiner Theorie komplett auf dem Holzweg! Ludo und seine Freunde haben für jenen Abend ein *Alibi*, Verena! Es gibt einen Zeugen, der bestätigt hat, dass sie zur fraglichen Zeit in der Schule waren.«

Die Worte trafen Verena wie ein Schlag, der ihr die Luft aus den Lungen presste. Ihr Körper sackte zusammen, und für einen Moment drehte sich alles in ihrem Kopf. Ein Alibi? Nein. Unmöglich. Das konnte nicht sein.

»Es gab einen Zeugen?«, wiederholte sie tonlos. »Wer? Wer war dieser Zeuge?«

»Das kann und werde ich dir nicht sagen. Aber ich versichere dir, die Polizei hat den Fall damals gründlich untersucht. Und fest steht: Ludo und seine Freunde haben für diesen Abend ein Alibi. Weiß der Himmel, was der Junge im Wald gewollt hat, aber Jonas ist definitiv nicht durch Fremdeinwirkung gestorben.«

Einen Moment lang starrte Verena sie einfach nur an, während Ullis Worte sich wie Gift in ihrem Körper ausbreiteten. Ein

Zeuge? Ein Alibi? Die Widersprüche ratterten durch ihren Kopf, wirbelten alles durcheinander, während sie verzweifelt nach einer logischen Erklärung suchte.

»Ich muss dich dringend ermahnen, deine sogenannten Nachforschungen einzustellen und die Sache zu vergessen«, fuhr Ulli fort. »Keine weiteren Geheimaktionen mehr – ist das klar?«

Verena presste die Lippen zusammen und nickte widerwillig. Was blieb ihr auch anderes übrig?

»Gut«, sagte Ulli mit Nachdruck und stand auf. »Geh jetzt zurück auf dein Zimmer. Ich werde mit Direktor Hesse sprechen, und morgen früh um sieben treffen wir uns wieder hier. Dann entscheiden wir, wie es mit dir weitergeht.«

Kapitel 40

Leonie. Heute

Als ich anderthalb Stunden später die Treppe zum U-Bahnhof hinabstieg, kochte ich immer noch vor Wut. Die Geräusche der Stadt – das Klappern von Absätzen auf den Stufen, das Dröhnen eines einfahrenden Zuges – vermischten sich mit meinen Gedanken und verstärkten das dumpfe Brodeln in meinem Kopf.

Doch nicht einmal hier, in den stickigen Eingeweiden Wiens, blieb mir Ludos feixende Miene erspart. Auf den Monitoren am Bahnsteig flimmerte unermüdlich sein Wahlslogan. »Für ein besseres Wien«, prangte unter seinem Foto, als wäre er der strahlende Retter, den die Welt so dringend brauchte. Für den Großteil der Wiener Bevölkerung war es wahrscheinlich ein Symbol der Hoffnung – doch für mich war es der blanke Hohn.

Ich ballte die Hände zu Fäusten, bis sich meine Nägel schmerzhaft in die Handflächen bohrten. *Tief einatmen, Leonie! Beruhige dich!* Doch es half nichts, der Knoten in meinem Magen zog sich nur noch fester zusammen.

Wie hatte Ludo es nur wieder geschafft, Stefanie einzuwickeln? All meine Vorbereitungen – der Blumenstrauß, der mehr gekostet hatte als mein Wocheneinkauf, die Nachricht, die ich so bedacht formuliert hatte –, alles war umsonst gewesen.

Als ich mit Mia vom Kindergarten zurückgekehrt war, war Ludo bereits gegangen und Stefanie tippte geschäftig auf ihrem Laptop herum, als wäre nie etwas gewesen. Keine Spur mehr von dem Schock und der Verzweiflung, die sie eben noch erfüllt hatten. Es war, als hätte sie die Szene einfach aus ihrem Gedächtnis gelöscht – oder sich bewusst dafür entschieden, sie zu verdrängen.

»Oh, das hat sich alles aufgeklärt«, hatte sie abgewinkt, als ich vorsichtig nachgefragt hatte. »Ich habe total überreagiert, weiter nichts.«

»Ach ja? Und das Hotelzimmer? Die Blumen?«

Doch Stefanie hatte bloß müde gelächelt und den Kopf geschüttelt. »Das war nur irgendein Spinner. Ludo meint, so etwas passiert vor den Wahlen ständig. Vermutlich Teil einer Schmutzkampagne, um ihn zu verunsichern. Jedenfalls ist wieder alles in Ordnung. Hast du die Liste mit den Floristen fertig?«

Wortlos hatte ich sie ihr gebracht, dann hatte ich Kopfschmerzen vorgetäuscht und war gegangen. Was hätte ich auch sagen sollen? Eine Schmutzkampagne? Dass ich nicht lache! Wenn Stefanie das wirklich glaubte – bitte, schön für sie. Wahrscheinlich hätte sie Ludo sogar mit einer anderen im Bett erwischen können und ihm trotzdem geglaubt, wenn er beteuert hätte, sie habe da »bloß etwas missverstanden«. Stefanie klammerte sich an Ludo wie eine Ertrinkende an ein Stück Treibholz, ohne zu merken, dass er sie nach Strich und Faden verarschte.

Ich hatte erwartet, dass Ludos Untreue einen Keil zwischen sie treiben würde, dass sie zumindest den Zusammenhang zwischen der Karte und den Blumen erkennen und nervös werden würden. Aber so war es nicht.

Ludo hatte die Botschaft verstanden, da war ich mir sicher. Aber anstatt mit Stefanie zu reden, hatte er sich einfach in seinen Elfenbeinturm zurückgezogen und dichtgemacht. Es war zum Verrücktwerden!

Zu Hause angekommen, umfing mich die vertraute Enge meiner Wohnung. Cleo strich schnurrend um meine Beine, doch ich ignorierte sie, streichelte ihr nur flüchtig über den Kopf und marschierte zielstrebig zum Schreibtisch. Es gab kein Zurück mehr. Keine Ausreden, keine falsche Zurückhaltung! Ich hatte ohnehin schon viel zu lange gezögert.

Erst Stefanie, dann Ludo. Triff sie dort, wo es am meisten wehtut. Dieser Gedanke hallte in meinem Kopf wider – ein Mantra, das mich antrieb.

Ich setzte mich an meinen Laptop und öffnete die Datei mit den Passwörtern, die ich in den letzten Wochen gesammelt hatte. Dann rief ich Stefanies Influencer-Account auf. Wie erwartet, forderte das System zunächst eine zweistufige Bestätigung und schickte einen Sicherheitscode an ihre E-Mail-Adresse. Ein schneller Wechsel zu ihrem Postfach genügte – und schon hatte ich den Code vor mir. Es war so einfach, dass es fast enttäuschend war.

Kaum hatte ich Zugriff auf ihren Account, öffnete ich die Einstellungen. Mit wenigen Klicks deaktivierte ich ihr Profil und bestätigte die Löschung.

Nun gab es keine Fotos mehr von perfekt gestylten Outfits, affektierten Urlaubsgrüßen oder vermeintlich »authentischen« Schnappschüssen aus ihrem Alltag. Keine Werbung mehr für teure Designertaschen oder Beauty-Produkte, die sie vermutlich selbst nie benutzte. Nur noch eine Fehlermeldung für jeden ihrer Follower. Die makellose Scheinwelt der Stefanie Hellstein – ausgelöscht mit einem einzigen Mausklick.

Dann wechselte ich zu einem Ordner auf meinem Desktop, in dem sich die Videos und Fotos befanden, die ich in den letzten Monaten zusammengetragen hatte.

Ich klickte mich durch die Liste, bis ich fand, wonach ich suchte. Mein Herz schlug schneller, als ich das Video öffnete. Auf dem Bildschirm erschienen die Umrisse einer schummrigen Bar. Die Aufnahme war ein wenig verwackelt, doch die Szene war eindeutig. Ludo saß an einem Tisch im hinteren Bereich des Lokals. Das Klirren von Gläsern und das Lachen seiner Parteifreunde waren zu hören, während er sich nach vorne beugte und sich mit einem zusammengerollten Geldschein weißes Pulver in die Nase zog.

Ich spulte ein paar Sekunden zurück, zoomte heran und sah mir sein Gesicht noch einmal genau an. Die Aufnahmen waren leicht unscharf, aber deutlich genug, um keinen Zweifel aufkommen zu lassen: Ludo Hellstein, der strahlende Anwärter auf das höchste Amt der Stadt, war klar zu erkennen.

Ich nickte zufrieden. Das sollte fürs Erste reichen.

Anschließend öffnete ich meinen E-Mail-Client, kopierte die vorgefertigte Liste lokaler und überregionaler Zeitungen ins Adressfeld und fügte die Aufnahme als Anhang hinzu. Der Betreff war kurz, prägnant und provokativ:»Ludo Hellstein – für ein besseres Wien?«Kein erklärender Text, keine weiteren Hinweise – das Video würde für sich sprechen.

Meine Finger zögerten einen Moment über der Tastatur, dann atmete ich tief durch und drückte auf»Senden«. Ein leises, bestätigendes»Wusch«ertönte, als die E-Mail ihren digitalen Weg antrat.

Einige Sekunden lang saß ich reglos da und lauschte dem dumpfen Pochen meines Herzens, bis sich langsam ein anderes Gefühl in mir ausbreitete: Genugtuung.

Zu guter Letzt loggte ich mich in den anonymen Account ein, über den ich bereits mit Ludo kommuniziert hatte. Meine Finger flogen über die Tastatur, während ich eine kurze Nachricht an Aaron, Cornelia, Ludo und Stefanie verfasste. Keine ausschweifenden Erklärungen, keine aufwendige Inszenierung – nur zwei knappe Sätze:

Das ist erst der Anfang. Ihr hattet die Wahl, aber ihr wolltet ja nicht mitspielen.

Als Anhang fügte ich den Zeitungsartikel über Jonas Felbers »tödlichen Unfall« hinzu. Darüber schrieb ich mit einem Grafikprogramm in klobigen roten Buchstaben: *Schuldig!*

Nach einem letzten prüfenden Blick schickte ich die Nachricht ab. Ich klappte den Laptop zu und lehnte mich zurück. Cleo sprang auf meinen Schoß und schnurrte zufrieden, als ich ihr sanft über das weiche Fell strich.

Der Stein war ins Rollen gebracht. Jetzt gab es kein Zurück mehr.

Kapitel 41

Dezember 2005. Verena

Als Verena früh am nächsten Morgen aus dem Schlaf hochschreckte, war sie schweißgebadet. Sie hatte von Jonas und der Schlucht geträumt – einer dieser Albträume, in denen man weiß, dass man träumt, aber trotzdem nicht aufwachen kann.

Sie war durch den finsteren Wald geirrt, während Jonas in der Ferne um Hilfe rief. Plötzlich war sie von Ludo, Stefanie und Aaron umringt gewesen. Ihre Gesichter waren verzerrt vor Hohn und Spott. Verzweifelt hatte sie sich losgerissen und war zur Schlucht gelaufen, doch da war es bereits zu spät: Sie sah noch Jonas' Finger, die sich in die Felswand krallten, bevor er endgültig abrutschte und mit einem lauten Schrei in die Tiefe stürzte.

Es war nur ein Traum, sagte sie sich. *Das ist nicht wirklich so passiert. Alles ist gut.*

Aber das war eine Lüge. Nichts war gut.

Die Erinnerungen an die letzte Nacht kehrten zurück, stürzten wie eine Flutwelle über sie herein: Jonas' Akte. Ullis wutverzerrtes Gesicht. Ihre Worte, die wie in Endlosschleife in ihrem Kopf widerhallten: *Ludo und seine Freunde haben für jenen Abend ein Alibi, Verena!*

Stöhnend rollte Verena sich auf die Seite, zog die Knie an die Brust und vergrub ihr Gesicht in den Händen. Eine einsame Träne rann durch ihre Finger auf das Laken. Für einen Moment spielte sie ernsthaft mit dem Gedanken, einfach liegen zu bleiben und den Termin mit Ulli und Direktor Hesse sausen zu lassen. Aber die Vorstellung, noch hier zu sein, wenn Cornelia aufwachte, trieb sie dann doch aus dem Bett.

Im Badezimmer stellte sie sich unter die Dusche und drehte das Wasser voll auf. Die Tropfen prasselten hart auf ihre Haut, während sie versuchte, den Schmutz und die Schuld der letzten Nacht abzuwaschen. Sie schrubbte ihr Gesicht und ihren Körper, bis die Tränen versiegten und nur noch eine dumpfe Leere zurückblieb.

Sie konnte von Glück reden, wenn sie nicht von der Schule flog. Und Tante Claire – was würde sie erst sagen, wenn sie erfuhr, was Verena getan hatte?

Als sie wieder aus dem Badezimmer kam, schlief Cornelia immer noch. Sie lag auf dem Rücken, Arme und Beine ausgestreckt, und schnarchte leise vor sich hin. Leise zog Verena sich an, griff nach ihrer Tasche und schlich hinaus.

Es war Sonntagmorgen, noch recht früh, und der Schulhof lag still und verlassen da. Verena schlurfte in den Speisesaal, um sich vor ihrem Rauswurf noch schnell einen Kaffee zu holen, da stieß sie an der Kaffeemaschine auf Xaver.

»Hi«, sagte er leise. »Wie geht's dir? Nimm's mir nicht übel, aber du siehst ziemlich beschissen aus.«

»Ich weiß«, murmelte Verena und griff nach einer Tasse. »Ich bin letzte Nacht beim Direktor eingebrochen, um mir Jonas' Akte anzuschauen.«

»Du bist was?«

In schnellen Worten erzählte sie ihm von ihrem Einbruch in Hesses Büro und wie Ulli sie dort auf frischer Tat ertappt hatte.

»Sie hat dich erwischt?«, keuchte Xaver entsetzt. »O mein Gott! Und was passiert jetzt?«

292

»Keine Ahnung.« Verena zog eine Grimasse und nahm einen tiefen Schluck von ihrem Kaffee. »Ich muss gleich zu Rektor Hesse. Wahrscheinlich fliege ich jetzt raus.«

Xaver ließ die Schultern hängen und murmelte ein kaum hörbares »Scheiße«.

»Wir reden später, ja? Wünsch mir Glück.«

Mit diesen Worten kippte sie den Rest ihres Kaffees hinunter und verließ den Speisesaal.

Das Gespräch mit Direktor Hesse verlief fast so schrecklich, wie Verena es sich vorgestellt hatte. Kaum hatte sie sein Büro betreten, begann er auch schon, sie anzuschreien. Seine Stimme hallte durch den Raum, und je lauter er wurde, desto kleiner fühlte sie sich. Schließlich konnte sie die Tränen nicht länger zurückhalten und brach in hemmungsloses Schluchzen aus.

Doch zu ihrer Überraschung warf Hesse sie nicht von der Schule. Stattdessen schloss er sie für den Rest des Schuljahres von allen Freizeitaktivitäten aus und verdonnerte sie zu einer endlosen Liste von Strafarbeiten.

Den Rest des Tages war Verena wie betäubt. Zum Glück war Sonntag, sodass sie sich weder dem Unterricht noch ihren Mitschülern stellen musste. Zum Mittagessen holte sie sich ein Sandwich und verschanzte sich damit in der Bibliothek. Doch so sehr sie auch versuchte, sich aufs Lernen zu konzentrieren, ihre Gedanken kehrten immer wieder zu den Ereignissen der letzten Nacht zurück.

Zweifel nagten an ihr. Hatte Ulli vielleicht doch recht? Hatte sie sich tatsächlich in eine Verschwörungstheorie verrannt? Aber warum hätte Marie behaupten sollen, Jonas mit Ludo und den anderen gesehen zu haben, wenn es nicht stimmte? Streit und Mobbing unter Schülern – das war eine Sache. Aber eine solche Verleumdung? Das war etwas ganz anderes. Und selbst wenn Marie gelogen hätte – warum hatte Ulli sich dann so vehement geweigert, die Identität dieses mysteriösen Zeugen preiszugeben? Und wie passten die Antidepressiva ins Bild?

Marie … Jonas … vertuscht …

Verena stieß einen stummen Fluch aus und rieb sich die Schläfen. Hätte sie doch nur mehr Zeit gehabt, um den Rest der Akte durchzusehen!

Als die Bibliothek schloss und Frau Lisbeth sie mit einem freundlichen, aber bestimmten Lächeln hinauskomplimentierte, war es bereits dunkel. Verena beschloss, das Abendessen ausfallen zu lassen und sich stattdessen in ihrem Zimmer zu verkriechen. Cornelia traf sich sonntags meistens mit Aaron, also hätte sie dort wenigstens ihre Ruhe.

»Verena!«

Mist! Das war Michael. Sie biss die Zähne zusammen, zog die Schultern hoch und ging schneller.

»Verena, jetzt warte doch!«

Sie hörte seine schnellen Schritte, dann hatte er sie auch schon eingeholt. Eine große Hand legte sich auf Verenas Schulter und zwang sie zum Stehenbleiben.

»Hey, was ist los mit dir?«, fragte Michael atemlos. »Wieso warst du nicht beim Training?«

Er trug seine Laufsachen – ein eng anliegendes graues Funktionsshirt unter einer Fleeceweste, die seine breiten Schultern betonte. Verena spürte, wie ihr verräterisches Herz schneller schlug. Zum einen, weil er in diesem Outfit einfach unglaublich gut aussah, und zum anderen, weil sie ihm nach der vergangenen Nacht lieber noch eine Weile aus dem Weg gegangen wäre.

»Ach, ich hab mich heute irgendwie krank gefühlt. Vielleicht krieg ich die Grippe oder so«, sagte sie und legte zur Unterstreichung ihrer Worte eine Hand an die Kehle.

Warum sie ihn anlog, wusste sie selbst nicht genau. Früher oder später würde er sowieso erfahren, was passiert war, und wenn er es erst wusste … Nun, dann würde er sie wahrscheinlich keines Blickes mehr würdigen.

»Oh, gute Besserung!«, sagte Michael, ließ ihren Arm aber nicht los. Seine Augen huschten nervös über den Schulhof, als wollte er sichergehen, dass sie unter sich waren. Dann beugte er sich leicht vor und raunte: »Sag mal, stimmt es, dass Ulli dich letzte Nacht in Hesses Büro erwischt hat? Ich hab beim Mittagessen ein paar Leute darüber tuscheln hören.« Verena spürte, wie ihr die Röte ins Gesicht stieg. Die Geschichte hatte sich also bereits herumgesprochen. Irgendjemand musste Hesses Standpauke oder ihr Gespräch mit Xaver heute Morgen belauscht haben. *Na großartig.*

»Du hast es also wirklich getan? Krass!« Michael musterte Verena mit einer Mischung aus Unglauben und – war das etwa Ehrfurcht? »Heißt das, du hast ihn?«

»Was meinst du?«, fragte sie verwirrt.

»Na, den Pokal!«

Erst jetzt begriff Verena, worauf er anspielte – die Karte und den Pokal, den sie für Ludo stehlen sollte.

»Ähm … nein. Tut mir leid.«

»Ach, mach dir nichts draus.« Michael grinste und drückte ihr einen ungestümen Kuss auf die Wange. »Ich denke, sie werden bereits den Versuch gelten lassen. Aber du hättest das doch nicht alleine machen müssen. Ich hätte für dich Schmiere stehen können.« Dann wurde seine Miene wieder ernst, und er senkte die Stimme noch ein wenig weiter: »Ludo und Aaron wurden heute Nachmittag übrigens zum Direktor bestellt. Keine Ahnung, was der von ihnen will. Hast du vielleicht eine Idee?«

»Zum … Direktor? Echt?«, stammelte Verena. Siedend heiß fiel ihr ein, was sie Ulli gestern Nacht erzählt hatte – von dem Dope in Maries Schließfach und wer wirklich dafür verantwortlich war. Ihre Miene sprach offenbar Bände, denn Michaels Gesichtsausdruck veränderte sich schlagartig.

»Nein!«, keuchte er. »Bitte sag mir, dass du Ulli nichts von dem Dope erzählt hast.«

Verena spürte, wie ihr Mund trocken wurde. »Ich … Es tut mir leid«, murmelte sie und sah zu Boden. »Ich schwöre, ich wollte das nicht. Ulli hat mich in die Mangel genommen, und … da ist es mir einfach so rausgerutscht.«

»Scheiße, Verena! Das glaub ich jetzt nicht!« Fluchend fuhr er sich mit der Hand durchs Haar. »Du hast ja keine Ahnung, was du da angerichtet hast. Ich habe dir vertraut, verdammt noch mal! Und du? Du rennst zu Ulli und plauderst alles aus. Die beiden könnten mächtig Ärger …«

»*Die beiden* könnten Ärger bekommen?« Das schlechte Gewissen, weil sie sein Geheimnis ausgeplaudert hatte, verwandelte sich auf einen Schlag in blanke Wut. »Ist das wirklich deine größte Sorge? Was ist mit Jonas? Oder mit Marie? Hast du schon mal an die gedacht?«

»Ich hab dir doch gesagt, dass Marie …« Stirnrunzelnd brach er ab. »Warte mal – was hat denn Jonas schon wieder damit zu tun?«

»Einfach alles.« Die Wut, genährt durch den Schlafmangel, die vielen Lügen und die Zweifel, stieg in Verena auf wie giftige Galle. Sie mochte Michael – mehr als das –, aber sie hatte es satt, ständig für dumm verkauft zu werden. »Ich weiß jetzt nämlich, warum ihr Marie die Drogen untergeschoben habt. Nicht etwa, weil sie euch wegen einer Party oder Alkohol verpetzt hat. Ihr habt es getan, weil sie euch *gesehen* hat. Marie hat beobachtet, wie ihr euch an dem Abend, an dem Jonas ums Leben kam, mit ihm getroffen habt, stimmt's? Jonas, den ihr angeblich kaum gekannt habt!«

Schweigen.

Verena konnte förmlich sehen, wie Michael in seinem Kopf eins und eins zusammenzählte. Sein Gesicht wurde aschfahl, und sein ganzer Körper spannte sich an, während sein Blick wild umherschweifte. Normalerweise war er die Ruhe selbst, als könnte ihn nichts aus der Bahn werfen. Aber jetzt sah sie es: Er hatte Angst.

»Deswegen bist du also in Hesses Büro eingebrochen«, stieß Michael schließlich hervor. »Nicht wegen des Spiels, sondern um Jonas' Akte zu stehlen – ist es nicht so? Mein Gott, glaubst du wirklich, dass wir etwas mit seinem Tod zu tun haben? Dass wir ihn – was? – umgebracht haben?« Ein schrilles Lachen brach aus ihm heraus, das eher verzweifelt als belustigt klang. »Das ist doch komplett verrückt!«

»Dann sag mir endlich, was wirklich passiert ist!«, rief Verena. »Diese ganzen Lügen, die du mir aufgetischt hast: Irgendwas verheimlichst du doch vor mir – ihr alle!«

»Ich hab dir doch schon gesagt, ich weiß es nicht!«

»Ach, komm, erzähl mir doch keinen Scheiß!«

»Ich schwöre dir, du irrst dich«, flehte Michael und hob abwehrend die Hände. »Es stimmt, dass Jonas in den Wochen vor seinem Tod ab und zu mit uns abhing – aber das war alles. Sein Tod war ein Unfall, nichts weiter!«

»Ach ja?« Verena schnaubte. »Da ist dein Bruder aber anderer Meinung.«

Michael wich vor ihr zurück, als hätte sie ihn geschlagen. »Du hast mit Xaver darüber gesprochen? Obwohl ich dich ausdrücklich gebeten habe, es nicht zu tun?«

»Ich hatte keine andere Wahl – du redest ja nicht mit mir!« Verena atmete tief durch und versuchte, ihre Stimme wieder unter Kontrolle zu bekommen. »Bitte, Michael, ich kenn dich doch. Du würdest nie jemandem absichtlich wehtun. Aber ich ertrage diese ganzen Lügen nicht mehr. Wenn du etwas weißt, musst du es mir sagen!«

Doch Michael schien ihre Worte kaum zu hören. »Du hast keine Ahnung, was du angerichtet hast. Ich habe dir vertraut … Scheiße, Verena, ich habe dich geliebt. Und jetzt hast du alles kaputt gemacht.«

Habe dich geliebt? Vergangenheit? Tränen stiegen Verena in die Augen, und sie musste blinzeln, um sie zurückzudrängen.

»Bitte, Michael«, flehte sie erneut. »Sag mir, was …«

»Es spielt doch keine Rolle mehr, was ich sage«, unterbrach er sie schroff. »Du hast dir deine Meinung doch längst gebildet.«

»Aber …«

»Na, wen haben wir denn da?«, ertönte plötzlich eine kalte Stimme hinter Verena. »Die kleine Verräterin höchstpersönlich.« Verena fuhr herum, und ihr Herz setzte einen Schlag aus, als sie in ein Paar hasserfüllte Augen blickte. Stefanie stand nur wenige Meter entfernt auf dem Kiesweg, die Arme vor der Brust verschränkt. Hinter ihr traten Ludo, Aaron und Cornelia aus den Schatten. In ihren Gesichtern spiegelten sich Wut und Verachtung. »Glaubst du wirklich, du könntest uns ans Messer liefern, Verena?« Stefanies Stimme war gefährlich leise, wie das Knurren eines Raubtiers kurz vor dem Angriff. »Das wirst du noch bereuen. Darauf kannst du dich verlassen!«

Verena öffnete den Mund, wollte etwas sagen, sich verteidigen, aber die Worte blieben ihr im Hals stecken. Instinktiv wich sie einen Schritt zurück, bis sie gegen Michael stieß, der noch immer hinter ihr stand. Erwartungsvoll sah sie ihn an.

Doch er sagte nichts. Kein Wort. Sein Gesicht war ausdruckslos wie das einer Statue.

Überraschenderweise war es dann Cornelia, die Verena den endgültigen Schlag versetzte. Sie ging an Stefanie vorbei und legte Michael sanft die Hand auf den Arm. »Komm!«, murmelte sie, ohne Verena auch nur eines Blickes zu würdigen. »Was willst du noch von der?«

Kapitel 42

Leonie. Heute

Stickige Luft schlug mir entgegen, als ich die Bar betrat. Das Gemurmel der Gespräche vermischte sich mit dem Klirren von Gläsern und dem dumpfen Brummen eines alten Heizkörpers, der gegen die kühle Herbstluft ankämpfte. Auf jedem Tisch stand eine kleine Lampe mit abgenutztem Schirm, die ein warmes gelbliches Licht verbreitete und die Gesichter der Gäste in Schatten tauchte.

Mein Blick wanderte suchend durch den Raum. Schließlich entdeckte ich Xaver in einer der Ecknischen, etwas abseits vom Trubel. Er starrte auf ein halb geleertes Whiskeyglas vor sich.

Als ich an den Tisch trat, hob er den Kopf, und ein unsicheres Lächeln huschte über sein Gesicht. »Leonie«, sagte er leise und nickte in Richtung des freien Stuhls. »Bitte, setz dich doch. Möchtest du etwas trinken?«

»Nur eine Cola bitte.«

Xaver winkte die Kellnerin herbei, um die Bestellung aufzugeben, während ich die Jacke abstreifte und sie über die Stuhllehne hängte. Mein Herz schlug wie ein Vorschlaghammer gegen meine Brust, und obwohl ich versuchte, mir meine Nervosität nicht anmerken zu lassen, gelang es mir nicht, das Zittern meiner Hände zu verbergen.

Xaver wartete, bis ich saß und die Kellnerin meine Cola gebracht hatte, dann nahm er einen tiefen Schluck aus seinem Glas und stellte es mit einem dumpfen Klirren ab.

»Es tut mir leid, dass ich letztes Mal einfach gegangen bin«, begann er ohne Umschweife. »Das alles ... Das war schlicht zu viel auf einmal.«

»Ja, klar, das verstehe ich«, antwortete ich schnell. Dann fiel es mir auf: Er war instinktiv zum Du übergegangen. Ein kleiner Hoffnungsschimmer regte sich in mir. Das war ein gutes Zeichen. Es bedeutete, dass er mir glaubte. Oder es zumindest für möglich hielt, dass ich die Wahrheit sagte.

»Ich habe ein paar Anrufe gemacht«, fuhr er fort. »Die Justizvollzugsanstalt hat mir bestätigt, dass Verena im Gefängnis ein Kind zur Welt gebracht hat – ein Mädchen.« Er schüttelte den Kopf und fuhr sich mit einer Hand über das Gesicht. »Mein Gott, ich hatte ja keine Ahnung.«

»Dann glaubst du mir also?«, fragte ich hoffnungsvoll.

Xaver sah mich einen Augenblick lang prüfend an und nickte dann. »Wir werden natürlich einen Vaterschaftstest machen lassen, aber ja – ich glaube dir.« Er schüttelte den Kopf. »Warum hast du nicht gleich gesagt, wer du wirklich bist? Warum hast du dich als Journalistin ausgegeben?«

Ich starrte auf die Tischplatte, die leicht klebrig war und nach altem Bier roch. »Ich hatte Angst, wie ihr reagieren würdet«, gestand ich. »Ich habe all die schlimmen Sachen gelesen, die über Verena geschrieben wurden, und dachte, dass ihr sie bestimmt hasst – für das, was ihr vorgeworfen wurde. Deswegen wollte ich zuerst wissen, wie du und deine Mutter dazu steht.« Langsam hob ich den Kopf und suchte seinen Blick. »Ich glaube nämlich nicht, dass Verena Michael umgebracht hat. Und tief in deinem Inneren glaubst du das auch nicht, oder?«

Xaver sagte nichts. Ich konnte förmlich sehen, wie es in seinem Kopf arbeitete, wie er unser Gespräch in der Bäckerei Revue passieren ließ. Meine Bemerkungen über das Mobbing, das er und Verena auf dem Internat erlebt hatten. Meine Frage, ob sie womöglich nur zur falschen Zeit am falschen Ort gewesen war.

»Ich kann nachvollziehen, wie du dich fühlst«, sagte er nach einer Weile, »aber nimm es mir nicht übel – nur weil sie deine Mutter war, heißt das nicht, dass …«

»… dass sie unschuldig war?« Ich lächelte traurig. »Natürlich würde ich lieber glauben, dass meine Mutter ein guter Mensch war. Wer würde das nicht? Aber das ist es nicht. Es passt einfach so vieles nicht zusammen.«

»Was meinst du damit?«

»Die Überwachungsbänder vom Hof, die verschwunden sind, zum Beispiel.«

»Die Überwachungsbänder? Woher weißt du davon?«

»Von Marie«, sagte ich schlicht.

»Marie Gallager?«

»Genau«, bestätigte ich. »Sie hat mir alles erzählt. Dass Verena die Bänder gar nicht gestohlen haben kann – es sei denn, sie hätte einen Komplizen gehabt, was ich nicht glaube. Und sie hat mir noch mehr erzählt. Von einem Jungen namens Jonas Felber.«

Xavers Gesicht verlor augenblicklich alle Farbe. »Sie hat dir von Jonas erzählt?«

Ich nickte. »Hat sie. Und von dem Spiel, das Ludo Hellstein und seine Clique damals gespielt haben – das Spiel, das Jonas vermutlich das Leben gekostet hat. Und letztendlich auch deinen Bruder.«

Einen Moment lang herrschte Stille. Ich beobachtete, wie Xavers Finger sich um sein Glas klammerten, als müsste er sich daran festhalten, um nicht den Boden unter den Füßen zu verlieren.

Ungeduldig wartete ich, bis er mich wieder ansah, bevor ich weitersprach: »Ich sage dir, was ich denke: Diese Leute haben Jonas gezwungen, über diesen Baumstamm im Wald zu klettern. Dabei ist er abgestürzt. Und Verena hat das irgendwie herausgefunden und angefangen, die richtigen Fragen zu stellen. Ich nehme an, dass Michael sich deshalb mit ihr auf dem Dach treffen wollte – um ihr endlich die Wahrheit zu sagen. Aber Ludo und die anderen haben Wind davon bekommen und sind ihr zuvorgekommen. Sie haben deinen Bruder vom Dach gestoßen und alles so inszeniert, dass Verena als Schuldige dastand. Wie du bereits gesagt hast – sie hatte ein Motiv und die Gelegenheit. Sie war der perfekte Sündenbock.«

Xaver schwieg. Sein Blick wurde glasig, als wäre er plötzlich weit weg. Ich konnte förmlich spüren, wie er in Gedanken alles durchging – jedes Detail, das meine Theorie stützen oder widerlegen könnte.

»Es stimmt – die vier haben mir das Leben zur Hölle gemacht, und ich habe sie dafür von ganzem Herzen gehasst«, stieß er schließlich hervor. »Aber dass sie fähig waren, einen Mord zu begehen, um ihn dann Verena in die Schuhe zu schieben?« Er schüttelte langsam den Kopf. »Nein, das glaube ich nicht.«

»Wirklich nicht?« Ich neigte den Kopf zur Seite. »Ich bin mir sicher, dass es so war. Es ist die einzige Erklärung, die Sinn ergibt. Verena hat Michael geliebt. Sie hätte ihn nicht umgebracht, niemals.« Ich griff in meine Tasche und zog ein zusammengefaltetes Blatt Papier heraus. »Das hat sie geschrieben, kurz nachdem sie verhaftet wurde.«

Xavers Blick fiel auf den Brief in meiner Hand, er machte jedoch keine Anstalten, ihn zu nehmen. In seinen Augen las ich Zweifel, Schmerz und etwas, das ich nicht benennen konnte.

»Lies ihn, bitte«, sagte ich leise und legte das Schreiben behutsam auf den Tisch zwischen uns. »Und dann sag mir, was du wirklich glaubst.«

Xaver zögerte, als hätte er Angst vor dem, was ihn erwartete. Schließlich griff er nach dem Papier. Seine Finger zitterten leicht, als er es entfaltete. Sein Mund öffnete und schloss sich wieder, als er zu lesen begann – jene Zeilen, die ich inzwischen in- und auswendig kannte.

Liebe Tante Claire,

ich weiß gar nicht, wo ich anfangen soll. Alles kommt mir vor wie ein böser Traum, aus dem ich einfach nicht aufwachen kann. Aber es ist kein Traum. Ich sitze hier, allein in einer kalten Zelle, und die Welt da draußen glaubt, ich hätte Michael getötet. Ich verstehe immer noch nicht, wie es so weit kommen konnte.

Du hattest recht, Claire. Du hattest von Anfang an recht. Ich hätte niemals auf dieses Internat gehen sollen. Du hast es mir so oft gesagt, aber ich wollte nicht auf dich hören. Und jetzt? Jetzt sagen sie, ich sei eine Mörderin.

Aber, Claire, ich habe Michael nicht getötet. Ich weiß, wie das klingt – wie eine Schutzbehauptung, wie eine Ausrede. Aber das ist es nicht. Es ist die Wahrheit, das schwöre ich dir. Ich hätte ihm niemals etwas angetan. Ja, wir haben uns gestritten, das stimmt. Aber trotz allem habe ich ihn geliebt. Michael war der einzige Mensch auf dieser Schule, der mir wirklich etwas bedeutet hat.

Wir hatten uns für diese Nacht auf dem Dach verabredet, aber ich war nicht rechtzeitig oben. Irgendjemand muss vor mir da gewesen sein, denn als ich über den Schulhof ging, sah ich ihn fallen. Er landete praktisch direkt vor meinen Füßen. Ich weiß, dass er nicht allein dort oben war, Claire. Ich habe es gesehen. Einen Schatten, eine Gestalt, die sich hastig abwandte und verschwand. Aber niemand will mir glauben. Sie hören mir nicht einmal zu.

Ich glaube, dass Michael sich mit mir treffen wollte, um mir etwas Wichtiges zu sagen. Und ich denke, dass jemand versucht hat, ihn daran zu hindern. Sie haben mich reingelegt, Claire. Es war eine Falle. Sie haben mir das alles nur angehängt – sie alle zusammen. Und jetzt sitze ich hier, während die wahren Täter frei herumlaufen.

Ich wünschte, ich hätte damals auf dich gehört. Dann würde ich jetzt mit dir und Herrn Prinz auf der Couch sitzen, wir würden Tee trinken, und du würdest mir von deinem Tag in der Greißlerei erzählen. Vielleicht wäre dann alles anders gekommen und Michael wäre noch am Leben.

Es war grauenhaft. Die Bilder aus dieser Nacht verfolgen mich Tag und Nacht.

Ich kann nur hoffen, dass es noch nicht zu spät ist. Dass es einen Weg gibt, meine Unschuld zu beweisen. Daran muss ich einfach glauben.

In Liebe, deine Verena

Als Xaver das Blatt auf den Tisch legte, wirkte er sichtlich betroffen. Seine Hände zitterten nun noch heftiger, und für einen Moment schien es, als wüsste er nicht, wohin mit ihnen. Plötzlich sah ich in ihm den Jungen, der er einmal gewesen war – verletzlich, wütend und unsicher.

»Verstehst du jetzt?«, fragte ich sanft. »Verena war es nicht. Und alles, was ich seitdem herausgefunden habe, bestätigt das nur.«

Ich beugte mich vor und zeigte auf eine Stelle im Brief. »Das, was Michael ihr sagen wollte – da muss es um Jonas gegangen sein. Claire, Verenas Tante, hat mir vor ihrem Tod eine wirre Geschichte von einem weiteren toten Schüler erzählt, aber ich wollte es erst nicht glauben. Es klang zu absurd, zu weit hergeholt. Aber jetzt weiß ich es besser. Alles passt zusammen. Ludo und seine Freunde wollten verhindern, dass Michael redet. Wäre die Wahrheit ans Licht gekommen, hätte das ihr Leben ruiniert. Deshalb haben sie ihn umgebracht und Verena die Schuld in die Schuhe geschoben. Zwei Fliegen mit einer Klappe, sozusagen.«

Ich machte eine kurze Pause, um meine Worte sacken zu lassen, bevor ich fortfuhr: »Ich habe mit Frau Mistrott gesprochen. Sie ist jetzt die Direktorin der Santa Clara. Wusstest du das?«

Xaver schüttelte kaum merklich den Kopf. Sein Blick blieb starr auf den Tisch gerichtet.

»Egal. Jedenfalls habe ich sie auf die Ereignisse angesprochen. Natürlich hat sie nichts dazu gesagt, aber mir war sofort klar, dass sie etwas weiß, das sie verschweigt. Und mittlerweile weiß˙ ich auch, was es ist. Ludos Familie hat die Santa Clara damals bestochen. Ich habe ein wenig recherchiert – kurz nach Jonas' Tod ist eine riesige Spende eingegangen. Es war Schweigegeld, Xaver. Damit die Schule die Geschichte von Ludo und seinen Freunden vertuscht.«

Ich sah ihm direkt in die Augen. Meine Stimme vibrierte vor Aufregung und Entschlossenheit. Es tat gut, das alles endlich laut aussprechen zu können. »Das erklärt auch, warum die Schule nach Michaels Tod alles getan hat, um Verena die Schuld zu geben. Es ging nie darum, ob sie wirklich schuldig war. Es war nur einfacher, sie des Mordes zu bezichtigen, um den anderen Skandal zu vertuschen, dessen Bekanntwerden für die Santa Clara noch viel schlimmer gewesen wäre.«

Stille breitete sich zwischen uns aus, schwer und bedrückend. Mit jedem Satz war Xaver blasser geworden, bis sein Gesicht beinahe so farblos war wie die Wand hinter ihm. Schließlich räusperte er sich, doch als er sprach, klang seine Stimme belegt.

»Schön und gut«, begann er zögernd. »Aber wenn das alles stimmt – wieso hat Verenas Pflichtverteidiger das dann nicht aufgegriffen?«

Ein bitteres Lächeln legte sich auf meine Lippen. »Das habe ich mich auch gefragt. Aber inzwischen habe ich selbst dafür eine plausible Erklärung.« Ich beugte mich noch etwas weiter vor und hielt Xavers Blick fest. »Ihr Anwalt war ein gewisser Alexander Groll. Und jetzt rate mal, mit wem zusammen er früher auf dem Internat war.«

Xavers Augen weiteten sich, und er wich instinktiv ein paar Zentimeter zurück. »Nein! Du willst doch nicht etwa sagen ...«

»Doch. Ludwig Hellstein senior. Ludos Vater.« Ich schnaubte verächtlich. »Ein Zufall? Wohl kaum. Wahrscheinlich hat Groll Verena eingeredet, dass es besser für sie wäre, die Geschichte von Jonas nicht zu erzählen. Dass sie sich nur noch tiefer rein-reiten würde, wenn sie versuchen würde, die Schuld auf andere zu schieben. Beweise für ihre Theorie hatte sie ja nicht – es gab nur ihre Aussage.«

Xaver presste die Lippen zusammen, sein Adamsapfel hüpfte zornig auf und ab. Schließlich wandte er sich von mir ab, fuhr sich mit seiner zitternden Hand durchs Haar und winkte dann die Kellnerin heran. »Noch einen Whiskey, bitte. Einen doppelten.«

Die junge Frau nickte und verschwand wieder. Als sie kurz darauf zurückkam und das Glas vor ihm abstellte, nahm er es sofort in die Hand und trank einen großen Schluck.

»Okay«, krächzte er. »Und was hast du jetzt vor?«

Ich verschränkte die Arme vor der Brust und überlegte, wie viel von meinem Plan ich ihm anvertrauen konnte, ohne ihn völlig zu verschrecken. »Marie hat mir erzählt, dass ihr damals Nachforschungen über Jonas' Tod angestellt habt«, sagte ich nach einer kurzen Pause. »Dass ihr versucht habt, die Videos zu finden, die Ludo immer gemacht hat. Erinnerst du dich?«

Xaver nickte zögernd. »Und weiter?«

»Diese Videos existieren noch irgendwo. Ich weiß, dass es sie noch gibt. Und wenn ich sie habe, kann ich beweisen, wie Jonas wirklich gestorben ist. Dann fällt auch die ganze Geschichte von Michaels Tod in sich zusammen. Vielleicht kann ich erreichen, dass sie den Fall meiner Mutter neu aufrollen. Ich möchte versuchen, ihren Namen reinzuwaschen, verstehst du? Darum geht es mir.«

Xaver drehte das Glas in seiner Hand, als würde er darin eine Antwort suchen. Als er den Blick hob und mich wieder ansah, lag etwas Verzweifeltes in seinen Augen, als hoffe er, ich würde lachen und das Ganze als schlechten Scherz abtun.

»Ich verstehe ja, dass du beweisen möchtest, dass deine Mutter unschuldig war«, murmelte er. »Aber im Ernst, Leonie, ich halte das für keine gute Idee. Du hast keine Ahnung, mit wem du dich da anlegst. Wenn die herausfinden, dass du hinter ihnen her bist …«

Ich spürte, wie sich mein Kiefer anspannte. Ich wusste, was er hatte sagen wollen. Ich sah es in seinen Augen, in der Art, wie er den Whiskey umklammerte wie einen Rettungsanker.

»Dann werden sie mich auch töten? Genau wie Jonas und Michael? Ist es das, was du sagen willst?«

Stille.

Xaver wich meinem Blick aus und starrte auf meine unberührte Cola. Doch sein Schweigen war Antwort genug.

»Du hast Angst vor ihnen«, stellte ich ruhig fest. »Selbst jetzt noch. Nach all den Jahren.«

Er nahm einen weiteren Schluck aus seinem Glas und stellte es wieder ab. »Du weißt nicht, wozu sie fähig sind«, brachte er schließlich tonlos hervor. »Bitte, Leonie! Hör auf damit! Lass die Vergangenheit ruhen, bevor es zu spät ist. Ich habe schon Michael und Jonas verloren. Ich will dich nicht auch noch verlieren. Lass es gut sein, okay? Versprich es mir!«

Kapitel 43

Dezember 2005. Verena

Als Verena am nächsten Morgen erwachte, fühlte es sich an, als läge ein Betonklotz auf ihrer Brust, der ihr die Rippen zerquetschte. Der Wecker zeigte halb sieben, doch sie blieb reglos liegen, die Decke bis zum Kinn hochgezogen, und starrte an die Zimmerdecke. Sie hatte kaum geschlafen, ihre Augen brannten vom Weinen, und ihr Schädel pochte, als würde eine Elefantenherde darin Salsa tanzen.

Für einen kurzen Moment klammerte sie sich an die Hoffnung, dass alles nur ein böser Traum gewesen war – der Einbruch in Hesses Büro, der Beinahe-Rauswurf, die Trennung von Michael, der Showdown mit ihren ehemaligen Freunden. Doch die Illusion zerplatzte, als ihr Blick auf das Bett neben ihr fiel.

Cornelias Decke war straffgezogen, das Kopfkissen unberührt. Sie hatte Ulli gefragt, ob sie für eine Weile bei Stefanie übernachten dürfe, und zu Verenas Überraschung hatte Ulli zugestimmt. Was Rektor Hesse mit Ludo und Aaron besprochen hatte, wusste sie nicht, aber offenbar waren sich alle einig, dass es besser war, wenn Cornelia nicht länger mit ihr im selben Zimmer schlief.

Verena rollte sich auf die Seite, zog sich die Decke über den Kopf und vergrub ihr Gesicht im Kissen. Erneut stiegen ihr Tränen in die Augen. Wie hatte das alles nur so furchtbar schiefgehen können? Noch vor wenigen Wochen war sie verliebt und glücklich gewesen. Sie hatte eine Beziehung gehabt, Freunde und einen Platz an einer der renommiertesten Schulen des Landes, von dem sie früher nicht einmal zu träumen gewagt hätte. Und jetzt?

Sie würde vermutlich bis an ihr Lebensende Strafarbeiten ableisten, Ludo und seine Clique hatten unmissverständlich klar gemacht, dass sie auf Rache aus waren, und Michael ... Michael würde wahrscheinlich nie wieder mit ihr sprechen. Die Erkenntnis schnürte ihr die Kehle zu. Trotz all seiner Lügen und der Tatsache, dass er sich endgültig auf die Seite seiner Freunde geschlagen hatte, konnte sie den Gedanken nicht ertragen, ihn zu verlieren. Wie hatte sie nur so dumm sein können, sich in diesen Schlamassel hineinziehen zu lassen?

Verenas Handy auf dem Nachttisch vibrierte. Widerwillig streckte sie die Hand aus und zog es zu sich heran. Für einen kurzen, absurden Moment keimte in ihr die Hoffnung auf, dass Michael ihr geschrieben hatte – vielleicht, um sich zu entschuldigen. Doch als sie aufs Display schaute, war es eine Nachricht von Xaver.

Wir müssen reden. Dringend. Sag mir wann und wo!

Ihr Gespräch gestern im Speisesaal fiel ihr wieder ein. Sie wusste, dass sie Xaver noch einen ausführlichen Bericht schuldete – über Jonas' Akte und alles, was sie herausgefunden hatte. Aber im Moment war ihr das egal. Was sollte sie ihm schon erzählen? Jonas' Akte hatte mehr Fragen aufgeworfen, als sie beantwortet hatte. Alles, was sie vorweisen konnte, war eine Ansammlung nicht zusammenpassender Puzzleteile. Im Grunde war sie keinen Schritt weitergekommen.

Mit einem Seufzer schob Verena das Handy zur Seite und zwang sich aufzustehen. Der kalte Boden schmerzte an ihren Füßen, als sie sich anzog und ins Bad schlurfte. Sie putzte sich die Zähne, wusch sich das Gesicht und machte sich schweren Herzens auf den Weg zum Frühstück.

Nach allem, was in letzter Zeit passiert war, hatte Verena Angst vor dem, was sie dort erwarten würde. Wie würden Ludo, Stefanie und die anderen reagieren, jetzt, wo sie wussten, dass Verena sie bei Ulli verpetzt hatte? Würden sie sie wieder ignorieren? Oder – noch schlimmer – offen die Konfrontation suchen? *Noch eine Woche*, sagte sie sich. *In einer Woche beginnen die Weihnachtsferien. Nur noch ein paar Tage, dann bin ich zu Hause.* Irgendwie würde sie das alles schon durchstehen.

Doch schon als sie die Aula betrat, spürte Verena, dass etwas nicht stimmte. Das Gemurmel der Schüler klang anders – giftiger, gehässiger. Oder bildete sie sich das nur ein? Die Blicke, die ihr folgten, waren wie kleine Nadelstiche, und Verena straffte die Schultern, drückte die Tasche fester an sich und ging schnell weiter.

Im Speisesaal herrschte wie immer um diese Uhrzeit reges Treiben, doch der Lärmpegel verstummte augenblicklich, als Verena den Raum betrat. Überall drehten sich Köpfe nach ihr um, Augenpaare starrten sie unverhohlen an, Finger deuteten in ihre Richtung. Ein Kichern hier, ein Flüstern dort. Ihr Herz begann zu rasen. Was hatte das zu bedeuten?

Sie hob das Kinn, setzte eine betont gleichgültige Miene auf und ging zum Buffet. *Nur schnell einen Kaffee*, dachte sie. *Einen Kaffee und dann nichts wie raus hier.*

Doch gerade als sie die Hand nach einer Kaffeetasse ausstreckte, hörte sie es: ein dumpfes Kichern, dann ein leises Lachen, das sich zu einem höhnischen Chor steigerte. Die ersten Kommentare folgten, zuerst kaum hörbar, dann immer lauter.

»Da ist sie ja, unsere kleine Flitzerin!«

»Sexy, sexy!«

»Die könnte mir auch mal hinterherrennen!«

Ihr stockte der Atem. Langsam drehte sie sich um. Nach der letzten Woche war sie ja schon einiges gewöhnt, aber das hier war neu. Eine Gruppe Jungs starrte sie unverhohlen an, als hätten sie nur auf diesen Moment gewartet. In ihren Blicken lag etwas Dunkles – Belustigung gepaart mit Bosheit.

Verenas Magen krampfte sich zusammen. Verwirrt sah sie sich um und versuchte zu begreifen, was hier passierte. Da blieb ihr Blick an einem Blatt Papier hängen, einer Fotokopie, die ein Schüler lachend in die Höhe hielt.

»Zeig mal her«, stieß sie hervor. Sie machte einen schnellen Schritt auf ihn zu, griff nach dem Blatt und riss es ihm aus der Hand.

Es dauerte einen Moment, bis ihr Gehirn die Linien und Formen darauf verarbeiten konnte – den vollständig entblößten Körper, das gerötete Gesicht hinter wirrem Haar – *ihr* Gesicht. Ihr wurde schlagartig heiß, dann eiskalt.

Nein, bitte nicht! Bitte mach, dass das nicht wahr ist!

Verena hob ruckartig den Kopf und sah sich um. Überall tauchten weitere Fotokopien auf. Schüler hielten sie grinsend hoch oder reichten sie untereinander weiter. Schließlich entdeckte sie Ludo und seine Freunde an ihrem üblichen Tisch. Einzig Michael fehlte. Ludo, Aaron, Cornelia und Stefanie schienen sichtlich mit sich zufrieden zu sein. Ihre Gesichter waren von einer tiefen Schadenfreude erfüllt. Stefanie flüsterte etwas und die anderen brachen in Gelächter aus, während sie unverhohlen in Verenas Richtung zeigten. Ludo lehnte sich zurück, winkte ihr übertrieben lässig zu und machte dann mit seinen Händen eine unmissverständliche sexuelle Geste.

Verena spürte, wie Übelkeit in ihr aufstieg, ihr ganzer Körper begann unkontrolliert zu zittern. Sie wollte schreien, weglaufen, irgendetwas tun, um diesem Albtraum zu entfliehen. Doch ihre Beine fühlten sich an wie Blei, während das Gelächter und die Stimmen um sie herum immer lauter wurden.

»Na, Verena? Gibst du Autogramme?«

»Die Arme! So verzweifelt.«

»Hast du ihre winzigen Titten gesehen? Kein Wunder, dass Michael sie abgeschossen hat!«

Die Worte trafen Verena mit der Wucht einer Druckwelle, und sie taumelte rückwärts. Alles um sie herum verschwamm zu einem farblosen Nebel. Ihr Atem ging jetzt flach und schnell, und sie spürte, wie ihre Knie unter ihr nachzugeben drohten. Mit letzter Kraft drehte sie sich um und rannte aus dem Speisesaal. Ein paar Meter weiter stieß sie die Tür zur Damentoilette auf und stolperte hinein. Kaum hatte sie die Tür hinter sich zugezogen, brach sie auf den kalten Fliesen zusammen. Tränen rannen ihr in Sturzbächen über die Wangen, unkontrollierbar und heftig, während sie sich auf Knien in eine der Kabinen schleppte und die Tür hinter sich verriegelte.

Ihre Hände umklammerten die Toilettenschüssel, während sie sich erbrach. Einmal, zweimal, so lange, bis nur noch bittere Galle hochkam.

Anschließend rollte sie sich keuchend zusammen, versuchte, tief Luft zu holen, sich irgendwie zu beruhigen. Doch es half nichts. Die Scham, die Wut, die Verzweiflung – alles stürzte gleichzeitig auf sie ein.

Mit zitternden Händen tastete sie über den Fliesenboden, bis sich ihre Finger in das zerknitterte Papier krallten, das neben der Kloschüssel lag. Zögernd hob sie es auf und betrachtete es. Das Foto war leicht verpixelt, aber es zeigte mehr als genug – viel zu viel.

Es zeigte sie in nichts als ihren hohen Schuhen. Ihr Haar war zerzaust, die Wangen gerötet, die Augen von Adrenalin geweitet. Der Hintergrund war verschwommen, aber sie konnte die Umrisse der charakteristischen Deckenbalken der Scheune nichtsdestotrotz erkennen.

Die Erinnerung an ihren ersten Abend dort flammte vor ihrem inneren Auge auf. Die Karte. Die Aufgabe, die Ludo ihr gestellt hatte. *Zieh dich aus und lauf nackt eine Runde um die Scheune.* Die Worte hallten wie ein grausames Echo in ihren Gedanken wider.

Ihre Wangen brannten vor Scham, als sie die Fotokopie in ihrer Hand zerknüllte. Ihr Atem beschleunigte sich, wurde flacher, bis sie das Gefühl hatte, keine Luft mehr zu bekommen. Der bittere Geschmack von Demütigung und Wut breitete sich in ihrem Mund aus. Wie hatte sie nur so naiv sein können, sich auf Ludos Spielchen einzulassen? Wie hatte sie auch nur einen Moment lang glauben können, sie könnte diesen Leuten vertrauen?

Verena kauerte sich auf dem Boden der Toilettenkabine zusammen, zog die Knie an die Brust und presste eine Faust gegen ihren Mund, um ihr Schluchzen zu dämpfen. Niemand durfte sie so sehen. Niemand durfte wissen, wie tief sie diese Schweine gedemütigt hatten. Aber das hatten sie. Mehr als das. Es fühlte sich so an, als hätte ihr jemand die Seele aus dem Leib gerissen und sie vor aller Augen mit Füßen getreten.

Ein heiseres Schluchzen entfuhr ihr und diesmal hallte es laut durch den leeren Waschraum.

Ihre Gedanken überschlugen sich in einem chaotischen Wirbel aus Scham, Wut und Verzweiflung. Es war nicht schwer zu erraten, wer für das Foto verantwortlich war. *Ludo! Dieser verfluchte Scheißkerl!*

Er musste es heimlich aufgenommen haben, als sie nach ihrem Lauf zurück in die Scheune gestürmt war. Jetzt, wo sie darüber nachdachte, meinte sie sogar, sich vage an ein Blitzlicht zu erinnern. Doch damals war sie wohl zu betrunken und adrenalingeladen gewesen, um darüber nachzudenken.

Hatte er das Foto deswegen gemacht? Um es gezielt gegen sie einzusetzen – für den Fall der Fälle?

Aber die schmerzlichere Frage war: Hatte Michael davon gewusst? Hatte er deshalb so sehr darauf bestanden, dass sie sich auf Ludos Spiel einließ? Weil er wusste, was passieren würde, wenn sie es nicht tat?

Plötzlich hörte Verena, wie die Tür zur Toilette aufschwang. Schritte hallten auf den Fliesen wider und Verena hielt unwillkürlich den Atem an. Wer auch immer es war, er durfte sie nicht so sehen – nicht in diesem Zustand.

Die Schritte näherten sich, dann klopfte jemand an der Kabinentür.

»Verena? Bist du da drin?«

Ihr Herz setzte einen Schlag aus. *Scheiße, das ist Michael. Was hat der denn in der Damentoilette zu suchen?* Sie presste die Hand noch fester auf ihren Mund und schwieg.

»Verena, bitte!«, rief er, diesmal eindringlicher. »Ich weiß, dass du da drin bist. Bitte, komm raus – lass uns reden.«

»Geh weg! Lass mich in Ruhe!«

»Verena, bitte hör mir zu. Ich wusste nicht, was Ludo vorhatte, das schwöre ich dir. Ich hätte doch nie zugelassen, dass ...« Seine Stimme brach, und für einen Moment klang er tatsächlich verzweifelt. »Das ist alles völlig außer Kontrolle geraten, aber ich will das wieder in Ordnung bringen. Bitte, lass mich dir helfen!«

Die Wut in Verena brach aus ihr heraus wie ein Vulkan. »Aber du warst doch dabei, als er es gemacht hat, oder?«, schrie sie. Ihre Stimme überschlug sich fast. »Hau ab! Ich will nicht mit dir reden! Nie wieder, hörst du? Also lass mich gefälligst in Ruhe!«

Stille.

Sie spürte ein leichtes Beben, als Michael sich gegen die Tür lehnte. Verena konnte ihn auf der anderen Seite atmen hören. Vermutlich hoffte er, sie würde ihre Meinung ändern und herauskommen, wenn er nur lange genug wartete. Aber das tat sie nicht. Sie konnte nicht.

Stattdessen biss sie die Zähne zusammen und kämpfte mit den Tränen. Ein Teil von ihr wünschte sich verzweifelt, dass er einfach gehen würde. Der andere Teil sehnte sich danach, dass er blieb und etwas sagte, das alles wieder gut machte – auch wenn sie nicht wusste, was das sein sollte.

Schließlich hörte sie, wie er sich umdrehte und mit schlurfenden Schritten davonging. »Es tut mir ehrlich leid«, murmelte er leise. »Ich werde dafür sorgen, dass die Kopien verschwinden, okay?«

Ein leises Klicken, als die Tür hinter ihm ins Schloss fiel.

Er war tatsächlich gegangen.

Verena blieb noch eine Weile reglos auf dem kalten Boden der Kabine sitzen, die Stirn gegen die Knie gedrückt. Sie fühlte sich ausgelaugt, vollkommen leer, unfähig zu denken oder zu fühlen.

Dann holte sie langsam, wie ferngesteuert, ihr Handy aus der Tasche. Ihre Finger zitterten, als sie eine Nachricht für Xaver eintippte:

Heute Abend, 19 Uhr. Bei mir. Dann reden wir.

Kapitel 44

Leonie. Heute

Als ich die Bar gegen halb zehn verließ, hatten sich die Straßen bereits deutlich geleert. Es musste geregnet haben; der Asphalt glänzte nass und die Luft war schwer und kühl von der Feuchtigkeit. Ich zog meinen dünnen Mantel enger um die Schultern und wollte schon mechanisch zur U-Bahn laufen, entschied mich dann aber doch, zu Fuß zu gehen. Von dem Gespräch mit Xaver schwirrte mir der Kopf und die Bewegung würde mir helfen, meine Gedanken zu ordnen. Die Auslagen schimmerten verführerisch im Schein der Straßenlaternen. Schaufensterpuppen in eleganten Herbstmänteln mit Handtaschen ohne Preisschild standen perfekt arrangiert neben Schmuckstücken auf Samtpölsterchen, die funkelten, als wären sie nicht von dieser Welt. Doch ich nahm all den Luxus kaum wahr. Mein Blick glitt einfach über die Scheiben hinweg, während Xavers Worte in meinem Kopf nachhallten.

Bitte, Leonie! Lass die Vergangenheit ruhen, bevor es zu spät ist. Ich habe schon Michael und Jonas verloren. Ich will dich nicht auch noch verlieren.

Ein Frösteln überkam mich. Xavers Angst war echt gewesen, das hatte ich deutlich gespürt. Seine Sorge kam unerwartet und berührte mich auf eine Weise, die mir seltsam fremd war. Seit ich bei meinen Adoptiveltern rausgeflogen war, hatte ich mich daran gewöhnt, allein zu sein. Niemanden zu haben, der fragte, wie es mir ging oder der sich Sorgen um mich machte – außer vielleicht meiner Sozialberaterin, aber die wurde schließlich dafür bezahlt.

Aber gleichzeitig wurde ich das Gefühl nicht los, dass Xaver mir etwas verschwieg. Sein Entsetzen, als ich Ludos Kamera erwähnt hatte, sein Zögern, die Art, wie er meinem Blick auswich – da war etwas, das ihn quälte. Etwas so Schreckliches, dass er glaubte, mir die Wahrheit nicht zumuten zu können.

Zweifel nagten an mir. Was, wenn er recht hatte? Was, wenn es tatsächlich klüger wäre, die Dinge auf sich beruhen zu lassen? Wenn Ludo Hellstein und seine Clique wirklich schuldig waren – und daran zweifelte ich keine Sekunde –, dann waren sie gefährlich. Brandgefährlich. Und wenn sie herausfanden, dass ich ihnen auf der Spur war, konnte das böse für mich enden.

Die bittere Wahrheit war, dass ich mittlerweile längst nicht mehr so überzeugt von meinem Vorhaben war, wie ich es Xaver gegenüber vorgegeben hatte. Ich hatte Monate damit verbracht, Informationen zu sammeln, Pläne zu schmieden, all ihre Geheimnisse und Schwächen aufzudecken. Und doch hatte ich erschreckend wenig erreicht.

Ich hatte Cornelia in ihrem Scheidungsprozess als Fremdgeherin entlarvt, Aarons Veruntreuung aufgedeckt, Stefanies Influencer-Karriere und Ludos Wahlkampf sabotiert. Viele kleine Siege – und ich bereute nichts davon. Sie hatten es nicht anders verdient. Aber keine meiner Aktionen hatte mich meinem eigentlichen Ziel auch nur einen Schritt nähergebracht. Ich fühlte mich wie ein Kind, das versucht, eine Mauer einzureißen, nur um festzustellen, dass sie viel zu hoch und stabil ist.

Ich hatte darauf gesetzt, dass die Karten sie aus der Reserve locken würden. Dass der Druck sie dazu zwingen würde, Kontakt zueinander aufzunehmen und dass sie sich durch eine unbedachte Bemerkung verraten würden. Dass ich so endlich den entscheidenden Hinweis bekommen würde, was dort oben auf dem Dach wirklich passiert war – und wie ich es beweisen konnte. Aber nichts dergleichen war geschehen.

Ein kalter Luftzug wehte über die Straße und ich zog den Mantel noch enger um mich. Vielleicht hatte Xaver recht. Vielleicht sollte ich tatsächlich aufhören. Ich wusste ohnehin nicht weiter. Ich hatte alles getan, um die Kamera zu finden, die Ludo damals benutzt hatte. Doch obwohl ich sicher war, dass es sie noch gab, hatte ich keine Ahnung, wo ich noch suchen sollte.

Während ich die Straße zu meinem Wohnblock überquerte, stellte ich mir vor, wie es wäre, all das hinter mir zu lassen und neu anzufangen. Xaver wusste nun, wer ich war. Vielleicht war das genug. Ich könnte versuchen, eine Beziehung zu ihm aufzubauen, vielleicht sogar zu seiner Mutter – meiner Großmutter. Ich könnte mir einen Job suchen, einen richtigen Job, etwas, das mir Spaß machte. Ein normales Leben führen. Warum nicht?

Doch dann dachte ich an Jonas, an Michael, an meine Mutter. Ein Kloß bildete sich in meinem Hals. Sie hatten nie die Chance gehabt, erwachsen zu werden. Sie alle waren gestorben, ohne Gerechtigkeit für das zu erfahren, was man ihnen angetan hatte.

Großtante Claires gütiges Gesicht tauchte vor meinem inneren Auge auf. Sie hatte so fest an Verenas Unschuld geglaubt, so unerschütterlich wie ein Fels in der Brandung. Sie hatte nie gezweifelt. Ich wünschte, ich könnte sie fragen, was ich jetzt tun sollte. Ob ich den Mut aufbringen sollte, weiterzumachen, oder ob es an der Zeit war, aufzugeben.

In diesem Moment vibrierte mein Handy in der Manteltasche. Ich zog es heraus und las zu meiner Überraschung Stefanies Namen auf dem Display. Es war schon fast zehn – was konnte sie um diese Uhrzeit noch wollen?

Kurz überlegte ich, den Anruf einfach auf die Mailbox umzuleiten, drückte dann aber doch widerwillig auf »Annehmen«.

»Hallo, Stefanie. Alles in Ordnung?«

»Leonie!« Stefanies Stimme klang leicht gehetzt, wie immer, wenn sie etwas von mir wollte. »Tut mir leid, dass ich so spät noch anrufe, aber es ist wirklich wichtig.«

Ich verdrehte die Augen. Dringend und wichtig – bei Stefanie war immer alles dringend und wichtig. Wahrscheinlich nur irgendeine Lappalie wegen der Dinnerparty, die ihrer Meinung nach nicht bis morgen warten konnte. »Klar. Worum geht's denn?«

Stefanie zögerte einen Moment, bevor sie schnell weitersprach: »Könntest du mir einen kleinen Gefallen tun? Wir brauchen für morgen Nachmittag jemanden, der auf Mia aufpasst. Nur für ein, zwei Stunden, gleich nach dem Kindergarten.«

»Morgen Nachmittag?« Ich runzelte die Stirn. Eigentlich hatten mir die Hellsteins den Tag als Ausgleich für die Dinnerparty am Samstag freigegeben.

»Ich weiß, du hast eigentlich frei«, fuhr Stefanie hastig fort, als hätte sie meine Gedanken erraten. »Aber wir haben spontan ein paar Leute zum Kaffee eingeladen.«

»Einen Tag vor der Party?«, fragte ich ungläubig. »Bist du sicher, dass dir das nicht zu viel wird?«

»Tja, was soll ich sagen?« Sie lachte nervös. »Ein Notfall im Freundeskreis. Es ist nur eine kleine Runde. Ein paar alte Freunde aus der Schulzeit, nichts Aufwendiges. Kaffee, Kuchen und das war's.«

Mir blieb vor Überraschung die Luft weg. Leute von der Santa Clara? Ein paar alte Freunde? Mein Puls beschleunigte sich. Eine Mischung aus Anspannung und Vorfreude breitete sich in mir aus.

Das konnte nur eines bedeuten – sie hatten endlich angebissen.

Am liebsten hätte ich laut gejubelt, aber dann zwang ich mich, nicht allzu euphorisch zu klingen. »Sicher. Ich passe immer gern auf Mia auf.«

»Super, danke dir!« Stefanies Erleichterung war deutlich zu hören. »Du bist ein Schatz. Bis morgen dann.«

Nachdem ich aufgelegt hatte, blieb ich noch einen Moment stehen und starrte auf das Handy in meiner Hand. Ich atmete tief durch, spürte, wie ein Adrenalinschub durch meinen Körper rauschte.

Da war sie – die Gelegenheit, auf die ich so lange gewartet hatte. Und das Beste war: Das Treffen würde bei Ludo zu Hause stattfinden, wo ich alles unbemerkt mithören konnte.

Kapitel 45

Dezember 2005. Verena

Verena hatte sich wirklich alle Mühe gegeben durchzuhalten. Doch die Übelkeit ließ nicht nach, ebenso wenig wie das boshafte Gelächter, das ihr durch die Flure folgte. Auf ihrem Platz im Klassenzimmer fand sie eine weitere Kopie, sorgfältig gefaltet und mit einem herzförmigen Sticker zugeklebt. Darauf war eine grob gezeichnete Karikatur von ihr zu sehen – mit lächerlich übertriebenen Körperproportionen und einer spöttischen Bemerkung darunter. Nach der Zehnuhrpause war sie mit den Nerven so am Ende, dass sie sich krankschreiben ließ. Den Rest des Tages verschanzte sie sich in ihrem Zimmer und heulte sich die Augen aus dem Kopf.

Am Nachmittag rief sie Tante Claire an. Es dauerte eine Weile, doch schließlich brach alles aus ihr heraus: das Foto, die Trennung von Michael, die ganze Schmach. Claire reagierte prompt und kompromisslos: »Pack deine Sachen! Ich hole dich da raus. Und glaub mir, Direktor Hesse wird von mir hören!«

Es kostete Verena ihre ganze Überzeugungskraft, Claire von diesem Vorhaben abzubringen. Die Leute würden sich ohnehin schon das Maul zerreißen, dass sie die Schule noch vor Ende ihres ersten Halbjahres wieder verließ. Ein Aufstand wegen des Fotos war das Letzte, was sie wollte. Nicht nur, weil Claire dann auch von ihrem Einbruch in der Direktion erfahren hätte, sondern vor allem, weil sie nicht noch mehr Aufmerksamkeit auf die Sache lenken wollte und keinen Beweis dafür hatte, dass Ludo und seine Freunde hinter der Aktion steckten.

Anschließend begann sie zu packen. Mit jedem Kleidungsstück, das in ihrem Koffer landete, hatte sie das Gefühl, ein Stück von sich selbst aufzugeben. Die Vorstellung, wieder auf eine öffentliche Schule zu gehen, kam ihr wie eine bittere Kapitulation vor. Aber was blieb ihr anderes übrig? Der Gedanke, auch nur einen weiteren Tag an diesem Ort zu verbringen, war unerträglich.

Gegen dreiviertel sieben klopfte es an Verenas Zimmertür. Es war Xaver.

»Hi«, sagte er leise. »Ich weiß, ich bin ein bisschen früh dran, aber …«

»Schon gut. Ist ja nicht so, als hätte ich noch was anderes vor.« Sie zog eine Grimasse und machte eine halbherzige Geste ins Zimmer hinein. »Komm rein. Mach's dir gemütlich.«

Zögernd trat Xaver ein und ließ seinen Blick durch den Raum schweifen: die angebissenen Schokoriegel auf dem Schreibtisch, die Klamotten, die sich auf dem Bett türmten und der halb gepackte Koffer in der Ecke. Auf der kleinen Sitzgruppe stapelten sich Verenas Schulbücher, überall lagen zerknüllte Taschentücher herum.

»Du verlässt die Santa Clara?«

Verena nickte. »Ich hab mit meiner Tante gesprochen. Sie meint, es wäre das Beste, wenn ich wieder auf eine öffentliche Schule gehe. Ich bleibe noch bis zu den Weihnachtsferien, dann war's das für mich.«

Xaver biss sich auf die Unterlippe. »Das mit dem Foto tut mir echt leid. Das ist … einfach nur scheiße. Falls es dich tröstet: Ich hab Michael gefragt, und er schwört, dass er nichts damit zu tun hat.«

»Ja, das hat er mir gesagt.« Verena verzog das Gesicht zu einem gequälten Lächeln. »Macht letztlich aber auch keinen Unterschied, oder?«

Sie wandte sich ab und begann, die Bücher von der Couch zu räumen. Xaver schob die Hände in die Hosentaschen und blieb etwas ratlos in der Mitte des Raums stehen.

»Ich verstehe ja, warum du wegwillst«, sagte er schließlich behutsam. »Aber glaubst du wirklich, dass das die Lösung ist? Einfach aufgeben? Das ist doch genau das, was die wollen. Wir können diese Dreckskerle doch nicht einfach gewinnen lassen!«

»Das haben sie doch längst«, warf Verena ein, doch in diesem Moment klopfte es erneut an der Tür. Augenblicklich versteifte sie sich. War das etwa Cornelia, die gekommen war, um ihr den Rest zu geben? Aber die würde wohl kaum klopfen.

Mit einem mulmigen Gefühl im Magen ging Verena zur Tür und schob sie vorsichtig einen Spalt auf. Ihr Blick fiel auf ein Paar brauner Augen, und sie musste zweimal blinzeln, um sich zu vergewissern, dass sie nicht halluzinierte.

»Marie?«, entfuhr es ihr überrascht. »Was machst du denn hier?«

»Ich habe sie gebeten zu kommen«, erklärte Xaver, der neben sie getreten war. »Du hast doch nichts dagegen, oder?«

»Warum sollte ich?«, erwiderte Verena sarkastisch. Dann wandte sie sich an Marie. »Ich dachte, du meidest mich. Was hat dich plötzlich umgestimmt?«

»Hab ich auch. Aber Xaver hat mich überredet, dir zumindest zuzuhören.« Marie hob das Kinn und sah sie fest an. »Also, wie sieht's aus? Lässt du mich rein, oder willst du lieber hier draußen weiterquatschen, wo uns jeder hören kann?«

Verena zögerte. Dass Marie hier war, kam unerwartet und im Grunde wusste sie immer noch nicht, ob sie ihr trauen konnte. Dann jedoch siegte ihre Neugier. Was hatte sie noch zu verlieren? In ein paar Tagen war sowieso alles vorbei.

»Na schön. Komm rein!«

Marie schob sich an Verena vorbei, warf einen schnellen Blick auf das chaotische Durcheinander im Zimmer und ließ sich, ohne zu fragen, auf die Bettkante sinken.

Sie kam direkt zur Sache. »Xaver hat mir erzählt, dass du in Hesses Büro eingebrochen bist, um die Akte von Jonas zu holen. Ganz schön mutig von dir – oder dumm. Wie man's nimmt.« Verena öffnete den Mund, um zu einer scharfen Erwiderung anzusetzen – schließlich waren es Maries kryptische Andeutungen gewesen, die sie überhaupt erst in diese Lage gebracht hatten. Doch Xaver kam ihr zuvor.

»Jetzt sag schon, Verena: Was hast du rausgefunden?«

Verena warf Marie einen zornigen Blick zu, senkte dann aber den Kopf und starrte auf ihre verschränkten Hände.

»Viel ist es ohnehin nicht«, murmelte sie widerwillig. Dann holte sie tief Luft und begann zu erzählen – von den Widersprüchen in Michaels Erzählungen, von dem Jahrbuchfoto, das Jonas zusammen mit Ludo und Aaron zeigte, und schließlich von ihrem Einbruch in Hesses Büro, wo Ulli sie mit Jonas' Akte erwischt hatte.

Marie blieb während ihrer Schilderung bemerkenswert ruhig. Ihre Miene war undurchdringlich, wirkte fast gelangweilt – bis Verena zu dem Teil kam, in dem Ulli meinte, Marie hätte schon früher versucht, Ludo und seine Clique in Schwierigkeiten zu bringen.

»Im Ernst? Das hat sie gesagt?«

»Hat sie«, bestätigte Verena und sah Marie misstrauisch an. »Stimmt es denn?«

Marie zuckte mit den Schultern, doch in ihren Augen blitzte etwas auf – eine Mischung aus Ärger und grimmigem Stolz. »Vielleicht.«

Verena wartete darauf, dass sie weitersprach, doch Marie schwieg beharrlich. Natürlich. Diese ewigen, rätselhaften Andeutungen gingen ihr allmählich gehörig auf die Nerven.

»Na ja, wie auch immer«, sagte Verena und schluckte ihren Ärger hinunter. »Jedenfalls habe ich Ulli erklärt, dass ihre Lieblingsschüler nicht so unschuldig sind, wie sie tun. Ich habe ihr erzählt, wer wirklich die Drogen in deinem Spind deponiert hat.«

Xaver, der bisher schweigend zugehört hatte, riss die Augen auf. »Warte mal – das Zeug hat dir gar nicht gehört?« Ruckartig drehte er sich zu Marie um. »Aber warum hast du denn nichts gesagt? Wie konntest du das einfach auf dir sitzen lassen?« Marie zuckte erneut mit den Schultern. »Weil es nichts gebracht hätte. Ich hatte keine Beweise, und du weißt doch, wie gut diese Leute darin sind, anderen die Schuld zuzuschieben. Das hätte alles nur noch schlimmer gemacht.«

Dann richtete sie den Blick wieder auf Verena. »Deine Bemühungen in allen Ehren, Verena, aber das war ziemlich dumm von dir. Ich würde mal annehmen, dass das der Grund ist, warum Ludo diese Fotos verteilt hat. Weil du sie verpetzt hast. Das – oder weil du angefangen hast, zu viele Fragen zu stellen.« Sie schüttelte mitleidig den Kopf. »Ich habe dich gewarnt, aber du wolltest ja nicht auf mich hören.«

»Vielleicht hätte ich das ja, wenn du endlich mal Klartext gesprochen hättest«, schoss Verena zurück. »Aus deinen kryptischen Warnungen kann doch kein Mensch schlau werden!«

»Kryptisch?« Marie schnaubte. »Ich habe dir klipp und klar gesagt, dass du dich raushalten sollst. Aber nein, Madame musste unbedingt weiter Detektiv spielen. Und schau dir jetzt an, wohin dich das gebracht hat!«

»Jetzt beruhigt euch mal beide!«, rief Xaver dazwischen, bevor Verena etwas entgegnen konnte. »Das bringt doch nichts!«

Marie verdrehte die Augen und wandte sich demonstrativ ab, während Verena die Lippen aufeinanderpresste, um nichts zu sagen, was sie später bereuen würde. Xaver seufzte schwer und ließ sich erschöpft neben Marie aufs Bett fallen.

»Ist ja auch egal«, sagte Verena nach einer kurzen Pause, um einen versöhnlicheren Tonfall bemüht. »Früher oder später wäre es sowieso eskaliert. Ich habe nämlich die Schnauze voll davon, bei ihren dämlichen Spielchen mitzumachen.«

Maries Haltung änderte sich schlagartig. Sie hob den Kopf und sah Verena scharf an. »Ihre Spielchen? Doch nicht etwa dieser Wahrheit-oder-Pflicht-Scheiß? Sag bloß, du hast auch eine Karte bekommen.«

»Du weißt von den Karten?«, fragte Verena verblüfft.

»Was?«, kam es gleichzeitig von Xaver. »Was für ein Spiel? Was für Karten?«

Wortlos ging Verena zu ihrem Nachttisch, holte die Karte heraus und warf sie in Richtung Bett. Mit einer geschmeidigen Bewegung fing Marie sie in der Luft auf und überflog die Botschaft. Ihre Augen wurden schmal.

»Diese Idioten!«, schimpfte sie und schleuderte die Karte verärgert von sich. Sie segelte vom Bett und landete mit der Schrift nach oben auf dem Parkett. »Sie tun es also immer noch. Verdammte Scheiße!«

Verena starrte sie an, das Blut rauschte in ihren Ohren. »Du weißt also von dem Spiel? Und was meinst du mit ›immer noch‹?«

»Kann mir bitte mal jemand erklären, wovon zur Hölle ihr da redet?«, warf Xaver gereizt ein.

Marie nickte abwesend, ohne Xaver eines Blickes zu würdigen. »Natürlich weiß ich von dem Spiel. Ich war schließlich von Anfang an dabei.«

»Du warst – was?« Verenas Stimme schwankte zwischen Unglauben und Fassungslosigkeit.

Marie blickte zur Seite, als ob die Erinnerungen ihr körperliche Schmerzen bereiteten. Schließlich nickte sie langsam. »Ich hab dir doch erzählt, dass Ludo und ich die Scheune zusammen hergerichtet haben, oder?«

»Die … Scheune? Was für 'ne Scheune?«

»Das ist der Ort, wo sie ihre Partys feiern«, erklärte Marie mit einem kurzen Seitenblick auf Xaver. »Jedenfalls haben wir damals in einer der alten Kommoden diese Spielkarten gefunden – das Originalspiel. Die Aufgaben waren simpel, so was wie ›Trink einen Shot Wodka auf ex‹ oder ›Knutsch mit jemandem aus der Runde‹. Die Fragen waren genauso harmlos – nichts, was man nicht auch bei einer normalen Runde Flaschendrehen erwarten würde. Aber so fing es damals an.«

Marie verschränkte die Arme um ihre Knie, und ihr Blick wurde leer, während sie sich erinnerte. »Ludo und ich waren damals frisch zusammen, und er war von dem Spiel total begeistert. Aber irgendwann wurde es ihm zu langweilig, vor allem die Wahrheit-Aufgaben. Also änderte er die Regeln. Und mit den neuen Regeln änderte sich alles.«

Verena spürte, wie ihr eine Gänsehaut über den Rücken lief. »Du hast also auch mitgespielt?«

Marie nickte düster. »Am Anfang, ja. Jeder aus Ludos innerem Kreis durfte ein paar Aufgaben beisteuern, und die wurden dann immer extremer. Es ging nicht mehr darum, zu trinken oder jemanden zu küssen. Auf einmal hieß es ›Spring aus dem Fenster im ersten Stock‹ oder ›Schick ein Nacktbild an jemanden aus der Gruppe‹.«

»Krass!«, stieß Xaver kopfschüttelnd hervor. »Und die Leute haben da ernsthaft mitgemacht?«

»Sie hatten kaum eine Wahl. Wer sich weigerte, wurde bestraft oder ausgegrenzt. Du weißt doch, wie das läuft.«

»Aber, wie konntest du …«, setzte Xaver an, doch Marie hob abwehrend die Arme.

»Ich hab versucht, sie zu bremsen, okay? Aber Ludo wurde regelrecht süchtig danach, genauso wie Aaron und – tut mir leid, Xaver – auch dein Bruder. Einmal haben sie einen Jungen dazu gebracht, aufs Scheunendach zu klettern und runterzuspringen. Der Idiot war so betrunken, dass er das tatsächlich gemacht hat. Zum Glück hat er sich dabei nur den Arm gebrochen.«

»Meinst du Paul?«, fragte Xaver verwirrt. »Ich dachte, er hätte sich den Arm beim Fußballtraining verletzt.«

Marie lachte freudlos. »Das war die offizielle Version. Niemand hat sich getraut zu sagen, was wirklich passiert ist. Für mich war das der Punkt, an dem ich nicht mehr mitmachen konnte.« Ihre Stimme zitterte leicht, als sie weitersprach. »Ich habe versucht,

Ludo zu überreden, das Ganze zu beenden, bevor es komplett außer Kontrolle gerät, aber er hat sich geweigert. Seine Partys hatten damals praktisch Kultstatus, und er war regelrecht besessen von der Aufmerksamkeit, die er dadurch bekam. Aber vor allem, denke ich, genoss er das Gefühl von Macht und ihm gefiel der Nervenkitzel. Was auch immer es war – ich ertrug es nicht länger. Also habe ich mich von ihm getrennt.«

»Warte mal«, wandte Verena ein. »Ich dachte …«

»Ich weiß, was alle sagen. Ludo hat überall rumerzählt, dass er derjenige war, der Schluss gemacht hat. Dass er mich wegen Stefanie abserviert hat. Aber so war es nicht. Verletztes Männerego – kommt dir das bekannt vor?«

Ihre Augen funkelten vor Zorn, und Verena senkte den Blick. Wie Ludo mit Zurückweisung umging, wusste sie tatsächlich nur zu gut.

»Ab dem Zeitpunkt war ich quasi eine Persona non grata«, fuhr Marie fort. »Niemand von denen sprach mehr mit mir, obwohl ich mit Michael und Cornelia eigentlich immer gut klargekommen bin. Aber das war mir egal, ich wollte einfach nur nichts mehr mit alldem zu tun haben. Doch dann habe ich zufällig mitbekommen, wie sie versucht haben, ein Mädchen – Ella – dazu zu zwingen, einen Regenwurm zu essen. Als sie sich weigerte, haben sie ihre Unterwäsche aus ihrem Zimmer geklaut und in den Springbrunnen geworfen. Da reichte es mir. Ich bin zu Ulli gegangen und hab ihr alles erzählt. Von der Scheune, von dem Spiel, von allem.«

Xaver beugte sich ungläubig vor, seine Hände verkrampften sich an der Bettkante. »Und?«, fragte er atemlos. »Was ist dann passiert?«

»Erstaunlich wenig«, antwortete Marie bitter. »Ulli hat Ella zur Rede gestellt, aber die hat natürlich alles abgestritten. Wahrscheinlich hatte sie Angst davor, was sonst passiert wäre, und im Grunde kann ich ihr das nicht mal verübeln. Jedenfalls hat Ulli mir nicht geglaubt – oder sie wollte es nicht.«

»Das hat sie also gemeint, als sie mir erzählt hat, du hättest schon früher versucht, Ludo zu verleumden«, murmelte Verena. Marie nickte düster. »Als Jonas dann letztes Jahr in die Fußballmannschaft aufgenommen wurde und sich mit Ludo und Aaron anfreundete, war ich entsetzt. Ich wusste zwar nicht, ob das Spiel noch lief, aber Jonas gehörte für mich praktisch zur Familie. Ich wollte auf keinen Fall, dass er da mit reingezogen wird.« Sie schluckte sichtlich. »Ich habe versucht, ihn zu warnen. Aber Jonas wollte nicht auf mich hören – genauso wenig wie du, Verena. Und dann hab ich eines Tages diese Karte gefunden. *Seine* Karte.«

Xaver und Verena schnappten gleichzeitig nach Luft. Obwohl Verena bereits ahnte, worauf Maries Erzählung hinauslaufen würde, breitete sich ein flaues Gefühl in ihrem Magen aus.

»Was stand drauf? Wie lautete die Aufgabe?«

Marie schüttelte langsam den Kopf und schloss für einen Moment die Augen. »Kannst du dir das nicht denken?«

»Die Klippe«, sagte Verena tonlos. »Die Klippe im Wald, wo er gestorben ist.«

Marie nickte. »Da liegt ein Baumstamm quer über der Schlucht. Jonas sollte darüber balancieren. An die zweite Aufgabe erinnere ich mich nicht mehr, aber sie war genauso gefährlich.«

Ihr Blick wanderte zwischen Verena und Xaver hin und her. Ihr Gesicht glich einer Maske aus Schmerz und Selbstvorwürfen. »Ich habe versucht, ihn zur Vernunft zu bringen, ihm klarzumachen, dass das Wahnsinn ist und er sich einfach weigern soll. Aber Jonas war so verdammt stur. Er wollte um jeden Preis beweisen, dass er dazugehört, dass er genauso mutig ist wie die anderen.«

»Und bei dem Versuch, die Schlucht zu überqueren, ist er …« Xaver versagte die Stimme. »O Gott!«

»Das nehme ich an, ja«, sagte Marie leise. Tränen schossen ihr in die Augen, die sie hastig mit dem Handrücken wegwischte. »Ich bin ihm an diesem Samstag zur Scheune gefolgt. Er war eine ganze Weile da drinnen – hat mit den anderen herumgealbert und getrunken. Viel zu viel. Dann kamen sie raus und sind in den Wald gegangen. Ich wollte ihnen folgen, aber Aaron hat sich plötzlich umgedreht und mich gesehen. Er hat mir gedroht, hat gesagt, ich solle mich raushalten und dass sie mich fertigmachen würden, sollte ich noch einmal versuchen, sie anzuschwärzen. Mir blieb keine andere Wahl, als kehrtzumachen.«

»Und dann?«, fragte Verena leise.

Marie hob den Kopf, ihre Augen glänzten feucht. »Nachdem sie Jonas gefunden hatten, bin ich sofort zu Hesse und Ulli und hab ihnen alles erzählt. Aber die anderen müssen mir zuvorgekommen sein, denn Ulli behauptete plötzlich, sie könne bezeugen, dass Ludo und seine Freunde an jenem Abend bis spät in die Nacht im Speisesaal Karten gespielt hätten. Es war mein Wort gegen Ullis. Dreimal darfst du raten, wem Hesse geglaubt hat.«

»Oder glauben wollte«, fügte Verena abfällig hinzu.

Sie fröstelte, als sie sich an das Gespräch zwischen Ulli und Direktor Hesse erinnerte, das sie belauscht hatte. *Wenn rauskommt, dass wir dabei geholfen haben, die Sache einfach unter den Teppich zu kehren, sind wir erledigt.*

Natürlich. Ulli! Sie selbst war dieser ominöse Zeuge, von dem sie gesprochen hatte. Deswegen hatte sie seine Identität nicht preisgeben wollen. Und deshalb waren sie und Hesse auch so erpicht darauf gewesen, die Anwälte fernzuhalten und Marie mundtot zu machen. Sie hatten alles vertuscht, weil sie selbst bis zum Hals in der Sache drinsteckten. Die Erkenntnis traf Verena wie ein Schlag.

»Ulli hat ihnen ein Alibi verschafft?«, hörte sie Xaver wie aus weiter Ferne fragen. »Aber warum? Warum hat sie das getan?«

»Angst, Geld, der Ruf der Schule …«, murmelte Verena. Inzwischen war ihr speiübel. Mein Gott, wo war sie da nur hineingeraten?

»Genau«, bestätigte Marie trocken. »Vermutlich alles zusammen. Wenn rausgekommen wäre, dass Ulli von dem Spiel gewusst und nichts dagegen unternommen hat, hätte sie ihren

Job verloren – im besten Fall. Und Hesse? Der wollte sicher auch keinen Skandal riskieren. Ein toter Schüler ist schlimm genug, aber diese Geschichte? Die Presse hätte sie in der Luft zerfetzt.« Sie seufzte schwer und fuhr fort:»Ich vermute aber, dass auch Ludos Eltern ihre Finger im Spiel hatten. Die Hellsteins wissen, wie man Probleme aus der Welt schafft, das kannst du mir glauben.«
»Und die Medikamente, die sie bei Jonas' Sachen gefunden haben?«, fragte Xaver.»Die Antidepressiva? Wie passen die ins Bild?«

Marie überlegte kurz, dann sagte sie:»Ich schätze, die haben Ludo und seine Clique aus dem Krankenzimmer mitgehen lassen und ihm untergeschoben, damit es nach Selbstmord aussieht. Cornelias Eltern sind Ärzte – sie wusste also vermutlich genau, welche Tabletten sie klauen musste, damit das glaubwürdig wirkt.«

»Schön und gut«, sagte Verena langsam, als sie ihre Sprache wiedergefunden hatte.»Aber eines verstehe ich immer noch nicht: Warum bist du nicht einfach zur Polizei gegangen? Oder hast mit diesem Anwalt der Felbers gesprochen, der nach dir gefragt hat?«

Marie fuhr sich mit der Hand durchs Haar und funkelte Verena wütend an.»Glaubst du etwa, ich hätte nicht daran gedacht? Du hast doch gehört, was passiert ist, als ich zu Hesse und Ulli gegangen bin. Es wäre mein Wort gegen das von Ludo und seinen Freunden gewesen – und gegen Ullis, die sie deckt. Niemand hätte mir geglaubt, und ich wäre wieder als Lügnerin dagestanden. Was meinst du, wie Ludo und seine Leute reagiert hätten, wenn ich zur Polizei gegangen wäre? Glaub mir, Verena: Die hätten mich fertiggemacht – aber so richtig.« Sie schüttelte frustriert den Kopf.»Außerdem habe ich ja nicht direkt gesehen, was mit Jonas passiert ist. Meine Beobachtungen beweisen im Grunde gar nichts.«

»Du warst also zu feige«, stellte Verena kühl fest.

»Nenn es, wie du willst. Aber Fakt ist: Ich kann nicht offen gegen Ludo vorgehen, solange ich keine handfesten Beweise habe. Das Dope in meinem Schließfach war eine Warnung, keinen

Scheiß zu machen. Und ja, nenn mich feige, aber ich würde die letzten zwei Jahre hier gerne überleben.«

Daraufhin war es lange still. Xaver starrte auf den Boden, während Verena Maries Worte wieder und wieder in ihrem Kopf durchging.

»Warum erzählst du uns das dann alles?«, fragte Verena schließlich. »Wenn wir doch nichts tun können und es keine Beweise gibt.«

Marie hob langsam den Kopf, und zu Verenas Überraschung lächelte sie. »Oh, ich habe nie gesagt, dass es keine Beweise gibt. Wir haben sie nur nicht.«

Verena wollte Marie gerade anherrschen, endlich mal Klartext zu reden, als es ihr plötzlich dämmerte. Ein elektrisierendes Kribbeln durchlief ihren Körper. »Warte ... Du meinst die Kamera?«

Marie nickte und ihr Lächeln wurde breiter. »Genau, die Kamera. Immer wenn jemand eine der Aufgaben erfüllt hat, hat Ludo das gefilmt – wie du selbst am besten weißt, Verena. Wir müssen nur irgendwie an die Aufnahmen rankommen.«

»Aber woher wollen wir wissen, dass er die nicht gelöscht hat?«, fragte Xaver skeptisch.

»Weil ich Ludo kenne. Diese Videos gibt es noch, darauf könnt' ich wetten. Sie sind seine Trophäen – oder Druckmittel, je nachdem, was er gerade braucht.« Marie hielt kurz inne und sah Verena und Xaver nacheinander eindringlich an. »Wir müssen nur herausfinden, wo er sie versteckt hat. Und dann schlagen wir zu.«

Kapitel 46

Leonie. Heute

Die Aufnahmen aus Ludos Büro, die ich nach meinem Telefonat mit Stefanie angeschaut hatte, hatten meine Vermutungen bestätigt: Ludo hatte Cornelia und Aaron tatsächlich zu sich eingeladen. Die beiden Gespräche hatten kaum länger als eine Minute gedauert, doch die Botschaft war eindeutig gewesen: Es ging um die Karten und die Ereignisse, die ich damit ins Rollen gebracht hatte.

Seitdem war ich ein Nervenbündel. Die ganze Nacht hatte ich kein Auge zugetan, mich immer wieder hin und her gewälzt, bis Cleo irgendwann resigniert vom Bett gesprungen war und sich beleidigt auf die Couch verzogen hatte.

Am Morgen war ich sicherheitshalber schon früh zu Ludo und Stefanie gefahren. Offiziell, um ihr bei den Vorbereitungen für das Kaffeekränzchen zu helfen; in Wahrheit jedoch, um selbst noch ein paar Arrangements zu treffen, bevor Cornelia und Aaron eintrafen.

Die Stimmung im Hause Hellstein war angespannt. Stefanie glich einer aufgezogenen Spieluhr – rastlos, ständig in Bewegung. Sie flitzte zwischen der Küche und dem Wohnzimmer hin und her, wischte imaginäre Krümel von den Möbeln und schob das Kaffeeservice erst hierhin, dann wieder dorthin. Ludo lief unterdessen unermüdlich in seinem Arbeitszimmer auf und ab. Seine dumpfen Schritte hallten durchs Haus und machten Stefanie und mich gleichermaßen nervös. Ob ihn die Angst vor dem Wahlausgang am Sonntag oder die Aussicht auf das Treffen mit seiner alten Clique beschäftigte, war schwer zu sagen. Wahrscheinlich beides. Seit zwei Tagen war das Internet voll von dem kompromittierenden Video, das ihn beim Koksen zeigte. Die Schlagzeilen waren vernichtend, die Kommentare noch schlimmer. Ludo hatte das Video natürlich sofort als Fake abgetan, aber seine Glaubwürdigkeit hatte definitiv gelitten. Ob der Skandal tatsächlich Auswirkungen auf die Wahl haben würde, war schwer einzuschätzen.

Bei all dem Trubel war es gar nicht so leicht, den richtigen Moment abzupassen, um die zusätzlichen Überwachungsgeräte, die ich mitgebracht hatte, unbemerkt zu platzieren. Doch irgendwann ergab sich doch eine Gelegenheit. Während Stefanie in der Küche zu tun hatte, huschte ich ins Wohnzimmer und brachte alles in Position: Ein weiterer Bilderrahmen mit integrierter Kamera stand jetzt zwischen den anderen auf dem Kaminsims, ein kleines Mikrofon klebte unauffällig auf der Unterseite des Beistelltischs.

Nachdem ich Mia vom Kindergarten abgeholt hatte, fuhr ich mit ihr direkt zum Spielplatz. Das war meine Idee gewesen und Stefanie hatte erwartungsgemäß sofort zugestimmt. Weder sie noch ich wollten, dass ich im Haus war, wenn Aaron und Cornelia eintrudelten. Sie, weil sie keine unerwünschte Zuhörerin gebrauchen konnte, und ich, weil ich das Risiko nicht ganz ausschließen konnte, dass die beiden mich trotz meiner Verkleidung wiedererkannten.

Jetzt saß ich auf einer Parkbank und sah zu, wie Mia lachend auf der Schaukel hin- und herschwang. Der Nachmittag war kühl, aber sonnig, die Luft erfüllt von Kinderlachen und dem Quietschen der Spielgeräte. Trotzdem konnte ich mich nicht entspannen. Mein Blick wanderte immer wieder zu meinem

Handy, auf dem die Liveübertragung aus dem Wohnzimmer der Hellsteins lief.

Noch war nichts Ungewöhnliches zu sehen: der sorgfältig gedeckte Couchtisch mit dem teuren Kaffeeservice, die auf Hochglanz polierten Möbel und das Sonnenlicht, das durch die Gardinen fiel.

Die Minuten zogen sich quälend hin. Halb drei kam und ging. Zehn nach halb. Ungeduldig trommelte ich mit den Fingern auf die Bank und starrte erneut auf den Bildschirm. Wo blieben sie nur?

Endlich kam Bewegung in die Szene. Ludo betrat das Wohnzimmer, gefolgt von Aaron und Cornelia. Stefanie bildete die Nachhut. Sie schloss die Tür hinter sich und setzte sich neben Ludo, während Cornelia und Aaron sich an den gegenüberliegenden Enden der Sofalandschaft niederließen.

Ich warf Mia, die immer noch auf der Schaukel saß, einen kontrollierenden Blick zu, dann schob ich mir die Kopfhörerstöpsel in die Ohren und beugte mich näher über das Display.

Nachdem sie ein paar halbherzige Höflichkeitsfloskeln ausgetauscht hatten, räusperte Ludo sich, stellte seine Kaffeetasse ab und verschränkte die Arme vor sich. »Also«, begann er mit ernster Stimme, »ich denke, wir alle wissen, warum wir hier sind. Habt ihr die Karten dabei?«

Aaron zog seine Karte aus der Sakkotasche und legte sie auf den Tisch. Ludo und Stefanie taten es ihm gleich. Einzig Cornelia zuckte bedauernd die Schultern.

»Ich habe sie zerrissen«, sagte sie kleinlaut. »Aber ich weiß noch genau, was draufstand. Es war wie damals – zwei Optionen. Entweder ich verrate, wer Michaels wahrer Mörder ist, oder ich gebe zu, dass ich Armin betrogen habe und überlasse ihm das Sorgerecht für Felix.« Sie hob hilflos die Hände. »Als ob ich das jemals tun würde!«

Ludo nickte knapp, nahm Aarons Karte in die Hand und betrachtete sie einen Moment, bevor er sie wieder auf den Tisch legte.

»Bei uns war es genauso: zwei Optionen, so wie damals. Und eine davon war, Michaels Mörder zu nennen. Hat irgendjemand von euch die … Aufgabe erfüllt? Oder mit irgendwem darüber geredet?«

»Natürlich nicht!«, rief Cornelia entrüstet. »Ich würde meinen Sohn niemals kampflos aufgeben.«

Aaron senkte den Blick, rieb sich mit einer fahrigen Bewegung über das Gesicht und sagte mit leiser Stimme: »Ich wünschte, ich wäre darauf eingegangen. Wer auch immer dahintersteckt, hat mich wegen Veruntreuung angezeigt. Könnt ihr euch das vorstellen? Ich habe meinen Job verloren, stehe praktisch vor dem Nichts.«

»Zuerst dachte ich, es wäre nur ein Bluff«, sagte Stefanie und hob ihre Tasse an die bebenden Lippen. »Oder einer von euch, der sich einen fiesen Scherz erlaubt.«

»Tja, ich wünschte, es wäre so.« Ludo lehnte sich zurück und ließ seinen Blick langsam durch die Runde schweifen. »Ich habe versucht, mit dieser Person Kontakt aufzunehmen. Ich habe eine E-Mail an die Adresse geschrieben, die auf der Karte steht, und gefragt, was das soll. Aber es war sinnlos. Dann habe ich einen Bekannten auf die IP-Adresse angesetzt, aber ohne Erfolg.« Er seufzte. »Hat jemand von euch eine Idee, wer dahinterstecken könnte?«

Kollektives Kopfschütteln.

Ein leichtes Lächeln stahl sich auf mein Gesicht, während ich kurz den Kopf hob und den Spielplatz absuchte. Mia saß nicht mehr auf der Schaukel, sondern hatte sich in die Sandkiste verzogen. Sie winkte mir fröhlich zu, und ich winkte zurück, bevor ich mich wieder auf das Display konzentrierte, gerade rechtzeitig, um zu sehen, wie Aaron das Wort ergriff.

»Ich zerbreche mir schon seit Wochen den Kopf darüber«, brummte er. »Aber es ergibt einfach keinen Sinn. Aber wer auch immer dahintersteckt, hat nicht geblufft. Der- oder diejenige weiß eine Menge über uns. Die müssen uns monatelang beobachtet haben.«

»Eine schreckliche Vorstellung.« Cornelia schlang ihre Strickjacke enger um sich und erschauderte unwillkürlich. »Diese Sache zwischen mir und Antoine, meinem … Liebhaber – das war längst vorbei, als die Karte kam. Davon hat niemand gewusst. Und ich meine wirklich *niemand*.«

Aaron schnaubte. »Eine aufgeflogene Affäre? Da bist du aber glimpflich davongekommen. Ich habe ein Verfahren wegen Veruntreuung am Hals. Die haben mich am Arsch, verdammte Scheiße!«

»Armin will mir meinen Sohn wegnehmen!«, fuhr Cornelia ihn an. »Die Wohnung, mein ganzes Leben – alles, was ich habe. Das nennst du glimpflich?«

»Mein Instagram-Account wurde gelöscht«, warf Stefanie ein. Ihr Tonfall schwankte zwischen Wut und Erschöpfung. »Jahrelange Arbeit, einfach ausradiert. Ich hab schon mit dem Support gesprochen – keine Chance. Ich muss komplett von vorne anfangen. Und dieses Video von Ludo …«

»… ist natürlich ein Fake«, unterbrach Ludo sie barsch, bevor sie den Satz beenden konnte. »Ein verdammt guter zwar, aber trotzdem ein Fake. Ich habe es dementiert, aber der Schaden ist angerichtet. Und das ausgerechnet jetzt, kurz vor der Wahl.« Er fuhr sich mit einer Hand durch die Haare und atmete tief durch, ehe er weitersprach: »Aber uns in Selbstmitleid zu suhlen, bringt uns nicht weiter. Viel wichtiger ist die Frage: Wer steckt hinter den Karten? Und was tun wir dagegen? Wir sollten koordiniert vorgehen und dürfen uns nicht gegeneinander ausspielen lassen. Irgendwelche Vorschläge?«

Eine schwere Stille legte sich über die Gruppe, nur unterbrochen von einem dumpfen Klicken, als Stefanie nervös mit dem Fingernagel an den Rand ihrer Kaffeetasse tippte.

»Meinst du, dass der- oder diejenige weiß, was damals auf dem Dach wirklich passiert ist?«, fragte Cornelia schließlich zögerlich. »Diese Überwachungsbänder vom Schulhof, die hast du doch …«

»Gelöscht«, schnitt Ludo ihr das Wort ab. »Und nein, ich glaube nicht, dass die wirklich etwas wissen. Das wirkt auf mich eher wie ein Schuss ins Blaue, um uns aus der Reserve zu locken.« Ich unterdrückte ein Schnauben. Ein Schuss ins Blaue? Von wegen! Enttäuschung, weil Ludo die Überwachungsvideos vom Schulhof vernichtet hatte, stieg in mir auf und vermischte sich mit grimmiger Wut. Sie waren es gewesen. Ich hatte es die ganze Zeit gewusst.

Kommt schon, flehte ich stumm. *Gebt es endlich zu!*

Stefanie lehnte sich zurück und runzelte nachdenklich die Stirn. »Es muss jemand sein, der damals dabei war. Oder zumindest jemand, der von dem Spiel wusste. Und von ... Jonas.« Ihre Stimme wurde leiser. »Diese E-Mail – die habt ihr doch auch bekommen, oder?«

Aaron nickte langsam und rieb sich den Nacken. »Ja, sicher. Das schränkt den Kreis der Verdächtigen zwar etwas ein, bringt uns aber auch nicht wirklich weiter.«

»Aber wer könnte es denn sein?«, rief Cornelia und blickte verzweifelt in die Runde. »Jemand aus Verenas Umfeld? Ihre Tante vielleicht?«

»Das habe ich bereits überprüft«, erwiderte Ludo und schüttelte entschieden den Kopf. »Claire Martins ist tot. Ein Herzinfarkt vor ein paar Monaten. Andere Verwandte hatte Verena nicht.«

Ein leises Seufzen ging durch den Raum. Ludo massierte sich die Schläfen, Aaron kaute nervös auf seiner Unterlippe, während Cornelia gedankenverloren eine Haarsträhne zwischen den Fingern zwirbelte. Ich spürte förmlich das Kribbeln ihrer Nervosität auf der Haut. Mir selbst ging es nicht anders.

»Was ist mit Marie?«, fragte Stefanie plötzlich. Ihre Augen blitzten, als sie sich ruckartig aufrichtete. »Könnte sie es nicht sein?«

Die Frage hing schwer im Raum, und es herrschte eine kurze, angespannte Stille, während die anderen dem Gedanken nachgingen und das Für und Wider in ihren Köpfen abwägten.

Schließlich stieß Ludo einen abfälligen Laut aus und nickte. »An Marie habe ich auch schon gedacht. Ich habe ein wenig herumtelefoniert. Sie arbeitet jetzt als Schulpsychologin an der Santa Clara. Möglich wär's schon.« Cornelia sog scharf die Luft ein. »Du meinst ... sie versucht, uns zu ruinieren, um ... was? Um sich an uns zu rächen? Aber warum ausgerechnet jetzt? Nach fast zwanzig Jahren?« Ludo zuckte mit den Schultern. »Vielleicht. Vielleicht hat sie auch nie aufgehört, nach der Wahrheit zu suchen. Manche Menschen können einfach nicht loslassen.« Er hob den Kopf und ließ seinen Blick langsam von einem zum anderen wandern. Seine Finger knackten leise, als er die Knöchel durchbog. »Aber wenn sie etwas weiß oder in die Sache verwickelt ist, finde ich es heraus. Ich werde mit ihr reden. Und mit Xaver auch.«

Während Aaron und Ludo beratschlagten, was als Nächstes zu tun war, spürte ich, wie mir der Schweiß ausbrach. Meine Finger klammerten sich fest um das Handy, mein Blick glitt zwischen den Gesichtern auf dem Display hin und her. *Marie? Xaver?*

Doch bevor ich einen klaren Gedanken fassen konnte, spürte ich plötzlich eine kleine Hand auf meinem Arm.

»Leonie?«

Ich zuckte zusammen. *Mist, Mia!*

Schnell riss ich mir die Kopfhörerstöpsel aus den Ohren, drückte das Handy mit dem Display nach unten in meinen Schoß und wandte mich zu ihr um. »Was ist denn, Liebes? Hast du genug vom Sandburgenbauen?«

»Schau mal!« Sie hielt mir stolz eine kleine Sandkuchenform entgegen. »Ich hab dir einen Kuchen gebacken.«

»Oh, der sieht ja toll aus«, murmelte ich und versuchte, meine flatternden Nerven zu beruhigen. Doch mein Lächeln gefror, als sie das Förmchen abstellte und mit ihren sandigen Fingern auf mein Handy deutete.

»Warum schaust du dir einen Film von unserem Wohnzimmer an?«

Kapitel 47

Dezember 2005. Verena

Die alten Stufen knarrten leise unter ihren Schritten, als Verena die Treppe zum Schlaftrakt der Jungs hinaufstieg. Graues Licht fiel durch die hohen Fenster und tauchte das Treppenhaus in ein kaltes, blasses Halbdunkel. Draußen wirbelten dicke weiße Schneeflocken durch die Luft, während sich die kahlen Äste der Bäume auf dem Schulhof unheilvoll im Sturm bogen.

Xaver hielt sich dicht hinter ihr, so nah, dass Verena seinen Atem in ihrem Nacken spüren konnte. Ein kurzer Blick zurück genügte, um zu sehen, wie nervös er war. Seine Bewegungen wirkten steif, seine Kiefer waren fest aufeinandergepresst.

Obwohl das Treppenhaus beheizt war, kroch Verena die Kälte unter die Haut. Sie hob das Kinn, richtete den Blick starr nach vorn und zwang sich, eine Miene aufzusetzen, als hätte sie jedes Recht der Welt, hier zu sein.

Nach langem Hin und Her hatten sie beschlossen, ihr Glück tagsüber zu versuchen, wenn die meisten Schüler mit ihren Freizeitaktivitäten beschäftigt waren und die Wahrscheinlichkeit, auf jemanden zu treffen, gering war. Michael traf sich an diesem Nachmittag mit dem Laufteam und Aaron und Ludo waren beim Fußballtraining – dem letzten vor den Weihnachtsferien.

Eine bessere Gelegenheit für ihr Vorhaben würden sie wohl kaum bekommen.

Die Schlafräume der Jungs befanden sich im Nebengebäude, nicht weit von dem der Mädchen entfernt, und sahen fast genauso aus: dunkles Holz, das bei jedem Schritt knarrte, sterile weiße Wände und kleine Schilder mit Nummern über jeder Tür. Als sie die zweite Etage erreichten, blieb Verenas Blick an der Tür mit der Nummer 12 hängen – Michaels Zimmer. Ein vertrauter Schauer erfasste sie, als sie daran dachte, wie oft sie hier gestanden hatte. Wie er ihr mit seinem warmen Lächeln die Tür geöffnet und sie fest in die Arme genommen hatte. Der Gedanke an ihn brannte wie glühende Kohle in ihrer Brust.

Für einen Moment überkam sie das überwältigende Bedürfnis anzuklopfen. Vielleicht war er doch da? Vielleicht wartete er sogar auf sie, bereit, alles zu erklären und alles wiedergutzumachen? Dann jedoch besann sie sich eines Besseren. Sie atmete tief durch, schob den Schmerz und die Enttäuschung beiseite. Für Sentimentalitäten war jetzt keine Zeit.

Im dritten Stockwerk blieben sie vor der Tür mit der Nummer 23 stehen. Hier wohnten Ludo und Aaron.

Verena griff in ihre Jackentasche und tastete nach der dünnen Haarnadel, die sie mitgebracht hatte. Die glatte, kalte Oberfläche fühlte sich in ihren verschwitzten Händen seltsam fremd an. Sie warf Xaver einen kurzen Blick zu. Sein Gesicht war fast schon unheimlich blass, und seine Schultern zitterten vor Anspannung.

»Bist du sicher, dass du das tun willst?«, fragte sie leise. »Noch ist nichts passiert. Wir könnten einfach umdrehen und …«

»Nein.« Er schüttelte entschieden den Kopf. »Ich bin mir sicher. Ziehen wir's durch.«

Mit diesen Worten wandte er sich um, ging zurück zum Ende des Flurs und spähte vorsichtig um die Ecke. Kurz darauf blickte er zu ihr zurück und streckte den Daumen nach oben.

Nachdem sie sicherheitshalber an die Tür geklopft hatte, um sich zu vergewissern, dass tatsächlich niemand da war, schob

Verena die Haarnadel in den Schlitz des Türschlosses. Wie gebannt starrten ihre Augen auf das kleine Metallstück, während sie es behutsam hin und her bewegte. Die Sekunden zogen sich quälend in die Länge. Das Pochen ihres Herzens dröhnte in ihren Ohren wie ein Trommelwirbel.

Verena hatte diese Technik unzählige Male in Filmen gesehen, und in den Anleitungen im Internet hatte es geradezu lächerlich einfach ausgesehen. Ein geschickter Dreh hier, ein leichter Druck dort – und schon war die Tür offen. Doch jetzt, in der Realität und mit ihren zitternden Händen, fühlte es sich an, als würde sie mit einem Zahnstocher gegen einen Banktresor antreten.

Endlich, nach einer gefühlten Ewigkeit, hörte sie das erlösende Klicken. Das Schloss gab nach, und ein Adrenalinstoß jagte durch ihren Körper, als die Tür mit einem leisen Quietschen aufschwang.

»Psst, Xaver!« flüsterte sie erleichtert. »Ich hab's geschafft!«

Verena spürte die Vibration seiner Schritte auf dem Holzboden, im nächsten Moment stand er auch schon neben ihr. Mit einem letzten prüfenden Blick über die Schulter schlüpften sie ins Zimmer, schlossen die Tür hinter sich und lehnten sich von innen dagegen.

Einen Moment lang blieben sie so stehen, atemlos und mit wild klopfenden Herzen. Verenas Finger umklammerten noch immer die Haarnadel, die jetzt verbogen war und sich von ihrem Griff warm anfühlte. Als sie den Kopf drehte und Xaver ansah, spiegelte sich in seinen Augen dieselbe Mischung aus Ungläubigkeit, Erleichterung und grimmiger Entschlossenheit, die auch sie empfand. Sie hatten es tatsächlich geschafft, sie waren drin – von nun an gab es kein Zurück mehr.

Mit einem schnellen Blick verschaffte sich Verena einen Überblick über den Raum. Er war fast genauso eingerichtet wie das Zimmer, das sie sich mit Cornelia teilte: schmale Holzbetten mit elegant gesteppten Tagesdecken, ein massiver dunkler Holzschrank und eine leicht schmuddelige Sitzgruppe in der Ecke.

Auf dem niedrigen Couchtisch zeichneten sich klebrige Ringe ab – vermutlich von verschütteter Cola oder Limonade. Die Tür zum angrenzenden Badezimmer stand offen, und ein Hauch von Ludos teurem Eau de Toilette hing noch in der Luft.

Die Wände waren beklebt mit Bandpostern – Nirvana, Linkin Park, Green Day – und auf der breiten Fensterbank standen eine halb leere Sprite-Flasche, ein teures Bose-Docking-System für iPods und ein Stapel DVDs. Der Schreibtisch war ein chaotisches Durcheinander aus Schulbüchern, losen Blättern und einem zerfledderten Notizblock, unter dem das glänzende Gehäuse von Aarons neuem MacBook hervorlugte.

»Okay, legen wir los!«, sagte Verena schließlich, als sich ihre Atmung wieder einigermaßen beruhigt hatte. »Ich übernehme den Schrank, du den Schreibtisch und das Fensterbrett. Und beeil dich. Wir haben nicht viel Zeit.«

Schweigend machten sie sich an die Arbeit. Der Schrank war überraschend ordentlich – die Hemden von Ludos Schuluniform hingen akkurat aufgereiht auf Bügeln, in den Fächern darunter lagen sauber gestapelt T-Shirts und Jeans. Verena wühlte sich durch die Stapel, tastete hastig alles ab, fuhr sogar über die hinteren Ecken des Holzrahmens. Nichts.

Hinter sich hörte sie, wie Xaver Schubladen aufriss, in Papieren wühlte und Gegenstände hektisch zur Seite schob. Plötzlich ein leises Einatmen, ein ersticktes Keuchen. Verena fuhr herum, das Herz schlug ihr bis zum Hals.

»Was ist?« Ihre Augen suchten Xavers Blick. Er stand mit dem Rücken zu ihr, aber sie sah es an seiner Haltung, den steifen Schultern – er hatte irgendetwas im Visier. »Hast du was gefunden?«

»Was? Ja.« Er drehte sich langsam um und hielt ein Kabel hoch. »Das Ladegerät für die Kamera. Aber keine MiniDV-Kassetten. Und die Kamera ist auch nicht hier.«

»Mist!«, fluchte Verena und biss sich auf die Lippe. »Meinst du, er hat sie mitgenommen?«

»Keine Ahnung.« Xaver legte das Kabel wieder zurück. »Bist du fertig mit dem Schrank? Dann schau in den Nachttischschubladen nach.«

Verena nickte und machte einen Schritt aufs Bett zu, erstarrte jedoch mitten in der Bewegung. Ein dumpfes Geräusch aus dem Treppenhaus drang zu ihnen herauf, erst leise, dann immer deutlicher: Schritte. Stimmen. Sie kamen näher.

»Scheiße!«, wisperte Xaver entsetzt. »Das sind sie. Was machen die denn jetzt schon hier? Ich dachte, das Training geht bis sechs!«

»Tut es normalerweise auch. Die müssen früher Schluss gemacht haben, wahrscheinlich, weil es das letzte Training vor Weihnachten ist. Wir müssen hier raus, jetzt sofort!«

Verenas Blick flog zur Tür. Die Stimmen waren inzwischen deutlich zu hören.

Xaver schüttelte den Kopf. »Vergiss es. Das schaffen wir nicht mehr.«

»O Gott! Und was jetzt?«

Xaver schloss die Schublade, die er eben noch durchwühlt hatte, und sah sich hektisch im Raum um. »Schnell, versteck dich!«, zischte er. »Unterm Bett!«

»Dein Ernst?« Verena spürte, wie ihr Puls raste, doch in diesem Moment hörte sie bereits Schritte im Flur.

Mit einem stummen Fluch ließ sie sich zu Boden sinken und robbte unter Ludos Bett. Xaver kroch gleichzeitig unter Aarons Bett und presste sich flach gegen den Boden. Gerade noch rechtzeitig – denn im nächsten Moment drehte sich bereits der Türknauf und die Tür wurde aufgestoßen.

»Das war echt Zeitverschwendung heute«, schimpfte Aaron. »Warum lassen die uns überhaupt antreten, wenn sie nach einer halben Stunde abbrechen? Da hätten sie uns auch gleich in Ruhe lassen können.«

Mit großen Schritten durchquerte er das Zimmer und riss seine Schrankhälfte auf. Von ihrer Position unter dem Bett aus konnte Verena seine Schuhspitzen sehen – keine Armlänge von ihrem Gesicht entfernt. Panik durchfuhr sie, und sie presste sich die Hand vor den Mund, um nicht laut aufzustöhnen.

»Sieh's positiv«, erwiderte Ludo gelassen. »Ich bin eigentlich ganz froh, dass ich nicht länger im Schneematsch rumrennen musste. Ein Wunder, dass bei dem Scheißwetter überhaupt jemand aufgetaucht ist.«

»Fair enough.« Aaron lachte leise, holte etwas aus dem Schrank und ließ die Tür mit einem dumpfen Knall zufallen. »Ich geh mal schnell duschen, Mann. Keine Ahnung, ob das Schlamm oder sonst was ist, aber ich fühle mich, als hätte ich mich in einem Schweinestall gewälzt.«

»Du riechst auch so«, erwiderte Ludo, was ihm ein abfälliges Schnauben von Aaron einbrachte, bevor er die Badezimmertür hinter sich zuknallte.

Verena hörte, wie Ludo seine Sporttasche in die Ecke warf, dann das leise Knarren der Couchfedern, als er sich darauf fallen ließ. Aus den Augenwinkeln sah sie, wie er sich lässig zurücklehnte, die Beine ausstreckte und etwas aus seiner Jackentasche zog. Einen Moment später erkannte sie es – es war seine Kamera. Kein Wunder, dass sie sie nicht gefunden hatten!

Vorsichtig drehte Verena den Kopf und suchte Xavers Blick. Seine Augen waren weit aufgerissen. Die Angst stand ihm ins Gesicht geschrieben.

Verenas Herz raste, während sie angestrengt überlegte, wie sie Xaver und sich aus dieser verzwickten Lage befreien konnte. Ludo saß mit dem Rücken zur Tür und wirkte völlig entspannt, während er gelangweilt durch die Fotos auf seiner Kamera scrollte. Weder Aaron noch er schienen zu ahnen, dass noch jemand außer ihnen im Zimmer war. Aber das konnte sich jeden Moment ändern.

Verenas Blick wanderte zur Tür. Sie war nur ein paar Schritte entfernt. Wenn sie schnell genug war, konnte sie es vielleicht dorthin schaffen, bevor Ludo begriff, was los war. Hoffte sie zumindest. Bestimmt würde er ihr nachlaufen, aber das würde Xaver genug Zeit verschaffen, sich unbemerkt davonzustehlen, bevor Aaron aus dem Bad kam. Immerhin hatte Xaver noch drei Jahre auf diesem Internat vor sich, während sie nur noch zwei Tage überstehen musste.

Es war ein verflucht dummer Plan und Verena wollte sich lieber nicht ausmalen, was Ludo mit ihr anstellen würde, wenn er sie erwischte. Aber eine bessere Lösung fiel ihr auf die Schnelle nicht ein.

Verena sah erneut zu Xaver hinüber und nickte kaum merklich in Richtung Tür. Xaver zögerte, doch schließlich nickte er zurück. Ob er wirklich verstand, was sie vorhatte, wusste sie nicht. Aber sie hatten keine andere Wahl. Sie mussten es einfach darauf ankommen lassen.

Aus dem Badezimmer hörte sie, wie die Dusche aufgedreht wurde. Ihr ganzer Körper spannte sich an wie ein Gummiband kurz vor dem Zerreißen. Sie atmete tief durch.

Jetzt oder nie!

Drei, zwei, eins …

Mit einem Ruck schoss sie unter Ludos Bett hervor und stieß sich vom Boden ab. Das Adrenalin schoss durch ihren Körper, als sie auf die Tür zuraste. Alles, was sie hören konnte, war das dumpfe Trommeln ihrer Schritte auf dem Holzboden. Leise zu sein war sinnlos – jetzt ging es nur noch um Geschwindigkeit.

»Was zur Hölle?!« Ludo zuckte zusammen und sprang von der Couch auf. »Hey! Stehenbleiben!«

Doch Verena hörte ihn kaum. Ihre Hand schloss sich um den Türknauf, und im nächsten Moment war sie bereits draußen auf dem Flur. Ohne zu zögern, sprintete sie weiter, den Gang entlang auf die Treppe zu.

Ihr Herz hämmerte, ihre Beine bewegten sich wie von selbst – reine Reflexe, getrieben von nackter Angst.

Hinter ihr krachte die Tür in den Angeln und sie hörte Ludos schwere, schnelle Schritte. »Verena! Bleib sofort stehen!«

Seine Stimme hallte durch das Treppenhaus, aber Verena rannte einfach weiter. Ihre Hand glitt über das kalte Geländer, während sie die Treppe hinunterstürzte, immer zwei Stufen auf einmal nehmend. Ihr Kopf war wie leer gefegt, nur ein einziger Gedanke beherrschte sie: *Lauf!*

Die Geräusche hinter ihr wurden lauter, kamen näher. Ludos Schritte, sein keuchender Atem. Er war viel kräftiger und vermutlich auch schneller als sie, doch die Angst trieb Verena zu Höchstleistungen an.

Ein Scheppern ließ sie kurz zusammenzucken. Irgendetwas war hinter ihr zu Boden gefallen, begleitet von Ludos wütendem Fluchen. Für einen Moment keimte Hoffnung in ihr auf, doch sie wagte es nicht, sich umzudrehen.

Die letzte Treppe. Verena sprang die letzten Stufen hinunter, ihre Knie protestierten gegen die harte Landung, doch sie ignorierte den Schmerz. Nur noch ein paar Schritte. Gleich hatte sie es geschafft!

Ihre Hand umklammerte den Griff der schweren Eingangstür, und mit einem Ruck riss sie sie auf. Eiskalte Luft schlug ihr entgegen, beißend und voller winziger Eiskristalle. Ohne einen Blick zurückzuwerfen, rannte sie hinaus in den tobenden Schneesturm – fort von Ludo, fort von allem. Einfach nur weg.

Kapitel 48

Leonie. Heute

Meine Hände zitterten, als ich Mia half, den Gurt ihres Kindersitzes festzuziehen. Anschließend schloss ich die Tür mit einem sanften Klick, setzte mich hinters Steuer und startete den Motor.

Mein Gehirn arbeitete auf Hochtouren. Dass mich die Kleine dabei erwischt hatte, wie ich den Livestream aus dem Wohnzimmer ihrer Eltern verfolgt hatte, war eine Katastrophe. Meine spontane Erklärung – dass ich mir das Zimmer »als Inspiration für die Weihnachtsdeko« angeschaut hätte – war so mies, dass ich sie mir nicht einmal selbst abgekauft hätte. Und Mia? Hatte sie mir geglaubt?

Ich warf einen schnellen Blick in den Rückspiegel. Mia starrte aus dem Fenster, die Augenlider halb geschlossen, die Wangen rosig von der frischen Luft. Der Nachmittag auf dem Spielplatz hatte sie offenbar müde gemacht. Vielleicht war ihr ja gar nicht klar, was sie da gesehen hatte, redete ich mir ein. Vielleicht hatte sie mir tatsächlich geglaubt und das Video längst vergessen. Aber was, wenn nicht? Was, wenn sie Ludo und Stefanie davon erzählte?

Vorsichtig wendete ich den Wagen und lenkte ihn vom Parkplatz auf die Straße. Mit den Händen am Lenkrad überlegte ich fieberhaft, was ich jetzt tun sollte. Denn leider war Mia im Augenblick nicht meine einzige Sorge. Wenn Ludo Xaver und Marie ins Visier nahm, würde er früher oder später auch bei mir landen. Die beiden waren nicht dumm, sie würden bestimmt sofort durchschauen, wer tatsächlich hinter den Karten steckte. Der Deckname »Alexandra Förster«, den ich Marie gegeben hatte, würde mir dann auch nichts nutzen. Sie wusste, wie ich aussah, und konnte mich beschreiben. Aber würde sie das tun? Mich ans Messer liefern? Ich bezweifelte es. Ihr Hass auf Ludo und seine Clique saß zu tief. Aber was, wenn er sie unter Druck setzte? Oder Schlimmeres?

Das durfte auf keinen Fall passieren.

»Leonie?«, ertönte Mias leise Stimme plötzlich von hinten.

Ich fuhr zusammen. »Ja, Süße?«

»Du schaust schon wieder so komisch. Bist du böse auf mich?«

Ich drehte mich kurz um und schenkte ihr ein, wie ich hoffte, beruhigendes Lächeln. »Nein, Mia, ich bin nicht böse auf dich. Wirklich nicht. Ich bin nur ein bisschen müde von der frischen Luft.«

Das schien sie zu beruhigen. Sie lehnte sich in ihrem Sitz zurück und schloss die Augen, während ich mich wieder auf die Straße konzentrierte. Ich musste mir etwas überlegen – und zwar schnell.

Als ich wenige Minuten später vor dem Haus der Hellsteins hielt, war die Einfahrt leer. Aaron und Cornelia waren anscheinend schon weg. Wenigstens das.

Ich half Mia aus dem Auto und führte sie die Treppe hinauf. Stefanie öffnete die Tür, noch bevor ich den Schlüssel aus meiner Tasche ziehen konnte. Sie wirkte immer noch leicht fahrig, obwohl sie sich alle Mühe gab, Gelassenheit vorzutäuschen.

»Oh, Mia, mein Schatz, da bist du ja wieder«, sagte sie und streichelte ihrer Tochter gedankenverloren über den Kopf. »Hattet ihr zwei Hübschen Spaß auf dem Spielplatz?« Dann blieb ihr

Blick an Mias dreckverkrusteter Kleidung haften. Missbilligend runzelte sie die Stirn.

»Hast du sie etwa im Sandkasten spielen lassen, Leonie? Ist es dafür nicht mittlerweile ein bisschen zu kalt?«

»Ach, du weißt doch, wie sehr Mia den Sandkasten liebt«, antwortete ich schnell und zuckte leichthin mit den Schultern. »In der Sonne war es sogar ziemlich warm, und sie war ja dick eingepackt. Nicht wahr, Mia?«

Die Kleine nickte eifrig.

Stefanie presste die Lippen zusammen, sagte aber nichts mehr. Offenbar war sie zu erschöpft oder zu gestresst, um sich auf eine Diskussion einzulassen. Mit einem Seufzer beugte sie sich zu Mia hinab, um ihr die Jacke auszuziehen. »Na schön. Aber jetzt ab in die Wanne mit dir, junge Dame.«

Dann richtete sie sich auf und wandte sich an mich. »Leonie, könntest du in der Zwischenzeit bitte ein paar Sachen für Mia zusammenpacken? Ich habe mit Ludos Eltern telefoniert – sie bleibt übers Wochenende bei ihnen. Bei all den Vorbereitungen für die Dinnerparty und die Wahl am Sonntag wird mir das sonst einfach zu stressig.«

Ich rang mir ein Lächeln ab. Dass heute eigentlich mein freier Tag war, hatte sie offenbar längst vergessen. »Natürlich. Soll ich vorher noch im Wohnzimmer ein wenig Ordnung machen?«

Stefanie nickte zustimmend, wirkte aber abwesend, als wäre sie mit ihren Gedanken schon ganz woanders. Sie half Mia, die Schuhe von den Füßen zu streifen und ging mit ihr zur Treppe. Auf halbem Weg blieb sie stehen und drehte sich noch einmal zu mir um.

»Ach – und, Leonie? Könntest du Mia nachher direkt zu Ludos Eltern fahren?« Sie seufzte theatralisch. »Ich würde es ja selbst machen, aber ich habe für morgen noch so viel zu erledigen.«

Anderthalb Stunden später saß ich wieder im Auto. Mia war erschöpft in ihrem Kindersitz eingeschlafen. Ihr Kopf war zur

Seite gesunken, und ihr Atem ging tief und gleichmäßig. Ihre Großeltern würden sicher nicht begeistert sein, dass sie so spät noch ein Nickerchen machte – vermutlich würde sie bis tief in die Nacht wach bleiben. Doch mir war es nur recht, dass sie schlief. So hatte ich Zeit, meine Gedanken zu ordnen und meine nächsten Schritte zu planen.

Gleich morgen nach der Dinnerparty würde ich bei Stefanie und Ludo kündigen. Mia würde mir fehlen, das wusste ich jetzt schon, aber es ging nicht anders. Das Risiko, weiter in ihrer Nähe zu bleiben und womöglich aufzufliegen, war einfach zu groß. Wenigstens war es mir gelungen, die Kamera und das Mikrofon unbemerkt aus dem Wohnzimmer zu entfernen. Es gab ja immer noch die Kamera und das Mikrofon in Ludos Arbeitszimmer, so würde ich weiterhin wissen, was in ihrem Haus geschah. Ein schwacher Trost, aber besser als nichts.

Der Verkehr floss träge durch die Vororte, und die Lichter der Straßenlaternen warfen lange, flackernde Schatten auf den glatten Asphalt. Ich versuchte, mich auf die Straße zu konzentrieren, doch meine Gedanken kehrten immer wieder zu dem Gespräch zwischen Ludo und seinen Freunden zurück. Die Anspannung, die Angst, die unterschwellige Feindseligkeit – all das hatte mir bestätigt, was ich längst wusste: Ich war auf der richtigen Spur. Doch den entscheidenden Beweis – eine klare Aussage auf Band oder das Video – hatte ich immer noch nicht.

Ich seufzte frustriert.

Wie ich es auch drehte und wendete, mir blieb keine andere Wahl, als Marie und Xaver zu warnen. Marie war mir gegenüber immer offen und ehrlich gewesen. Sie hatte mir nicht nur von den Karten erzählt, sondern auch alles, was sie über Verena und Jonas' Tod wusste. Sie hatte es nicht verdient, wegen meiner Aktionen ins Kreuzfeuer zu geraten.

Und Xaver … Schon allein bei dem Gedanken daran, ihm zu gestehen, was ich getan hatte, drehte sich mir der Magen um. »Lass die Sache ruhen«, hatte er gesagt. Er hatte mich ausdrücklich gewarnt, hatte versucht, mich zu schützen, obwohl ich ihm kaum Anlass dazu gegeben hatte, mir zu vertrauen. Und ich Idiotin hatte nicht auf ihn gehört. Jetzt steckte ich bis zum Hals in diesem Schlamassel – und hatte auch noch zwei unbeteiligte Dritte mit hineingezogen. Ihn vorzuwarnen, war das Mindeste, was ich tun konnte.

Ich würde die beiden anrufen, sobald ich Mia bei Ludos Eltern abgesetzt hatte und endlich ungestört reden konnte. Ich konnte nur hoffen, dass Ludo mir bis dahin nicht zuvorgekommen war.

Fünfzehn Minuten später hielt ich vor einem imposanten Anwesen. Es war eine dieser Villen, wie man sie aus Architekturzeitschriften kennt – makellos gepflegt, mit einer breiten Einfahrt und einem Garten, dessen Hecken wie mit dem Lineal gezogen aussahen.

»Mia, aufwachen!«, sagte ich leise und drehte mich zu ihr um. Sie murmelte etwas Unverständliches, rieb sich mit den Fäusten die Augen und blinzelte mich verschlafen an.

»Wir sind da«, erklärte ich lächelnd. »Du übernachtest dieses Wochenende bei Oma und Opa, weißt du nicht mehr?«

Sie streckte sich träge, doch als ihr Blick aus dem Fenster auf das große Haus fiel, verzog sie das Gesicht. »Ich will nicht zu Oma und Opa«, maulte sie. »Ich will lieber bei dir bleiben.«

»Das geht leider nicht, mein Schatz. Ein andermal, ja? Und jetzt komm.«

Ich stieg aus, öffnete die hintere Autotür und half Mia aus dem Kindersitz. Die Kleine schmollte, ließ sich aber widerwillig von mir mitziehen. Nachdem ich ihre Reisetasche aus dem Kofferraum geholt hatte, nahm ich sie an der Hand und führte sie die Stufen zur Eingangstür hinauf.

Ich klingelte und die Tür wurde fast augenblicklich geöffnet. Eine elegante Frau Ende sechzig mit perfekt gefärbtem Haar und einer dezenten Perlenkette stand vor uns. Ihr Gesicht verriet deutlich die Verwandtschaft mit Ludo: die gleichen scharf geschnittenen Wangenknochen, die gleiche selbstbewusste Ausstrahlung, die fast ein wenig einschüchternd wirkte. Ihr Blick glitt kurz über mich hinweg und blieb dann auf Mia haften.

»Mia, mein Schatz! Da bist du ja.«

Die ältere Frau beugte sich zu Mia hinunter und strich ihr sanft über den Kopf, wobei sie kurz an ihrer Haarschleife zog, um sie zurechtzurücken. Dann richtete sie sich auf und sah mich an.

»Und du musst Leonie sein, das Kindermädchen, das Stefanie angestellt hat, richtig? Danke, dass du Mia hergebracht hast.«

»Natürlich, gern geschehen«, antwortete ich höflich.

»Fein. Dann bring doch bitte Mias Tasche schon mal hoch. Erster Stock, die zweite Tür links. Sie soll in Ludos altem Zimmer schlafen.« Sie lächelte Mia an. »Na, mein Schatz, hast du schon etwas zu Abend gegessen? Möchtest du eine warme Suppe? Oder vielleicht lieber nur einen Kakao mit ein paar Keksen?«

Mia blickte kurz zu mir, als wollte sie sich vergewissern, dass das in Ordnung war. Dann nickte sie langsam. »Kakao«, murmelte sie leise.

»Kakao also«, wiederholte die Frau augenzwinkernd und griff nach ihrer Hand. »Na dann komm, mein Liebling. Wir machen es uns erst mal richtig gemütlich.«

Ohne sich noch einmal nach mir umzusehen, führte sie Mia den Flur entlang und verschwand aus meinem Blickfeld.

Seufzend schnappte ich mir Mias Reisetasche und folgte den beiden ins Haus.

Das Innere der Villa war ebenso beeindruckend wie die Fassade. Der Eingangsbereich war großzügig und makellos. Der polierte Marmorboden glänzte so sehr, dass ich mein Spiegelbild darin sehen konnte. Eine große Pflanze in einem stilvollen Keramiktopf füllte eine Ecke und die Wände waren mit abstrakten Gemälden geschmückt, die vermutlich aus irgendeiner exklusiven Galerie stammten.

Mia und ihre Großmutter verschwanden in einem Flur zur Linken, aus dem ich leises Tellergeklapper hörte. Zu meiner

Rechten führte eine geschwungene Treppe mit einem Geländer aus dunklem Holz nach oben. Etwas eingeschüchtert durchquerte ich die Eingangshalle und stieg die Stufen hinauf. Sie mündeten schließlich in einen breiten Flur, von dem eine Reihe von Türen abzweigte. Ein weicher Teppich dämpfte meine Schritte, als ich die zweite Tür links ansteuerte – Ludos altes Kinderzimmer, wie Frau Hellstein gesagt hatte.

Der Raum war groß, aber überraschend schlicht eingerichtet – ein großes Bett mit einem schweren Holzrahmen, ein deckenhohes Bücherregal und ein dazu passender Schreibtisch. Auf einer Kommode stand ein gerahmtes Foto. Drei Gesichter blickten mich an – zwei junge und ein älteres, unverkennbar Ludwig Hellstein senior und seine Söhne.

Ich stellte die Reisetasche auf den Stuhl hinter dem Schreibtisch und ließ meinen Blick über die Buchrücken schweifen. Neben Fachbüchern über Wirtschaft und politischen Biografien standen hier auch einige Romane – Klassiker und alte Science-Fiction-Titel, die in diesem Umfeld seltsam fehl am Platz wirkten.

Plötzlich vibrierte mein Handy in der Hosentasche. Ich wollte es gerade herausholen, um nachzusehen, wer es war, als mein Blick an einem der unteren Regalbretter hängen blieb.

»Nein, das kann nicht sein«, hauchte ich.

Ein elektrisierendes Gefühl breitete sich in mir aus, während ich den Anruf wegdrückte und langsam auf das Regal zuging. Denn da lag sie, direkt vor meiner Nase: Ludos alte Kamera. Sie sah genauso aus, wie Rainer sie beschrieben hatte – eine klobig wirkende Sony Handycam mit ausklappbarem LCD-Bildschirm. Eine dünne Staubschicht bedeckte das Gehäuse, als hätte sie seit Jahren niemand mehr angerührt. Daneben stapelten sich sorgfältig aufgereiht ein gutes Dutzend MiniDV-Kassetten.

Kapitel 49

Dezember 2005. Verena

Verenas Hände zitterten immer noch, als sie die Tür zur Bibliothek aufstieß und sich hektisch umsah. Wie üblich war der Raum um diese Uhrzeit fast leer, nur Frau Lisbeth saß an ihrem Pult und hob kurz den Kopf, als sie eintrat. Ihre Lesebrille saß wie immer auf der Nasenspitze, und ein Stapel Bücher türmte sich bedrohlich vor ihr auf. Verena nickte ihr zu und ließ sich dann auf den erstbesten freien Platz fallen. Sie fühlte sich völlig ausgelaugt. Das Adrenalin, das sie bei ihrer Flucht vor Ludo angetrieben hatte, war mittlerweile verflogen und einer dumpfen, lähmenden Angst gewichen.

Nachdem sie aus dem Jungentrakt gestürmt war, hatte sie instinktiv beschlossen, in die Bibliothek zu gehen. Nicht, um zu lernen, sondern weil sie sich hier, unter den wachsamen Augen von Frau Lisbeth, sicherer fühlte als in ihrem Zimmer, wo Ludo sie jederzeit aufspüren konnte. Doch offenbar war ihr Versteck nicht raffiniert genug, denn Ludo fand sie trotzdem.

Verena spürte seine Anwesenheit, noch bevor er sie berührte. Die schweren Schritte, das leise Knarren des alten Bodens, der Atemzug, der ihren Nacken streifte. Ihr Herz begann zu rasen, und ihr ganzer Körper versteifte sich, doch sie blieb wir erstarrt auf ihrem Stuhl sitzen.

Dann spürte sie die Hand auf ihrer Schulter. Sie musste sich nicht umdrehen, um zu wissen, dass er es war. Den Geruch von Zigarettenrauch und teurem Parfum hätte sie überall wiedererkannt. »Du hast einen schweren Fehler gemacht«, flüsterte Ludo ihr zu, so leise, dass Frau Lisbeth, die nur wenige Meter entfernt saß, nichts davon mitbekam. Als er weitersprach, war seine Stimme samtweich und gleichzeitig so eisig wie eine Klinge. »Glaub mir, das Foto war erst der Anfang. Schon bald wirst du dir wünschen, nie geboren worden zu sein.«

Verena antwortete nicht, rührte sich nicht. Panik rollte über sie hinweg, und es kostete sie alle Überwindung, nicht vor Angst in Tränen auszubrechen.

Dann ließ er sie los. Einfach so. Verena spürte den Luftzug, als er sich wieder aufrichtete, und drehte langsam den Kopf. Ludo warf Frau Lisbeth ein charmantes Lächeln zu und marschierte dann mit festen Schritten zum Ausgang – als hätten sie nur ein harmloses Gespräch unter Freunden geführt.

Verena blieb wie paralysiert auf ihrem Platz sitzen, starr vor Schreck und am ganzen Leib zitternd. Es dauerte eine halbe Ewigkeit, bis sie sich wieder einigermaßen beruhigt hatte.

Doch selbst Stunden später, als die Bibliothek schloss und Verena sich auf den Weg zu Marie machte, hallten seine Drohungen immer noch wie ein Echo in ihrem Kopf nach. *Schon bald wirst du dir wünschen, nie geboren worden zu sein.*

Verena schluckte trocken. Sie konnte nur hoffen, dass Xaver es bei seiner Flucht geschafft hatte, sich die Kamera und die Kassetten zu schnappen. Ansonsten sah es schlecht für sie aus.

Doch das war nicht das Einzige, was Verena beschäftigte. Kurz bevor die Bibliothek geschlossen hatte, war eine neue Nachricht auf ihrem Handy eingegangen. Sie stammte von Michael.

Wir müssen dringend reden. Es ist wichtig. Triff mich heute Abend um 23 Uhr in der Dachkammer, dann erkläre ich dir alles. Versprochen.

Verena hatte keine Ahnung, was sie von der Nachricht halten sollte. Was meinte Michael mit »alles erklären«? Worüber wollte er so dringend mit ihr sprechen – und warum so spät, fast mitten in der Nacht? Ging es immer noch um das Foto? Um Jonas? Oder – und dieser Gedanke ließ sie frösteln – hatte Ludo ihm von dem Einbruch in sein Zimmer erzählt? Spielte Michael womöglich ein doppeltes Spiel?

Doch obwohl sie längst nicht mehr daran glaubte, dass Jonas' Tod nur ein tragischer Unfall gewesen war, drängte eine leise Stimme in ihr, Michael noch eine letzte Chance zu geben. Schließlich taten Menschen aus Angst oft Dinge, die sie später bereuten. Vielleicht war das ja sein Versuch, die Dinge wieder in Ordnung zu bringen.

Marie wartete bereits im Türrahmen auf sie, als Verena den Treppenabsatz ihres Stockwerks erreichte. Trotz Maries Protest hatte Verena darauf bestanden, dass sie sich diesmal bei ihr trafen. Allein der Gedanke, in ihr eigenes Zimmer zurückzukehren, wo Ludo sie jederzeit finden konnte, jagte Wellen der Angst durch ihren Körper.

»Du bist spät dran«, stellte Marie fest und verschränkte die Arme vorwurfsvoll vor der Brust. »Hatten wir nicht 19 Uhr gesagt?«

Kein »Hallo«, kein »Schön, dass du noch lebst«. Maries Einfühlungsvermögen war mal wieder bemerkenswert.

»Jetzt bin ich ja hier, oder?« Ohne ein weiteres Wort quetschte Verena sich an ihr vorbei ins Zimmer.

Xaver saß bereits auf dem Bett und hob nur kurz den Kopf, als sie eintrat. Seine Arme waren fest um seine Knie geschlungen, sein Gesicht war blass. Unter seinen tief liegenden Augen zeichneten sich dunkle Ringe ab. Auch ihm war der Schrecken der letzten Stunden noch deutlich anzusehen.

Marie schloss hinter Verena die Tür und ließ sich auf ihrem Schreibtischstuhl nieder, bevor sie ohne Umschweife zur Sache kam.

»Ich hab den ganzen Nachmittag die Scheune durchsucht. Aber Fehlanzeige. Keine Kamera, keine MiniDV-Kassetten, nichts. Und bei euch?«

Verena tauschte einen kurzen Blick mit Xaver und seufzte. »Kurz gesagt: ein Albtraum. Es ist so ziemlich alles schiefgegangen, was schiefgehen konnte.«

In kurzen Sätzen schilderte sie Marie, wie Xaver und sie Ludos Zimmer vergeblich nach der Kamera abgesucht hatten, dass Ludo und Aaron unerwartet früh vom Training zurückgekommen waren und wie sie sich hastig unter den Betten versteckt hatten, um nicht erwischt zu werden. Und schließlich von ihrer Kamikazeaktion, um Ludo abzulenken und Xaver die Flucht zu ermöglichen.

»Du bist einfach rausgerannt, während Ludo noch im Zimmer war?« Marie pfiff durch die Zähne. »Ganz schön mutig.«

»Eher kopflos, aber mir fiel in dem Moment nichts Besseres ein«, antwortete Verena trocken. »Danach hab ich mich in der Bibliothek versteckt. Aber Ludo hat mich trotzdem gefunden.«

Anschließend wiederholte sie Wort für Wort, was er in der Bibliothek zu ihr gesagt hatte.

»Scheiße, was für ein Creep!«, murmelte Marie und schüttelte sich. Dann wandte sie sich an Xaver. »Hast du wenigstens die Kamera mitgenommen?«

Xaver schüttelte den Kopf. Er sah aus, als müsste er sich jeden Moment übergeben. »Nein, tut mir leid. Dafür war einfach keine Zeit. Als Ludo Verena hinterher ist, bin ich sofort rausgerannt. Ich hab mich im vierten Stock versteckt, bis ich sicher war, dass er weg war. An die Kamera hab ich in meiner Panik nicht gedacht.«

»So ein Mist!«, fluchte Marie leise und ließ enttäuscht die Schultern hängen. »Da bleibt uns wohl nichts anderes übrig, als es morgen noch einmal zu versuchen.«

»Was?«, rief Xaver. »Auf gar keinen Fall!«

»Keine Chance«, pflichtete Verena ihm entschieden bei.

»Aber …«

»Vergiss es, Marie!«, schnitt Verena ihr das Wort ab. »Mach es doch selbst, wenn du unbedingt willst, aber keine zehn Pferde bringen mich noch einmal auch nur in die Nähe dieses Zimmers. Außerdem ist morgen mein letzter Tag hier.« Marie presste die Lippen zusammen und lehnte sich in ihrem Stuhl zurück. »Und was schlagt ihr dann vor? Wollt ihr jetzt einfach aufgeben?«

Verena wich ihrem Blick aus. Sie konnte Maries Frustration verstehen – ihr selbst ging es ja genauso –, aber das Risiko war einfach zu groß. Ludo wusste jetzt, dass sie etwas im Schilde führte. Noch einen Versuch zu wagen, wäre nicht nur waghalsig, sondern schlichtweg dumm.

»Vielleicht sollten wir es einfach dabei belassen«, murmelte Xaver leise. »Ich gebe es nur ungern zu, aber ich hab Angst. Wenn die uns noch mal erwischen, sind wir echt am Arsch. Und wer weiß, ob auf der Kamera überhaupt was drauf ist, das uns weiterhilft.«

»Nicht du auch noch!«, stöhnte Marie. »Was ist mit Jonas? Diese Schweine sind schuld, dass er tot ist. Das weißt du genauso gut wie ich! Ist dir das plötzlich egal?«

»Wer redet denn von egal? Ich hab nur keine Lust, blindlings in mein Verderben zu rennen – du etwa?«

Marie öffnete den Mund, doch Verena kam ihr zuvor, ehe die Diskussion vollends aus dem Ruder lief.

»Vielleicht gibt es noch eine andere Möglichkeit.«

Ruckartig drehten sich die beiden zu ihr um.

»Ach ja? Und die wäre?«, fragte Marie skeptisch.

»Michael«, sagte Verena nur. »Er hat mir geschrieben. Er will sich heute Abend mit mir treffen.«

»Michael?«, fragte Marie überrascht, während Xaver merklich zusammenzuckte. »Was will der denn?«

»Reden.« Verena zögerte kurz, ehe sie ihr Handy aus der Tasche zog und es ihnen entgegenhielt. »Er hat mir das hier geschrieben.«

Einen Moment lang herrschte Stille, während ihre Augen über den kurzen Text huschten.

»›Alles erklären‹?«, wiederholte Marie und fuhr sich nachdenklich mit der Hand über den Nasenrücken. »Was soll das heißen? Meint er damit Jonas? Oder geht es da um dieses Foto von dir?«

»Ich weiß es nicht. Das werde ich wohl erst wissen, nachdem ich mit ihm gesprochen habe.« Xaver starrte sie an, als hätte sie gerade angekündigt, in ein brennendes Gebäude laufen zu wollen. »Du überlegst doch nicht ernsthaft, da hinzugehen?«

»Natürlich geht sie da hin!«, rief Marie. »Wenn Verena es klug anstellt, verrät er uns vielleicht endlich, was wirklich mit Jonas passiert ist. Einen Versuch ist es allemal wert.«

Xaver schnaubte. »Ihr spinnt doch alle beide! Das ist eine verdammt schlechte Idee. Michael hatte jede Gelegenheit, mit der Wahrheit rauszurücken – warum sollte er es ausgerechnet jetzt tun? Was, wenn das eine Falle ist?«

»Das glaube ich nicht«, sagte Verena ruhig, obwohl ihr derselbe Gedanke auch schon gekommen war. »Ich bin mir ziemlich sicher, dass Michael mittlerweile selbst genug von Ludo hat. Er ist verdammt wütend auf ihn – das hat er mir selbst gesagt. Vielleicht ist er ja wütend genug, um uns zu helfen.«

Den anderen Grund, warum sie ihn treffen wollte, behielt Verena lieber für sich. Morgen war ihr letzter Tag auf dem Internat, danach würde sie Michael vermutlich nie wiedersehen. Sie konnte nicht einfach gehen, ohne ihn zumindest noch einmal unter vier Augen gesprochen zu haben – selbst wenn es nur unter einem Vorwand war.

Xaver schüttelte ungläubig den Kopf. »Verena, bitte, das ist Wahnsinn! Überleg doch mal: Michael hätte dich genauso gut tagsüber irgendwo treffen können. Aber stattdessen schlägt er vor, dass du dich nachts rausschleichst – findest du das nicht auch merkwürdig?« Er beugte sich vor und sah sie flehend an. »Er hat dir diese Nachricht geschrieben, *nachdem* Ludo dich in der Bibliothek bedroht hat, oder? Was, wenn Ludo dahintersteckt? Was, wenn Michael ihm hilft und dir diese Nachricht nur geschickt hat, damit sie dir dort oben auflauern können?« Xaver griff nach Verenas Handy und fuchtelte aufgebracht damit herum. »Begreif doch: Das hier schreit geradezu nach einer Falle!«

Verena zögerte. Xavers Argumente hatten etwas für sich. Aber eigentlich hatte sie sich längst entschieden. Es war keine rationale Entscheidung, keine, die sich in klare Gründe fassen ließ. Es war ein Bauchgefühl, ein instinktives Vertrauen – oder vielleicht auch nur die irrationale Hoffnung, dass sie sich nicht dermaßen in Michael getäuscht hatte.

»Ich tue es«, sagte sie schließlich leise, aber entschlossen. »Ich kenne Michael. Er wird mich nicht verraten. Das solltest du am besten wissen, Xaver – immerhin ist er dein Bruder.«

Xaver stieß ein bitteres Lachen aus, als hätte Verena gerade das Dümmste gesagt, was er je gehört hätte. »Im Ernst, Leute, das ist eine Falle!«, wiederholte er. »Warum begreift ihr das nur nicht?«

Die Spannung im Raum war nun deutlich zu spüren. Xaver blickte Verena an, als hätte sie den Verstand verloren, während Marie stumm auf ihre Füße starrte.

Schließlich stöhnte Xaver frustriert auf, hob die Hände und ließ sie kraftlos wieder sinken. »Fein. Mach doch, was du willst.«

Dann sprang er auf, stürmte aus dem Zimmer und warf die Tür hinter sich zu.

Kapitel 50

Leonie. Heute

Ich wusste nicht mehr, wie ich es aus dem Haus von Ludos Eltern und zurück ins Auto geschafft hatte. Alles war ein verschwommener Nebel aus Höflichkeitsfloskeln, dem Widerhall meiner Schritte auf dem Marmorboden und dem Rauschen meines Blutes in den Ohren. Während ich mich durch den Verkehr schlängelte, kreisten meine Gedanken nur um eines: die Sony Handycam und die Kassetten, die jetzt sicher in meiner Handtasche verstaut waren. Ludos Kamera.

Ich konnte nicht fassen, dass ich das übersehen hatte. Natürlich, Ludo hatte damals ja noch bei seinen Eltern gewohnt. Kein Wunder, dass ich die Kamera nirgends hatte finden können – sie war die ganze Zeit dort gewesen, in seinem alten Kinderzimmer!

Ich konnte es kaum erwarten, endlich nach Hause zu kommen und die Videos anzuschauen. Aber zuerst musste ich das Auto zu den Hellsteins zurückbringen. Alles andere würde nur unnötige Fragen aufwerfen und ich konnte mir keine Fehler erlauben.

Ich war schon fast dort, als mir der Anruf wieder einfiel, den ich vorhin einfach ignoriert hatte. Wer war das gewesen? Stefanie? Ludo? War ich womöglich schon aufgeflogen?

Kurz entschlossen fuhr ich rechts ran, stellte den Motor ab und kramte hastig nach meinem Handy.

Als ich auf das Display blickte, zog sich mein Magen schmerzhaft zusammen. *Xaver!*

Ich biss mir auf die Unterlippe, während eine dunkle Vorahnung in mir aufstieg. Hatte Ludo ihn etwa schon kontaktiert? Hatte ich zu lange gewartet?

Kurz zögerte ich, dann drückte ich mit zitternden Händen auf »Rückruf«.

Es klingelte kaum zweimal, dann ging er ran. Der eisige Tonfall, mit dem er meinen Namen aussprach, ließ keinen Zweifel daran, dass er wütend war.

»Verdammt, Leonie! Was zum Teufel hast du getan?«

Xavers Stimme überschlug sich fast, so aufgebracht war er. Ich hatte Mühe, ihm zu folgen, weil er so schnell sprach, aber ich verstand den Kern seiner Worte. Ludo musste ihn angerufen und ihm von den Karten erzählt haben.

»Ludo hat mich gefragt, ob ich wüsste, was es damit auf sich hat. Ob ich etwas über diese verfluchten Drohungen wüsste. Gib es zu – das warst du, oder?« Er rang hörbar um Fassung. »Scheiße, Leonie, im Ernst? Ich habe dir doch gesagt, dass du die Sache vergessen sollst und dass diese Leute gefährlich sind! Habe ich mich etwa nicht klar genug ausgedrückt?«

Mir wurde übel, und ich öffnete das Fenster einen Spalt, um frische Luft zu schnappen. Doch es half nichts, die Übelkeit blieb.

»Doch, hast du«, murmelte ich kleinlaut. »Es tut mir leid. Ich wollte dich ja einweihen, aber …«

»Einweihen?« Er lachte bitter. »Dafür ist es ein bisschen spät, findest du nicht?«

Ich sackte auf dem Fahrersitz zusammen und schwieg. Was hätte ich auch sagen sollen? Er hatte recht.

Schließlich fragte ich vorsichtig: »Hast du ihm gesagt, dass ich es war? Dass ich …?«

»Ob ich dich verraten habe? Natürlich nicht!« Er schnaubte. »Aber das muss aufhören, sofort! Diese Drohungen, diese Spielchen – was auch immer du noch geplant hast – lass es!« Er atmete tief durch, bevor er mit etwas ruhigerer Stimme fortfuhr. »Ich weiß, es ist schwer, aber vergiss diese Videos, nach denen du suchst. Vergiss deine Eltern und alles, was du glaubst, herausgefunden zu haben. Vermutlich liegst du mit deiner Theorie gar nicht so falsch, aber wir können es nicht beweisen, hörst du? Hör auf, bevor noch jemand ernsthaft zu Schaden kommt.«

»Ich verstehe, dass du sauer bist«, sagte ich vorsichtig. »Und du hast recht. Ich hätte dich vorwarnen sollen, dir von Anfang an die Wahrheit sagen müssen. Aber aufhören – nein. Jetzt ganz sicher nicht mehr.«

»Wie bitte? Wovon sprichst du?«

»Die Kamera, die Kassetten aus eurer Schulzeit … Ich hab sie.«

»Du hast – *was*?«

Ich hielt einen Moment inne und wappnete mich gegen die Flut von Vorwürfen, die gleich erneut auf mich niederprasseln würde. Dann erzählte ich ihm alles: Dass ich schon seit Monaten für Ludo und Stefanie arbeitete. Dass ich versucht hatte, die Kamera zu finden, und dass ich sie schließlich auch gefunden hatte – nur nicht dort, wo ich sie vermutet hatte.

»Ich hab sie, verstehst du?«, wiederholte ich aufgeregt. »Und die Bänder auch. Sie waren die ganze Zeit hier – in Ludos altem Kinderzimmer. Ich war vorhin zufällig dort, weil Stefanie mich gebeten hatte, Mia zu seinen Eltern zu bringen. Da hab ich sie gefunden.«

Stille.

»Du hast sie?«, wiederholte Xaver ungläubig. »Die Sony Handycam? Bist du dir da ganz sicher?«

»Tausendprozentig.«

Am anderen Ende der Leitung hörte ich Xaver schlucken. »Okay. Das … ändert natürlich so einiges.« Eine Weile herrschte Schweigen, dann fragte er mit rauer Stimme: »Hast du dir schon angesehen, was auf den Videos drauf ist?«

»Noch nicht. Ich hatte noch keine Gelegenheit dazu. Aber sobald ich zu Hause bin, sehe ich sie mir an.«

»Komm zu mir«, sagte er. Seine Stimme hatte einen flehenden Klang angenommen. »Bitte, Leonie! Ich möchte die Aufnahmen auch sehen. Immerhin geht es hier um meinen besten Freund – und um meinen Bruder.«

Ich nickte langsam, obwohl er es nicht sehen konnte. »Okay. Ich muss Stefanie nur noch das Auto zurückbringen, dann mache ich mich auf den Weg.«

»Danke, Leonie. Ich schick dir gleich eine SMS mit der Adresse.«

Kapitel 51

Leonie. Heute

Eine Dreiviertelstunde später stand ich vor dem Einfamilienhaus, in dem Xaver wohnte. Es lag etwas abgelegen am Wilhelminenberg und der Blick aus den Panoramafenstern über die Wälder hinunter auf die Stadt musste tagsüber atemberaubend sein. Doch ich hatte weder ein Auge für die Landschaft noch für die imposante Architektur des Hauses. Meine Nerven waren zum Zerreißen gespannt.

Auf dem Weg hierher hatte ich mehrfach versucht, Marie zu erreichen. Doch sie war nicht rangegangen, egal, wie oft ich es läuten ließ. Die Angst brachte mich fast um den Verstand. Was, wenn Ludo schon mit ihr gesprochen hatte? Ob sie ihm von »Alexandra Förster« erzählt hatte? Und wenn ja, wie lange würde es dauern, bis ihm klar wurde, wer diese Frau wirklich war – und dass ich hinter den Karten steckte?

Xaver lehnte bereits im Türrahmen, als ich die Einfahrt hinaufging. Er hatte die Arme vor dem Körper verschränkt, sein Gesicht wirkte blass und angespannt.

»Hallo«, sagte er leise. »Komm rein.«

Ich nickte nur, zog meine Tasche fester über die Schulter und ging schnell an ihm vorbei ins Haus. Mit einem dumpfen Klicken schloss er die Tür hinter mir.

»War Ludo zu Hause, als du das Auto zurückgebracht hast?«, fragte er mit belegter Stimme. »Weiß irgendjemand, dass du hier bist?«

»Nein. Weder noch.«

Ein Hauch von Erleichterung zeigte sich auf seinem Gesicht. »Gut.« Dann fiel sein Blick auf meine Tasche und er schüttelte ungläubig den Kopf. »Mein Gott, ich kann immer noch nicht fassen, dass du sie wirklich gefunden hast. Nach all den Jahren …«

»Ich weiß«, antwortete ich leise.

Ich stellte die Tasche vor ihm auf den Boden und holte die Kamera und die DV-Kassetten heraus. »Da ist sie − die alte Sony Handycam. Ich hab nachgesehen − das Ding hat so einen alten AV-Ausgang. Hast du ein passendes Kabel für den Fernseher?«

Xaver nickte und ging voraus. Ich folgte ihm durch den dunklen Flur ins Wohnzimmer, wo er eine Schachtel aus einem Regal zog. »Hier drin sind alle möglichen Kabel«, sagte er und stellte sie auf dem Couchtisch ab. »Schau mal, ob das richtige dabei ist.«

Ich beugte mich vor und begann, in dem Sammelsurium aus alten Kabeln, vergilbten Steckern und nicht mehr zuzuordnendem Elektronikzubehör zu wühlen. Xaver verschwand währenddessen in Richtung Küche.

»Ich mach uns was zu trinken«, rief er. »Tee mit Honig oder Whiskey? Ich brauche jetzt definitiv was Stärkeres.«

Ich zögerte kurz, dann rief ich zurück: »Whiskey klingt gut.« Normalerweise trank ich keinen Whiskey, aber heute war nichts normal.

Als er mit zwei Gläsern mit golden leuchtendem Inhalt in den Händen zurückkam, hatte ich die Kamera bereits mit dem Fernseher verbunden. Neben mir lag ein kleiner Stapel Kassetten. Nacheinander hielt ich sie ins Licht und las die handgeschriebenen Etiketten, die teilweise verblasst oder unleserlich waren. Welche davon war die richtige?

»Ich weiß nicht, welche es ist«, sagte ich schließlich und deutete hilflos auf den Haufen vor mir.

Xaver stellte die Gläser auf dem Couchtisch ab und ließ seinen Blick über die Kassetten schweifen. Er beugte sich vor, nahm eine und hielt sie mir hin. »Die hier müsste es sein. Das Datum … Das ist das Wochenende, an dem Jonas gestorben ist.«

Er griff nach seinem Glas, prostete mir kurz zu und trank einen großen Schluck Whiskey, bevor er sich schwer atmend aufs Sofa fallen ließ.

Ich führte mein Glas ebenfalls zum Mund. Der Whiskey war stark und rauchig, brannte auf der Zunge und hinterließ eine bittere Wärme, die sich in meiner Kehle ausbreitete. Ich verzog leicht das Gesicht – das Zeug war definitiv nicht mein Ding.

Dann holte ich noch einmal tief Luft, nahm die entsprechende Kassette und schob sie in das Gerät. Aus dem Augenwinkel bemerkte ich, wie Xavers Körper sich versteifte. Er blickte starr auf den dunklen Fernseher, und seine Hände umklammerten das Glas in seiner Hand so fest, dass die Fingerknöchel weiß hervortraten.

»Bist du sicher, dass du das sehen willst?«, fragte ich vorsichtig. »Wenn da wirklich das drauf ist, was ich vermute …«

»Ich bin mir sicher.« Seine Stimme klang rau, aber bestimmt.

»Hm, na gut. Okay.«

Ich holte tief Luft, dann drückte ich auf »Play«.

Die Aufnahme startete mit einem verwackelten Bild: Bäume, deren dunkle Silhouetten sich scharf gegen den Nachthimmel abhoben. Die Kamera schwenkte unruhig hin und her, während Ludos Stimme durch das Blätterrauschen drang: »Hier sind wir, meine Damen und Herren! Die Schlucht der Verdammnis – und unser Held des Abends, Jonas Felber! Einen Applaus für Jonas, bitte!«

Im Hintergrund war Klatschen und Johlen zu hören, bevor sich das Bild endlich stabilisierte.

Jonas stand zwischen dichten Bäumen am Rand einer Schlucht. Hinter ihm fielen die Felswände steil in die Dunkelheit ab, ein umgestürzter Baum spannte sich wie eine schmale Brücke über den Abgrund. Das Holz wirkte spröde, an einigen Stellen war es bereits gesplittert und mit Moos bewachsen.

Jonas rührte sich nicht. Im flackernden Licht einer Taschenlampe waren seine Gesichtszüge nur schemenhaft zu erkennen, aber sein Körper verriet alles – die verkrampften Schultern, die zitternden Hände.

»Komm schon, Jonas! Wir haben nicht die ganze Nacht Zeit!«, rief Stefanie spöttisch. Die Kamera fing sie ein, wie sie ein paar Schritte entfernt an einem Baum lehnte. Ihre Stimme triefte vor Hohn.

Mein Magen krampfte sich zusammen, als die Kamera zurück zu Jonas schwenkte, der zögerlich einen Fuß auf den Baumstamm setzte. Die Kamera zoomte näher heran, fokussierte seine Füße, die vorsichtig über das rissige Holz tasteten.

»Das Ding« sieht nicht stabil aus«, murmelte er und warf einen ängstlichen Blick über die Schulter. »Vielleicht sollte ich lieber ...«

»Jetzt mach schon!« Eine ungeduldige Stimme von der anderen Seite der Schlucht schnitt ihm das Wort ab. »Pflicht ist Pflicht!«

Stefanies und Ludos Kichern ging in Aarons lauten Anfeuerungsrufen unter, während Cornelia stumm danebenstand, den Kopf gesenkt, als wolle sie um keinen Preis hinsehen.

Jonas schluckte sichtlich, richtete den Blick dann aber wieder nach vorne und bewegte sich langsam weiter. Schritt für Schritt, Zentimeter um Zentimeter. Der Baumstamm knarzte bedrohlich unter seinem Gewicht und ich konnte förmlich die steigende Spannung spüren.

»Na bitte, wer sagt's denn?«, tönte Ludos lachende Stimme aus dem Off. »Wie ein verdammter Zirkusartist. Weiter so, Mann!«

Die Kamera schwenkte auf die andere Seite der Schlucht, wo sich jetzt eine Gestalt aus den Schatten löste. Michael trat ins Bild. Sein Gesicht lag im Halbdunkel, doch seine lässig verschränkten Arme und seine entspannte Haltung strahlten eine fast unerträgliche Selbstsicherheit aus.

»Mach schneller, Kumpel!«, sagte er ruhig. »Du bist fast da. Zeig uns, was du draufhast.«

Jonas machte zögernd einen weiteren Schritt, hielt jedoch sofort inne, als einer seiner Füße auf dem moosbedeckten Stamm wegrutschte. »Scheiße, ist das glatt!«, fluchte er und ging hastig auf die Knie, um sich festzuklammern.

Michael kam nun näher. Seine dunkle Gestalt füllte den Bildrand jetzt fast vollständig aus. »Ganz ruhig!«, sagte er und streckte die Hand nach ihm aus. »Es sind nur noch ein paar Meter.«

Jonas richtete sich langsam wieder auf und riskierte einen kurzen Blick über die Schulter. Die Kamera hielt genau auf sein Gesicht – eingefroren zwischen Panik und Unsicherheit. Man konnte förmlich sehen, wie sein Verstand fieberhaft arbeitete. Der Rest des Stammes war dicht mit Moos bewachsen, rutschig und unberechenbar. Zurück konnte er aber auch nicht mehr.

Schließlich streckte er zögernd die Hand aus und wagte den nächsten Schritt in Michaels Richtung.

Dann geschah es.

Michael zog seine Hand ein Stück zurück – eine spielerische Geste, fast beiläufig, wie um ihn zu provozieren. Doch diese winzige Bewegung genügte, um Jonas aus dem Konzept zu bringen. Seine Arme ruderten durch die Luft, während er verzweifelt nach Halt suchte. Michael streckte sofort erneut seine Hand nach ihm aus, diesmal um ihm wirklich zu helfen, aber es war zu spät.

Ein ersticktes Keuchen war zu hören, als Jonas das Gleichgewicht verlor und nach hinten stürzte. Ein weiterer Laut – ein panischer Schrei. Dann das schreckliche Geräusch des Aufpralls. Dumpf. Endgültig.

Einen Moment lang herrschte absolute Stille.

Plötzlich wackelte das Bild, als Ludo zu Boden sank. »Scheiße, Mann, scheiße! Meint ihr, er ist ...«

Die Kamera zeigte jetzt nur noch ein Chaos aus verschwommenen Bewegungen – bleiche, schockierte Gesichter, eine Taschenlampe, die den Baumstamm ableuchtete, Cornelia, die sich die Hände auf den Mund schlug und leise wimmerte.

»O mein Gott«, flüsterte Ludo. »Habt … Habt ihr das gesehen? Michael, du hast ihn …«

»Halt's Maul!« Michaels Stimme klang schrill, geradezu hysterisch. »Es war ein Unfall! Ein verdammter Unfall! Er hat … einfach das Gleichgewicht verloren!«

Cornelias schluchzte hörbar, während Stefanie keuchte und Aaron auf unsicheren Beinen vor- und zurücktaumelte, den Blick starr auf den leeren Baumstamm gerichtet. »O Gott! … O Gott!«

Michael wandte sich abrupt zur Kamera, seine Augen vor Panik geweitet. »Schalt endlich das verdammte Ding aus, Ludo!«

Die letzten Bilder verschwammen. Füße huschten durch das Bild, ein wildes Wackeln − dann wurde der Bildschirm schwarz.

Kapitel 52

Dezember 2005. Verena

Verena zog ihren Mantel eng um sich und atmete tief durch, bevor sie um dreiviertel elf ihr Zimmer verließ. Ihre Nerven waren zum Zerreißen gespannt. Sie fühlte sich wie die Hauptfigur in einer gefährlichen Szene in einem Thriller – nur dass es kein Drehbuch gab und sie allein auf ihr Bauchgefühl angewiesen war.

Nachdem Xaver gegangen war, hatte sie noch eine Weile mit Marie zusammengesessen, um ihren Plan durchzugehen.

»Du musst ruhig bleiben, egal, was er sagt«, hatte Marie ihr geraten. »Wenn du ihn zu sehr unter Druck setzt oder dich mit ihm streitest, wird er abblocken. Lass ihn einfach reden. Zeig ihm, dass du ihm vertraust. Gib ihm das Gefühl, dass es für euch beide noch eine zweite Chance gibt – auch wenn das nicht stimmt. Er muss glauben, dass du auf seiner Seite bist.«

Am Ende hatte Marie ihr angeboten, sie zu begleiten, aber Verena hatte abgelehnt. Michael konnte Marie nicht ausstehen, und wenn er sah, dass Verena Verstärkung mitgebracht hatte, würde er mit Sicherheit sofort dichtmachen.

Obwohl Marie sich die ganze Zeit über betont ruhig gegeben hatte, spürte Verena, dass auch ihr nicht ganz wohl bei der Sache war. Als Marie sie schließlich zurück in ihr Zimmer begleitet hatte, um sich zu vergewissern, dass die Luft rein war, hatte sie Verena zu ihrer Überraschung sogar kurz umarmt. »Pass auf dich auf, ja?«

Verena hatte nur stumm genickt und sich ein zuversichtliches Lächeln abgerungen. Anschließend hatte sie die Tür hinter Marie abgeschlossen und sicherheitshalber einen Stuhl unter die Klinke geschoben. Sollte Ludo oder einer der anderen auf die Idee kommen, bei ihr einzubrechen, wollte sie vorbereitet sein. Doch es war nichts passiert.

Die letzte Stunde bis zu ihrem Treffen mit Michael war quälend langsam vergangen, und je weiter die Zeit voranschritt, desto schwerer fiel es Verena, ihre Nerven im Zaum zu halten.

Xavers Worte spukten ihr im Kopf herum: *Was, wenn das eine Falle ist?* Der Gedanke nagte an ihr. Einerseits rührte es sie, dass er sich Sorgen um sie machte. Andererseits irritierte es sie, wie wenig er von seinem eigenen Bruder zu halten schien.

Doch Verena war fest entschlossen, sich davon nicht beirren zu lassen. Tief in ihrem Inneren war sie davon überzeugt, dass Michael kein schlechter Mensch war. Ja, er hatte sie belogen und vielleicht war er zu feige, um sich offen gegen Ludo und die anderen zu stellen. Aber das hieß noch lange nicht, dass er sie in einen Hinterhalt locken würde. Immerhin hatte er dafür gesorgt, dass diese grausamen Fotokopien verschwanden, oder etwa nicht?

Eine kalte, sternenklare Nacht empfing Verena, als sie schließlich nach draußen trat. Vorsichtig sah sie sich um. Niemand zu sehen. Der Mond schien hell und tauchte den Hof in ein silbriges Licht, das den Schnee glitzern ließ. Mit grimmiger Miene straffte sie die Schultern und setzte ihren Weg fort.

Sie hatte den Hof kaum zur Hälfte überquert, als sie im Augenwinkel eine Bewegung wahrnahm.

Verflucht! Nicht schon wieder Herr Schmidt!

Hektisch überlegte sie, wo sie sich verstecken konnte. Zurück zum Schlaftrakt war es zu weit, und das Schulgebäude war von den Laternen hell erleuchtet – dort würde er sie sofort bemerken. Kurz entschlossen legte sich Verena auf den Boden und robbte unter die nächste Parkbank.

Ihr Herz hämmerte wie wild, während Herr Schmidt quälend langsam über den Hof schritt und den Strahl seiner Taschenlampe mal hierhin, mal dorthin wandern ließ. Der Schnee durchnässte allmählich ihre Kleidung und sie spürte, wie sich die Kälte in ihr ausbreitete. Jede Sekunde zog sich wie eine Ewigkeit. *Mach schneller!*, herrschte sie ihn stumm an. *Ich komme noch zu spät!* Endlich verschwand Herr Schmidt um die nächste Ecke.

Verena blieb regungslos liegen und kroch erst nach einer halben Minute, als sie sicher war, dass er nicht zurückkehren würde, vorsichtig unter der Bank hervor. Hastig klopfte sie sich den Schnee von der Kleidung und warf einen flüchtigen Blick auf ihre Armbanduhr. Verdammt, es war schon fast elf!

Verena formte einen Trichter vor den Augen und ließ ihren Blick suchend über das Schulgebäude wandern. Aus den Fenstern im Erdgeschoss fielen vereinzelte Lichtkegel auf den Hof, doch die oberen Stockwerke lagen im Dunkeln. Von hier unten war die Dachterrasse kaum zu erkennen – es sei denn, man wusste genau, wo man hinschauen musste.

Und da war sie!

Die niedrige Balustrade hob sich blass gegen den sternenklaren Nachthimmel ab. Dahinter konnte Verena einen schwachen Lichtschein ausmachen, der aus der Dachkammer kommen musste. Sie blinzelte, wischte sich eine Schneeflocke aus dem Gesicht und starrte angestrengt in die Dunkelheit. Sie war sich sicher, eine Bewegung wahrgenommen zu haben – irgendjemand war dort oben. War Michael etwa schon da? Aber was machte er draußen auf der Terrasse? Verena kniff die Augen zusammen und sah genauer hin. Sie meinte, noch jemand anderen dort oben zu sehen, eine zweite Gestalt. Oder bildete sie sich das nur ein?

Mit einem mulmigen Gefühl im Magen setzte sie sich in Bewegung und lief so leise wie möglich zum Eingang. Sie hatte die

Treppe schon fast erreicht, als plötzlich ein erstickter Schrei die Stille durchbrach.

Verena fuhr herum, das Herz schlug ihr bis zum Hals.

Wer war das? Für einen Moment schien die Welt stillzustehen. Dann aber ging alles furchtbar schnell.

Es folgte ein zweiter Schrei – schrill und voller Panik. Kurz darauf ein dumpfer, markerschütternder Aufprall, der ihr wie ein Schlag in den Magen fuhr.

Verena starrte ungläubig auf die Szene vor ihr. Michael lag reglos im Schnee, nur wenige Meter von ihr entfernt. Einen Augenblick lang war sie wie versteinert, konnte sich nicht bewegen, nicht einmal schreien. Ein Zittern überlief ihren Körper. Was zur Hölle …? Michael … war er gesprungen? Oder …?

Ihr Blick schnellte zurück nach oben. Diesmal war sie sich sicher, dass die Dunkelheit ihr keinen Streich spielte. Irgendjemand stand dort oben, die Hände auf die Balustrade gestützt, und blickte zu ihr hinunter. Verena kniff die Augen zusammen, versuchte, das Gesicht zu erkennen, doch es war zu weit entfernt.

Dann endlich ließ der Schock nach, der sie lähmte. Michael! Sie musste ihm helfen! Mit einem Ruck setzte sie sich in Bewegung, stolperte auf ihn zu und ließ sich neben ihm auf die Knie fallen.

»Michael!« Sie streckte die Hand nach ihm aus, zögerte jedoch. Da war Blut. So viel Blut! Es schien aus einer Wunde an seinem Hinterkopf zu kommen und sickerte langsam in den Schnee.

O Gott!

»Michael!«, flüsterte Verna erneut. Vorsichtig rüttelte sie an seiner Schulter, Tränen liefen ihr über die Wangen und trübten ihre Sicht. »Sag was! Bitte!«

Seine Lider zuckten, ein leises, gequältes Stöhnen entrang sich seiner Kehle. Seine Lippen bewegten sich, formten Worte, doch kein Ton kam heraus. Aber er lebte.

Verenas Herz raste, während sie verzweifelt nach etwas suchte, mit dem sie die Blutung stoppen konnte. Ihre zitternden Finger fanden schließlich den Saum ihres Mantels. Schnell streifte sie ihn ab und drückte den Stoff vorsichtig auf die Wunde an seinem Kopf. Michael stöhnte vor Schmerz.

»Bleib bei mir, Michael. Bitte! Du darfst nicht …«Ihre Stimme brach, als sie sah, wie schwer sich sein Brustkorb hob.

Er öffnete die Augen einen winzigen Spalt, seine Lippen bewegten sich erneut. Verena beugte sich noch näher zu ihm, bis ihr Gesicht fast sein Ohr berührte.

»Es … tut mir … so leid!«, hauchte er. Dann sank sein Kopf zur Seite, und sein Körper wurde schlaff.

»Nein! Michael!« Verena schrie jetzt. Ihre Hände zitterten unkontrolliert, während sie weiterhin den Mantelstoff auf die Wunde presste. Doch tief in ihrem Inneren wusste sie, dass es zu spät war. Sie spürte förmlich, wie das Leben aus ihm wich.

Die Kälte kroch von ihren Knien aufwärts, durchdrang ihre Glieder, aber sie nahm sie kaum wahr. Verzweifelt umklammerte sie Michaels Hand, suchte mit bebenden Fingern nach seinem Puls, während sie mit der anderen weiter auf die Wunde drückte.

»Komm schon!«, flüsterte sie heiser. »Bitte!«

Doch kein Pochen, nichts.

Es war vorbei.

Verena schluchzte laut auf. Sie ließ den Mantel los, breitete die Arme aus und umschlang seinen leblosen Körper. Ihr Verstand weigerte sich, das Geschehene zu akzeptieren. Michael war tot. Alles war vorbei. Jemand hatte ihn vom Dach gestoßen. Aber warum? Warum nur?

Minuten verstrichen. Wie lange sie schon so dasaß? – Sie wusste es nicht. Sie hatte jegliches Zeitgefühl verloren. Ihre Glieder waren taub vor Kälte, doch auch das war ihr egal. Die Welt um sie herum hatte sich nahezu aufgelöst, war reduziert auf den blutdurchtränkten Schnee, die Dunkelheit und den leblosen Körper in ihren Armen. Ein Windstoß ließ die Äste knarren, und irgendwo in der Ferne hörte sie, wie eine Tür zugeschlagen wurde.

Verena hob mechanisch den Kopf, ihre Gedanken kreisten in einer endlosen Spirale.

Waren *sie* es gewesen? Ludo und seine Clique? Hatten sie Michael gestoßen, um zu verhindern, dass er ihr die Wahrheit sagte? Ihr Blick wanderte zurück zur Balustrade der Dachterrasse. Kein Schatten, keine Bewegung war mehr zu sehen. Wer auch immer dort oben gewesen war und Michael gestoßen hatte, war längst verschwunden.

Dann hörte sie plötzlich Schritte hinter sich – eilige, schwere Schritte, die stetig näherkamen. Verena zuckte zusammen, aber sie schaffte es nicht, sich umzuwenden.

»O mein Gott!« Ein ersticktes Keuchen. Dann eine Stimme, die durch die eisige Luft schnitt. »Verena ... bist du das?«

Verena hob langsam den Kopf und drehte sich um. Es war Ulli, hinter ihr Herr Schmidt. Ullis Augen waren vor Entsetzen geweitet. »Was in aller Welt ... Was hast du nur getan?«

Kapitel 53

Leonie. Heute

Nachdem das Video zu Ende war, breitete sich Stille im Raum aus. Xaver starrte reglos auf den dunklen Fernseher, die Lippen fest aufeinandergepresst, als kämpfte er darum, seine Emotionen in Schach zu halten. Sein Gesichtsausdruck war schwer zu deuten – ein Wechselspiel aus Schmerz, Verzweiflung und Wut.

»Er fehlt mir«, murmelte er schließlich leise wie zu sich selbst. »Nach all den Jahren fehlt er mir immer noch. Ist das zu fassen?«

Ich wusste nicht, ob er über Jonas oder über seinen Bruder sprach, fand aber nicht die Kraft, nachzufragen. Ein eisiger Schauer lief mir über den Rücken, als sich die grausame Szene vor meinem inneren Auge wiederholte – Michaels Hand, die er im letzten Moment zurückzog, Jonas, der verzweifelt nach Halt suchte, der leere Baumstamm. Ich schluckte. Sicher, Michael war betrunken gewesen, und er hatte bestimmt nicht gewollt, dass Jonas abstürzte. Aber trotzdem … Dieser Ausdruck in seinem Gesicht, als er ihn angefeuert hatte, erschütterte mich bis ins Mark.

Ich hatte mir meinen Vater immer als jemanden vorgestellt, der aus Gruppendruck schlechte Entscheidungen getroffen hatte. Als jemanden, der versucht hatte, meine Mutter vor seinen Freunden zu beschützen. Doch dieses Bild war jetzt zerbrochen.

Jonas' Tod war ein Unfall gewesen, ja, aber Michael hatte zweifellos dazu beigetragen. Es war nur logisch, dass Ludo und die anderen versucht hatten, die Wahrheit zu vertuschen. Doch warum hatte Michael Verena dann auf das Dach gelockt? Nach Maries Schilderungen war ich immer davon ausgegangen, dass er ihr endlich alles beichten wollte und dass Ludo und seine Clique ihn getötet hatten, um das zu verhindern. Aber jetzt kamen mir Zweifel. Hatte ich mich die ganze Zeit geirrt? Und wenn ja – was war dort oben wirklich passiert?

»Wir sollten das Video zur Polizei bringen«, sagte ich schließlich mit brüchiger Stimme. »Sie müssen Jonas' Fall neu aufrollen. Wir müssen ihnen alles erzählen – von diesem Spiel, von Jonas und davon, dass Verena versucht hat, die Wahrheit über seinen Tod herauszufinden. Vielleicht reicht das, um begründete Zweifel daran zu wecken, dass sie Michael getötet hat. Und dann, ja dann …«

»Das werden wir nicht tun«, sagte Xaver ruhig.

Überrascht sah ich auf, suchte in seinem Gesicht nach einer Erklärung. Dann dämmerte es mir.

»Hör mal, Xaver«, begann ich behutsam. »Mir ist klar, dass Michael auf dem Video nicht gut wegkommt und dass du sein Andenken bewahren willst. Aber wir können endlich beweisen, was wirklich mit Jonas passiert ist. Dann müssen sich die vier endlich für das verantworten, was …«

»Michaels Andenken? Glaub mir, das ist mir so was von egal.« Xaver stieß ein abfälliges Schnauben aus. »Ludo und seine Clique waren verfluchte Wichser. Aber mein lieber Bruder war der größte Wichser von allen. Er hat Jonas umgebracht. Er hat mich belogen. Und er hat Verena belogen. Und das alles nur, um seine eigene Haut zu retten.«

Einen Moment lang starrte ich ihn einfach nur schockiert an.

»Okay. Aber wenn das so ist, wieso willst du dann nicht, dass …«

»Er wollte deine Mutter reinlegen, wusstest du das?«, unterbrach er mich erneut. Seine Stimme zitterte vor unterdrückter Wut. »Er hat sie nicht aufs Dach bestellt, um ihr die Wahrheit zu sagen. Das muss dir doch inzwischen selbst klar sein. Er hat es getan, um sie zum Schweigen zu bringen.«

Meine Gedanken überschlugen sich, während ich verzweifelt nach einer logischen Erklärung suchte, nach dem einen fehlenden Puzzleteil, das alles wieder in Ordnung bringen würde, ohne meine gesamte Welt und alles, woran ich geglaubt hatte, zum Einsturz zu bringen.

»Woher willst du wissen, was ...«

»Weil ich dort war!«

»Das ... warst du nicht.« Meine Stimme klang plötzlich dünn, und ich schüttelte heftig den Kopf, versuchte zu leugnen, was er damit andeutete. Xaver – mit Michael auf dem Dach? Nein, das konnte nicht sein. Meine Hand griff nach meinem Whiskeyglas, und ich kippte den Inhalt in einem Zug hinunter.

»Doch, Leonie. Ich war da.« Er seufzte. »Ich habe deine Mutter angefleht, nicht hinzugehen. Ich habe versucht, ihr klarzumachen, dass das eine Falle ist. Aber genau wie du wollte sie nicht auf mich hören.«

»Ich glaube, ich verstehe nicht«, wisperte ich tonlos. Doch in Wahrheit verstand ich nur zu gut. Und genau das machte es so unerträglich.

»Wirklich nicht?« Er hob eine Augenbraue. »Kannst du nicht oder willst du nicht? Marie hat dir doch von unserem Einbruch in Ludos Zimmer erzählt, oder?« Als ich nichts sagte, fuhr er fort: »Tja, als Ludo hinter deiner Mutter hergerannt ist, habe ich die Kamera und die Kassetten aus Ludos Tasche genommen. Ich hab mir die Aufnahmen angeschaut – und ab da war mir alles klar. Wie Jonas gestorben ist. Wer wirklich die Verantwortung dafür trägt. Und dass die Nachricht, die Michael Verena kurz darauf geschickt hat – das Treffen auf dem Dach – nur eines sein konnte: ein Hinterhalt.«

Ich starrte ihn an, und während ich seine Worte sacken ließ, fühlte sich mein Körper plötzlich seltsam taub an. Ein bitterer, leicht chemischer Geschmack brannte auf meiner Zunge und kroch meinen Rachen hinab. Ob es an Xavers Enthüllungen lag oder an dem Whiskey, den ich eben hinuntergestürzt hatte, wusste ich nicht.

»Ich war vor ihr dort auf dem Dach und habe versucht, meinen Bruder zur Vernunft zu bringen. Ich wollte ihn dazu bringen, sich zu stellen, wollte ihm klarmachen, dass die Wahrheit früher oder später ohnehin ans Licht käme. Und dann ... Dann hat er mich angegriffen.«

»Michael hat – was?«

Doch Xaver lachte nur – ein bitteres Lachen, das keinen Funken Humor in sich trug. »Überrascht? Tja, die Welt hat immer schon viel zu viel von meinem Bruder gehalten. Du willst die Wahrheit hören? Ich habe ihn gehasst! Michael, der ständig Mist baute und trotzdem immer mit einem blauen Auge davonkam. Unsere Eltern haben ihn vergöttert – ihren Goldjungen. Und ich? Ich war der brave, unsichtbare Sohn, der alles richtig machte und dennoch nie gut genug war. Das war schon in unserer Kindheit so.« Er schüttelte den Kopf. »Ich dachte, auf dem Internat würde sich das ändern. Dass wir dort endlich gleich sein könnten, Brüder auf Augenhöhe. Aber es wurde nur schlimmer. Wieder war ich der Außenseiter, der Sonderling. Michael hingegen hatte alles – Freunde, Respekt, ja, sogar eine tolle Freundin – deine Mutter. Und er hat mich jeden Tag spüren lassen, dass ich nicht dazugehörte. Jonas war alles, was ich hatte. Mein einziger Freund. Und selbst den hat er mir weggenommen.«

Xaver rang sichtlich nach Atem, und als er weitersprach, klang seine Stimme brüchig. »Als wir auf dem Dach waren, hat er mich gegen das Geländer gedrückt, mir die Kamera mit der Kassette aus der Hand gerissen und gesagt, ich solle die Klappe halten und verschwinden. Ich hatte Angst. Natürlich habe ich mich gewehrt. Und dabei, bei dem Gerangel ... ist er ...«

Stille. Die Worte hingen schwer im Raum, und einen Moment lang war ich sprachlos vor Entsetzen.

»Dann warst du das also?« Meine Stimme war kaum mehr als ein Flüstern. »Du warst die Person, die Verena dort oben gesehen hat?«

Xaver sah mich an, hielt meinem Blick aber nur kurz stand, bevor er die Augen schloss und kaum merklich nickte.

»Und du hast meine Mutter dafür büßen lassen? Du hast eine unschuldige Person ins Gefängnis geschickt, nur damit niemand erfuhr, was du getan hast? Mein Gott, Xaver! Warum? Du hättest auf Notwehr plädieren können, oder ...«

Xavers Gesicht verkrampfte sich und für einen Moment wirkte er ehrlich bekümmert. »Es ging nicht anders. Ich ... ich hatte keine Wahl. Das war nicht nur meine Entscheidung.«

»Keine Wahl? Nicht deine Entscheidung?« Mein ganzer Körper bebte vor Wut. »Scheiße, Xaver! Wessen denn bitte dann? Wer hat dir diesen Mist eingeredet?«

»Tja, das wäre dann wohl ich«, erklang plötzlich eine tiefe Stimme hinter mir. Mein Herz setzte für einen Moment aus, um dann wie wild zu hämmern. Ich fuhr herum, und ein erstickter Schrei entfuhr mir, als ich Ludo Hellstein im Türrahmen stehen sah. Reflexartig schnellte mein Blick zurück zu Xaver.

Er wirkte ruhig – fast resigniert. Keine Spur von Überraschung oder Angst, als wäre Ludos Auftauchen nichts weiter als eine unvermeidliche Konsequenz.

Ludo stieß sich von der Wand ab und durchquerte das Wohnzimmer mit der Gelassenheit eines Mannes, der genau weiß, dass ihm nichts und niemand gefährlich werden kann. Er ließ sich mir gegenüber in einen Sessel sinken und schlug lässig ein Bein über das andere. Ein kühles, überlegenes Lächeln lag auf seinen Lippen, während er einen Schlüsselbund hochhielt und spielerisch damit klimperte. »Danke für den Hinweis mit der Fußmatte«, sagte er an Xaver gewandt. »Wie ich sehe, bin ich genau zur rechten Zeit gekommen. Sie hat das Video gesehen, nehme ich an?«

Kapitel 54

Leonie. Heute

Ich wollte aufspringen, weglaufen, irgendetwas tun, aber mein Körper reagierte nicht so, wie er sollte. Meine Glieder fühlten sich seltsam schwer an, als würden unsichtbare Ketten an ihnen hängen.

»Spar dir die Mühe«, sagte Xaver und klang dabei fast entschuldigend. »Ich habe dir ein Beruhigungsmittel gegeben.« Mein Blick wanderte zu dem leeren Whiskeyglas. Der seltsame Geschmack, den ich nicht hatte einordnen können, kam mir in den Sinn. Die Benommenheit, die ich spürte – das war nicht nur der Schock. Xaver hatte mir etwas in den Drink gemischt.

Ich sah zu ihm, dann zu Ludo und schließlich wieder zu Xaver, als mir allmählich das ganze Ausmaß der Situation bewusst wurde.

Xaver hatte mich nicht zu sich gebeten, um die Wahrheit über Jonas' Tod zu erfahren. Er kannte das Video längst. Das alles hier – das Video, sein Geständnis – war nur eine Hinhaltetaktik gewesen, bis Ludo kam. Die beiden wollten verhindern, dass ich die Kassetten zur Polizei brachte. Das war die einzige logische Erklärung für ihr Verhalten.

O Gott!

Die Erkenntnis traf mich hart. Es war, als würde mir der Boden unter den Füßen weggezogen, und ich stürzte in ein bodenloses

Loch aus Angst und Verzweiflung. Wie hatte ich nur so naiv sein können, Xaver zu vertrauen? Die ganze Zeit über war ich fest davon ausgegangen, dass er dasselbe wollte wie ich – die wahren Mörder seines Bruders entlarven. Nun, so viel dazu. Auf einmal sah ich die Wahrheit in erschreckender Klarheit vor mir. Wenn Michael Verena tatsächlich eine Falle gestellt hatte, dann hatten Ludo und die anderen mit Sicherheit davon gewusst. Vielleicht waren sie sogar in der Nähe gewesen und hatten gesehen, wie Michael herabgestürzt war. Vermutlich hatten sie Xaver gezwungen, Verena die Schuld zu geben – zum Wohle aller, versteht sich. Trotz all des Hasses und des gegenseitigen Abscheus hatten sie sich miteinander verbündet, sich gegenseitig gedeckt und meine Mutter geopfert.

Ich wollte etwas sagen, schreien, sie zur Rede stellen, doch meine Zunge fühlte sich schwer an und mein Kopf war wie in Watte gepackt. Das Beruhigungsmittel entfaltete seine Wirkung.

Nur ein Gedanke leuchtete in meinem Bewusstsein heller als alle anderen: Nicht Ludo und seine Freunde hatten meinen Vater umgebracht, sondern Xaver.

»Du bist also die Tochter von Verena und Michael«, sagte Ludo schließlich und ließ seinen Blick neugierig über mich hinweggleiten. Als ich nichts erwiderte, fuhr er mit einem spöttischen Lächeln fort: »Ich gebe zu, ich habe lange gerätselt, wer hinter den Karten stecken könnte. Zuerst habe ich ja auf Marie getippt, aber da hab ich wohl danebengelegen.« Er schüttelte den Kopf. »Auf die Idee, dass Verena schwanger gewesen sein könnte, wäre ich nie gekommen. Du etwa, Xaver?«

Xaver wich meinem Blick aus. »Nein.«

»Aber jetzt ergibt das natürlich Sinn.« Ludo lehnte sich zurück und das Lächeln auf seinem Gesicht wurde noch breiter. »Verena und Michael – das Traumpaar. Wer hätte gedacht, dass ausgerechnet die beiden …«

Seine Worte verschwammen zu einem dumpfen Rauschen in meinem Kopf, während ich darum kämpfte, meine flüchtigen

Gedanken zu ordnen und einen Ausweg aus dieser schier ausweglosen Situation zu finden.

Denk nach, Leonie, denk nach!

Niemand wusste, wohin ich gefahren war. Niemand hatte mich gesehen. Mein Blick fiel auf das Panoramafenster, dann auf die Tür. Rausrennen? Nicht besonders erfolgversprechend. Ludo hatte die Tür mit Sicherheit abgeschlossen, und selbst wenn nicht – in meinem benebelten Zustand hatte ich gegen die beiden keine Chance.

Aber wie konnte ich mich sonst retten? Mich irgendwie bemerkbar machen? Vielleicht die Polizei rufen? Aber wie?

Mein Handy steckte in meiner hinteren Hosentasche. Wenn ich mich darauf konzentrierte, konnte ich die Kanten durch den Jeansstoff spüren. Xaver war vermutlich zu aufgewühlt gewesen, um daran zu denken, und Ludo ging wohl davon aus, dass Xaver es mir längst abgenommen hatte. Das verschaffte mir einen klitzekleinen Vorteil. Allerdings bezweifelte ich, dass ich den Entsperrcode eingeben und Hilfe rufen konnte, ohne dass einer der beiden es bemerkte.

»Ja, ich bin die Tochter von Verena und Michael«, bestätigte ich, um mir etwas Zeit zu verschaffen. »Das muss ein Schock gewesen sein, was? Zu erkennen, dass du nicht alles und jeden kontrollieren kannst.« Meine Stimme zitterte, als ich hinterherschob: »Was habt ihr jetzt mit mir vor, hm? Mich auch von einem Dach oder von einer Klippe werfen?«

Ludo grinste schmallippig. »Keine schlechte Idee. Aber eigentlich haben wir uns was anderes für dich überlegt. Etwas … weniger Dramatisches.« Er schüttelte den Kopf und als er mich wieder ansah, war seine Miene eiskalt. »Verdient hättest du es allemal. Du hast dich in mein Haus geschlichen, mir gedroht und versucht, meine Karriere zu zerstören. Und wofür? Um diese kleine Schlampe zu rehabilitieren, die nicht wusste, was gut für sie war. Nun ja, der Apfel fällt nicht weit vom Stamm, würde ich sagen.«

Die Angst schloss sich um meine Kehle wie eine eisige Hand, während ich Ludo hasserfüllt anstarrte. Wenn ich nicht bald etwas unternahm, würde ich hier nicht lebend rauskommen, so viel war sicher.

Komm schon, Leonie! Denk nach!

Eine Idee schoss mir durch den Kopf. Könnte ich die Hardkey-Funktion meines Handys nutzen, um heimlich einen Notruf abzusetzen? Dazu müsste ich das Handy nicht entsperren, sondern nur die Seitentaste und die Lautstärketaste gleichzeitig drücken. Doch soweit ich wusste, wurde dabei ein lauter Alarmton ausgelöst. Was, wenn der Alarm auch im stummen Modus aktiviert wurde? Wenn er ertönte, würden die beiden sofort wissen, was ich vorhatte. Und dann wäre ich geliefert. Nein, das Risiko war zu groß. Ich musste eine andere Lösung finden.

Schließlich löste Ludo seinen Blick von mir und wandte sich an Xaver. »Pass du so lange auf, dass sie nichts Dummes anstellt, ja? Ich kümmere mich derweil um die Drinks.«

Xaver nickte stumm, ohne den Kopf zu heben, während Ludo aufstand und mit lässiger Selbstverständlichkeit in die Küche schlenderte. Ich hörte das Klirren von Gläsern, dann das dumpfe Rascheln einer Packung, die aufgerissen wurde.

Panik machte sich in mir breit, während ich fieberhaft überlegte, was ich tun sollte. Weitere Drinks? Das klang gar nicht gut.

Komm schon, denk nach! Es muss doch einen Weg hier raus geben!

Mein Herzschlag beschleunigte sich, als mir eine neue Idee kam. Natürlich – Siri! Wenn ich es irgendwie schaffte, über die Sprachsteuerung einen Anruf zu tätigen, ohne dass die beiden es merkten, hätte ich vielleicht eine Chance, Hilfe zu rufen.

Ich warf Xaver einen flüchtigen Blick zu. Im schummrigen Licht der Wohnzimmerlampe wirkte seine Miene wie versteinert. Seine Augen waren starr auf den Couchtisch gerichtet. Er sah aus, als könnte er selbst kaum fassen, wie er in diese Situation geraten war.

Ich holte tief Luft, dann legte ich die Hände vorsichtig neben mich auf die Couch und ließ sie Millimeter für Millimeter nach hinten wandern, bis ich die Wölbung meines Handys unter dem Stoff meiner Jeans spürte. Ich wagte einen Blick zu Xaver hinüber, doch er hielt den Kopf weiterhin gesenkt. Langsam schob ich das Telefon aus der Tasche, bis es hinter mir auf der Couch lag. »Es tut mir leid«, murmelte Xaver plötzlich und hob den Kopf. Mir stockte der Atem. Ich zwang mich, keine Miene zu verziehen, während sich mein ganzer Körper vor Anspannung versteifte. Das Handy lag jetzt seitlich hinter mir, knapp außer Sichtweite. Wenn er sich vorbeugte, würde er es sehen.

Doch Xaver fuhr sich nur fahrig mit der Hand durchs Haar und senkte den Blick wieder auf die Tischplatte. »Ich wollte wirklich nicht, dass es so weit kommt. Ich habe versucht, dich zu warnen, erinnerst du dich? Ich habe dich angefleht, die Sache zu vergessen. Wieso hast du nur nicht auf mich gehört?«

»Ich weiß«, antwortete ich, während ich das Handy vorsichtig unter ein Zierkissen schob. »Ich wünschte, ich hätte auf dich gehört. Aber, Xaver – bitte! Ich dachte, du hasst Ludo. Er hat dieses Spiel doch überhaupt erst erfunden! Er ist schuld, dass Jonas tot ist – er und Michael. Es muss doch eine andere Lösung geben. Du könntest die Kassetten zerstören. Ich verspreche dir, dass ich niemandem erzählen werde, was ich gesehen habe.«

Aber Xaver schüttelte nur den Kopf. Ein Ausdruck tiefer Resignation lag auf seinem Gesicht. »Ich wünschte, es wäre so einfach«, murmelte er. »Ich wünschte, es gäbe einen besseren Weg. Aber manchmal hat man keine andere Wahl.«

»Man hat immer eine Wahl«, widersprach ich, während meine Finger nach der Seitenleiste des Telefons tasteten, mit der ich die Sprachsteuerung aktivieren konnte. »So wie Marie. Sie ist damals ausgestiegen, bevor es zu spät war.« Ich hielt kurz inne, als wäre mir plötzlich ein Einfall gekommen. »Da fällt mir ein: Wollte Ludo nicht eigentlich auch …«, sagte ich und drückte auf die Seitentaste des Handys, »… *Marie anrufen?*«

Ein kurzes Vibrieren verriet mir, dass Siri angesprungen war. Ich wusste, dass jetzt auf dem Bildschirm die Frage erschien, ob ich wirklich Marie anrufen wollte. Ohne hinzusehen, drückte ich auf die rechte obere Ecke des Displays, wo vermutlich ihr Name stand, und schaltete das Handy sofort auf stumm.

Mein Herz raste. Ob es funktioniert hatte? Und wenn ja, würde sie rangehen?

»Oh, er hat mit ihr geredet«, sagte Xaver. »Es klang aber offenbar so, als wüsste sie von nichts. Sag bloß, du hast ihr erzählt, was du vorhattest?«

»Was? Nein!« Ich schüttelte hastig den Kopf. »Kein Wort.«

Xaver schaute mich einen Augenblick lang skeptisch an, dann entspannte sich sein Gesicht leicht. »Gut. Das wäre nicht besonders klug gewesen.«

In diesem Moment kam Ludo mit einem Tablett im Arm ins Wohnzimmer zurück.

»Na, habt ihr euch gut unterhalten?«, fragte er betont fröhlich, stellte das Tablett auf dem Couchtisch ab und setzte sich wieder auf den Stuhl gegenüber. Sein Blick wanderte amüsiert zwischen Xaver und mir hin und her, bevor er mir ein Glas hinschob.

»Hier, für dich.«

Ich starrte auf die klare Flüssigkeit im Glas. Sie bewegte sich träge. Feine weiße Partikel schwammen darin, die sich noch nicht ganz aufgelöst hatten. Mein Magen zog sich zusammen.

»Was … ist das?«, krächzte ich. »Willst du mich vergiften, Ludo?«

Er lächelte nur – ein ruhiges, beinahe väterliches Lächeln, das so gar nicht zu der Kälte in seinen Augen passte. »Entspann dich einfach«, sagte er sanft. »Keine Sorge, es wird nicht wehtun. Du wirst einschlafen, und dann ist alles vorbei.«

Die Worte hallten in meinem Kopf wider, während die Panik wie ein lebendiges Wesen in mir aufstieg.

»Mein Gott, das kann doch nicht euer Ernst sein!«, stieß ich entsetzt hervor. »Damit ich das richtig verstehe: Jonas ist beim Versuch, diese verfluchte Schlucht zu überqueren, abgestürzt – was vor allem Michaels Schuld war. Du, Xaver, hast Michael

– ob absichtlich oder aus Notwehr – vom Schuldach gestoßen. Ihr habt die Überwachungsbänder verschwinden lassen und alles Verena in die Schuhe geschoben. Und jetzt, wo ich die Wahrheit kenne, wollt ihr mich vergiften?« Ich lachte, ein nervöses, zittriges Lachen, das wie das Hohngelächter einer Verrückten klang. Doch nichts, absolut gar nichts daran war auch nur im Entferntesten komisch. »Nur so aus Interesse: Was wollt ihr eigentlich mit meiner Leiche machen, wenn ich tot bin? Wollt ihr sie einfach hinter Xavers Haus am Wilhelminenberg vergraben? Oder habt ihr dafür schon einen ausgeklügelten Plan?«

Ich sprach absichtlich laut, damit Marie – falls sie meinen Anruf tatsächlich entgegengenommen hatte – jedes Wort hören konnte.

»Das lass mal schön unsere Sorge sein«, erwiderte Ludo und warf mir einen Blick zu, der nichts Gutes verhieß. »Und jetzt trink!«

»Vergiss es. Das mache ich nicht!«

»Oh, doch, das wirst du«, sagte Ludo eisig, griff nach etwas, das auf dem Tablett gelegen hatte, und hielt es ins Licht. »Du willst doch nicht etwa, dass wir den hier benutzen müssen?«

Mir stockte der Atem, als ich erkannte, was es war.

»Scheiße, ist das … etwa ein Trichter?«

Ludo nickte und ließ den Trichter spielerisch in seiner Hand kreisen, als wäre es ein harmloses Spielzeug. »Wenn du nicht willst, dass es hässlich wird, dann mach es uns nicht schwerer, als es sein muss.«

Ein eiskalter Knoten zog sich in meinem Bauch zusammen, während mich die Panik zu überwältigen drohte. Ich wollte wegrennen, mich wehren, um Hilfe rufen, aber mein Körper war wie gelähmt. Mein Blick wanderte zu Xaver, doch der starrte bloß stumm auf den Boden. Seine Schultern hingen kraftlos herab. Von ihm konnte ich keine Unterstützung erwarten.

O mein Gott, ich werde hier sterben!

Ludo erhob sich seufzend und ging mit dem Trichter in der Hand langsam um den Couchtisch herum. Seine Hand auf meiner Schulter traf mich wie ein Stromschlag. Abwehrend riss ich die Hände nach oben, bevor er noch näher kam und womöglich das Handy entdeckte, das immer noch unter dem Zierkissen lag. »Schon gut!«, rief ich hastig. »Ich mache es lieber selbst.« Ludo ließ die Hand mit dem Trichter sinken und grinste zufrieden. »Na also! Braves Mädchen!«

Ich griff nach dem Glas, hob es langsam an und ließ die Flüssigkeit gegen den Rand schwappen, um Zeit zu gewinnen. »Willst du mir nicht wenigstens verraten, was das ist?«

Ludo zögerte kurz. »Morphium«, sagte er schließlich knapp. »Eine hohe Dosis. Wie gesagt, du wirst nichts spüren.«

Ein Schauer lief mir über den Rücken, und ich schluckte schwer, während ich auf die träge schimmernde Flüssigkeit in dem Glas starrte. Kurz erwog ich, ihm den Inhalt ins Gesicht zu schütten, verwarf den Gedanken aber sofort wieder. Es würde nichts ändern. Es gab unzählige Möglichkeiten, mich hier und jetzt umzubringen, und Morphium – so absurd es auch sein mochte – war vermutlich die gnädigste davon.

Zeit … Ich musste mehr Zeit gewinnen. Wie lange würde es dauern, bis das Zeug wirkte? Eine halbe Stunde? Vielleicht weniger? Ich konnte nur hoffen, dass Marie alles mitgehört und die Polizei alarmiert hatte. Falls nicht, falls nur ihre Mailbox angegangen war, würde sie morgen die grausamste Nachricht ihres Lebens vorfinden – den hautnahen Bericht, wie sie mich umgebracht hatten.

»Na los! Wird's bald?«

Ich holte tief Luft, setzte das Glas mit zitternden Händen an die Lippen und nahm einen winzigen Schluck. Der Geschmack war extrem bitter und chemisch, eine seltsame, widerwärtige Mischung, die mir augenblicklich Übelkeit bereitete.

»Weiter!«, befahl Ludo. »Bis alles leer ist.«

Die Flüssigkeit rann langsam meine Kehle hinunter, brannte leicht und hinterließ einen widerlichen Nachgeschmack. Ich zwang mich, nicht zu husten oder das Gesicht zu verziehen, nicht darüber nachzudenken, was das Morphium mit meinem Körper anstellen würde. Meine Finger zitterten so stark, dass ich das Glas mit beiden Händen festhalten musste, um es nicht fallen zu lassen.

Ein Schluck. Dann noch einer. Mein Magen zog sich vor Abscheu und Angst zusammen, aber ich zwang mich, immer weiterzutrinken, während mein Blick kurz zu Xaver wanderte. Er hielt den Kopf gesenkt, die Finger im Schoß verkrampft, als wolle er sich am liebsten unsichtbar machen. *Verdammter Feigling!* Endlich war das Glas leer. Mein Hals fühlte sich rau an, mein Magen rebellierte gegen die bittere Flüssigkeit. Trotzdem setzte ich das Glas mit einer betont kontrollierten Bewegung ab und stellte es klirrend auf den Tisch.

Ich hob den Kopf, zwang mich, Ludo direkt anzusehen, und brachte mit letzter Kraft ein trotziges »Zufrieden?« hervor.

Ludo lächelte kühl. »Sehr.«

Er ging zurück zu seinem Platz, ließ sich ächzend in den Stuhl sinken und warf einen Blick auf seine Armbanduhr. »Jetzt heißt es warten«, verkündete er.

Erschöpft lehnte ich mich zurück. Mein Kopf fühlte sich schwer an, mein Körper träge und benommen – als hätte ich stundenlang geschlafen und wäre noch nicht ganz wach. Aber das konnte doch noch nicht das Morphium sein, oder? Ich war keine Expertin, aber soweit ich wusste, musste das Zeug erst durch den Magen, bevor es ins Blut gelangte. Wie lange würde das dauern? Und würde ich tatsächlich nichts spüren, wie Ludo behauptet hatte?

Endlose Minuten vergingen. Das Gefühl der Benommenheit wurde immer stärker, und mittlerweile war mir seltsam schwindelig und auch ein wenig übel. Xaver saß regungslos da, während Ludo alibihalber in einer Zeitung blätterte, mich dabei aber kaum aus den Augen ließ.

Immer wieder warf ich verstohlene Blicke auf das Zierkissen neben mir. War da jemand auf der anderen Seite? War inzwischen Hilfe unterwegs?

Vielleicht bildete ich es mir auch nur ein, aber ich meinte, eine leichte Wärme zu spüren – die Art von Wärme, die entsteht, wenn ein Gerät lange in Betrieb ist. Hatte Marie tatsächlich abgenommen? Hatte sie gehört, was hier geschah? Oder war es nur die Mailbox?

Meine Gedanken schweiften ab zu Frau Neumann, meiner Sozialberaterin mit der mütterlich-strengen Art. »Es ist so traurig«, würde sie hinterher sagen. »Ein nettes Mädchen, so viel Potenzial – einfach vergeudet.« Ich dachte an meine Adoptiveltern, die so viel Geduld mit mir gehabt hatten, die mich unterstützt und gefördert hatten, die alles getan hatten, um mich auf dem richtigen Weg zu halten. Doch am Ende hatten sie einsehen müssen, dass es vergebens gewesen war. Ein hoffnungsloser Fall. Genau das war ich.

Und schließlich dachte ich an Cleo, die jetzt wahrscheinlich vor ihrem leeren Napf saß und darauf wartete, dass ich endlich durch die Tür kam und sie fütterte. Was würde mit ihr geschehen, wenn ich nicht mehr auftauchte? Würden die Nachbarn irgendwann ihr verzweifeltes Miauen hören und sie retten? Oder würde sie allein und hungrig in der Wohnung zurückbleiben, bis es zu spät war? Der Gedanke schnürte mir die Kehle zu.

Plötzlich durchbrach das dumpfe Brummen eines Motors die bedrückende Stille.

»Was war das?« Ludo legte die Zeitung auf den Tisch, stand auf und ging mit schnellen Schritten zum Fenster. Einige Sekunden lang blieb er reglos stehen und blickte angestrengt in die Dunkelheit, bevor er sich langsam zu Xaver umdrehte. »Du hast es auch gehört, oder? Hier oben wohnt außer dir doch niemand. Erwartest du etwa Besuch?«

»Natürlich nicht«, fauchte Xaver und trat ebenfalls ans Fenster. »Da draußen ist nichts. Das war bestimmt nur ein Auto, das die Straße hochgefahren ist.«

Ludo hob skeptisch eine Augenbraue. »Jetzt? Praktisch mitten in der Nacht?«

Mein Herz schlug schnell und unregelmäßig in meiner Brust, als ich den Kopf leicht hob. War das meine Rettung? Hatte Marie tatsächlich die Polizei alarmiert? Ich wollte es glauben − ich musste es einfach. Doch die bleierne Schwere in meinen Gliedern und der Nebel, der sich immer mehr in meinem Kopf ausbreitete, machten es mir fast unmöglich, klar zu denken.

Meine Finger fühlten sich taub und unbeholfen an, als ich instinktiv nach dem Handy unter dem Zierkissen tastete.

Und dann passierte es. Ein gedämpftes Geräusch drang plötzlich aus dem Kissen − gedämpfte Stimmen, Schritte. Mein Atem stockte. Ich musste versehentlich die Lautsprechertaste aktiviert haben.

Ludos Kopf fuhr herum. Sein Blick wanderte erst zu mir, dann zum Kissen. Seine Augen weiteten sich vor Schreck. »Was hast du da? Sag bloß ...«

Mit zwei schnellen Schritten war er bei mir, warf das Kissen beiseite und griff nach dem Handy.

»Hilfe!«, krächzte ich, so laut ich konnte, bevor Ludo den Anruf beendete und das Telefon in einem weiten Bogen von sich schleuderte.

»Du Miststück!«, schrie er. »Was hast du gemacht?«

Xaver schnappte panisch nach Luft. »Das ... das ist nicht gut, Ludo. Wenn jemand gehört hat, wie ...«

»Halt die Klappe!« Ludo wirbelte zu ihm herum, sein Gesicht vor Zorn verzerrt. »Wieso hast du ihr das verdammte Telefon nicht abgenommen? Muss man dir wirklich alles vorkauen? Scheiße, Xaver!«

Seine Worte rissen mich aus meiner Lähmung. Ohne nachzudenken, stieß ich mich hoch − oder versuchte es zumindest. Ich war total neben der Spur, mein Körper gehorchte mir kaum, als ich auf die Tür zu stolperte.

»Bleib stehen!«, brüllte Ludos hinter mir, aber da hatte ich die Wohnzimmertür bereits erreicht.

Mit zitternden Händen schob ich sie auf und taumelte weiter. Der Flur erstreckte sich vor mir wie ein endloser Tunnel. Mein

Atem ging stoßweise, als wollten sich meine Lungen weigern, den Sauerstoff aufzunehmen. Jeder Schritt fühlte sich an, als würde ich durch zähen Morast waten. Doch die nackte Todesangst trieb mich voran.

Ludo war direkt hinter mir, und im nächsten Moment spürte ich auch schon seine Hand auf meiner Schulter. Reflexartig drehte ich mich um und trat nach ihm.

Mein Fuß traf ihn im Schritt. Nicht besonders hart, aber hart genug, um ihn ins Taumeln zu bringen. Er stieß einen unterdrückten Fluch aus, doch ich hatte keine Zeit, mich umzudrehen. Mein Blick war auf die Haustür fixiert.

Nur noch ein paar Meter!

Meine Hände schlossen sich um den Griff, zogen, rüttelten – nichts. Abgeschlossen.

Das war's also.

Ludo holte mich ein. Mit einem Ruck riss er mich herum, packte mich an der Hüfte und schleuderte mich gegen die Wand. Im nächsten Augenblick war er auch schon über mir.

Seine Finger umfassten meinen Hals, drückten zu. Ich spürte, wie die Luft aus meiner Lunge gepresst wurde, als er mich mit seinem ganzen Gewicht zu Boden drückte. Mein Blick verschwamm. Lichtblitze tanzten vor meinen Augen, alles wurde dunkel und immer dunkler.

Plötzlich dröhnte eine laute, entschlossene Stimme durch die geschlossene Tür:»Polizei! Aufmachen! Sofort aufmachen!«

Dann verlor ich endgültig das Bewusstsein.

Kapitel 55

Leonie. Heute

Die Sonne war eine blasse Scheibe, deren Licht matt durch die beschlagenen Fenster des Krankenzimmers drang. Von meinem Bett aus konnte ich die Dächer der Stadt sehen – ein chaotisches Mosaik aus Ziegeln, Schornsteinen und Satellitenschüsseln. Dahinter brauten sich dunkle Wolken zusammen. Ein Vogel zog seine Bahnen durch den grauen Himmel, ein winziger dunkler Punkt, bevor er schließlich aus meinem Blickfeld verschwand.

Der Raum roch nach Desinfektionsmittel, Plastik und abgestandener Luft. Ich befand mich auf einer Überwachungsstation, mein Bett war eines von vieren, die durch halb zugezogene Vorhänge abgeschirmt waren. Rechts von mir lag eine ältere Frau mit fahlgrauer Haut, die mechanisch in einer Zeitung blätterte, während ihre Körperfunktionen von einem rhythmisch piepsenden Monitor überwacht wurden. Die Frau mir gegenüber schien zu schlafen. Von Zeit zu Zeit hörte ich das Rascheln von Papier oder die leisen Schritte der Krankenschwestern, die kamen und gingen.

Ich konnte immer noch nicht fassen, dass ich hier war – dass ich tatsächlich überlebt hatte. Die Bilder aus Xavers Wohnzimmer liefen wie in einer Endlosschleife vor meinem inneren Auge ab: das entsetzliche Video, Xavers Geständnis, das Morphium.

Ludo, der mich durch den Flur jagte. Seine Hände, die sich fest um meinen Hals schlossen.

Im Rettungswagen war ich wieder zu mir gekommen, benebelt, als wäre ich aus einem tiefen Albtraum erwacht. Die Sanitäter hatten mir Naloxon gespritzt, das Gegenmittel zu Morphium, wie man mir später erklärte, und plötzlich war ich wieder da gewesen – mit einem Schlag zurück in der Realität. Eine Sauerstoffmaske lag auf meinem Gesicht. Der kalte, sterile Luftstrom reizte meine Nase. In meinem Arm steckte ein Venenzugang. »Ganz ruhig atmen! Bleiben Sie bei uns!«, hatten die beiden Sanitäter gesagt. Ihre Stimmen klangen wie aus weiter Ferne, doch ich spürte ihre Anspannung, bemerkte ihre Blicke, die mich mit stummer Dringlichkeit fixierten. Ich war dem Tod nur knapp entronnen.

Im Krankenhaus hatte man mich direkt auf die Überwachungsstation gebracht. Dort war ein Team aus Ärzten und Schwestern regelrecht über mich hergefallen: Sie hatten mir Blut abgenommen, die Morphiumkonzentration gemessen, mich an Monitore angeschlossen und meine Vitalwerte kontrolliert – Herz, Atmung, Blutdruck. Schließlich hatten sie mir eine weitere Infusion verabreicht und mich in dieses Zimmer geschoben. Außer Lebensgefahr, aber streng überwacht.

Jetzt lag ich hier, umgeben vom monotonen Piepen der Monitore, dem gedämpften Flüstern der Krankenschwestern und dem endlosen Ticken einer Uhr an der Wand.

Mein Blick wanderte zu den dunklen Wolken draußen, die sich bedrohlich immer weiter auftürmten. Was würde jetzt mit Ludo und Xaver geschehen? Die beiden Kriminalbeamten, die gekommen waren, um mich zu den Geschehnissen in Xavers Haus zu befragen, hatten es mir nicht sagen wollen. Hatte die Polizei sie festgenommen? War es vorbei?

Ein Klopfen an der Tür riss mich aus meinen Gedanken. Zuerst dachte ich, es sei wieder ein Besucher für eine meiner Zimmergenossinnen – jemand, der Zeitungen oder Schokolade brachte. Doch als ich den Kopf hob und zur Tür sah, stand dort Marie.

Zögernd trat sie ein, blieb dann aber stehen, als wisse sie nicht genau, ob sie wirklich hier sein wollte. Schließlich deutete sie auf den Stuhl neben meinem Bett.»Darf ich?«

Ich nickte.

Marie setzte sich. Ihre Finger umklammerten die Stuhlkante, als sie vorsichtig fragte:»Wie … geht es Ihnen?«

»Gut. Den Umständen entsprechend, würde ich sagen.« Es war die Wahrheit. Angesichts der Tatsache, dass ich beinahe gestorben wäre, fühlte ich mich besser, als ich erwartet hatte. Mein Kopf war noch ein wenig benebelt, und meine Glieder waren schwer, aber ansonsten schien alles in Ordnung zu sein.

»Und das verdanke ich Ihnen.«

Tränen schimmerten in Maries Augen und sie senkte den Blick.»Ich hätte nie gedacht, dass Xaver und Ludo …« Ihre Stimme versagte, und sie schüttelte langsam den Kopf.

»Ich weiß.«

Einen Moment lang herrschte Stille. Nur das leise Piepen der Monitore und das Rascheln der Zeitung auf dem Bett neben mir waren zu hören.

»Ludo stand gestern Nachmittag plötzlich in meiner Praxis«, ergriff Marie nach einer Weile erneut das Wort.»Er ist ins Zimmer gestürmt und hat meine Patientin rausgeschickt, einfach so, ohne Erklärung. Es war … verstörend. Fast zwanzig Jahre Funkstille – und dann so was.« Sie rieb sich die Arme, als wäre ihr plötzlich kalt geworden.»Er hat mir die Karte gezeigt, die er bekommen hat, und wollte wissen, ob ich etwas damit zu tun hätte. Zuerst hatte ich keine Ahnung, wovon er redet, aber dann fiel mir unser Gespräch vor ein paar Monaten wieder ein. Seit Jahren hat mich niemand mehr nach Michael oder Jonas gefragt. Und dann plötzlich gleich zwei Leute in so kurzer Zeit …«

»Da war Ihnen klar, dass ich es gewesen sein muss.«

Marie hob den Kopf und sah mich direkt an. Sie nickte.

»Aber Sie haben es ihm nicht gesagt. Warum nicht?«

Ein bitteres Lächeln huschte über ihr Gesicht. »Ludos Auftreten hat mich sofort wieder an alles erinnert, was ich an ihm gehasst habe. Diese Selbstherrlichkeit, dieser Tonfall, als würde ihm die ganze Welt gehören.« Sie schüttelte angewidert den Kopf. »Ganz gleich, wer Sie waren oder was Sie wollten – ich hätte Sie niemals verraten.«

»Es tut mir leid, dass ich Ihnen nicht die Wahrheit gesagt habe«, murmelte ich kleinlaut. »Als ich hörte, dass Ludo Sie wegen der Karten zur Rede stellen wollte, habe ich versucht, Sie vorzuwarnen. Aber ich bin nicht durchgekommen.«

»Ich weiß«, sagte Marie und machte ein schuldbewusstes Gesicht. »Ich hätte zurückrufen sollen, aber ... in dem Moment war ich einfach nur wütend, verstehen Sie?« Sie seufzte. »Nachdem Ludo weg war, habe ich beim *Alpenblick* angerufen, und da wurde mir klar, dass Sie mich angelogen hatten. Ich wusste nicht, wer Sie sind oder was Sie bezweckten, und wollte erst mehr herausfinden.«

»Es tut mir leid«, sagte ich erneut. »Aber ich konnte es Ihnen nicht sagen. Nicht bevor ...«

Marie schwieg. Ihr Blick glitt forschend über mein Gesicht. Sie wartete auf eine Erklärung, und ich wusste, dass sie eine verdiente.

Vorsichtig stützte ich mich mit den Händen ab und richtete mich im Bett etwas auf. Aus den Augenwinkeln bemerkte ich, wie die ältere Frau, die im Bett rechts von mir lag, über den Rand ihrer Zeitung neugierig zu uns herüberschaute. Aber es war mir egal, ob sie mithörte.

Und dann erzählte ich ihr alles – wie ich herausgefunden hatte, dass Verena meine leibliche Mutter war. Von der Kiste mit ihren Sachen, die Claire mir gegeben hatte, und wie ich daraufhin weitergeforscht hatte. Wie ich schließlich auf die Wahrheit gestoßen war – oder zumindest auf das, was ich damals dafür gehalten hatte. Dann schilderte ich ihr meinen Plan: Ludo und seine Clique mit den Karten unter Druck zu setzen, um sie zum

Reden zu bringen, während ich gleichzeitig versuchte, die Kassetten zu finden, die sie erwähnt hatte.

Als ich geendet hatte, herrschte einen Moment lang Stille. Marie saß schweigend da, ihre Finger spielten geistesabwesend mit dem Saum ihres Pullovers. In ihrer Miene las ich eine Mischung aus Betroffenheit und Fassungslosigkeit.

»Verena war also schwanger?«, fragte sie schließlich mit belegter Stimme. »Von Michael? Und Sie sind …?«

Ich nickte nur.

»Das ist … unfassbar.« Marie stieß hörbar die Luft aus. »Aber – Moment mal: Heißt das, Xaver – Ihr eigener Onkel – hat Sie in die Falle gelockt? Hat er gewusst, wer Sie wirklich sind?«

Ich senkte den Kopf. Der Gedanke an Xaver tat weh. »Hat er«, bestätigte ich leise. »Genau wie bei Ihnen habe ich mich zuerst als Journalistin ausgegeben. Aber irgendwann hat er sich wohl gewundert, warum der Artikel nie erschienen ist. Genau wie Sie hat er bei der Zeitung nachgefragt und herausgefunden, dass ich gar nicht dort arbeite. Da blieb mir nichts anderes übrig, als es ihm zu sagen. Nicht alles natürlich, aber zumindest, wer ich bin und dass ich auf der Suche nach den Videos war.« Ich versuchte zu lächeln, aber es fühlte sich gequält an. »Zu seiner Verteidigung – er hat versucht, mich von meinem Vorhaben abzubringen. Aber ich dachte, er hätte einfach nur immer noch Angst vor diesen Leuten und dass er mich vor ihnen beschützen wollte. Nicht im Traum hätte ich gedacht, dass er mit Ludo unter einer Decke stecken könnte.«

Marie schüttelte ungläubig den Kopf. »Das ist mir allerdings immer noch ein Rätsel. Xaver hat Ludo doch abgrundtief gehasst! Warum hätte er mit ihm zusammenarbeiten sollen?«

Ich starrte auf die Bettdecke und sah, wie meine Hände sich unbewusst in den Stoff krallten. Ich zögerte einen Moment, suchte nach den richtigen Worten, um ihr zu erklären, was selbst für mich noch schwer zu begreifen war. Schließlich hob ich den Kopf und sah sie an.

»Das Video, von dem Sie mir erzählt haben – das Video von Jonas' Tod. Sie hatten recht, Frau Gallager. Es existiert tatsächlich noch. Ich habe es gefunden.«

Marie starrte mich an. »Sie haben es gefunden?«

»Ja, gestern«, sagte ich und spürte, wie mir bei der Erinnerung die Kehle eng wurde. »Es war in Ludos altem Kinderzimmer. Kurz darauf habe ich Xaver angerufen. Ludo hatte ihn da wohl schon nach den Karten gefragt, und da war ihm klar, dass ich nicht auf ihn gehört hatte. Er war ganz schön sauer. Und da habe ich Xaver alles erzählt – alles, was ich Ihnen gerade erzählt habe. Und natürlich von dem Video und dass ich es inzwischen gefunden hatte. Xaver war völlig außer sich und bat mich, zu ihm zu kommen, damit wir es uns gemeinsam ansehen konnten. Für mich ergab das Sinn – Jonas war schließlich sein Freund gewesen, Michael sein Bruder.« Ich lachte bitter. »Tja, und so kam es dann auch. Ich habe das Video mit ihm zusammen angesehen.«

»Sie haben es sich angesehen?«, hauchte Marie. »Und? Was … war darauf?«

Ich schluckte hart, als die grausame Szene aus dem Wald wieder vor meinem inneren Auge auftauchte. Die Frau im Bett neben mir hatte die Zeitung beiseitegelegt und starrte nun mit einem Ausdruck von Argwohn und offener Neugier in meine Richtung.

»Im Grunde war alles so, wie wir es vermutet hatten«, wisperte ich. »Diese Leute haben Jonas gezwungen, die Schlucht zu überqueren. Dabei ist er abgestürzt. Aber es war nicht nur Ludos Schuld. Natürlich war er beteiligt, sie alle waren das. Aber Michael … Michael war schuld daran, dass Jonas das Gleichgewicht verlor.«

Marie sah mich entgeistert an. »Michael?«

Ich holte tief Luft und zwang mich weiterzureden. Meine Stimme zitterte, als ich ihr schilderte, was auf dem Video zu sehen war – wie Michael im letzten Moment die rettende Hand zurückgezogen hatte und Jonas ins Taumeln geraten war. Schließlich erzählte ich von Xavers Geständnis: Dass er das Video schon lange gekannt hatte. Und dass er es gewesen war, der Michael auf dem Dach getroffen und ihn hinuntergestoßen hatte, nicht Verena. »Soll das heißen, Michael hat Verena tatsächlich eine Falle gestellt?« Marie schlug entsetzt die Hand vor den Mund. »O mein Gott! Und ich habe sie auch noch überredet ...«

»Es ist nicht Ihre Schuld«, sagte ich sanft und legte meine Hand auf ihre. »Xaver hat Sie damals beide angelogen. Er hätte Ihnen erzählen können, dass er Ludos Kamera mitgenommen hat. Aber das hat er nicht. Was Michael wirklich mit Verena vorhatte und was genau dort oben passiert ist, werden wir wohl nie erfahren.« Ich zögerte, bevor ich weitersprach. »Aber Ludo und die anderen müssen von dem Treffen gewusst haben. Ich nehme an, sie waren irgendwo in der Nähe und haben alles mitangesehen. Nachdem Michael herabgestürzt ist, haben sie Xaver die Kassette und die Kamera abgenommen und ihn gezwungen, mit ihnen zu kooperieren: Kein Wort mehr über Jonas und das Video – im Gegenzug haben sie niemandem verraten, wer Michael wirklich getötet hat.«

»Und dafür haben sie Verena über die Klinge springen lassen.« Maries Stimme bebte vor Empörung. »Sie haben die Überwachungsbänder verschwinden lassen, die Verenas Unschuld bewiesen hätten, und sie ins Gefängnis gehen lassen, obwohl sie nichts getan hat. Das ist einfach ... unfassbar!«

Ich nickte stumm und spürte, wie mir Tränen in die Augen stiegen.

»Leider wurde mir das alles erst klar, als es schon zu spät war. Xaver hatte mir ein Beruhigungsmittel ins Getränk gemischt, und dann tauchte plötzlich Ludo auf. Sie haben mich gezwungen, ein Glas mit aufgelöstem Morphium zu trinken.« Meine Stimme brach, als die Erinnerung an den Trichter zurückkam, an den bitteren Geschmack der Droge auf meiner Zunge. »Sie wollten mich umbringen.«

»Diese verfluchten Mistkerle!« Marie schluckte hörbar und sah mich mit weit aufgerissenen Augen an. »Aber wie haben Sie es überhaupt geschafft, mich anzurufen, ohne dass die beiden es mitbekommen haben?«

»Siri«, antwortete ich mit einem bitteren Lächeln. »Xaver hatte nicht daran gedacht, mir mein Handy abzunehmen. Ihren Namen unbemerkt in das Gespräch einzuflechten und Sie über die Sprachsteuerung anzurufen, war meine einzige Chance – in der Hoffnung, dass Sie doch noch abnehmen.«

»Ein Glück, dass ich's getan habe! Als Sie so spät abends noch einmal angerufen haben, hab ich mir doch Sorgen gemacht. Erst dachte ich, es wäre ein Pocketcall und wollte schon wieder auflegen. Aber dann hörte ich Ludos Stimme – und wie Sie sagten, er wolle Sie vergiften. Da war mir klar, dass Sie in ernsten Schwierigkeiten stecken mussten.« Marie schauderte, während ihr Blick ins Leere ging. »Woher hatte Ludo das Zeug überhaupt? Ich meine, Morphium ist nicht gerade etwas, das man einfach so dabeihat, oder?«

Ich schnaubte. »Von dem Dealer, der ihn sonst mit Koks versorgt, nehme ich mal an. Ludo kam ja erst später dazu – vermutlich hat er sich vorher noch mit ihm getroffen, um es zu besorgen. Solche Leute kommen doch an alles, wenn sie nur die richtigen Leute kennen.«

Marie nickte langsam. »Ja, so wird es wohl gewesen sein. Jedenfalls habe ich sofort die Polizei verständigt, als mir klar war, was da passierte. Ich selbst traf kurz nach der WEGA dort ein. Ich hab noch gesehen, wie sie Ludo und Xaver abgeführt haben.«

»Dann wurden die beiden also festgenommen?«

Marie nickte nachdrücklich. »Ja, wurden sie. Ich schätze, sie sitzen jetzt in Untersuchungshaft. Und ich kann mir nicht vorstellen, dass sie sich da wieder rausreden können. Diesmal nicht.«

Kapitel 56

Zehn Monate später. Leonie

Guten Tag, Frau Köck. Bitte – nehmen Sie doch Platz.« Frau Miller deutete auf den Stuhl vor ihrem Schreibtisch und ließ sich selbst in ihren weichen Ledersessel sinken.

Ich setzte mich. Meine Hände fühlten sich klamm und feucht an, doch ich zwang mich, mir meine Nervosität nicht allzu sehr anmerken zu lassen, während mein Blick durch den Raum glitt.

Das Büro der Direktorin hatte sich seit meinem letzten Besuch kaum verändert. Dieselben holzvertäfelten Wände, hohen Bücherregale und ehrfurchtgebietenden Porträts früherer Schulleiter – selbst der Geruch nach poliertem Mahagoni und altem Papier war noch derselbe. Aber die Atmosphäre war eine andere. Die Fenster standen weit offen und gedämpfte Geräusche vom Schulhof drangen herein – das Lachen von Kindern, das Knirschen von Schritten auf dem Kies. Auch Frau Millers Blick war ein anderer: neugierig, fast wohlwollend, im Gegensatz zu der kühlen Wachsamkeit, mit der Frau Mistrott mich damals gemustert hatte.

Nachdem die Wahrheit über den Tod von Jonas und Michael ans Licht gekommen war, war die Geschichte wie ein Tornado durch die Medien gegangen. Frau Mistrott konnte zwar nicht nachgewiesen werden, dass sie geholfen hatte, die damaligen Ereignisse zu vertuschen, aber der öffentliche Druck hatte ausgereicht, um sie zum Rücktritt zu zwingen. Frau Miller war ihre Nachfolgerin geworden – und nun saß ich hier, um sie von meiner Eignung zu überzeugen. Es ist schon seltsam, wie das Leben manchmal so spielt.

»Ich muss zugeben, ich war überrascht, als ich von Ihrem Anliegen erfahren habe«, begann die Direktorin und faltete die Hände auf dem Schreibtisch. »Nach allem, was Ihre Eltern auf diesem Internat erlebt haben, wundert es mich, dass Sie überhaupt noch einen Fuß hier hineinsetzen.«

»Eigentlich war das Maries Idee«, erklärte ich mit einem schüchternen Lächeln. »Ich habe lange überlegt, was ich jetzt mit meinem Leben anfangen will. Marie hat mich schließlich darauf gebracht, dass ich doch Informatik unterrichten könnte. Computer und Technik sind das Einzige, worin ich jemals wirklich gut war. Und diese Leidenschaft möchte ich gerne weitergeben – auf legale Weise, versteht sich.« Ich hüstelte verlegen und fügte schnell hinzu: »Ich weiß, dass ich keine klassische Lehrerausbildung vorweisen kann. Aber ich habe in den letzten Monaten verschiedene Pädagogikkurse besucht, um die Grundlagen der Unterrichtsgestaltung und des Umgangs mit Schülerinnen und Schülern zu erlernen. Außerdem habe ich mich intensiv mit didaktischen Methoden für den Informatikunterricht beschäftigt. Es ist ein Anfang – und ich bin entschlossen, mich weiterzubilden und den Rest dazuzulernen.«

Frau Miller musterte mich einen Moment lang nachdenklich. »Nun, es steht außer Frage, dass Informatik eine Schlüsselqualifikation ist, in der wir dringenden Nachholbedarf haben. Selbst hier an der Santa Clara spüren wir den Lehrermangel, vor allem in den MINT-Fächern.« Sie machte eine kurze Pause, bevor sie fortfuhr: »Ihre fachlichen Kompetenzen möchte ich auch gar nicht anzweifeln, es ist vielmehr Ihre Vorgeschichte, die mir Sorgen bereitet. Die Medien haben ausführlich über den Prozess gegen Ludwig Hellstein und Xaver Stricker berichtet – und damit natürlich auch über Jonas, Michael und die Santa Clara. Die Leute kennen Ihren Namen und das könnte unangenehme Fragen aufwerfen. Wenn man dann noch Ihre Vorstrafe bedenkt …« Ich senkte betreten den Kopf. Ja, die Vorstrafe. Ich hatte schon befürchtet, dass das ein Problem werden könnte.

Als ich vor zehn Monaten aus dem Krankenhaus entlassen worden war, war ich direkt zur Polizei gegangen und hatte Selbstanzeige erstattet. Mir war klar, dass ich so nicht weitermachen konnte – nicht nach dem, was passiert war. Also hatte ich mich hingesetzt, tief durchgeatmet und angefangen zu reden.

Ich hatte nichts ausgelassen. Ich erzählte von den Karten, die ich an die ehemaligen Schulkameraden meiner Eltern geschickt hatte, von den Überwachungsgeräten, die ich in Ludos und Stefanies Haus versteckt hatte. Wie ich Ludo beim Koksen gefilmt und das Video an die Presse weitergeleitet hatte. Dass ich Stefanies Instagram-Account gelöscht und Cornelias Smart-Home genutzt hatte, um sie zu überwachen. Ein bunter Strauß an Straftatbeständen – Verletzung der Privatsphäre, Datendiebstahl, Nötigung.

Natürlich hatte es ein Strafverfahren gegeben. Es war das zweite Mal, dass ich mich vor dem Gesetz verantworten musste, und diesmal gab es keine Diversion. Aber das war in Ordnung. Ich war bereit, die Konsequenzen für mein Handeln zu tragen – das war ich meiner Mutter schuldig. Und mir selbst auch.

Das Urteil war vor sechs Wochen gesprochen worden: acht Monate bedingte Freiheitsstrafe auf Bewährung. Solange ich mich an die Auflagen hielt, musste ich nicht ins Gefängnis. Das Gericht hatte berücksichtigt, dass ich mich freiwillig gestellt hatte, ich trotz der Diversion formal als unbescholten galt und dass meine Motive – die Wahrheit über den Tod meines Vaters ans Licht zu bringen und den Namen meiner Mutter reinzuwaschen – zumindest teilweise nachvollziehbar waren. Und dazu kam natürlich die Tatsache, dass Ludo und Xaver versucht hatten, mich deswegen umzubringen.

Außerdem wurde ich verpflichtet, eine Therapie zu machen. Ehrlich gesagt, war ich sogar froh darüber. Ich brauchte definitiv Hilfe, um das alles zu verarbeiten – die Albträume, den Beinahe-Tod, die Angst.

Als ich an jenem Tag das Gerichtsgebäude verlassen hatte, war ich vor allem eines gewesen: erleichtert. Ich hatte eine zweite Chance bekommen, und diesmal wollte ich sie wirklich nutzen. Es war endlich Zeit für einen Neuanfang. Und genau deshalb saß ich jetzt hier.

Ich hob den Kopf und sah Frau Miller fest in die Augen. »Ich weiß, dass meine Vergangenheit nicht makellos ist. Ich habe Fehler gemacht, das gebe ich offen zu. Aber ich habe die Verantwortung übernommen und daraus gelernt. Das ist genau das, was ich den Schülerinnen und Schülern vermitteln möchte – dass man sich nach Rückschlägen wieder aufrappeln und neu anfangen kann. Das ist eine der wichtigsten Lektionen, die man im Leben lernen kann. Finden Sie nicht auch?«

Frau Miller nickte. »Sicher. Auch ich bin eine Befürworterin der zweiten Chance. Aber warum ausgerechnet hier an der Santa Clara?«

»Weil ich überzeugt bin, dass ich hier wirklich etwas bewirken kann.« Ich hielt ihrem Blick stand. »Die Santa Clara ist nicht irgendeine Schule. Sie steht für exzellente Bildung, aber auch für Privilegien. Viele Schülerinnen und Schüler hier wachsen in einer Welt auf, die ihnen kaum Widerstände entgegensetzt. Aber das Leben ist nicht immer fair. Ich möchte ihnen nicht nur Informatik beibringen, sondern auch zeigen, wie wichtig es ist, Verantwortung zu übernehmen – für sich selbst und für andere. Wo könnte ich das besser vermitteln als hier?«

Als ich eine halbe Stunde später ins Freie trat, umfing mich die milde Wärme eines frühen Sommertages. Es war dreiviertel zehn, Pausenzeit, und der Schulhof war voller Leben. Schüler in den einheitlichen Schuluniformen der Santa Clara saßen auf den Bänken entlang der Kieswege, lachten miteinander oder scrollten gedankenverloren durch die Nachrichten auf ihren iPhones. Andere eilten mit großen Rucksäcken über der Schulter zielstrebig in Richtung Sportplatz.

Ich blieb stehen und ließ meinen Blick über das Treiben schweifen, bis ich ein Pärchen entdeckte, das Hand in Hand über den Hof schlenderte. Sie waren vielleicht sechzehn oder siebzehn – er sportlich, mit dunklem, leicht zerzaustem Haar, sie mit einem glatten blonden Pferdeschwanz, der bei jedem Schritt mitschwang. Es war nichts Besonderes an ihnen, und doch hatte die Art, wie sie einander ansahen, etwas Zeitloses.

Ich kniff die Augen leicht zusammen, und für einen flüchtigen Moment meinte ich, Michael und Verena zu sehen – meine Eltern. Wie oft hatten sie sich wohl an genau dieser Stelle gestanden? Jung, verliebt, voller Träume und Möglichkeiten. Was wäre aus ihnen geworden, wenn Ludo und die anderen nicht dazwischengefunkt hätten? Hätten sie das Leben geführt, das sie sich erträumten? Oder hätte mein Vater meine Mutter früher oder später doch enttäuscht – sie verraten, so wie er es letztlich getan hatte?

Mein Blick wanderte nach oben, suchte die Balustrade der Dachkammer. Doch die Sonne stand hoch am Himmel und blendete mich, sodass ich kaum etwas erkennen konnte. Ein Kloß bildete sich in meinem Hals, als ich mir vorstellte, wie Michael mit Xaver dort oben gestanden hatte – in den letzten Minuten seines Lebens. Was hatte er wohl empfunden, als er in die Tiefe stürzte? Angst? Wut? Reue?

Ich ließ die Trauer und die Wut einen Moment lang zu, bis sie sich von selbst auflösten wie Rauch im Wind. Herr Schäfer, der Therapeut, den Marie mir empfohlen hatte, hatte mir geraten, solche Emotionen nicht zu unterdrücken, sondern sie kommen und gehen zu lassen – wie Wolken, die über den Himmel ziehen. »Erinnerungen sind da, ob wir wollen oder nicht«, hatte er gesagt. »Es geht nicht darum, sie zu verdrängen, sondern ihnen Raum zu geben, damit sie einen nicht mehr kontrollieren können.«

Ich seufzte leise. Das war so leicht gesagt, aber in der Realität war es alles andere als einfach. So viel war in den letzten Monaten passiert, dass ich oft das Gefühl gehabt hatte, kaum hinterherzukommen. Ich konnte selbst noch nicht ganz glauben, dass ich wirklich hier war – und dass es endlich vorbei war.

Gegen Ludo und Xaver lief der Prozess wegen versuchten Mordes. Die Polizei hatte Ludos Dealer ausfindig gemacht, und unter Druck hatte dieser gestanden, ihm das Morphium verkauft zu haben. Aufgrund meiner und Maries Aussage war klar, dass Ludo für lange Zeit im Gefängnis sitzen würde. Für Xaver galt mehr oder weniger dasselbe – auch wenn die Beweise wohl nicht ausreichen würden, um ihm den Mord an seinem Bruder Michael nachzuweisen und meine Mutter posthum zu rehabilitieren.

Stefanie, Cornelia und Aaron waren vergleichsweise glimpflich davongekommen. Das Video von Jonas' Tod bewies zwar eindeutig, dass Ludo und seine Clique ihn dazu gedrängt hatten, über den Baumstamm zu klettern. Doch nach mehr als zwanzig Jahren war die Verjährungsfrist für fahrlässige Tötung bereits abgelaufen.

Trotzdem hatte ich meinen Frieden damit gemacht – oder zumindest versuchte ich es. Sie alle hatten ihre Strafe bekommen – auf die eine oder andere Art.

Cornelia hatte im Scheidungsverfahren den Kürzeren gezogen und ihre geliebte Wohnung und das Sorgerecht für ihren Sohn verloren. Vermutlich das Beste, was dem Kleinen passieren konnte, wie ich insgeheim dachte. Gegen Aaron lief weiterhin ein Verfahren wegen Veruntreuung.

Und Stefanie? Nachdem sie erfahren hatte, was in Xavers Haus vorgefallen war, hatte sie wohl endlich begriffen, was für ein Mensch Ludo wirklich war, und die Scheidung eingereicht. Sie selbst war erstaunlich schnell wieder auf die Beine gekommen. Ihr neuer Instagram-Kanal gewann täglich neue Follower dazu, und das Medienecho um die ganze Geschichte hatte ihr sogar einen regelrechten Aufmerksamkeitsschub verschafft. Die Menschen waren schon seltsam.

Einzig Mia fehlte mir. Nachdem Stefanie erfuhr, was ich getan hatte, hatte sie mir strengstens verboten, mich der Kleinen auch nur zu nähern. Einmal hatte ich es trotzdem gewagt, sie heimlich im Kindergarten zu besuchen. Mia hatte sich sofort in meine Arme geworfen und ihre Tränen zerrissen mir das Herz. Sie wollte nicht verstehen, warum ich nicht mehr auf sie aufpassen durfte, und ich konnte es ihr nicht erklären. Doch vielleicht – ja vielleicht – würden sich unsere Wege eines Tages wieder kreuzen. Wenn sie irgendwann an die Santa Clara käme, könnte ich sie wiedersehen. Ich glaubte ganz fest daran.

Ich ließ die Gedanken an sie alle hinter mir, während die Geräusche vom Schulhof langsam wieder zu mir vordrangen – Lachen, Stimmen, das Knirschen von Kies unter schnellen Schritten, die sich in meine Richtung bewegten. Ich drehte mich um und sah Marie mit wehenden Haaren auf mich zukommen.

»Und?«, fragte sie atemlos, als sie mich erreicht hatte und mich in eine kurze, feste Umarmung zog. »Wie ist es gelaufen?«

Ich zuckte die Schultern und lächelte. »Ganz gut, denke ich. Frau Miller meinte, sie müsste erst noch einmal in Ruhe darüber nachdenken, aber ich habe den Eindruck, dass sie mir wohlgesonnen ist. Wenn alles klappt und die Elternvertreter sich nicht querstellen, könnte ich ab dem kommenden Herbst hier unterrichten.«

»Das ist fantastisch, Leonie!« Marie strahlte. »Ich freue mich so für dich!«

»Danke«, murmelte ich leise. »Für alles.«

Nachdem ich aus dem Krankenhaus entlassen worden war, hatte Marie mich fast wie eine große Schwester unter ihre Fittiche genommen. Sie war da gewesen, als ich dringend jemanden gebraucht hatte – während meines Strafverfahrens, bei meiner Zeugenaussage gegen Ludo und Xaver und jetzt auch bei meiner Bewerbung. Ohne sie wäre ich heute nicht hier, das wusste ich, und ich war ihr dafür unendlich dankbar.

»Das wird schon«, sagte Marie mit einem aufmunternden Lächeln. »Privatschulen wie die Santa Clara sind viel flexibler bei der Auswahl ihrer Lehrkräfte als staatliche Schulen. Und falls die Elternvertreter doch Bedenken haben, werden Frau Miller und ich sicher einen Weg finden, sie zu überzeugen.«

»Danke, dass du ein gutes Wort für mich eingelegt hast. Das bedeutet mir wirklich sehr viel.«

Marie winkte ab. »Natürlich, das war doch selbstverständlich.« Sie warf einen kurzen Blick auf ihre Armbanduhr. »Soll ich dich zum Bahnhof begleiten? Ich hätte noch ein paar Minuten, bevor meine erste Sitzung anfängt.«

Ich schüttelte den Kopf. »Danke, das ist lieb, aber nicht nötig. Ich schaffe das schon.«

»Okay.« Sie legte ihre Hand auf meine Schulter und drückte sie sanft. »Ich bin echt stolz auf dich, Leonie. Wir sehen uns bald, ja?«

Ich sah ihr nach, wie sie mit schnellen Schritten in Richtung Schulgebäude eilte, die schwere Eichentür aufstieß und dahinter verschwand. Ich blieb einen Moment stehen und ließ meinen Blick noch einmal über den belebten Schulhof schweifen, bevor ich mich gemächlich auf den Weg zum Ausgang machte.

Ein Grüppchen Schüler lief lachend an mir vorbei, und ein Lächeln schlich sich auf mein Gesicht. Zum ersten Mal seit langer Zeit hatte ich das Gefühl, dass ich auf dem richtigen Weg war. Dass ich bereit war, nach vorne zu schauen.

Mein Blick fiel auf die hohe Mauer, die das Schulgelände umgab, und auf das Tor vor mir. Dahinter lagen die Straße, der Bahnhof, mein Leben – alles ungewiss, alles offen. Was meiner Mutter widerfahren war, war schrecklich und ungerecht, aber ich würde nicht zulassen, dass es weiterhin mein Leben bestimmte.

Ich hatte die Wahl. Und ich hatte mich entschieden.

Gleich weiterlesen?

Das Schweigen der Geliebten

Thriller

Ein neuer Partner. Eine neue Familie. Eine alte Schuld.

Karolin steht vor den Trümmern ihrer Ehe. Dass Rolf jetzt in einem idyllisch gelegenen Haus im Wald mit ihren Kindern und seiner neuen Freundin Mischa Urlaub macht, besiegelt ihre persönliche Katastrophe. Als sie selbst durch eine unheilvolle Fügung ebenfalls in dem Ferienhaus landet, ist die Stimmung der Frauen zum Zerreißen gespannt.

Mischa ist überglücklich mit Rolf. Sie will alles dafür tun, damit diese Beziehung funktioniert, sich selbst mit Karolin arrangieren – bloß eines will sie nicht: Rolf eine alte Schuld beichten, die sie zunehmend mit dunklen Vorahnungen erfüllt. Ihre Angst bewahrheitet sich, als sie erkennt, dass die Dämonen ihrer Vergangenheit lebendiger sind als je zuvor und nicht nur ihr eigenes Leben bedrohen …

Unter Schwestern

Thriller

Ihr dunkles Geheimnis wird dein Albtraum …

»Nur ein paar Tage lang, bitte.« Franziska zögert nicht lange, als ihre Zwillingsschwester Amelie bei ihr auftaucht und sie anfleht, mit ihr die Rollen zu tauschen. Schließlich haben sie beide das ihr ganzes Leben lang getan − in der Schule, selbst in ihren Beziehungen mit Männern −, und niemand ist ihnen jemals auf die Schliche gekommen. Warum soll sie Amelie, die offenbar Probleme in ihrer Ehe hat und eine Auszeit braucht, also nicht diesen Gefallen tun?

Doch als eine gemeinsame Jugendfreundin der Schwestern ermordet aufgefunden wird, beschleicht Franziska der Verdacht, dass diesmal mehr hinter dem Identitätstausch steckt. Und dann verschwindet auch noch Amelie …

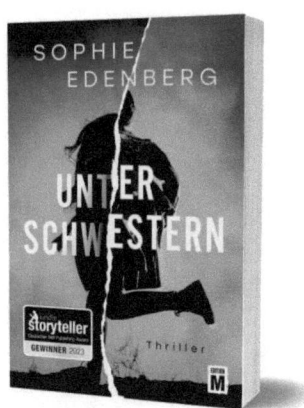

Der Schweigepakt

Thriller

Vier Freundinnen. Eine gemeinsame Vergangenheit. Ein tödliches Geheimnis.

Bea, Miriam, Sarah und Clara sind unzertrennlich - bis Clara eines Tages ohne jede Spur verschwindet. Alles deutet darauf hin, dass sie einfach abgehauen ist, die Polizei stellt die Ermittlungen schon bald ein.

Doch vierzehn Jahre später werden Claras Überreste im Wald gefunden, und eine unheilvolle Reise in die Vergangenheit beginnt. Gut gehütete Geheimnisse drängen ans Tageslicht und schon bald wird den Mädchen von damals klar - der Tag der Abrechnung rückt näher …

Gefängnis einer Ehe

Thriller

Als Rebecca ihr Sommerpraktikum bei einem führenden Pharma-
unternehmen antritt und dort ihre Jugendliebe Raphael wieder-
trifft, ist sie entsetzt. Er hat sich nicht nur zum Geschäftsführer
hochgearbeitet, sondern ist inzwischen auch verheiratet. Trotzdem
kann sie einer Affäre mit ihm nicht widerstehen.

Es erscheint ihr alles wie ein Traum, der in Erfüllung geht, bis
das Verhängnis seinen Lauf nimmt. Rebecca erfährt, dass ihre
Tutorin Raphaels Frau ist. Ausgerechnet Anette, die Frau, der
sie den begehrten Praktikumsplatz verdankt und die sie sehr
bewundert. Und Raphaels Beteuerungen über sein Unglück in
der Ehe, dass seine Heirat ein Fehler war und dass Anette an
psychischen Problemen leidet, kommen Rebecca zunehmend
merkwürdig vor. Rebecca versteht langsam: Irgendwas stimmt
mit dieser Ehe ganz gewaltig nicht. Schon bald muss sie sich fragen, auf was für ein gefährliches Spiel sie sich eingelassen hat …

Im Schatten deiner Schuld

Thriller

Als die junge Therapeutin Lexi hört, dass ihre Jugendliebe Charlie nach Altenhofen zurückkehrt, ist sie entsetzt. Sie ist fest entschlossen, die Schatten der Vergangenheit endlich hinter sich zu lassen, und in ihrer Zukunft gibt es für Charlie keinen Platz mehr.

Doch auch Lexis Gegenwart hat es in sich: die Auseinandersetzungen mit ihrem Verlobten häufen sich, und als sie ein Foto ihrer Schwester, aufgenommen am Tag ihres Todes, an der Windschutzscheibe ihres Autos findet, gerät ihr Leben zusehends aus den Fugen. Immer mehr merkwürdige Dinge geschehen, und obwohl alles mit Charlies Rückkehr zusammenzuhängen scheint, ist er der Einzige, der ihr zur Seite steht. Aber auch Charlie verbirgt etwas vor ihr.

Wer hat es auf Lexi abgesehen? Kann sie Charlie wirklich vertrauen? Und was hat es mit Lexis neuer Patientin auf sich, deren Lebensgeschichte ihr so unter die Haut geht?

Komm nicht zurück

Roman

Nach einem schweren Autounfall erwacht Lea im Krankenhaus und findet sich in einem wahrgewordenen Albtraum wieder. Ihre Erinnerungen an die letzten dreizehn Jahre sind verschwunden. Mit Entsetzen erkennt sie, was aus ihrem Leben geworden ist: Christopher, Leas Ehemann und Vater ihrer neunjährigen Tochter, will nichts mehr von ihr wissen, nachdem sie die beiden vor Jahren verlassen und ihrer Heimatstadt Wien den Rücken gekehrt hat. Entschlossen, ihre Familie zurückzugewinnen, kämpft Lea gegen die Schatten ihrer Vergangenheit.

Anna ist endlich mit dem Mann ihrer Träume zusammen und wünscht sich nichts sehnlicher als ein eigenes Kind. Ihr perfektes Leben scheint zum Greifen nah. Doch als Lea, Christophers lange verschollene und bildschöne Ehefrau, unerwartet wieder auftaucht, wird Annas Welt plötzlich auf den Kopf gestellt.

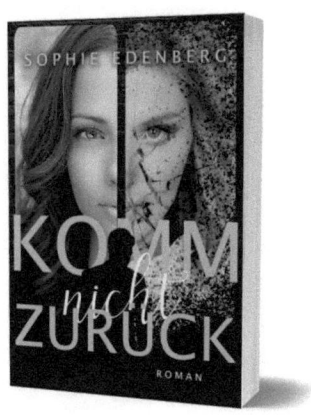

Das perfekte Leben meiner Schwester

Roman

Als die neunzehnjährige Emma herausfindet, dass sie adoptiert wurde und in Wahrheit die uneheliche Tochter des reichen Wieners Ferdinand Lauderthal ist, regen sich Hoffnung und Zuversicht in ihr. Endlich sieht sie einen Ausweg aus ihrem unglücklichen Leben. Doch ihre Erwartungen werden enttäuscht. Während ihre gleichaltrige Halbschwester Céline das Leben ihrer Träume führt, will ihr Vater nichts von ihr wissen. Voller Eifersucht beschließt Emma, sich zu rächen. Als vermeintliche Studienkollegin von Céline dringt sie in deren Leben ein und stellt dieses gehörig auf den Kopf.

Bald erkennt Emma, dass nichts so ist, wie es scheint. Zwischen wachsender Zuneigung zu Céline und ihren Racheplänen gefangen, wird sie in ein Netz aus Familienintrigen gezogen, das ihr Verständnis von Gerechtigkeit auf die Probe stellt. Denn alles im Leben hat seinen Preis …

Die Autorin

Sophie Edenberg studierte Rechtswissenschaften, bevor sie ihre Liebe zum Schreiben wiederentdeckte. Der erste Roman der gebürtigen Wienerin erschien im Jahr 2020. Seitdem begeistert sie ihre Leser:innen mit vielschichtigen Figuren und überraschenden Wendungen. Im Jahr 2023 wurde sie für »Unter Schwestern« mit dem Kindle Storyteller Award ausgezeichnet.

Weitere Informationen über die Autorin finden Sie hier: